【文学名家作品集】

赵树理精选集

赵树理——著

吉林出版集团股份有限公司
全国百佳图书出版单位

图书在版编目（CIP）数据

赵树理精选集 / 赵树理著. -- 长春：吉林出版集团股份有限公司, 2025.1. -- ISBN 978-7-5731-6077-5

Ⅰ.I217.2

中国国家版本馆CIP数据核字第2025NY6136号

赵树理精选集
ZHAO SHULI JINGXUANJI

著　　者：赵树理
责任编辑：颜　明
封面设计：言　午
出　　版：吉林出版集团股份有限公司
发　　行：吉林出版集团青少年书刊发行有限公司
电　　话：0431-81629808
印　　刷：德富泰（唐山）印务有限公司
开　　本：880mm×1230mm　　1/32
字　　数：310千字
印　　张：11
版　　次：2025年1月第1版
印　　次：2025年1月第1次印刷
书　　号：ISBN 978-7-5731-6077-5
定　　价：39.80元

如发现印装质量问题，影响阅读，请与印刷厂联系调换。022-58708299

出版说明

中国现当代文学的百年长河，承载着民族精神的觉醒、时代风云的激荡与个体生命的沉思。从五四新文化运动破开的思想冰层，到改革开放后多元思潮的奔涌，再到全球化语境下的文化自觉，一代代作家以笔为舟，在浩瀚的汉语中探索人性的深度、丈量社会的广度。他们的文字既是时代的精神切片，也是超越时空的永恒对话。然而，在信息碎片蚕食深度思考、流量算法重塑阅读习惯的今天，经典文学正面临被稀释为文化符号的危机。为此，我们倾力编纂"文学名家作品集"，以系统性、权威性、开放性的编选理念，重新打捞现当代文学星河中的璀璨群星，为当代人构筑一座可触摸、可对话、可传承的精神殿堂。

中国现当代文学的价值，不仅在于记录时代的脉搏，更在于其始终以先锋姿态回应人类生存的根本命题。从启蒙时期对封建桎梏的猛烈批判，到战争年代对人性善恶的深刻拷问，从市场经济浪潮下的欲望书写，到后现代语境中的身份焦虑，作家们以文字为手术刀，解剖社会肌理，也以文学为镜子，映照出每个个体的精神褶皱。在社交媒体制造对立、公共讨论日益极化的当下，现当代文学提供了一种超越非黑即白的"第三种语言"。它用意象容纳矛盾，以复调消解霸权，借荒诞保持清醒。这一系列图书的价值，不仅在于保存文化记忆，更在于为每个困在信息茧房中的现代人，提供破壁的思想工具——当我们重读这些作品，实则是在练习如何用文学的复杂性理解现实的复杂性，用历史的纵深感穿透当下的迷雾。

本系列图书以文学史为经纬，横跨新文学发轫至今的百年历程，汇聚现当代文学史上最具标志性的作家群体。编选作品既注重文学史坐标中的经典地位，亦关注作品穿透时光的艺术生命力——那些在时代浪潮中始终震颤灵魂的语言，那些于个体命运里照见普遍人性的叙事，那些以独特美学重塑汉语表达的创造。每位作家的作品独立成卷，涵盖小说、散文、书信、戏剧等多重文体，既呈现其创作全貌的丰饶，又凸显精神世界的纵深。散文如行云流水，信手拈来，展现作家们对生活的感悟和对人生的思考；小说跌宕起伏，引人入胜，揭示社会现实和人性百态；书信则字里行间流露真情，展现作家们真挚的情感和丰富的内心世界。编纂团队以文献考古的严谨，校勘千万字原始文本，甄选初版本、修订稿、未刊手迹等珍贵材料，辅以创作年表、思想评述、时代语境解析等副文本，构建起立体的阅读生态。在这里，读者不仅能遇见作家最成熟的文学结晶，还能透过书信中的私人絮语、日记里的创作阵痛，触摸文字背后滚烫的生命温度。本系列图书在保留特定时代的语言特色的同时，对入选作品进行现代汉语规范化处理，兼顾历史原貌与当代阅读习惯。中国现代文学处于不断发展变化的动态过程中，新的作家和作品不断涌现。本系列图书将秉持开放包容的态度，不断更新和完善，将更多优秀的作家和作品纳入其中，以展现中国现代文学的整体风貌和发展趋势。

当人工智能开始模拟人类的情感表达，我们更需要确认文学不可替代的真诚与锐利。这并非一次怀旧的文化巡礼，而是一场面向未来的精神播种——让大学生在作家群像中读懂民族心灵的演变，让研究者在多维文献里发现未被言说的历史细节，让普通读者在经典重读中寻获对抗虚无的力量。正如那句箴言所说："所有伟大的文学，都是对'人为何存在'的永恒回答。"我们期待本系列图书能够成为家庭书架的"文学博物馆"，高校图书馆的"纸上文献库"，更希望它成为连接过去与未来的文化桥梁。当翻开泛着墨香的书页，读者或许能重新发现：文学经典从不是博物馆里的青铜器，而是永远跳动着时代脉搏的生命体。

最后，本系列图书的开放性编选理念，本身便是对文学史书写的反思。它拒绝将"经典"视为权威的钦定，而是将其还原为动态的、可争议的、始终向未来敞开的过程。"我们今天选择的每一部作品，既是终点，也是起点——它终结了某种遗忘，开启了无数新的解读可能。"在这个意义上，"文学名家作品集"的出版，不仅是对过去的致敬，更是对未来的邀约：邀请每一位读者，以自己的目光重新定义经典，以当下的问题意识重启对话，让文学永远保持"在场"的锋芒与温度。

扫码了解 **中国乡土文学的杰出代表**

🏠 **走进作家世界**
了解作者，追忆创作历程。

📂 **交流阅读感悟**
分享思考，享受思想碰撞。

📖 **品读文学名著**
提炼精华，体悟文字之美。

目 录

小二黑结婚 …………………………………… **001**
一 神仙的忌讳 / 001 / 二 三仙姑的来历 / 002 / 三 小芹 / 003 / 四 金旺弟兄 / 004 / 五 小二黑 / 005 / 六 斗争会 / 006 / 七 三仙姑许亲 / 007 / 八 拿双 / 008 / 九 二诸葛的神课 / 009 / 十 恩典恩典 / 010 / 十一 看看仙姑 / 011 / 十二 怎么到底 / 013

李有才板话 …………………………………… **015**
一 书名的来历 / 015 / 二 有才窑里的晚会 / 018 / 三 打虎 / 023 / 四 丈地 / 027 / 五 好怕的"模范村" / 031 / 六 小元的变化 / 033 / 七 恒元广聚把戏露底 / 037 / 八 "老""小"字辈准备翻身 / 041 / 九 斗争大胜利 / 046 / 十 "板人"作总结 / 050

李家庄的变迁 ………………………………… **053**
一 / 053 / 二 / 060 / 三 / 068 / 四 / 077 / 五 / 081 / 六 / 089 / 七 / 094 / 八 / 099 / 九 / 109 / 十 / 117 / 十一 / 124 / 十二 / 130 / 十三 / 136 / 十四 / 140 / 十五 / 147 / 十六 / 151

"锻炼锻炼" …………………………………… **157**

三里湾 ………………………………………… **176**
从旗杆院说起 / 176 / 一 放假 / 177 / 二 万宝全 / 181 / 三 奇怪的笔记 / 184 / 四 "这日子不能过了" / 188 / 五 拆不拆 / 195 / 六 马家院 / 198 / 七 惹不起遇一阵风 / 204 / 八 治病竞赛 / 208 / 九 换将 / 215 / 十 不能只动一个人 / 219 / 十一 范登高的秘密 / 221 / 十二 船头起 / 225 / 十三 老五园

001

目录

230 / 十四 黄沙沟口 / 233 / 十五 站得高、看得遍 / 236 / 十六 菊英的苦处 / 240 / 十七 三个场上 / 244 / 十八 有没有面 / 250 / 十九 出题目 / 257 / 二十 小组里的大组员 / 264 / 二十一 非他不行 / 269 / 二十二 汇报前后 / 274 / 二十三 还得参加支部会 / 280 / 二十四 奇遇 / 285 / 二十五 三张画 / 291 / 二十六 忌生人 / 297 / 二十七 决心 / 301 / 二十八 有翼革命 / 306 / 二十九 天成革命 / 314 / 三十 变糊涂为光荣 / 321 / 三十一 还是分开好 / 327 / 三十二 接线 / 330 / 三十三 回驴 / 334 / 三十四 国庆前夕 / 338

小二黑结婚

一 神仙的忌讳

　　刘家峧有两个神仙：一个是前庄上的二孔明，一个是后庄上的三仙姑。二孔明也叫二诸葛，原来叫刘修德，当年做过生意，抬脚动手都要论一论阴阳八卦、看一看黄道黑道。三仙姑是后庄于福的老婆，每月初一十五都要顶着红布摇摇摆摆装扮天神。

　　二孔明忌讳"不宜栽种"，三仙姑忌讳"米烂了"。这里边有两个小故事：有一年春天大旱，直到阴历五月初三才下了四指雨。初四那天大家都抢着种地，二孔明看了看历书，又掐指算了一下说："今日不宜栽种。"初五日是端午，他历年就不在端午这天做什么，又不曾种；初六倒是个黄道吉日，可惜地干了，虽然勉强把他的四亩谷子种上了，却没有出够一半。后来直到十五才又下雨，别人家都在地里锄苗，二孔明却领着两个孩子在地里补空子。邻家有个后生，吃饭时候在街上碰上二孔明便问道："老汉！今天宜栽种不宜？"二孔明翻了他一眼，扭转头返回去了，大家就嘻嘻哈哈传为笑谈。

　　三仙姑有个女孩叫小芹。一天，金旺他爹到三仙姑那里问病，三仙姑坐在香案后唱，金旺他爹跪在香案前听，小芹那年才九岁，晌午做捞饭，把米下进锅里了，听见她娘哼哼得很中听，站在桌前听了一会，把做饭也忘了。一会，金旺他爹出去小便，三仙姑趁空子向小芹说："快去捞饭！米烂了！"这句话却不料就叫金旺他爹听见，回去就传开了。后来有些好玩笑的人，见了三仙姑就故意问别人："米烂了没有？"

二　三仙姑的来历

三仙姑下神，足足有三十年了。那时三仙姑才十五岁，刚刚嫁给于福，是前后庄上第一个俊俏媳妇。于福是个老实后生，不多说一句话，只会在地里死受。于福的娘早死了，只有个爹，父子两个一上了地，家里就只留下新媳妇一个人。村里的年轻人们觉得新媳妇太孤单，就慢慢自动地来跟新媳妇做伴，不几天就集合了一大群，每天嘻嘻哈哈，十分红火。于福他爹看见不像个样子，有一天发了脾气，大骂一顿，虽然把外人挡住了，新媳妇却跟他闹起来。新媳妇哭了一天一夜，头也不梳，脸也不洗，饭也不吃，躺在炕上，谁也叫不起来，父子两个没了办法。邻家有个老婆替她请了一个神婆子，在她家下了一回神，说是三仙姑跟上她了，她也哼哼唧唧自称吾神长吾神短，从此以后每月初一十五就下起神来，别人也给她烧起香来求财问病，三仙姑的香案便从此设起来了。

青年们到三仙姑那里去，要说是去问神，还不如说是去看圣像。三仙姑也暗暗猜透大家的心事，衣服穿得更新鲜，头发梳得更光滑，首饰擦得更明，官粉搽得更匀，不由青年们不跟着她转来转去。

这是三十来年前的事。当时的青年，如今都已留下胡子，家里大半又都是子媳成群，所以除了几个老光棍，差不多都没有那些闲情到三仙姑那里去了。三仙姑却和大家不同，虽然已经四十五岁，却偏爱当个老来俏，小鞋上仍要绣花，裤腿上仍要镶边，顶门上的头发脱光了，用黑手帕盖起来，只可惜官粉涂不平脸上的皱纹，看起来好像驴粪蛋上下上了霜。

老相好都不来了，几个老光棍不能叫三仙姑满意，三仙姑又团结了一伙孩子们，比当年的老相好更多、更俏皮。

三仙姑有什么本领能团结这伙青年呢？这秘密在她女儿小芹身上。

三　小芹

　　三仙姑前后共生过六个孩子，就有五个没有成人，只落了一个女儿，名叫小芹。小芹当两三岁时候，就非常伶俐乖巧，三仙姑的老相好们，这个抱过来说是"我的"，那个抱起来说是"我的"，后来小芹长到五六岁，知道这不是好话，三仙姑教她说："谁再这么说，你就说'是你的姑姑'。"说了几回，果然没有人再提了。

　　小芹今年十八了，村里的轻薄人说，比她娘年轻时候好得多。青年小伙子们，有事没事，总想跟小芹说句话。小芹去洗衣服，马上青年们也都去洗；小芹上树采野菜，马上青年们也都去采。

　　吃饭时候，邻居们端上碗爱到三仙姑那里坐一会，前庄上的人来回一里路，也并不觉得远。这已经是三十年来的老规矩，不过小青年们也这样热心，却是近二三年来才有的事。三仙姑起先还以为自己仍有勾引青年的本领，日子长了，青年们并不真正跟她接近，她才慢慢看出门道来，才知道人家来了为的是小芹。

　　不过小芹却不跟三仙姑一样：表面上虽然也跟大家说说笑笑，实际上却不跟人乱来，近二三年，只是跟小二黑好一点。前年夏天，有一天前晌，于福去地，三仙姑去串门，家里只留下小芹一个人，金旺来了，嬉皮笑脸向小芹说："这回可算是个空子吧？"小芹板起脸来说："金旺哥！咱们以后说话要规矩些！你也是娶媳妇大汉了！"金旺撇撇嘴说："咦！装什么假正经？小二黑一来管保你就软了！有便宜大家讨开点，没事；要正经除非自己锅底没有黑！"说着就拉住小芹的胳膊悄悄说："不用装模作样了！"不料小芹大声喊道："金旺！"金旺赶紧放手跑出来。一边还咄念道："等得住你！"说着就悄悄溜走了。

四　金旺弟兄

提起金旺来，刘家峧没有人不恨他，只有他一个本家兄弟名叫兴旺跟他对劲。

金旺他爹虽是个庄稼人，却是刘家峧一只虎，当过几十年老社首，捆人打人是他的拿手好戏。金旺长到十七八岁，就成了他爹的好帮手，兴旺也学会了帮虎吃食，从此金旺他爹想要捆谁，就不用亲自动手，只要下个命令，自有金旺兴旺代办。

抗战初年，汉奸敌探溃兵土匪到处横行，那时金旺他爹已经死了，金旺兴旺弟兄两个，给一支溃兵作了内线工作，引路绑票，讲价赎人，又做巫婆又做鬼，两头出面装好人，后来八路军来，打垮溃兵土匪，他两人才又回到刘家峧。

山里人本来就胆子小，经过几个月大混乱，死了许多人，弄得大家更不敢出头了。别的大村子都成立了村公所、各救会、武委会，刘家峧却除了县府派来一个村长以外，谁也不愿意当干部。不久，县里派人来刘家峧工作，要选举村干部，金旺跟兴旺两个人看出这又是掌权的机会，大家也巴不得有人愿干，就把兴旺选为武委会主任，把金旺选为村政委员，连金旺老婆也被选为妇救会主席，其他各干部，硬捏了几个老头子出来充数。只有青抗先队长，老头子充不得。兴旺看见小二黑这个小孩子漂亮好玩，随便提了一下名就通过了，他爹二诸葛虽然不愿，可是惹不起金旺，也没有敢说什么。

村长是外来的，对村里情形不十分了解，从此金旺兴旺比前更厉害了，只要瞒住村长一个人，村里人不论哪个都得由他两个调遣。这几年来，村里别的干部虽然调换了几个，而他两个却好像铁桶江山。大家对他两个虽是恨之入骨，可是谁也不敢说半句话，都恐怕扳不倒他们，自己吃亏。

五　小二黑

　　小二黑，是二诸葛的二小子，有一次反"扫荡"打死过两个敌人，曾得到特等射手的奖励。说到他的漂亮，那不只在刘家峧有名，每年正月扮故事，不论去到哪一村，妇女们的眼睛都跟着他转。

　　小二黑没有上过学，只是跟着他爹识了几个字。当他六岁时候，他爹就教他识字。识字课本既不是五经四书，也不是常识国语，而是从天干、地支、五行、八卦、六十四卦名等学起，进一步便学些《百中经》《玉匣记》《增删卜易》《麻衣神相》《奇门遁甲》《阴阳宅》等书。小二黑从小就聪明，像那些算属相、卜六壬课①、念大小游年②或"甲子乙丑海中金"等口诀，不几天就都弄熟了，二诸葛也常把他引在人前卖弄。因为他长得伶俐可爱，大人们也都爱跟他玩；这个说："二黑，算一算十岁属什么！"那个说："二黑，给我卜一课！"后来二诸葛因为说"不宜栽种"误了种地，老婆也埋怨，大黑也埋怨，庄上人也都传为笑谈，小二黑也跟着这事受了许多奚落。那时候小二黑十三岁，已经懂得好歹了，可是大人们仍把他当成小孩来玩弄，好跟二诸葛开玩笑的，一到了家，常好对着二诸葛问小二黑道："二黑！算算今天宜不宜栽种？"和小二黑年纪相仿的孩子们，一跟小二黑生了气，就连声喊道："不宜栽种不宜栽种……"小二黑因为这事，好几个月见了人躲着走，从此就和他娘商量成一气，再不信他爹的鬼八卦。

　　小二黑跟小芹相好已经二三年了。那时候他才十六七，原不过在冬天夜长时候，跟着些闲人到三仙姑那里凑热闹，后来跟小芹混熟了，好像是一天不见面也不能行。后庄上也有人愿意给小二黑跟小芹做媒人，

---

① 卜六壬课，一种占卜的方法。
② 念大小游年，算命、看风水的口诀。大游年是看阳宅（住宅）用的。小游年是合婚（看男女双方的"八字"）用的。

二诸葛不愿意，不愿意的理由有三：第一小二黑是金命，小芹是火命，恐怕火克金；第二小芹生在十月，是个犯月①；第三是三仙姑的声名不好。恰巧在这时候彰德府②来了一伙难民，其中有个老李带来个八九岁的小姑娘，因为没有吃的，愿意把姑娘送给人家逃个活命。二诸葛说是个便宜，先问了一下生辰八字，掐算了半天说："千里姻缘使线牵。"就替小二黑收作童养媳。

虽然二诸葛说是千合适万合适，小二黑却不认账。父子俩吵了几天，二诸葛非养不行，小二黑说："你愿意养你就养着，反正我不要！"结果虽把小姑娘留下了，却到底没有说清楚算什么关系。

六　斗争会

金旺自从碰了小芹的钉子以后，每日怀恨，总想设法报一报仇。有一次武委会训练村干部，恰巧小二黑发疟疾没有去。训练完毕之后，金旺就向兴旺说："小二黑是装病，其实是被小芹勾引住了，可以斗争他一顿。"兴旺就是武委会主任，从前也碰过小芹一回钉子，自然十分赞成金旺的意见，并且又叫金旺回去和自己的老婆说一下，发动妇救会也斗争小芹一番。金旺老婆现任妇救会主席，因为金旺好到小芹那里去，早就恨得小芹了不得，现在金旺回去跟她说要斗争小芹，这才是巴不得的机会，丢下活计，马上就去布置。第二天，村里开了两个斗争会，一个是武委会斗争小二黑，一个是妇救会斗争小芹。

小二黑自己没有错，当然不承认，嘴硬到底，兴旺就下命令，把他捆起来送交政权机关处理。幸而村长脑筋清楚，劝兴旺说："小二黑发疟

---

① 犯月，一种迷信的说法。认为某一"属相"的人在一年中必有一个月对他不利，这个不利的月就叫"犯月"。

② 彰德府，在河南省，是清朝的一个行政区，辖有安阳、临漳等七县。

是真的，不是装病，至于跟别人恋爱，不是犯法的事，不能捆人家。"兴旺说："他已是有了女人的。"村长说："村里谁不知道小二黑不承认他的童养媳。人家不承认是对的：男不过十六，女不过十五，不到订婚年龄。十来岁小姑娘，长大也不会来认这笔账。小二黑满有资格跟别人恋爱，谁也不能干涉。"兴旺没话说了，小二黑反要问他："无故捆人犯法不犯？"经村长双方劝解，才算放了完事。

兴旺还没有离村公所，小芹拉着妇救会主席也来找村长，她一进门就说："村长！捉贼要赃，捉奸要双，当了妇救会主席就不说理了？"兴旺见拉着金旺的老婆，生怕说出这事与自己有关，赶紧溜走。后来村长问了问情由，费了好大一会唇舌，才给她们调解开。

七　三仙姑许亲

两个斗争会开过以后，事情包也包不住了，小二黑也知道这事是合理合法的了，索性就跟小芹公开商量起来。

三仙姑却着了急。她跟小芹虽是母女，近几年来却不对劲。三仙姑爱的是青年们，青年爱的是小芹。小二黑这个孩子，在三仙姑看来好像鲜果，可惜多一个小芹，就没了自己的份儿。她本想早给小芹找个婆家推出门去，可是因为自己声名不正，差不多都不愿意跟她结亲。她想要真是那样的话，以后想跟小二黑说句笑话都不能了，那是多么可惜的事，因此托东家求西家要给小芹找婆家。

"插起招军旗，就有吃粮人。"有个吴先生是在阎锡山部下当过旅长的退职军官，家里很富，才死了老婆。他在奶奶庙大会上见过小芹一面，愿意续她，媒人向三仙姑一说，三仙姑当然愿意。不几天过了礼帖，就算定了，三仙姑以为了却一宗心事。

小芹已经和小二黑商量得差不多了，如何肯听她娘的话？过礼那一天，小芹跟她娘闹起来，把吴先生送来的首饰绸缎扔下一地。媒人走后，小芹跟她娘说："我不管！谁收了人家的东西谁跟人家去！"

三仙姑愁住了，睡了半天，晚饭以后，说是神上了身，打了两个呵欠就唱起来。她起先责备于福管不了家，后来说小芹跟吴先生是前世姻缘，还唱些什么"前世姻缘由天定，不顺天意活不成……"于福跪在地下哀求，神非叫他马上打小芹一顿不可。小芹听了这话，知道跟这个装神弄鬼的娘说不出什么道理来，干脆躲了出去，让她娘一个人胡说。

小芹一个人悄悄跑到前庄上去找小二黑，恰在路上碰上小二黑去找她，两个就悄悄拉着手到一个大窑里去商量对付三仙姑的法子。

八　拿双

小芹把她娘怎样主婚，怎样装神，唱些什么，从头至尾细细向小二黑说了一遍，小二黑说："不用理她！我打听过区上的同志，人家说只要男女本人愿意，就能到区上登记，别人谁也作不了主……"说到这里，听见外边有脚步声，小二黑伸出头来一看，黑影里站着四五个人，有一个说："拿双拿双！"他两人都听出是金旺的声音，小二黑起了火，大叫道："拿？没有犯了法！"兴旺也来了，下命令道："捉住捉住！我就看你犯法不犯法，给你操了好几天心了！"小二黑说："你说去哪里咱就去哪里，到边区政府你也不能把谁怎么样！走！"兴旺说："走？便宜了你！把他捆起来！"小二黑挣扎了一会，无奈没有他们人多，终于被他们七手八脚打了一顿捆起来了。兴旺说："里边还有个女的，也捆起来！捉奸要双，这是她自己说的！"说着就把小芹也捆起来了。

前庄上的人都还没有睡，听见有人吵架，有些人就跑出来看，麻秆火把下看见捆着的两个人，大家不问就都知道了八九分。二诸葛也出来了，见小二黑被人家捆起来，就跪在兴旺面前哀求道："兴旺！咱两家没有什么仇！看在我老汉面上，请你们诸位高高手……"兴旺说："这事情，我们管不了，送给上级再说吧！"小二黑说："爹！你不用管！送到哪里也不犯法！我不怕他！"兴旺说："好小子！要硬你就硬到底！"又逼住三个民兵说："带他们走！"一个民兵问："带到村公所？"兴旺说："还到村公所干什么？上一回不是村长放了的？送给区武委会主任按军法处理！"说着就把他两个人拥上走了。

九　二诸葛的神课

邻居们见是兴旺弟兄们捆人，也没有人敢给小二黑讲情，直等到他们走后，才把二诸葛招呼回家。

二诸葛连连摇头说："唉！我知道这几天要出事啦：前天早上我上地去，才上到岭上，碰上个骑驴媳妇，穿了一身孝，我就知道坏了。我今年是罗睺星照运，要谨防带孝的冲了运气，因此哪里也不敢去，谁知躲也躲不过！昨天晚上二黑他娘梦见庙里唱戏。今天早上一个老鸦落在东房上叫了十几声……唉！反正是时运，躲也躲不过。"他啰里啰嗦念了一大堆，邻居们听了有些厌烦，又给他说了一会宽心话，就都散了。

有事人哪里睡得着？人散了之后，二诸葛家里除了童养媳之外，三个人谁也没有睡。二诸葛摸了摸脸，取出三个制钱占了一卦，占出之后吓得他面色如土。他说："了不得呀了不得！丑土的父母动出午火的官鬼，火旺于夏，恐怕有些危险了。唉！人家把他选成青年队长，我就说过不叫他当，小杂种硬要充人物头！人家说要按军法处理，要不当队长哪里犯得了军法？"老婆也拍手跺脚道："小爹呀！谁知道你要闯这么大的事啦？"大黑劝道："不怕！事已经出下了，由他去吧！我想这又不是人命事，也犯不了什么大罪！既然他们送到区上了，我先到区上打听打听！你们都睡吧！"说着点了个灯笼就走了。

二诸葛打发大黑去后，仍然低头细细研究方才占的那一卦。停了一会，远远听着有个女人哭，越哭越近，不大一会就来到窗下，一推门就进来了。二诸葛还没有看清是谁，这女人就一把把他拉住，带哭带闹说：

"刘修德！还我闺女！你的孩子把我的闺女勾引到哪里了？还我……"二诸葛老婆正气得死去活来，一看见来的是三仙姑，正赶上出气，从炕上跳下来拉住她道："你来了好！省得我去找你！你母女两个好生生把我个孩子勾引坏，你倒有脸来找我！咱两人就也到区上说说理！"两个女人滚成一团，二诸葛一个人拉也拉不开，也再顾不上研究他的卦。三仙姑见二诸葛老婆已经不顾了命，自己先胆怯了几分，不敢恋战，少闹了一会挣脱出来就走了。二诸葛老婆追出门来，被二诸葛拦回去，还骂个不休。

十　恩典恩典

二诸葛一夜没有睡，一遍一遍念："大黑怎么还不回来，大黑怎么还不回来。"第二天天不明就起程往区上走，走到半路，远远看见大黑、三个民兵已都回来了，还来了区上一个助理员、一个交通员。他远远就喊叫道："大黑！怎么样？要紧不要紧？"大黑说："没有事！不怕！"说着就走到跟前，助理员跟三个民兵先走了。大黑告交通员说："这就是我爹！"又向二诸葛说："区上添传你跟于福老婆。你去吧，没有事！二黑跟小芹两个人，一到区上就放开。区上早就听说兴旺跟金旺两个人不是东西，已经把他两个人押起来了，还派助理员到咱村开大会调查他们横行霸道的证据，我赶到那里人家就问罢了，听说区上还许咱二黑跟小芹结婚。"二诸葛说："不犯罪就好，结婚可不行，命相不对！你没有听说添传我做什么？"大黑说："不知道，大约也没有什么大事。你去吧，我先回去告我娘说。"交通员说："老汉！这就算见了你了！你去吧，我再传那一个去！"说了就跟大黑相跟着走了。

二诸葛到了区上，看见小二黑跟小芹坐在一条板凳上，他就指着小二黑骂道："闯祸东西！放了你你还不快回去？你把老子吓死了！不要脸！"区长道："干什么？区公所是骂人的地方？"二诸葛不说话了。区长问："你就是刘修德？"二诸葛答："是！"问："你给刘二黑收了个童养媳？"

答:"是!"问:"今年几岁了?"答:"属猴的,十二岁了。"区长说:"女不过十五岁不能订婚,把人家退回娘家去,刘二黑已经跟于小芹订婚了!"二诸葛说:"她只有个爹,也不知逃难逃到哪里去了,退也没处退。女不过十五不能订婚,那不过是官家规定,其实乡间七八岁订婚的多着哩。请区长恩典恩典就过去了……"区长说:"凡是不合法的订婚,只要有一方面不愿意都得退!"二诸葛说:"我这是两家情愿!"区长问小二黑道:"刘二黑!你愿意不愿意?"小二黑说:"不愿意!"二诸葛的脾气又上来了,瞪了小二黑一眼道:"由你啦?"区长道:"给他订婚不由他,难道由你啦?老汉!如今是婚姻自主,由不得你了!你家养的那个小姑娘,要真是没有娘家,就算成你的闺女好了。"二诸葛道:"那也可以,不过还得请区长恩典恩典,不能叫他跟于福这闺女订婚!"区长说:"这你就管不着了!"二诸葛发急道:"千万请区长恩典恩典,命相不对,这是一辈子的事!"又向小二黑道:"二黑!你不要糊涂了!这是你一辈子的事!"区长道:"老汉!你不要糊涂了;强逼着你十九岁的孩子娶上个十二岁的小姑娘,恐怕要生一辈子气!我不过是劝一劝你,其实只要人家两个人愿意,你愿意不愿意都不相干。回去吧!童养媳没处退就算成你的闺女!"二诸葛还要请区长"恩典恩典",一个交通员把他推出来了。

十一 看看仙姑

　　三仙姑去寻二诸葛,一来为的是逗逗闹气的本领,二来为的是遮遮外人的耳目,其实小芹吃一吃亏她很高兴,所以跟二诸葛老婆闹了一阵之后,回去就睡了。第二天早上,她起得很迟,于福虽比她着急,可是自己既没有主意,又不敢叫醒她,只好自己先去做饭,饭快成的时候,三仙姑慢慢起来梳妆,于福问她道:"不去打听打听小芹?"她说:"打听她做甚啦?她的本领多大啦?"于福也再没有敢说什么,把饭菜做成了放在炉边等,直等到她梳妆罢了才开饭。

饭还没有吃罢，区上的交通员来传她。她好像很得意，嗓子拉得长长的说："闺女大了咱管不了，就去请区长替咱管教管教！"她吃完了饭，换上新衣服、新手帕、绣花鞋、镶边裤，又擦了一次粉，加了几件首饰，然后叫于福给她备上驴，她骑上，于福给她赶上，往区上去。

到了区上。交通员把她引到区长房子里，她趴下就磕头，连声叫道："区长老爷，你可要给我作主！"区长正伏在桌上写字，见她低着头跪在地下，头上戴了满头银首饰，还以为是前两天跟婆婆生了气的那个年轻媳妇，便说道："你婆婆不是有保人吗？为什么不找保人？"三仙姑莫名其妙，抬头看了看区长的脸。区长见是个擦着粉的老太婆，才知道是认错人了。交通员道："认错人了！这就是于小芹的娘！"区长又打量了她一眼道："你就是小芹的娘呀？起来！不要装神做鬼！我什么都清楚！起来！"三仙姑站起来了。区长问："你今年多大岁数？"三仙姑说："四十五。"区长说："你自己看看你打扮得像个人不像？"门边站着老乡一个十来岁的小闺女嘻嘻嘻笑了。交通员说："到外边耍！"小闺女跑了。区长问："你会下神是不是？"三仙姑不敢答话。区长问："你给你闺女找了个婆家？"三仙姑答："找下了！"问："使了多少钱？"答："三千五！"问："还有些什么？"答："有些首饰布匹！"问："跟你闺女商量过没有？"答："没有！"问："你闺女愿意不愿意？"答："不知道！"区长道："我给你叫来你亲自问问她！"又向交通员道："去叫于小芹！"

刚才跑出去那个小闺女，跑到外边一宣传，说有个打官司的老婆，四十五了，擦着粉，穿着花鞋。邻近的女人们都跑来看，挤了半院，唧唧哝哝说："看看！四十五了！""看那裤腿！""看那鞋！"三仙姑半辈没有脸红过，偏这会撑不住气了，一道道热汗在脸上流，交通员领着小芹来了，故意说："看什么？人家也是个人吧，没有见过？闪开路！"一伙女人们哈哈大笑。

把小芹叫来，区长说："你问问你闺女愿意不愿意！"三仙姑只听见院里人说"四十五""穿花鞋"，羞得只顾擦汗，再也开不得口。院里的人们忽然又转了话头,都说"那是人家的闺女","闺女不如娘会打扮",也有人说"听说还会下神",偏又有个知道底细的断断续续讲"米烂了"的故事,这时三仙姑恨不得一头碰死。

区长说:"你不问我替你问!于小芹,你娘给你找的婆家你愿意跟人家结婚不愿意?"小芹说:"不愿意!我知道人家是谁?"区长向三仙姑道:"你听见了吧?"又给她讲了一会婚姻自主的法令,说小芹跟小二黑订婚完全合法,还吩咐她把吴家送来的钱和东西原封退了,让小芹跟小二黑结婚。她羞愧之下,一一答应了下来。

十二　怎么到底

三个民兵回到刘家峧,一说区上把兴旺金旺两人押起来,又派助理员来调查他们的罪恶,真是人人拍手称快。午饭后,庙里开了个群众大会,村长报告了开会宗旨,就请大家举他两个人的作恶事实。起先大家还怕扳不倒人家,人家再返回来报仇,老大一会没有人说话,有几个胆子太小的人,还悄悄劝大家说:"忍事者安然。"有个被他两人作践垮了的年轻人说:"我从前没有忍过?越忍越不得安然!你们不说我说!"他先从金旺领着土匪到他家绑票说起,一连说了四五款,才说道:"我歇歇再说,先让别人也说几款!"他一说开了头,许多受过害的人也都抢着说起来:有给他们花过钱的,有被他们逼着上过吊的,也有产业被他们霸了的,老婆被他们奸淫过的。他两人还派上民兵给他们自己割柴,拨上民夫给他们自己锄地;浮收粮、私派款、强迫民兵捆人……你一宗他一宗,从晌午说到太阳落,一共说了五六十款。

区上根据这些罪状把他两人送到县里,县里把罪状一一证实之后,除叫他们赔偿大家损失外,又判了十五年徒刑。

经过这次大会之后,村里人也都敢出头了。不久,村干部又都经过大改选,村里人再也不敢乱投坏人的票了。这期间,金旺老婆自然也落了选。不过她还变了口吻，说："以后我也要进步了。"

两个神仙也有了变化：

三仙姑那天在区上被一伙妇女围住看了半天，实在觉着不好意思，回去对着镜子研究了一下，真有点打扮得不像话；又想到自己的女儿快要跟人结婚，自己还卖什么老俏？这才下了个决心，把自己的打扮从顶到底换了一遍，弄得像个当长辈人的样子，把三十年来装神弄鬼的那张香案也悄悄拆去。

二诸葛那天从区上回去，又向老婆提起二黑跟小芹的命相不对，他老婆道："把你的鬼八卦收起吧！你不是说二黑这回了不得吗？你一辈子放个屁也要卜一课，究竟抵了些什么事？我看小芹满不错，能跟咱二黑过就很好！什么命相对不对？你就不记得'不宜栽种'？"二诸葛见老婆都不信自己的阴阳，也就不好意思再到别人跟前卖弄他那一套了。

小芹和小二黑各回各家，见老人们的脾气都有些改变，托邻居们趁势和说和说，两位神仙也就顺水推舟同意他们结婚。后来两家都准备了一下，就过门。过门之后，小两口都十分得意，邻居们都说是村里第一对好夫妻。

夫妻们在自己卧房里有时候免不了说玩话：小二黑好学三仙姑下神时候唱"前世姻缘由天定"，小芹好学二诸葛说"区长恩典，命相不对"。淘气的孩子们去听窗，学会了这两句话，就给两位神仙加了新外号：三仙姑叫"前世姻缘"，二诸葛叫"命相不对"。

一九四三年五月写于太行

李有才板话

一　书名的来历

阎家山有个李有才,外号叫"气不死"。

这人现在有五十多岁,没有地,给村里人放牛,夏秋两季捎带看守村里的庄稼。他只是一身一口,没有家眷。他常好说两句开心话,说是"吃饱了一家不饥,锁住门也不怕饿死小板凳"。村东头的老槐树底有一孔土窑还有三亩地,是他爹给留下的,后来把地押给阎恒元,土窑就成了他的全部产业。

阎家山这地方有点古怪:村西头是砖楼房,中间是平房,东头的老槐树下是一排二三十孔土窑。地势看来也还平,可是从房顶上看起来,从西到东却是一道斜坡。西头住的都是姓阎的;中间也有姓阎的也有杂姓,不过都是些在地户;只有东头特别,外来的开荒的占一半,日子过倒霉了的本村的杂姓,也差不多占一半,姓阎的只有三家,也是破了产卖了房子才搬来的。

李有才常说"老槐树底的人只有两辈——一个'老'字辈,一个'小'字辈"。这话也只是取笑:他说的"老"字辈,就是说外来的开荒的,因为这些人的名字除了闾长派差派款在条子上开一下以外,别的人很少留意,人叫起来只是把他们的姓上边加个"老"字,像老陈、老秦、老常等。他说的"小"字辈,就是其余的本地人,因为这地方人起乳名,常把前边加个"小"字,像小顺、小保等。可是西头那些大户人家,都用的是官名，有乳名别人也不敢叫——比方老村长阎恒元乳名叫"小囤"，别人对上人家不只不敢叫"小囤"，就是该说"谷囤"也只得说成"谷仓"，谁还好意思说出"囤"字来？一到了老槐树底，风俗大变，活八十岁也只能叫小什么，小什么，你就起上个官名也使不出去——比方陈小元前几年请柿子洼老先生给起了个官名叫"陈万昌"，回来虽然请闾长在闾账上改过了，可是老村长看账时候想不起这"陈万昌"是谁，问了一下闾长，仍然提起笔来给他改成陈小元。因为有这种关系，老槐树底的本地人，终于还都是"小"字辈。李有才自己，也只能算"小"字辈人，不过他父母是大名府人，起乳名不用"小"字，所以从小就把他叫成"有才"。

在老槐树底，李有才是大家欢迎的人物，每天晚上吃饭时候，没有他就不热闹。他会说开心话，虽是几句平常话，从他口里说出来就能引得大家笑个不休。他还有个特别本领是编歌子，不论村里发生件什么事，有个什么特别人，他都能编一大套，念起来特别顺口。这种歌，在阎家山一带叫"圪溜嘴"，官话叫"快板"。

比方说：西头老户主阎恒元，在抗战以前年年连任村长，有一年改选时候，李有才给他编了一段快板道：

　　村长阎恒元，一手遮住天，
　　自从有村长，一当十几年。
　　年年要投票，嘴说是改选，
　　选来又选去，还是阎恒元。
　　不如弄块板，刻个大名片，
　　每逢该投票，大家按一按，
　　人人省得写，年年不用换，
　　用他百把年，管保用不烂。

恒元的孩子是本村的小学教员，名叫家祥，民国十九年在县里的简易师范毕业。这人的相貌不大好看，脸像个葫芦瓢子，说一句话眨十来次眼皮。不过人不可以貌取，你不要以为他没出息，其实一肚肮脏计，谁跟他共事也得吃他的亏。李有才也给他编过一段快板道：

　　鬼眨眼，阎家祥，
　　眼睫毛，二寸长，
　　大腮蛋，塌鼻梁，
　　说句话儿眼皮忙。
　　两眼一忽闪，
　　肚里有主张，
　　强占三分理，
　　总要沾些光。
　　便宜占不足，
　　气得脸皮黄，
　　眼一挤，嘴一张，
　　好像母猪打哼哼！

像这些快板，李有才差不多每天要编，一方面是他编惯了觉着口顺，另一方面是老槐树底的年轻人吃饭时候常要他念些新的，因此他就越编越多。他的新快板一念出来，东头的年轻人不用一天就都传遍了，可是想传到西头就不十分容易。西头的人不论老少，没事总不到老槐树底来闲坐，小孩们偶尔去老槐树底玩一玩，大人知道了往往骂道："下流东西！明天就要叫你到老槐树底去住啦！"有这层隔阂，有才的快板就很不容易传到西头。

抗战以来，阎家山有许多变化，李有才也就跟着这些变化作了些新快板，还因为作快板遭过难。我想把这些变化谈一谈，把他在这些变化中作的快板也抄他几段,给大家看看解个闷,结果就写成这本小书。

作诗的人,叫"诗人";说作诗的话,叫"诗话"。李有才作出来的歌,不是"诗",明明叫做"快板",因此不能算"诗人",只能算"板人"。这本小书既然是说他作快板的话,所以叫做《李有才板话》。

二　有才窑里的晚会

李有才住的一孔土窑,说也好笑,三面看来有三变:门朝南开,靠西墙正中有个炕,炕的两头还都留着五尺长短的地面。前边靠门这一头,盘了个小灶,还摆着些水缸、菜瓮、锅、匙、碗、碟;靠后墙摆着些筐子、箩头,里面装的是村里人送给他的核桃、柿子(因为他是看庄稼的,大家才给他送这些);正炕后墙上,就炕那么高,打了个半截套窑,可以铺半条席子:因此你要一进门看正面,好像个小山果店;扭转头看西边,好像石菩萨的神龛;回头来看窗下,又好像小村子里的小饭铺。

到了冷冻天气,有才好像一炉火——只要他一回来,爱取笑的人们就围到他这土窑里来闲谈,谈起话来也没有什么题目,扯到哪里算哪里。这年正月二十五日,有才吃罢晚饭,邻家的青年后生小福,领着他的表兄就开开门走进来。有才见有人来了,就点起墙上挂的麻油灯。小福先向他表兄介绍道:"这就是我们这里的有才叔!"有才在套窑里坐着,先让他们坐到炕上,就向小福道:"这是哪里的客?"小福道:"是我表兄!柿子洼的!"他表兄虽然年轻,却很精干,就谦虚道:"不算客,不算客!我是十六晚上在这里看戏,见你老叔唱焦光普唱得那样好,想来领领教!"有才笑了一笑又问道:"你村的戏今年怎么不唱了?"小福的表兄道:"早了赁不下箱,明天才能唱!"有才见他说起唱戏,劲上来了,就不客气地讲起来。他讲:"这焦光普,虽说是个丑,可是个大角色,唱就得唱出劲来!"说着就举起他的旱烟袋算马鞭子,下边虽然坐着,上边就抡打起来,一边抡着一边道:"一出场:当当当当当令 × 令当令 × 令……当令×各拉打打当!"他煞住第一段家伙,正预备接着打,门"啪"一声开了,走进来个小顺,拿着两个软米糕道:"慢着老叔!防备着把锣打破了!"说着走到炕边把胳膊往套窑里一展道:"老叔!我爹请你尝尝我们的糕!"(阴历正月二十五,此地有个节叫"添仓",吃黍米糕。)有才一边接着一边谦让道:"你们自己吃吧!今年煮的都不多!"说着接过去,随便让了让大家,就吃起来。小顺坐到炕上道:"不多吧总不能像启昌老婆,过个添仓,派给人家小旦两个糕!"小福道:"雇不起长工不雇吧,雇得起人管不起吃?"有才道:"启昌也还罢了,老婆不是东西!"小福的表兄问道:"哪个小旦?就是唱国舅爷那个?"小福道:"对!老得贵的孩子给启昌住长工。"小顺道:"那么可比他爹那人强一百二十分!"有才道:"那还用说?"小福的表兄悄悄问小福道:"老得贵怎么?"他虽说得很低,却被小顺听见了,小顺道:"那是有歌的!"接着就念道:

张得贵,真好汉,
跟着恒元舌头转:
恒元说个"长",
得贵说"不短";
恒元说个"方",
得贵说"不圆";
恒元说"砂锅能捣蒜",
得贵就说"打不烂";
恒元说"公鸡能下蛋",
得贵就说"亲眼见"。
要干啥,就能干,
只要恒元嘴动弹!

他把这段快板念完,小福听惯了,不很笑。他表兄却嘻嘻哈哈笑个不了。

　　小顺道："你笑什么？得贵的好事多着哩！那是我们村里有名的吃烙饼干部。"小福的表兄道："还是干部啦？"小顺道："农会主席！官也不小。"小福的表兄道："怎么说是吃烙饼干部？"小顺说："这村跟别处不同：谁有个事到公所说说，先得十几斤面、五斤猪肉，在场的每人一斤面烙饼，一大碗菜，吃了才说理。得贵领一分烙饼，总得把每一张烙饼都挑过。"小福的表兄道："我们村里早二三年前说事就不兴吃喝了。"小顺道："人家哪一村也不兴了，就这村怪！这都是老恒元的古规。老恒元今天得个病死了，明天管保就吃不成了。"

　　正说着，又来了几个人：老秦（小福的爹）、小元、小明、小保。一进门，小元喊道："大事情！大事情！"有才忙道："什么？什么？"小明答道："老哥！喜富的村长撤差了！"小顺从炕上往地下一跳道："真的？再唱三天戏！"小福道："我也算数！"有才道："还有今天？我当他这饭碗是铁箍箍住了！谁说的？"小元道："真的！章工作员来了，带着公事！"小福的表兄问小福道："你村人跟喜富的仇气就这么大？"小顺道："那也是有歌的：

　　　　一只虎，阎喜富，
　　　　吃吃喝喝有来路，
　　　　当过兵，卖过土，
　　　　又偷牲口又放赌，
　　　　当牙行，卖寡妇……
　　　　什么事情都敢做。
　　　　惹下他，防不住，
　　　　人人见了满招呼！

你看仇恨大不大？"小福的表兄听罢才笑了一声，小明又拦住告诉他道:"柿子洼客你是不知道!他念的那还是说从前,抗战以后这东西趁着兵荒马乱抢了个村长,就更了不得了,有恒元那老不死给他撑腰,就没有他干不出来的事,屁大点事弄到公所,也是桌面上吃饭,袖筒里过钱,钱淹不住心,说捆就捆,说打就打,说叫谁倾家败产谁就没法治。逼得人家破了产,老恒元管'贱钱二百'买房买地。老槐树底这些人,进了村公所,谁也不敢走到桌边。三天两头出款,谁敢问问人家派的是什么钱;人家姓阎的一年四季也不见走一回差,有差事都派到老槐树底,谁不是荒着地给人家支?……你是不知道,坏透了坏透了!"有才低声问道:"为什么事撤了的?"小保道:"这可还不知道,大概是县里调查出来的吧?"有才道:"光撤了差放在村里还是大害,什么时候毁了他才能算干净,可不知道县里还办他不办?"小保道:"只要把他弄下台,攻他的人可多啦!"

远远有人喊道:"明天到庙里选村长啦,十八岁以上的人都得去……"一连声叫喊,声音越来越近,小福听出来了,便向大家道:"是得贵!还听不懂他那贱嗓?"进来了,就是得贵。他一进来,除了有才是主人,随便打了个招呼,其余的人都没有说话,小福小顺彼此挤了挤眼。得贵道:"这里倒热闹!省得我跑!明天选村长啦,凡年满十八岁者都去!"又把嗓子放得低低的:"老村长的意思叫选广聚!谁不在这里,你们碰上告诉给他们一声!"说着抽身就走了,他才一出门,小顺抢着道:"吃烙饼去吧!"小元道:"吃屁吧!章工作员还在这里住着啦,饼恐怕烙不成!"老秦埋怨道:"人家听见了!"小元道:"怕什么?就是故意叫他听啦。"小保道:"他也学会打官腔了:'凡年满十八岁者'……"小顺道:"还有'老村长的意思'。"小福道:"假大头这会要变真大头啦呀!"小福的表兄问小福道:"谁是假大头?"小顺抢着道:"这也有歌:

刘广聚,假大头:
一心要当人物头,

抱粗腿，借势头，
拜认恒元干老头。
大小事，强出头，
说起话来歪着头。
从西头，到东头，
放不下广聚这颗头。

一念歌你就清楚了。"小福的表兄觉着很奇怪，也没有顾上笑，又问道："怎么你村有这么多的歌？"小顺道："提起西头的人来，没有一个没歌的，连哪一个女人脸上有麻子都有歌。不只是人，每出一件新事隔不了一天就有歌出来了。"又指着有才道："有我们这位老叔，你想听歌很容易！要多少有多少！"

小元道："我看咱们也不用管他'老村长的意思'不意思，明天偏给他放个冷炮，攒上一伙人选别人，偏不选广聚！"老秦道："不妥不妥，指望咱老槐树底人谁得罪得起老恒元？他说选广聚就选广聚，瞎惹那些气有什么好处？"小元道："你这老汉也真见不得事！只怕柿叶掉下来碰破你的头，你不敢得罪人家，还不是照样替人家支差出款？"老秦这人有点古怪，只要年轻人一发脾气，他就不说话了。小保向小元道："你说得对，这一回真是该扭扭劲！要是再选上个广聚还不是仍出不了恒元老家伙的手吗？依我说咱们老槐树底的人这回就出出头，就是办不好也比搓在他们脚板底强得多！"小保这么一说，大家都同意，只是决定不了该选谁好。依小元说，小保就可以办；老陈觉得要是选小明，票数会更多一些；小明却说在大场面上说个话还是小元有两下子。李有才道："我说个公道话吧：要是选小明老弟，管保票数最多，可是他老弟恐怕不能办：他这人太好、太直，跟人家老恒元那伙人斗个什么事恐怕没有人家的心眼多，小保领过几年羊（就是当羊经理），在外边走的地方也不少，又能写能算，办倒没有什么办不了，只是他一家五六口子全靠他一个人吃饭，真也有点顾不上。依我说,小元可以办,小保可以帮他记一记账,写个什么公事……"这个意见大家赞成了。小保向大家道:"要那样咱们出去给他活动活动!"小顺道:"对!宣传宣传!"说着就都往外走。老秦着了急,叫住小福道:"小福!你跟人家逞什么能!给我回去!"小顺拉着小福道:"走吧走吧!"又回头向老秦道:"不怕!丢了你小福我包赔!"说了就把小福拉上走了。老秦赶紧追出来连声喊叫,也没有叫住,只好领上外甥(小福的表兄)回去睡觉。

窑里丢下有才一个人,也就睡了。

三 打虎

第二天吃过早饭,李有才放出牛来预备往山坡上送,小顺拦住他道:"老叔你不要走了!多一票算一票!今天还许弄成,已经给小元弄到四十多票了。"有才道:"误不了!我把牛送到椒洼就回来,这时候又不怕吃了谁的庄稼!章工作员开会,一讲话还不是一大晌?误不了!"小顺道:"这一回是选举会,又不是讲话会。"有才道:"知道!不论什么会,他在开头总要讲几句'重要性'啦,'什么的意义及其价值'啦,光他讲讲这些我就回来了!"小顺道:"那你去吧!可不要叫误了!"说着就往庙里去了。

庙里还跟平常开会一样,章工作员、各干部坐在拜庭上,群众站在院里,不同的只是因为喜富撤了差,大家要看看他还威风不威风,所以人来得特别多。

不大一会,人到齐了,喜富这次当最后一回主席。他虽然沉着气,可是嗓子究竟有点不自然,说了几句客气话,就请章工作员讲话,章工作员这次也跟从前说话不同了,也没有讲什么"意义"与"重要性",直截了当说道:"这里的村长,犯了一些错误,上级有命令叫另选。在未选举以前,大家对旧村长有什么意见,可以提一提。"大家对喜富的意见,提一千条也有,可是一来没有准备,二来碍于老恒元的面子,三来差不多都怕喜富将来记仇，因此没有人敢马上出头来提，只是交头接耳商量。有的说"趁此机会不治他，将来是村上的大害"，有的说"能送死他自然是好事，送不死，一旦放虎归山必然要伤人"，……议论纷纷，都没有主意。有个马凤鸣，当年在安徽卖过茶叶，是张启昌的姊夫，在阎家山下了户。这人走过大地方，开通一点，不像阎家山人那么小心小胆。喜富当村长的第一年，随便欺压村民，有一次压迫到他头上，当时惹不过，只好忍过去。这次喜富已经下了台，他想趁势算一下旧账，便悄悄向几个人道："只要你们大家有意见愿意提，我可以打头一炮！"马凤鸣说愿意打头一炮，小元先给他鼓励道："提吧！你一提我接住就提，说开头多着哩！"他们正商量着，章工作员在台上等急了，便催道："有没有？再限一分钟！"马凤鸣站起来道："我有个意见：我的地上边是阎五的坟地，坟地堰上的荆条、酸枣树，一直长到我的地后，遮住半块地不长庄稼。前年冬天我去砍了一砍，阎五说出话来，报告到村公所，村长阎喜富给我说的，叫我杀了一口猪给阎五祭祖，又出了二百斤面叫所有的阎家人大吃一顿，罚了我五百块钱，永远不准我在地后砍荆条和酸枣树。猪跟面大家算吃了，钱算我出了，我都能忍过去不追究，只是我种地出着负担永远叫给人家长荆条和酸枣树，我觉着不合理。现在要换村长，我请以后开放这个禁令！"章工作员好像有点吃惊，问大家道："真有这事？"除了姓阎的，别人差不多齐声答道："有！"有才也早回来了，听见是说这事，也在中间发冷话道："比那更气人的事还多得多！"小元抢着道："我也有个意见！"接着说了一件派差事。两个人发言以后，意见就多起来，你一款我一款，无论是花黑钱、请吃饭、打板子、罚苦工……只要是喜富出头做的坏事，差不多都说出来了，可是与恒元有关系的事差不多还没人敢提，直到晌午，意见似乎没人提了，章工作员气得大瞪眼，因为他常在这里工作，从来也不会想到有这么多的问题。他向大家发命令道："这个好村长！把他捆起来！"一说捆喜富，当然大家很有劲，也不知道上来多少人，七手八脚把他捆成了个倒缚兔。他们问送到哪里，章工作员道：

"且捆到下面的小屋里,拨两个人看守着,大家先回去吃饭,吃了饭选过村长,我把他带回区上去!"小顺、小福还有七八个人抢着道:"我看守!我看守!"小顺道:"迟吃一会饭有什么要紧?"章工作员又道:"找个人把上午大家提的意见写成个单子作为报告,我带回去!"马凤鸣道:"我写!"小保道:"我帮你!"章工作员见有了人,就宣布散了会。

这天晌午,最着急的是恒元父子,因为有好多案件虽是喜富出头,却还是与他们有关的。恒元很想吩咐喜富一下叫他到县里不要乱说,无奈那么许多人看守着,没有空子,也只好罢了。吃过午饭,老恒元说身体有点不舒服,只打发儿子家祥去照应选举的事,自己却没有去。

会又开了,章工作员宣布新的选举办法道:"按正规的选法,应该先选村代表,然后由代表会里产生村长,可是现在来不及了。现在我想了个变通办法:大家先提出三个候选人,然后用投票的法子从三个人中选一个。投票的办法,因为不识字的人很多,可以用三个碗,上边画上记号,放到人看不见的地方,每人发一颗豆,愿意选谁,就把豆放到谁的碗里去。这个办法好不好?"大家齐声道:"好!"这又出了家祥意料之外:他仗着一大部分人离不了他写票,谁知章工作员又用了这个办法。办法既然改了,他借着自己是个教育委员,献了个殷勤,去准备了三个碗,顺路想在这碗上想点办法。大家把三个候选人提出来了:刘广聚是经过老恒元的运动的,自然在数,一个是马凤鸣,一个就是陈小元。家祥把一个红碗两个黑碗上贴了名字向大家声明道:"注意!一会把这三个碗放到里边殿里,次序是这样:从东往西,第一个,红碗,是刘广聚!第二个是马凤鸣,第三个是陈小元。再说一遍:从东往西,第一个,红碗,是刘广聚!第二个是马凤鸣,第三个是陈小元。"说了把碗放到殿里的供桌上,然后站东过西每人发了一颗豆,发完了就投起来。一会,票投完了,结果是马凤鸣五十二票,刘广聚八十八票当选,陈小元八十六票,跟刘广聚只差两票。

选举完了,章工作员道:"我还要回区上去。派两个人跟我相跟上把喜富送去!"家祥道:"我派我派!"下边有几个人齐声道:"不用你派,我去!我去!"说着走出十几个人来,章工作员道:"有两个就行!"小元道:"多去几个保险!"结果有五个去。章工作员又叫人取来了马凤鸣跟小保写的报告,就带着喜富走了。

  刘广聚当了村长,送走工作员之后,歪着个头,到恒元家里去——一方面是谢恩,一方面是领教,老恒元听了家祥的报告,知道章工作员把喜富带走,又知道小元跟广聚只差两票,心里着实有点不安,少气无力向广聚道:"孩子!以后要小心点!情况变得有点不妙了!马凤鸣,一个外来户,也要翻眼;老槐树底人也起了反了!"说着伸出两个指头来道:"你看危险不危险?两票!只差两票!"又吩咐他道:"孩子以后要买一买马凤鸣的账,拣那不重要的委员给他当一个——就叫他当个建设委员也好!像小元那些没天没地的东西,以后要找个机会重重治他一下,要不就压不住东头那些东西,不过现在还不敢冒失,等喜富的事有个头尾再说!回去吧孩子!我今天有点不得劲,想早点歇歇!"广聚受完了这番训,也就辞出。

  这天晚上,李有才的土窑里自然也是特别热闹,不必细说。第二天便有两段新歌传出来,一段是:

    正月二十五,打倒一只虎;
    到了二十六,老虎更吃苦,
    大家提意见,尾巴藏不住,
    咕咚按倒地,打个背绑兔。
    家祥干䁖眼,恒元屙一裤。
    大家哈哈笑,心里满舒服。

  还有一段是:

老恒元，真混账，
抱住村长死不放。
说选举，是假样，
侄儿下来干儿上。

（喜富是恒元的本家侄儿，广聚是干儿。）

四　丈地

自从把喜富带走以后，老恒元总是放心不下，生怕把他与自己有关的事攀扯出来，可是现在的新政府不比旧衙门，有钱也花不进去，打发家祥去了几次也打听不着，只好算了。过了三个月，县里召集各村村长去开会，老恒元托广聚到县里顺便打听喜富的下落。

隔了两天，广聚回来了，饭也没有吃，歪着个头，先到恒元那里报告。恒元躺着，他坐在床头毕恭毕敬地报告道："喜富的事，因为案件过多，喜富不愿攀出人来，直拖累了好几个月才算结束。所有麻烦，喜富一个人都承认起来了，县政府特别宽大，准他呈递悔过书赔偿大众损失，就算完事。"恒元长长吐了口气道："也算！能不多牵连别人就好！"又问道："这次开会商议了些什么？"广聚道："一共三件事：第一是确实执行减租，发了个表格，叫填出佃户姓名、地主姓名、租地亩数、原租额多少、减去多少。第二是清丈土地，办法是除了政权、各团体干部参加外，每二十户选个代表共同丈量。第三是成立武委会发动民兵，办法是先选派一个人，在阳历六月十五号以前到县受训。"老恒元听说喜富的案件已了，才放心了一点，及至听到这些事，眉头又打起皱来。他等广聚走了，便跟儿子家祥道："这派人受训没有什么难办，依我看还是巧招兵，跟阎锡山要的在乡军人一样，随便派上个谁就行了。减租和丈地两件事，在阎家山说来，只是对咱不利。不过第一件还好办，只要到各窝铺上说给佃户们一声,就叫他们对外人说是已经减过租了,他们怕夺地,自然不敢不照咱的话说;回头村公所要造表,自然还要经你的手,也不愁造不合适。只有这第二件不好办;丈地时候参加那么多的人,如何瞒得过去?"家祥眹着眼道:"我看也好应付!说各干部吧!村长广聚是自己人。民事委员教育委员是咱父子俩,工会主席老范是咱的领工,咱一家就出三个人。农会主席得贵还不是跟着咱转?财政委员启昌,平常打的是不利不害主义,只要不叫他吃亏,他也不说什么。他孩子小林虽然算个青救干部,啥也不懂。只有马凤鸣不好对付,他最精明,又是个外来户,跟咱都不一心,遇事又敢说话,他老婆桂英又是个妇救干部,一家也出着两个人……"老恒元道:"马凤鸣好对付:他们做过生意的人最爱占便宜,叫他占上些便宜他就不说什么了。我觉得最难对付的是每二十户选的那一个代表,人数既多,意见又不一致。"家祥道:"我看不选代表也行。"恒元道:"不妥!章工作员那小子腿勤,到丈地时候他要来了怎么办?我看代表还是要,不过可以由村长指派,派那些最穷、最爱打小算盘的人,像老槐树底老秦那些人。"家祥道:"这我就不懂了;越是穷人,越出不起负担,越要细丈别人的地……"恒远道:"你们年轻人自然想不通:咱们丈地时候,先拣那最零碎的地方丈起——比方咱'椒洼'地,一亩就有七八块,算的时候你执算盘,慢慢细算。这么着丈量,一个椒洼不上十五亩地就得丈两天。他们那些爱打小算盘的穷户,哪里误得起闲工?跟着咱们丈过两三天,自然就都走开了。等把他们熬败了,咱们一方面说他们不积极不热心,一方面还不是由咱自己丈吗?只要做个样子,说多少是多少,谁知道?"家祥道:"可是我见人家丈过的地还插牌子!"恒元道:"山野地,块子很不规矩,每一处只要把牌子上写个总数目——比方'自此以下至崖根共几亩几分',谁知道对不对?要是再用点小艺道买一买小户,小户也就不说话了——比方你看他一块有三亩,你就说'小户人家,用不着细盘量了,算成二亩吧!'这样一来,他有点小虚数,也怕多量出来,因此也就不想再去量别人的!"

恒元对着家祥训了这一番话,又打发他去请来马凤鸣。马凤鸣的地都是近二十年来新买的,不过因为买得刁巧一点,都是些大亩数——往往完一亩粮的地就有二三亩大。老恒元说:"你的地既然都是新买的,可以不必丈量,就按原契插牌子。"马凤鸣自然很高兴。恒元又叫家祥叫来了广聚,把自己的计划宣布了一番。广聚一来自己地多,二来当村长就靠的是恒元,当然没有别的话说。

第二天便依着计划先派定了丈地代表,第三天便开始丈地。果不出恒元所料,章工作员来了,也跟着去参观。恒元说:"先丈我的!"村长广聚领头,民事委员阎恒元、教育委员阎家祥、财政委员张启昌、建设委员马凤鸣、农会主席张得贵、工会主席老范、妇救会主席桂英、青救会主席小林,还有十余个新派的代表们,带着丈地的弓、算盘、木牌、笔砚等,章工作员也跟在后边,往椒洼去了。

广聚管指划,得贵执弓,家祥打算盘。每块地不够二分,可是东伸一个角西打一个弯,还得分成四五块来算。每丈量完了一块,休息一会,广聚给大家讲方的该怎样算,斜的该怎样折,家祥给大家讲"飞归得亩"①之算法。大家原来不是来学习算地亩,也都听不起劲来,只是觉着丈量得太慢。章工作员却觉着这办法很细致,说是"丈地的模范",说了便往柿子洼编村去了。

果不出恒元所料,两天之后,椒洼地没有丈完,就有许多人不来了。到了第五天,临出发只集合了七个人:恒元父子连领工老范是三个,广聚一个,得贵一个,还有桂英跟小林,一个没经过事的女人,一个小孩子。恒元摇着芭蕉扇,广聚端着水烟袋,领工老范捎着一张镢,小林捎着个镰预备割柴,桂英肚里怀着孕,想拔些新鲜野菜,也捎着个篮子,只有得贵这几天在恒元家里吃饭,自然要多拿几件东西——丈地弓、算盘、笔砚、木牌,都是他一个人抱着。丈量地点是椒洼后沟,也是恒元

---

① 飞归得亩,丈量形状不规则的土地互相折合的一种计算方法。

的地,出发时候,恒元故意发脾气道:"又都不来了!那么多的委员,只说话不办事,好像都成了咱们七八个人的事了!"说着就出发了。这条沟没有别人的地,连样子也不用装,一进了沟就各干各的:桂英吃了几颗青杏,就走了岔道拔菜去了,小林也吃了几颗,跟桂英一道割柴去了,家祥见堰上塌了个小壑,指挥着老范去垒,得贵也放下那些家具去帮忙,恒元跟广聚,到麦地边的核桃树底趁凉快说闲话去。

　　这天有才恰在这山顶上看麦子,见进沟来七八个人,起先还以为是偷麦子的,后来各干其事了。虽然离得远了认不清人,可是做的事也都看得很清楚,只有到核桃树底去的那两个人不知是干什么的。他又往前凑了一凑,能听见说说笑笑,却听不见说什么。他自言自语道:"这是两个什么鬼东西,我总要等你们出来!"说着就坐在林边等着。直到天快晌午,见有个从核桃树下钻出来喊道:"家祥!写牌来吧!"这一下听出来了,是恒元。垒堰那三个人也过来了两个,一个是家祥,一个是老范。家祥写了两个木牌,给了老范一块,自己拿着一块:老范那块插在东圪嘴上,家祥那块插在麦地边。牌子插好,就叫来了桂英、小林,七个人相跟着回去了,有才见得贵拿着弓,才想起来人家是丈地,暗自寻思道:"这地原是这样丈的?我总要看看牌上写的是什么!"一边想,一边绕着路到沟底看牌。两块牌都看了,麦地边那块写的是:"自此至沟掌,大小十五块,共七亩二分二厘。"东圪嘴上那块写的是:"圪嘴上至崖根,共三亩二分八厘。"他看完了牌,觉着好笑,回来在路上编了这样一段歌:

　　　　丈地的,真奇怪,
　　　　七个人,不一块;
　　　　小林去割柴,桂英去拔菜,
　　　　老范得贵去垒堰,家祥一旁乱指派,
　　　　只有恒元与广聚,核桃树底乘凉快,
　　　　芭蕉扇,水烟袋,

说说笑笑真不坏。

坐到小晌午，叫过家祥来，

三人一捏弄，家祥就写牌，

前后共算十亩半，木头牌子插两块。

这些鬼把戏，只能哄小孩；

从沟里到沟外，平地坡地都不坏，

一共算成三十亩，管保恒元他不卖！

五 好怕的"模范村"

过了几天，地丈完了，他们果然给小户人家送了些小便宜，有三亩只估二亩，有二亩估作亩半。丈完了地这一晚上，得贵想在小户们面前给恒元卖个好，也给自己卖个好，因此在恒元家吃过晚饭，跟家祥们攀谈了几句，就往老槐树底来。老槐树底人也都吃过了饭，在树下纳凉，谈闲话，说说笑笑，声音很高。他想听一听风头对不对，就远远在路口站住步侧耳细听，只听一个人道："小旦！你不能劝劝你爹以后不要当恒元的尾巴？人家外边说多少闲话……"又听见小旦拦住那人的话抢着道："哪天不劝他？可是他不听有什么法？为这事不知生过多少气？有时候他在老恒元那里拿一根葱、几头蒜，我娘也不吃他的，我也不吃他的，就那他也不改！"他听见是自己的孩子说自己，更不便走进场，可是也想再听听以下还说些什么，所以也舍不得走开。停了一会，听得有才问道："地丈完了？老恒元的地丈了多少？"小旦道："听说是一百一十多亩。"小元道："哄鬼也哄不过！不用说他原来的祖业，光近十年来的押地也差不多有那么多！"小保道："押地可好算，老槐树底的人差不多都是把地押给他才来的！"说着大家就七嘴八舌，三亩二亩给他算起来，算的结果，连老槐树底带村里人，押给恒元的地，一共就有八十四亩。小元道："他通年雇着三个长工，山上还有六七家窝铺，要是细量起来，丈不够三百亩我不姓陈!"小顺道:"你不说人家是怎样丈的?你就没听有才老叔编的歌?'丈地的,真奇怪,七个人,不一块……'"接着把那一段歌念了一遍,念得大家哈哈大笑。老秦道:"我看人家丈得也公道,要宽都宽,像我那地明明是三亩,只算了二亩!"小元道:"那还不是哄小孩?只要把恒元的地丈公道了,咱们这些户,二亩也不出负担,三亩还不出负担;人家把三百亩丈成一百亩,轮到你名下,三亩也得出,二亩也得出!"[①]

得贵听到这里,知道大家已经猜透了恒元的心事,这个好已经卖不出去,就返回来想再到恒元这里把方才听到的话报告一下。他走到恒元家,恒元已经睡了,只有家祥点着灯造表,他便把方才听到的话和有才的歌报告给家祥,中间还加了一些骂恒元的话。家祥听了,沉不住气,两眼眨得飞快,骂了小元跟有才一顿,得贵很得意地回去睡了。

第二天,不等恒元起床,家祥就去报告昨天晚上的事。恒元听了,倒不在乎骂不骂,只恨他们不该把自己的心事猜得那么透彻,想了一会道:"非重办他几个不行!"吃过了饭,叫来了广聚,数说了小元跟有才一顿罪状,末了吩咐道:"把小元选成什么武委会送到县里受训去,把有才撑走,永远不准他回阎家山来!"

广聚领了命,即刻召开了个选人受训的会,仿照章工作员的办法推了三个候选人,把小元选在三人里边,然后投豆子,可是得贵跟家祥两个人,每人暗暗抓了一把豆子都投在小元的碗里,结果把小元选住了。

村里人,连恒元、广聚都算上,都只说这是拔壮丁当兵。小元家里只有一个老娘,又没有吃的,全仗小元养活,一见说把小元选住了,哭着去哀求广聚。广聚奉的是恒元的命令,哀求也没有效,得贵很得意,背地里卖俏说:"谁叫他评论丈地的事?"这话传到老槐树底,大家才知道原来是这么一回事。

小明见邻居们有点事,最能热心帮助。他见小元他娘哀求也无效,

[①] 作者原注:当时行的是累进税制。

就去找小保、小顺等一干人来想办法，小保道："我看人家既是有计划的，说好话也无用，依我说就真当了兵也不是坏事，大家在一处都不错，谁还不能帮一把忙？咱们大家可以招呼他老娘几天。"小明向小元道："你放心吧！也没有多余的事！烧柴吃水，一个人能费多少，你那三亩地，到了忙时候一个人抽一晌工夫就给你捎带了！"小元的叔父老陈为人很痛快，他向大家谢道："事到头上讲不起，既然不能不去，以后自然免不了麻烦大家照应，我先替小元谢谢！"小元也跟着说了许多道谢的话。

在村公所这方面，减租跟丈地的两份表也造成了，受训的人也选定了，做了一份报告，吃过午饭，拨了个差，连小元一同送往区上。把这三件工作交代过，广聚打发人把李有才叫到村公所，歪着个头，拍着桌子大大发了一顿脾气，说他"造谣生事"，又说"简直像汉奸"，最后下命令道："即刻给我滚蛋！永远不许回阎家山来！不听我的话我当汉奸送你！"有才无法，只好跟各牛东算了算账，搬到柿子洼编村去住。

隔了两天，章工作员来了，带着县里来的一张公事，上写道："据第六区公所报告，阎家山编村各干部工作积极细致，完成任务甚为迅速，堪称各村模范，特传令嘉奖以资鼓励……"自此以后，阎家山就被称为"模范村"了。

六　小元的变化

两礼拜过后，小元受训回来了，一到老槐树底，大家就都来问询，在地里做活的，虽然没到响午，听到小元回来的消息的也都赶回来问长问短。小元很得意地道："依他们看来这一回可算把我害了，他们哪里想得到又给咱们弄了个合适？县里叫咱回来成立武委会，发动民兵，还允许给咱们发枪，发手榴弹。县里说：'以后武委会主任跟村长是一文一武，是独立系统，不是附属在村公所。'并且给村长下的公事叫他给武委会准备一切应用物件。从今以后，村里的事也有咱老槐树底的份了。"小顺道："试试！看他老恒元还能独霸乾坤不能？"小明道："你的苗也给你锄出来了。老人家也没有饿了肚，这家送个干粮，那家送碗汤，就够她老人家吃了。"小元自是感谢不提。

吃过午饭，小元到了村公所，把县里的公事取出来给广聚看。广聚一看公事，知道小元有权了，就拿上公事去找恒元。

恒元看了十分后悔道："想不到给他做了个小合适！"又皱着眉头想了一会道："既然错了，就以错上来——以后把他团弄住，叫他也变成咱的人！"广聚道："那家伙有那么一股扭劲，恐怕团弄不住吧！"恒元道："你不懂！这只能慢慢来！咱们都捧他的场，叫他多占点小便宜，'习惯成自然'，不上几个月工夫，老槐树底的日子他就过不惯了。"

广聚领了恒元的命，把一座庙院分成四部分，东社房上三间是村公所，下三间是学校，西社房上三间是武委会主任室，下三间留作集体训练民兵之用。

民兵动员起来了，差不多是老槐树底那一伙子，常和广聚闹小意见，广聚觉得很难对付。后来广聚常到恒元那里领教去，慢慢就生出法子来。比方广聚有制服，家祥有制服，小元没有，住在一个庙里觉着有点比配不上，广聚便道："当主任不可以没制服，回头做一套才行！"隔了不几天，用公款做的新制服给小元拿来了。广聚有水笔，家祥有水笔，小元没有，觉着小口袋上空空的，家祥道："我还有一支回头送你！"第二天水笔也插起来了。广聚不割柴，家祥不割柴，小元穿着制服去割了一回柴，觉着不好意思，广聚道："能烧多少？派个民兵去割一点就够了！"

从此以后，小元果然变了，割柴派民兵，担水派民兵，自己架起胳膊当主任。他叔父老陈，见他的地也荒了，一日就骂他道："小元看你！近一两月来像个什么东西！出来进去架两条胳膊，连水也不能担了，柴也不能割了！你去受训，人家大家给你把苗锄出来，如今秀了一半穗了，你也不锄二遍，草比苗还高，看你秋天吃什么？"小元近来连看也没有到地里看过，经老陈这一骂，也觉得应该到地里看看去。吃过早饭，扛了一把锄,正预备往地里走,走到村里,正碰上家祥吃过饭往学校去。家祥含笑道:"锄地去啦?"小元脸红了,觉着不像个主任身份,便喃喃地道:"我到地里看看去!"家祥道:"歇歇谈一会闲话再去吧!"小元也不反对,跟着家祥走到庙门口,把锄放在门外,就走进去跟家祥、广聚闲谈起来,直谈到晌午才回去吃饭去。吃过饭,总觉着不可以去锄地,结果仍是第二天派了两个民兵去锄。

这次派的是小顺跟小福,这两个青年虽然也不敢不去,可是总觉着不大痛快。走到小元地里,无精打采慢慢锄起来。他两个一边锄一边谈。小顺道:"多一位菩萨多一炉香!成天盼望主任给咱们抵些事,谁知道主任一上了台,就跟人家混得很熟,除了多派咱几回差,一点什么好处都没有!"小福道:"头一遍是咱给他锄,第二遍还叫咱给他锄!"小顺道:"那可不一样:头一遍是人家把他送走了,咱们大家情愿帮忙,第二遍是人家升了官,不能锄地了,派咱给人家当差。早知道落这个结果,帮忙?省点气力不能睡觉?"小福道:"可惜把个有才老汉也撑走了,老汉要在,一定要给他编个好歌!"小顺道:"咱不能给他编个试试?"小福道:"可以!我帮你!"给小元锄地,他们既然有点不痛快,所以也不管锄到了没有,留下草了没有,只是随手锄过就是,两个人都把心用在编歌子上。小顺编了几句,小福也给他改了一两句,又添了两句,结果编成了这么一段短歌:

陈小元,坏得快,
当了主任耍气派,
改了穿,换了戴,
坐在庙上不下来,
不担水,不割柴,
蹄蹄爪爪不想抬,
锄个地,也派差,

逼着邻居当奴才。

小福晚上悄悄把这个歌念给两三个青年听，第二天传出去，大家都念得烂熟，小元在庙里坐着自然不得知道。

这还都是些小事，最叫人可恨的是把喜富赔偿群众损失这笔款，移到武委会用了。本来喜富早两个月就递了悔过书出来了，只是县政府把他应赔偿群众的款算了一下，就该着三千四百余元，还有几百斤面、几石小米。这些东西有一半是恒元用了，恒元就着人告喜富暂且不要回来，有了机会再说。

恰巧"八一"节要检阅民兵，小元跟广聚说，要做些挂包、子弹袋、炒面袋，还要准备七八个人三天的吃喝。广聚跟恒元一说，恒元觉着机会来了，开了个干部会，说公所没款，就把喜富这笔款移用了。大家虽然听说喜富要赔偿损失，可是谁也没听说赔多少数目。因为马凤鸣的损失也很大，遇了事又能说两句，就有些人怂恿着他去质问村长。马凤鸣跟恒元混熟了，不想得罪人，可是也想得赔偿，因此借着大家的推举也就答应了。但是他知道村长不过是个假样子，所以先去找恒元。他用自己人报告消息的口气说："大家对这事情很不满意，将来恐怕还要讨这笔款！"老恒元就猜透他的心事，便向他道："这事怕不好弄，公所真正没款，也没有日子了，四五天就要用，所以干部会上才那么决定，你不是也参加过了吗？不过咱们内里人好商量；你前年那一场事，一共破费了多少，回头叫他另外照数赔偿你！"马凤鸣道："我也不是说那个啦，不过他们……"恒元拦他的话道："不不不！他不赔我就不愿意他！不信我可以垫出来！咱们都是个干部，不分个里外如何能行？"马凤鸣见自己落不了空，也就不说什么了；别人再怂恿也怂恿不动他了。

事过之后，第二天喜富就回来了。赔马凤鸣的东西恒元担承了一半，其余应赔全村民众，那么大的数目，做了几条炒面袋、几个挂包、几条子弹袋，又给民兵拿了二十多斤小米就算完事。

"八一"检阅民兵,阎家山的民兵服装最整齐,又是模范,主任又得了奖。

七 恒元广聚把戏露底

过了阴历八月十五日,正是收秋时候,县农会主席老杨同志,被分配到第六区来检查督促秋收工作。老杨同志叫区农会给他介绍一个比较进步的村,区农会常听章工作员说阎家山是模范村,就把他介绍到阎家山去。

老杨同志吃了早饭起程,天不晌午就到了阎家山。他一进公所,正遇着广聚跟小元下棋。他两个因为一步棋争起来,就没有看见老杨同志进去。老杨同志等了一会,还没有人跟他答话,他就在这争吵中问道:"哪一位是村长?"广聚跟小元抬头一看,见他头上箍着块白手巾,白小布衫深蓝裤,脚上穿着半旧的硬鞋至少也有二斤半重。从这服装上看,村长广聚以为他是哪村派来的送信的,就懒洋洋地问道:"哪村来的?"老杨同志答道:"县里!"广聚仍问道:"到这里干什么?"小元棋快输了,在一边催道:"快走棋吗!"老杨同志有些不耐烦,便道:"你们忙得很!等一会闲了再说吧!"说了把背包往阶台上一丢,坐在上面休息。广聚见他的话头有点不对,也就停住了棋,凑过来答话。老杨同志也看出他是村长,却又故意问了一句:"村长哪里去了?"他红着脸答过话,老杨同志才把介绍信给他,信上写的是:

兹有县农会杨主席,前往阎家山检查督促秋收工作,请予接洽为荷……

广聚看过了信,把老杨同志让到公所,说了几句客气话,便要请老杨同志到自己家里吃饭。老杨同志道:"还是兑些米到老百姓家里吃吧!"广聚还要讲俗套,老杨同志道:"这是制度,不能随便破坏!"广聚见他土眉土眼，说话却又那么不随和，一时想不出该怎么对付，便道："好吧！你且歇歇，我给你出去看看！"说了就出了公所来找恒元。他先把介绍信给恒元看了，然后便说这人是怎样怎样一身土气，恒元道："前几天听喜富说有这么个人。这人你可小看不得！听喜富说，有些事情县长还得跟他商量着办。"广聚道："是是是！你一说我想起来了！那一次在县里开会，讨论丈地问题那一天，县干部先开了个会，仿佛有他，穿的是蓝衣服，眉眼就是那样。"恒元道："去吧！好好应酬，不要冲撞着他！"广聚走出门来又返回去问道："我请他到家吃饭，他不肯，他叫给他找个老百姓家去吃，怎么办？"恒元不耐烦了，发话道："这么大一点事也问我？哪有什么难办？他要那么执拗，就把他派到个最穷的家——像老槐树底老秦家，两顿糠吃过来，你怕他不再找你想办法啦？"广聚道："老槐树底那些人跟咱们都不对，不怕他说坏话？"恒元道："你就不看人？老秦见了生人敢放个屁？每次吃了饭你就把他招待回公所，有什么事？"

广聚碰了一顿钉子讨了这么一点小主意，回去就把饭派到老秦家。这样一来，给老秦找下麻烦了！阎家山没有行过这种制度，老秦一来不懂这种管饭只是替做一做，将来还要领米，还以为跟派差派款一样；二来也不知道家常饭就行，还以为衙门来的人一定得吃好的。他既是这样想，就把事情弄大了，到东家借盐，到西家借面，老两口忙了一大会，才算做了两三碗汤面条。

响午，老杨同志到老秦家去吃饭，见小砂锅里是面条，大锅里的饭还没有揭开，一看就知道是把自己当客人待。老秦舀了一碗汤面条，毕恭毕敬双手捧给老杨同志道："吃吧先生！到咱这穷人家吃不上什么好的，喝口汤吧！"他越客气，老杨同志越觉着不舒服，一边接一边道："我自己舀！唉！老人家！咱们吃一锅饭就对了，为什么还要另做饭？"老秦老婆道："好先生！啥也没有！只是一口汤！要是前几年这饭就端不出来！这几年把地押了，啥也讲不起了！"老杨同志听她说押了地，正要问她押给谁，老秦先向老婆喝道："你这老不死，不知道你那一张疯嘴该说什么！

可憋不死你！你还记得啥？还记得啥？"老杨同志猜着老秦是怕她说得有妨碍，也就不再追问，随便劝了老秦几句。老秦见老婆不说话了，因为怕再引起话来，也就不再说了。

小福也回来了，见家里有个人，便问道："爹！这是哪村的客？"老秦道："县里的先生！"老杨同志道："不要这样称呼吧！哪里是什么'先生'？我姓杨！是农救会的！你们叫我个'杨同志'或者'老杨'都好！"又问小福"叫什么名字""多大了"，小福一一答应，老秦老婆见孩子也回来了，便揭开大锅开了饭。老秦，老秦老婆，还有个五岁的女孩，连小福，四个人都吃起饭来。老杨同志第一碗饭吃完，不等老秦看见，就走到大锅边，一边舀饭一边说："我也吃吃这饭，这饭好吃！"老两口赶紧一齐放下碗来招待，老杨同志已把山药蛋南瓜舀到碗里。老秦客气了一会，也就罢了。

小顺来找小福割谷，一进门碰上老杨同志，彼此问询了一下，就向老秦道："老叔！人家别人的谷都打了，我爹病着，连谷也割不起来，后晌叫你小福给俺割吧？"老秦道："吃了饭还要打谷！"小顺道："那我也能帮忙，打下你的来，迟一点去割我的也可以！"老杨同志问道："你们这里收秋还是各顾各？农救会也没有组织过互助小组？"小顺道："收秋可不就是各顾各吧？老农会还管这些事啦？"老杨同志道："那么你们这里的农会都管些什么事？"小顺道："咱不知道。"老杨同志自语道："模范村！这算什么模范？"五岁的小女孩，听见"模范"二字，就想起小顺教她的几句歌来，便顺口念道：

模范不模范，从西往东看；
西头吃烙饼，东头喝稀饭。

小孩子虽然是顺口念着玩，老杨同志却听着很有意思，就逗她道："念得好呀！再念一遍看！"老秦又怕闯祸，瞪了小女孩一眼。老杨同志没有看见老秦的眼色,仍问小女孩道:"谁教给你的?"小女孩指着小顺道:"他!"老秦觉着这一下不只惹了祸,又连累了邻居。他以为自古"官官相卫",老杨同志要是回到村公所一说,马上就不得了。他气极了,劈头打了小女孩一掌骂道:"可哑不了你!"小顺赶紧一把拉开道:"你这老叔!小孩们念个那,有什么危险?我编的,我还不怕,就把你怕成那样?那是真的吧是假的?人家吃烙饼有过你的份?你喝的不是稀饭?"老秦就有这样一种习惯,只要年轻人说他几句,他就不说话了。

  吃过了饭,老秦跟小福去场里打谷子。老杨同志本来预备吃过饭去找村农会主任,可是听小顺一说,已知道工作不实在,因此又想先在群众里调查一下,便向老秦道:"我给你帮忙去。"老秦虽说"不敢不敢",老杨同志却扛起木锨扫帚跟他们往场里去。

  场子就在窑顶上,是好几家公用的。各家的谷子都不多,这天一场共摊了四家的谷子,中间用谷草隔开了界。

  老杨同志到场子里什么都通,拿起什么家具来都会用,特别是好扬家,不只给老秦扬,也给那几家扬了一会,大家都说"真是一张好木锨"(就是说他用木锨用得好)。一场谷打罢了,打谷的人都坐在老槐树底休息,喝水,吃干粮,蹲成一圈围着老杨同志问长问短,只有老秦仍是毕恭毕敬站着,不敢随便说话。小顺道:"杨同志!你真是个好把式!家里一定种地很多吧?"老杨同志道:"地不多,可是做得不少!整整给人家做过十年长工!"老秦一听老杨同志说是个住长工出身,马上就看不起他了,一屁股坐在墙根下道:"小福!不去场里担糠还等什么?"小福正想听老杨同志谈些新鲜事,不想半路走开,便推托道:"不给人家小顺哥割谷?"老秦道:"担糠回来误得了?小孩子听起闲话来就不想动了!"小福无法,只好去担糠。他才从家里挑起篓来往场里走,老秦也不顾别人谈话,又喊道:"细细扫起来!不要只扫个场心!"他这样子,大家都觉着他不顺眼,小保便向他发话道:"你这老汉真讨厌!人家说个话你偏要乱吵!想听就悄悄听,不想听你不能回去歇歇?"老秦受了年轻人的气自然没有话说，起来回去了。小顺向老杨同志道："这老汉真讨厌！吃亏，怕事，受了一辈子穷，可瞧不起穷人。你一说你做过长工，他马上就变了个样子。"老杨同志笑了笑道："是的！我也看出来了。"

广聚依着恒元的盼咐，一吃过饭就来招呼老杨同志，可是哪里也找不着，虽然有人说在场子里，远远看了一下，又不见一个闲人（他想不到县农会主席还能做起活来），从东头找到西头，西头又找回东头来，才算找到。他一走过来，大家什么都不说了。他向老杨同志道："杨同志！咱们回村公所去吧！"老杨同志道："好，你且回去，我还要跟他们谈谈。"广聚道："跟他们这些人能谈个什么？咱们还是回公所去歇歇吧！"老杨同志见他瞧不起大家，又想碰他几句，便半软半硬地发话道："跟他们谈话就是我的工作，你要有什么话等我闲了再谈吧！"广聚见他的话头又不对了，也不敢强叫，可是又想听听他们谈什么，因此也不愿走开，就站在圈外。大家见他不走，谁也不开口，好像庙里十八罗汉像，一个个都成了哑子。老杨同志见他不走开大家不敢说话，已猜着大家是被他压迫怕了，想赶他走开，便问他道："你还等谁？"他唉唉唧唧道："不等谁了！"说着就溜走了。老杨同志等他走了十几步远，故意向大家道："没有见过这种村长！农救会的人到村里，不跟农民谈话，难道跟你村长去谈？"大家亲眼看见自己惹不起的厉害人受了碰，觉着老杨同志真是自己人。

天气不早了，小顺喊叫小福去割谷，老杨同志见小顺说话很痛快，想多跟他打听一些村里的事，便问他道："多借个镰，我也给你割去！"小明、小保也想多跟老杨同志谈谈，齐声道："我也去！"小顺本来只问了个小福，连自己一共两个人，这会却成了五个。这五个人说说话话，一同往地里去了。

八 "老""小"字辈准备翻身

五个人到了地，一边割谷一边谈话。小顺果然说话痛快，什么也不忌讳。老杨同志提到晌午听的那四句歌,很夸奖小顺编得好。小保道:"他还是徒弟,他师父比他编得更好。"老杨同志笑道:"这还是有师父的?"向小顺道:"把你师父编出来的给咱念几段听一听吧?"小顺道:"可以!你要想听这,管保听到天黑也听不完!"说着便念起来。他每念一段,先把事实讲清楚了然后才念,这样便把村里近几年来的事情翻出来许多。老杨同志越听越觉着有意思,比自己一件一件打听出来的事情又重要又细致,因此想亲自访问他这师父一次,就问小顺道:"这歌编得果然好!我想见见这个人,吃了晚饭你能领上我去他家里闲坐一会吗?"小顺道:"可惜他不在村里了,叫人家广聚把他撵跑了!"接着就把丈地时候的故事从头至尾说了一遍,一直说到小元被送县受训,有才逃到柿子洼。老杨同志问道:"柿子洼离这里有多么远?"小顺往西南山洼里一指道:"那不是?不远!五里地!"老杨同志道:"我看这三亩谷也割不到黑!你们着个人去把他请回来,咱们晚上跟他谈谈!"小明道:"只要敢回来,叫一声他就回来了!我去!"老杨同志道:"叫他放心回来!我保他无事!"小顺道:"小明叔腿不快!小福你去吧!"小福很高兴地说了个"可以",扔下镰就跑了。小福去后老杨同志仍然跟大家接着谈话,把近几年来村里的变化差不多都谈完了。最后老杨同志问道:"这些事情,章工作员怎么不知道?"小保道:"章工作员倒是个好人,可惜没经过事,一来就叫人家团弄住了。"他们直谈到天快黑,谷也割完了,小福把有才也叫来了,大家仍然相跟着回去吃饭。

小顺家晚饭是谷子面干粮豆面条汤,给他割谷的都在他家吃。小顺硬要请老杨同志也在他家吃,老杨同志见他是一番实意,也就不再谦让,跟大家一齐吃起来。小顺又给有才端了碗汤拿了两个干粮,有才是自己人,当然也不客气。老秦听说老杨同志敢跟村长说硬话,自然又恭敬起来,把晌午剩下的汤面条热了一热,双手捧了一碗送给老杨同志。

晚饭吃过了,老杨同志问有才道:"你住在哪个窑里?今天晚上咱们大家都到你那里谈一会吧!"有才就坐在自己的门口,顺手指道:"这就是我的窑!"老杨同志抬头一看,见上面还贴着封条,不由他不发怒。他跳起来一把把封条撕破了道:"他妈的!真敢欺负穷人!"又向有才道:"开开进去吧!"有才道:"这锁也是村公所的!"老杨同志道:"你去叫村公所人来给你开!就说我把你叫来谈话啦!"有才去了。

有才找着了广聚,说道:"县农会杨同志找我回来谈话,叫你去开门啦!"广聚看这事情越来越硬,弄得自己越得不着主意,有心去找恒元,又怕因为这点小事受恒元的碰。他想了一想,觉着农救会人还是叫农救会干部去应酬,主意一定,就向有才道:"你等等,我去取钥匙去!"他回家取上钥匙,又去把得贵叫来,暗暗嘱咐了一番话,然后把钥匙给了得贵,便向有才道:"叫他给你开去吧!"有才就同得贵一同回到老槐树底。

得贵跟着恒元吃了多年残剩茶饭,半通不通的浮言客套倒也学得了几句。他一见老杨同志,就满面赔笑道:"这位就是县农会主席吗,慢待慢待!我叫张得贵,就是这村的农会主席。晌午我就听说你老人家来了,去公所拜望了好几次也没有遇面……"说着又是开门又是点灯,客气话说得既叫别人搀不上嘴,小殷勤也做得叫别人帮不上手。老杨同志在地里已经听小顺念过有才给他编的歌,知道他的为人,也就不多接他的话。等他忙乱过后,大家坐定,老杨同志慢慢问他道:"这村共有多少会员?"他含糊答道:"唉!我这记性很坏,记不得了,有册子,回头查查看!"老杨同志道:"共分几小组?"他道:"这、这、这我也记不不清了。"老杨同志放大嗓子道:"连几个小组也记不得?有几个执行委员?"他更莫名其妙,赶紧推托道:"我、我是个老粗人,什么也不懂,请你老人家多多包涵!"老杨同志道:"你不懂只说你不懂,什么粗人不粗人?农救会根本没有收过一个细人入会!连组织也不懂,不只不能当主席,也没有资格当会员,今天把你这主席资格会员资格一同取消了吧!以后农救会的事不与你相干!"他一听要取消他的资格,就转了个弯道:"我本来办不了。辞了几次也辞不退,村里只要有点事,想不管也不行!……"老杨同志道:"你跟谁辞过?"他道:"村公所!"老杨同志道:"当日是谁叫你当的?"他道:"自然也是村公所!"老杨同志说:"不怨你不懂,原来你就不是由农救会来的!去吧!这一回不用辞就退了!"他还要啰嗦,老杨同志挥着手道:"去吧去吧!我还有别的事啦!"这才算把他赶出去。

这天因为有才回来了,邻居们都去问候,因此人来得特别多,来了又碰上老杨同志取消得贵,大家也就站住看起来了。老杨同志把得贵赶走之后,顺便向大家道:"组织农救会是叫受压迫农民反对压迫自己的人。日本鬼子压迫我们,我们就反对日本鬼子;土豪恶霸压迫我们,我们就反对土豪恶霸。张得贵能领导你们反对鬼子吗?能领导着你们反对土豪恶霸吗?他能当个什么主席?……"老杨同志借着评论得贵,顺路给大家讲了讲"农救会是干什么的",大家听得很起劲。不过忙时候总是忙时候,大家听了一小会,大部分就都回去睡了,窑里只剩下小明、小保、小顺、有才四个人(小福没有来,因为后晌没有担完糠,吃过晚饭又去担去了)。老杨同志道:"请你们把恒元那一伙人做的无理无法的坏事拣大的细细说几件,我把它记下来。"说着取出钢笔和笔记簿子来道:"说吧!就先从喜富撤差说起!"小明道:"我先说吧?说漏了大家补!"接着便说起来。他才说到喜富赔偿大家损失的事,小顺忽听窗外好像有人,便喊道:"谁?"喊了一声,果然有个人咚咚咚跑了。大家停住了话,小保、小顺出来到门外一看,远远来了一个人,走近了才认得是小福。小顺道:"是你?你不进来怎么跑了?"小福道:"哪里是我跑?是老得贵!我担完了糠一出门就见他跑过去了!"小保道:"老家伙,又去报告去了!"小顺道:"要防备这老家伙坏事!你们回去谈吧,我去站个岗!"小顺说罢往窑顶上的土堆上去了,大家仍旧接着谈。老杨同志把材料记了一大堆,便向大家道:"我看这些材料中,押地、不实行减租、喜富不赔款、村政权不民主,这四件事最大,因为在这四件事上吃亏的是大多数。咱们要斗争他们,就要叫恒元退出押地,退出多收的租米,叫喜富照县里判决的数目赔款,彻底改选了村政干部。其余各人吃亏的事,只要各个人提出,该怎么办就怎么办,只要这样一来他们就倒台了,受压迫的老百姓就抬起头来了。"

小明道:"能弄成那样,那可真是又一番世界,可惜没有阎家——如今就想不出这么个可出头的人来。有几个能写能算、见过世面、干得了说话的,又差不多跟人家近,跟咱远。"老杨同志道:"现在的事情,要靠大家,不只靠一两个人——这也跟打仗一样,要凭有队伍,不能只凭指挥的人。指挥的人自然也很要紧,可是要从队伍里提拔出来的才能靠得住。你不要说没有人,我看这老槐树底的能人也不少,只要大家抬举,到个大场面上,可真能说他几句!"小保道:"这道理是对的,只是说到真事上我就懵懂了。就像咱们要斗争恒元,可该怎样下手?咱又不是村里的什么干部,怎样去集合人?怎样跟人家去说?人家要说理咱怎么办?人家要翻了脸咱怎么办?……"老杨同志道:"你想得很是路,咱们现在预备就是要预备这些。咱们这些人数目虽然不少,可是散着不能办事,还得组织一下。到人家进步的地方,早就有组织起来的工农妇青各救会,你们这里因为一切大权都在恶霸手里,什么组织也没有。依我说,咱们明天先把农救会组织起来,就用农救会出面跟他们说理。咱们只要按法令跟他们说,他们使的黑钱、押地、多收了人家的租子,就都得退出来。他要无理混赖,现在的政府可不像从前的衙门,不论他是多么厉害的人,犯了法都敢治他的罪!"小保道:"这农救会该怎么组织?"老杨同志就把《会员手册》取出来,给大家把会员的权利、义务、入会资格、组织章程等大概讲了一些,然后向大家道:"我看现在很好组织,只要说组织起来能打倒恒元那一派,再不受他们的压迫,管保愿意参加的人不少!"小保道:"那么明天你就叫村公所召开个大会,你把这道理先给大家宣传宣传,就叫大家报名参加,咱们就快快组织起来干!"老杨同志道:"那办法使不得!"小保道:"从前章工作员就是那么做的,不过后来没有等大家报名,不知道怎样老得贵就成了主席了!"老杨同志道:"所以我说那办法使不得。那办法还不只是没有人报名:一来在那种大会上讲话,只能笼统讲,不能讲得很透彻;二来既然叫大家来报名,像与恒元有关系那些人想报上名给恒元打听消息，可该收呀不收？我说不用那样做：你们有两个人会编歌，就把'入了农救会能怎样怎样'编成个歌传出去，凡是真正受压迫的人听了，一定有许多人愿意入会，然后咱们出去几个人跟他们每个人背地谈谈，愿意入会的就介绍他入会。这样组织起来的会，一来没有恒元那一派的人，二来入会以后都知道会是做什么的。"大家齐声道："这样好，这样好！"小保道："那么就请有才老叔今天黑夜把歌编成，编成了只要念给小顺，不到明天晌午就能传遍。"老杨同志道："这样倒很快，不过还得找几个人去跟愿意入会的人谈话，然后介绍他们入会。"小福道："小明叔交人很宽，只要出去一转还不是一大群？"老杨同志道："我说老槐树底有能人你们看有没有？"正说着，小顺跑进来道："站了一会岗又调查出事情来了：广聚、小元、马凤鸣、启昌，都往恒元家里去了，人家恐怕也有什么布置。我到他门口看看，门关了，什么也听不见！"老杨同志道："听不见由他去吧！咱们谈咱们的。你们这几个人算是由我介绍先入了会，明天你们就可以介绍别人，天气不早了，咱们散了吧！"说了就散了。

九　斗争大胜利

自从老杨同志这天后晌碰了广聚一顿，晚上又把有才叫回，又取消张得贵的农会主席，就有许多人十分得意，暗暗道："试试！假大头也有不厉害的时候？"第二天早上，这些人都想看看老杨同志是怎么一个人，因此吃早饭时候，端着碗来老槐树底的特别多。有才应许下的新歌，夜里编成，一早起来就念给小顺了，小顺就把这歌传给大家。歌是这样念：

　　　入了农救会，力量大几倍，
　　　谁敢压迫咱，大家齐反对。
　　　清算老恒元，从头算到尾；

黑钱要他赔，押地要他退；
减租要认真，一颗不许昧。
干部不是人，都叫他退位；
再不吃他亏，再不受他累。
办成这些事，痛快几百倍，
想要早成功，大家快入会！

提起反对老恒元，阎家山没有几个不赞成的，再说到能叫他赔黑款，退押地……大家的劲儿自然更大了，虽然也有许多怕得罪不起人家不敢出头的，可是仇恨太深，愿意干的究竟是多数。还有人说："只要能打倒他，我情愿再贴上几亩地！"他们听了这入会歌，马上就有二三十个入会的，小保就给他们写上了名。山窝铺的佃户们，无事不到村里来。老杨同志道："谁可以去组织他们？"有才道："这我可以去！我常在他们山上放牛，跟他们最熟。"打发有才上了山，小明就到村里去活动，不到晌午就介绍了五十五个会员。小明向老杨同志道："依我看来，凡是敢说敢干的，差不多都收进来了；还有些胆子小的，虽然也跟咱是一气，可是自己又不想出头，暂且还不愿参加。"老杨同志道："不少，不少！这么大个小村子，马上说话马上能组织起五十多个人来，在我做过工作的村子里，还算第一次遇到。从这件事上看，可以看出一般人对他们仇恨太深，斗起来一定容易胜利！事情既然这么顺当，咱们晚上就可以开个成立大会，选举出干部，分开小组，明天就能干事。这村里这么多的问题，区上还不知道，我可以连夜回区上一次，请他们明天来参加群众大会。"正说着，有才回来了，有几家佃户也跟着来了。佃户们见了老杨同志，先问："要是生起气来，人家要夺地该怎么办？"老杨同志就把法令上的永佃权给他们讲了一遍，叫他们放心。小明道："山上人也来了，我看就可以趁着晌午开个会。"老杨同志道："这样更好！晌午开了会，赶天黑我还能回到区上。"小明道："这会咱们到什么地方开？"老杨同志道："介绍会员不叫他们知道，是怕那些坏家伙混进来；开成立大会可不跟他们偷偷摸摸，到大庙里成立去！"吃过了午饭，庙里的大会开了，选举的结果，小保、小明、小顺当了委员。三个人一分工，小保担任主席，小明担任组织，小顺担任宣传。选举完了，又分了小组，阎家山的农救会就算正式成立。

老杨同志向新干部们道："今天晚上，可以通知各小组，大家搜集老恒元的恶霸材料。"小顺道："我看连广聚、马凤鸣、张启昌、陈小元的材料都可以搜集。"老杨同志道："这不大妥当；马凤鸣、张启昌不是真心顾老恒元的人，照你们昨天谈的，这两个人有时候也反对恒元。咱们着个跟他说得来的人去给他说明利害关系，至少斗起恒元来他两人能不说话。小元他原来是你们招呼起来的人，只要恒元一倒，还有法子叫他变过来。把这些人暂且除过，只把劲儿用在恒元跟广聚身上，成功要容易得多。"老杨同志把这道理说完，然后叫他们多布置几个能说会道的人，预备在第二天的大会上提意见。

安顿停当，老杨同志便回到区公所去。他到区上把在阎家山发现的问题大致一谈，区救联会、武委会主任、区长，大家都莫名其妙，章工作员三番五次说不是事实，最后还是区长说："咱们不敢主观主义，不要以为咱们没有发现问题就算没有问题。依我说咱们明天都可以去参加这个会去，要真有那么大问题，就是在事实上整了我们一次风。"

老恒元也生了些鬼办法：除了用家长资格拉了几户姓阎的，又打发得贵向农救会的个别会员们说："你不要跟着他们胡闹！他们这些工作人员，三天调了，五天换了，老村长是永远不离阎家山的，等他们走了，你还出得了老村长的手心吗？"果然有几个人听了这话，去找小明要退出农救会，小明急了，跟小保小顺们商议。小顺道："他会说咱也会说，咱们再请有才老叔编上个歌，多多写几张把村里贴满，吓他一吓！"有才编了个短歌，连编带写，小保也会写，小顺、小福管贴，不大一会就把事情办了，连老恒元门上也贴了几张。第二天早上，满街都有人在墙上念歌：

工作员,换不换,

农救会,永不散,

只要你恒元不说理,

几时也要跟你干!

这样才算把得贵的谣言压住。

吃过早饭,老杨同志跟区长、救联主席、武委会主任、章工作员一同来了,一来就先到老槐树底蹓了一趟,这一着是老恒元、广聚们没有料到的,因此马上慌了手脚。

群众大会开了,恒元的违法事实,大家一天也没有提完。起先提意见的还只是农救会人,后来不是农救会人也提起意见了。恒元最没法巧辩的是押地跟不实行减租,其余捆人、打人、罚钱、吃烙饼……他虽然想尽法子巧辩,只是证据太多,一条也辩不脱。

第二天仍然继续开会,直到响午才算开完。斗争的结果老恒元把八十四亩押地全部退回原主,退出多收了的租,退出有证据的黑钱。因为私自减了喜富的赔款,刘广聚由区公所撤职送县查办。喜富的赔款仍然如数赔出。在斗争时候,自然不能十分痛快,像退押契、改租约……也费了很大周折,不过这种斗争,人们差不多都见过,不必细叙。

吃过午饭,又选村长。这次的村长选住了小保,因此农救会又补选了委员。因为斗争胜利,要求加入农救会的人更多起来,经过了审查,又扩充了四十一个新会员。其余村政委员,除了马凤鸣跟张启昌不动外,老恒元父子也被大家罢免了另行选过。

选举完了,天也黑了,区干部连老杨同志都住在村公所,因为村里这么大问题章工作员一点也不知道,还常说老恒元是开明士绅,大家就批评了他一次,老杨同志指出他不会接近群众,一来就跟恒元们打热闹,群众有了问题自然不敢说。其余的同志,也有说是"思想意识"问题或"思想方法"问题的,叫章同志作一番比较长期的反省。

批评结束了,大家又说起闲话,老杨同志顺便把李有才这个人介绍了一下,大家觉着这人很有趣,都说"明天早上去访一下"。

十 "板人"作总结

老杨同志跟区干部们因为晚上多谈了一会话,第二天醒得迟了一点。他们一醒来,听着村里地里到处喊叫,起先还以为出了什么事,仔细一听,才知道是唱不是喊。老杨同志是本地人,一听就懂,便向大家道:"你听老百姓今天这股高兴劲儿!'干梆戏'唱得多么喧!"(这地方把不打乐器的清唱叫"干梆戏"。)

正说着,小顺唱着进公所来。他跳跳跶跶向老杨同志跟区干部们道:"都起来了?昨天累了吧?"看神气十分得意。老杨同志问道:"这场斗争老百姓觉着怎样?"小顺道:"你就没有听见'干梆戏'?真是天大的高兴,比过大年高兴得多啦!地也回来了,钱也回来了,吃人虫也再不敢吃人了,什么事有这事大?"老杨同志道:"李有才还在家吗?"小顺道:"在!他这几天才回来没有什么事,叫他吧?"老杨同志道:"不用!我们一早起好到外边蹓一下,顺路就蹓到他家了!"小顺道:"那也好!走吧!"小顺领着路,大家就往老槐树底来。

才下了坡,忽然都听得有人吵架。区长问道:"这是谁吵架?"小顺道:"老陈骂小元啦!该骂!"区干部们问起底细,小顺道:"他本来是老槐树底人,自己认不得自己,当了个武委会主任,就跟人家老恒元打成一伙,在庙里不下来。这两天斗起老恒元来了,他没处去,仍然回到老槐树底。老陈是他的叔父,看不上他那样子,就骂起他来。"区干部们听老杨同志说过此事,所以区武委会主任才也来了。区武委会主任道:"趁斗倒了恒元,批评他一下也是个机会。"大家本是出来闲找有才的,遇上了比较正经的事自然先办正经事,因此就先往小元家。老陈正骂得起劲,见他们来了,就停住了骂,把他们招呼进去。武委会主任也不说闲话,直截了当批评起小元来，大家也接着提出些意见，最后的结论分三条：第一是穿衣吃饭跟人家恒元们学样，人家就用这些小利来拉拢自己，自己上了当还不知道；第二是不生产，不劳动，把劳动当成丢人事，忘了自己的本分；第三是借着一点小势力就来压迫旧日的患难朋友。区武委会主任最后等小元承认了这些错误，就向他道："限你一个月把这些毛病完全改过，叫全村干部监视着你。一个月以后倘若还改不完，那就没有什么客气的了！"老陈听完了他们的话，把膝盖一拍道："好老同志们！真说得对！把我要说他的话全说完了！"又回头向小元道："你也听清楚了，也都承认过了！看你做的那些事以后还能见人不能？"老杨同志道："这老人家也不要那样生气！一个人做了错，只要能真正改过，以后仍然是好人，我们仍然以好同志看他！从前的事情已经过去了，尽责备他也无益，我看以后不如好好帮助他改过，你常跟他在一处，他的行动你都可以知道，要是见他犯了旧错，常常提醒他一下，也就是帮助了他了……"

谈了一会，已是吃早饭时候，老杨同志跟区干部们就从小元家里走出。他们路过老秦门口，冷不防见老秦出来拦住他们，跪在地下咕咚咕咚磕了几个头道："你们老先生们真是救命恩人呀！要不是你们诸位，我的地就算白白押死了……"老杨同志把他拉起来道："你这老人家真是认不得事！斗争老恒元是农救会发动的，说理时候是全村人跟他说的，我们不过是几个调解人。你的真恩人是农救会，是全村民众，哪里是我们？依我说你也不用找人谢恩，只要以后遇着大家的事靠前一点，大家是你的恩人，你也是大家的恩人……"老秦还要让他们到家里吃饭，他们推推让让走开。

李有才见小顺说老杨同志跟区干部们找他，所以一吃了饭，取起他的旱烟袋就往村公所来。从他走路的脚步上，可以看出比哪一天也有劲。他一进庙门，见区村干部跟老杨同志都在，便道："找我吗？我来了！"小保道："这老叔今天也这么高兴？"有才道："十五年不见的老朋友，今天回来了，怎能不高兴？"小明想了一想问道："你说的是个谁？我怎么想不起来?"有才道:"一说你就想起来了!我那三亩地不是押了十五年了吗?"他一说大家都想起来了,不由得大笑了一阵。

老杨同志向有才道:"最好你也在村里担任点工作干,你很有才干,也很热心!"小明道:"当个民众夜校教员还不是呱呱叫?"大家拍手道:"对!对!最合适!"

老杨同志向有才道:"大家想请你把这次斗争编个纪念歌好不好?"有才道:"可以!"他想了一会,向大家道:"成了成了!"接着念道:

阎家山,翻天地,
群众会,大胜利。
老恒元,泄了气,
退租退款又退地。
刘广聚,大舞弊,
犯了罪,没人替。
全村人,很得意,
再也不受冤枉气,
从村里,到野地,
到处唱起"干梆戏"。

大家听他念了,都说不错,老杨同志道:"这就算这场事情的一个总结吧!"

谈了一小会,区干部回区上去了,老杨同志还暂留在这一带突击秋收工作,同时在工作中健全各救会组织。

一九四三年十月写于太行

李家庄的变迁

一

　　李家庄有座龙王庙，看庙的叫"老宋"。老宋原来也有名字，可是因为他的年纪老，谁也不提他的名字；又因为他的地位低，谁也不加什么称呼，不论白胡老汉，不论才会说话的小孩，大家一致都叫他"老宋"。

　　抗战以前的八九年，这龙王庙也办祭祀，也算村公所；修德堂东家李如珍也是村长也是社首，因此老宋也有两份差事——是村警也是庙管。

　　庙里挂着一口钟，老宋最喜欢听见钟响。打这钟也有两种意思：若是只打三声——往往是老宋亲自打，就是有人敬神；若是不住乱打，就是有人说理。有人敬神，老宋可以吃上一份献供；有人说理，老宋可以吃一份烙饼。

　　一天，老宋正做早饭，听见庙门响了一声，接着就听见那口钟当当当响起来。隔着竹帘子一看，打钟的是本村的教书先生春喜。

　　这春喜，就是本村人，官名李耀唐，是修德堂东家的本家侄儿。前几年老宋叫春喜就是"春喜"，这会春喜已经二十好几岁了，又在中学毕过业，又在本村教小学，因此也叫不得"春喜"了。可是一个将近六十岁的老汉，把他亲眼看着长大了的年轻后生硬叫成"先生"，也有点不好意思。老宋看见打钟的是他，一时虽想不起该叫他什么，可是也急忙迎出来，等他打罢了钟，向他招呼道："屋里坐吧！你跟谁有什么事了？"

　　春喜对他这招待好像没有看见，一声不哼走进屋里向他下命令道：

053

"你去报告村长,就说铁锁把我的桑树砍了,看几时给我说!"老宋去了。等了一会,老宋回来说:"村长还没有起来。村长说今天晌午开会。"春喜说:"好!"说了站起来,头也不回就走了。

老宋把饭做成,盛在一个串门大碗①里,端在手里,走出庙来,回手锁住庙门,去通知各项办公人员和事主。他一边吃饭一边找人,饭吃完了人也找遍了,最后走到福顺昌杂货铺,通知了掌柜王安福,又取了二十斤白面回庙里去。这二十斤面,是准备开会时候做烙饼用的。从前没有村公所的时候,村里人有了事是请社首说理。说的时候不论是社首、原被事主、证人、庙管、帮忙,每人吃一斤面烙饼,赶到说完了,原被事主,有理的摊四成,没理的摊六成。民国以来,又成立了村公所;后来阎锡山②巧立名目,又成立了息讼公,不论怎样改,在李家庄只是旧规添上新规,在说理方面,只是烙饼增加了几份——除社首、事主、证人、帮忙以外,再加上村长副、闾邻长③、调解员等每人一份。

到了晌午,饼也烙成了,人也都来了,有个社首叫小毛的,先给大家派烙饼——修德堂东家李如珍是村长又是社首,李春喜是教员又是事主,照例是两份,其余凡是顶两个名目的也都照例是两份,只有一个名目的照例是一份。不过也有不同,像老宋,他虽然也是村警兼庙管,却照例又只能得一份。小毛自己虽是一份,可是村长照例只吃一碗鸡蛋炒过的,其余照例是小毛拿回去了。照例还得余三两份,因为怕半路来了什么照例该吃空份子的人。

吃过了饼,桌子并起来了,村长坐在正位上,调解员是福顺昌掌柜王

---

① 作者原注:串门大碗,即一碗可以吃饱的大碗。
② 阎锡山(1883—1960),山西五台人,字伯川,早年入日本士官学校留学。辛亥革命时被举为山西都督,从此长期盘踞山西,成为拥据一省的地方军阀。一九四九年四月太原解放前夕,逃到南京、广州。后病死于台湾。
③ 邻,阎锡山实行"村本政治"时所设立,每邻管五户,五邻为一闾。邻有邻长。

安福，靠着村长坐下，其余的人也都依次坐下。小毛说："开腔吧，先生！你的原告，你先说！"

春喜说："好，我就先说！"说着把椅子往前一挪，两只手互相把袖口往上一捋，把脊梁骨挺得直撅撅地说道："张铁锁的南墙外有我一个破茅厕……"

铁锁插嘴道："你的？"

李如珍喝道："干什么？一点规矩也不懂！问你时候你再说！"回头又用嘴指了指春喜，"说吧！"

春喜接着道："茅厕旁边有棵小桑树，每年的桑叶简直轮不着我自己摘，一出来芽就有人摘了。昨天太阳快落的时候，我家里（老婆）去这桑树下摘叶，张铁锁女人说是偷他们的桑叶，硬拦住不叫走，恰好我放学回去碰上，说了她几句，她才算丢开手。本来我想去找张铁锁，叫他管教管教他女人，后来一想，些小事走开算了，何必跟她一般计较，因此也没有去找他。今天早上我一出门，看见桑树不在了，我就先去找铁锁。一进门我说：'铁锁！谁把茅厕边那小桑树砍了？'他老婆说：'我！'我说：'你为什么砍我的桑树？'她说：'你的？你去打听打听是谁的！'我想我的东西还要去打听别人？因此我就打了钟，来请大家给我问问他。我说完了，叫他说吧！看他指什么砍树。"

李如珍用嘴指了一下铁锁："张铁锁！你说吧！你为什么砍人家的树？"

铁锁道："怎么你也说是他的树？"

李如珍道："我还没有问你你就先要问我啦是不是？你们这些外路人实在没有规矩！来了两三辈了还是不服教化！"

小毛也教训铁锁道："你说你的理就对了，为什么先要跟村长顶嘴？"

铁锁道："对对对，我说我的理：这棵桑树也不是我栽的，是它自己出的，不过长在我的茅厕墙边，总是我的吧？可是哪一年也轮不到我摘叶子，早早地就被人家偷光了……"

李如珍道:"简单些!不要拉那么远!"

铁锁道:"他拉得也不近!"

小毛道:"又顶起来了!你是来说理来了呀,是来顶村长来了?"

铁锁道:"你们为什么不叫我说话?"

福顺昌掌柜王安福道:"算了算了!怨咱们吵嘴解决不了事情。我看双方的争执在这里,就是这茅厕究竟该属谁。我看这样子吧:耀唐!你说这茅厕是你的,你有什么凭据?"

春喜道:"我那是祖业,还有什么凭据?"

王安福又向铁锁道:"铁锁你啦?你有什么凭据?"

铁锁道:"连院子带茅厕,都是他爷爷手卖给我爷爷的,我有契纸。"说着从怀里取出契纸来递给王安福。

大家都围拢着看契,李如珍却只看着春喜。

春喜道:"大家看吧!看他契上是一个茅厕呀,是两个茅厕!"

铁锁道:"那上边自然是一个!俺如今用的那个,谁不知道是俺爹新打的?"

李如珍道:"不是凭你的嘴硬啦!你记得记不得?"

铁锁道:"那是三十年前的事,我才二十岁,自然记不得。可是村里上年纪的人多啦!咱们请出几位来打听一下!"

李如珍道:"怕你嘴硬啦?还用请人?我倒五十多了,可是我就记不得!"

小毛道:"我也四十多了,自我记事,那里就是两个茅厕!"

铁锁道:"小毛叔!咱们说话都要凭良心呀!"

李如珍翻起白眼向铁锁道:"照你说是大家打伙讹你啦,是不是?"

铁锁知道李如珍快撒野了,心里有点慌,只得说道:"那我也不敢那么说!"

窗外有个女人抢着叫道:"为什么不敢说?就是打伙讹人啦!"只见铁锁的老婆二妞当当当跑进来,一手抱着个孩子,一手指画着,大声说道:

"你们五十多的记不得,四十多的记得就是两个茅厕,难道村里再没有上年纪的人,就丢下你们两个了?……"

李如珍把桌子一拍道:"混蛋!这样无法无天的东西!滚出去!老宋!撵出她!"

二妞道:"撵我呀?贼是我捉的,树也是我砍的,为什么不叫我说话?"

李如珍道:"叫你来没有?"

二妞道:"你们为什么不叫我?哪有这说理不叫正头事主的?"

小毛道:"家有千口,主事一人。有你男人在场,叫你做什么?走吧走吧!"说着就往外推她。

二妞把小毛的手一拨道:"不行!不是凭你的力气大啦!贼是我捉的,树是我砍的!谁杀人谁偿命!该犯什么罪我都领,不要连累了我的男人。"

在窗外听话的人越挤越多,都暗暗点头,还有些人交头接耳说:"二妞说话把得住理!"

正议论间,又从庙门外走进个人来,有二十多岁年纪,披着一头短发,穿了件青缎夹马褂,手里提了根藤条手杖。人们一见他,跟走路碰上蛇一样,不约而同都吸了一口冷气,给他让开了一条路。这人叫小喜,官名叫继唐,也是李如珍的本家侄子,当年也是中学毕业,后来吸上了金丹[①],就常和邻近的光棍们来往,当人贩、卖寡妇、贩金丹、挑词讼……无所不为,这时又投上三爷的门子,因为三爷是阎锡山的秘书长的堂弟,小喜抱上这条粗腿,更是威风凛凛,无人不怕。他一进去,正碰着二妞说话,便对二妞发话道:"什么东西唧唧喳喳的!"

除了村长是小喜的叔父,别的人都站起来赔着笑脸招呼小喜,可是二妞偏不挨他的骂,就顶他道:"你管得着?你是公所的什么人?谁请的你?……"

---

① 金丹,用鸦片海洛因混合研制成的药丸,一种毒品。

二妞话没落音，小喜劈头就是一棍道："滚你妈的远远的！反了你！草灰羔子！"

小毛拦道："继唐！不要跟她一般计较！"又向二妞道："你还不快走？"

二妞并不哭，也不走，挺起胸膛向小喜道："你杀了我吧！"

小喜轮转棍子狠狠又在二妞背上打了两棍道："杀了你又有什么事？"把小孩子的胳膊也打痛了，小孩子大哭起来。

窗外边的人见势头不对，跑进去把二妞拉出来了。二妞仍不服软，仍回头向里边道："只有你们活的了！外来户还有命啦？"别的人低声劝道："少说上句吧！这时候还说什么理？你还占得了他的便宜呀？"

村长在里边发话道："闲人一概出去！都在外边乱什么？"

小毛揭起帘子道："你们就没有看见庙门上的虎头牌吗？'公所重地，闲人免进。'你们乱什么？出去！"

窗外的人们也只得掩护二妞走出去。

小毛见众人退出，赶紧回头招呼小喜："歇歇，继唐！老宋！饼还热不热了？"

老宋端过一盘烙饼来道："放在火边来，还不很冷！"说着很小心地放在小喜跟前。

小喜也不谦让，抓起饼子吃着，连吃带说："我才从三爷那里回来。三爷托我给他买一张好条几，不知道村里有没有？"

小毛道："回头打听一下看吧，也许有！"

李如珍道："三爷那里很忙吗？"

"忙，"小喜嘴里嚼着饼子，连连点头说，"事情实在多！三爷也是不想管，可是大家找得不行！凡是县政府管不了的事，差不多都找到三爷那里去了。"老宋又端着汤来，小喜接过来喝了两口，忽然看见铁锁，就放下碗向铁锁道："铁锁！你那女人你可得好好管教管教啦！你看那像个什么样子？唧唧喳喳，一点也不识羞！就不怕别人笑话？"

铁锁想:"打了我老婆,还要来教训我,这成什么世界?"可是势头不对,说不得理,也只好不做声。

停了一会,小喜的汤也快喝完了,饼子还没有吃到三分之一。福顺昌掌柜王安福向大家提道:"咱们还是说正事吧!"

小喜站起来道:"你们说吧!我也摸不着,我还要给三爷买条几去!"

小毛道:"吃了再去吧!"

小喜把盘里的饼一卷,捏在手里道:"好,我就拿上!"说罢,拿着饼子,提起他的藤条手杖,匆匆忙忙地走了。

王安福接着道:"铁锁!你说你现在用的那个茅厕是你父亲后来打的,能找下证人不能?"

铁锁道:"怎么不能?你怕俺邻家陈修福老汉记不得啦?"

春喜道:"他不行!一来他跟你都是林县人,再者他是你女人的爷爷,是你的老丈爷,那还不是只替你说话?"

铁锁道:"咱就不找他!找杨三奎吧?那可是本地人!"

春喜道:"那也不行!白狗是你的小舅,定的是杨三奎的闺女,那也有亲戚关系。"

铁锁道:"这你难不住我!咱村的老年人多啦!"随手指老宋道:"老宋也五六十岁了,跟我没有什么亲戚关系吧?"

小毛拦道:"老宋他是个穷看庙的,他知道什么?你叫他说说他敢当证人不敢?老宋!你知道不知道?"

老宋自然记得,可是他若说句公道话,这个庙就住不成了,因此他只好推开:"咱从小是个穷人,一天只顾弄着吃,什么闲事也不留心。"

李如珍道:"有契就凭契!契上写一个不能要人家两个,还要找什么证人?村里老年人虽然多,人家谁也不是给你管家务的!"

小毛道:"是这样吧!我看咱们还是背场谈谈吧!这样子结不住口。"

大家似乎同意,有些人就漫散开来交换意见。小毛跟村长跟春喜互相捏弄了一会手码,王安福也跟间邻长们谈了一谈事情的真相。后来小毛走到王安福跟前道:"这样吧!他们的意思,叫铁锁包赔出这么个钱来!"说着把袖口对住王安福的袖口一捏,接着道:"你看怎么样?"

王安福悄悄道:"说真理,他们卖给人家就是这个茅厕呀!人家用的那一个,真是他爹老张木匠在世时候打的。我想这你也该记得!"

小毛道:"那不论记得不记得,那样顶真,得罪的人就多了。你想,村长、春喜,意思都是叫他包赔几个钱。还有小喜,不说铁锁,我也惹不起人家呀!"

王安福没有答话,只是摇头。闾邻长们也不敢作什么主张,都是看看王安福,看看村长,看看小毛,直到天黑也没说个结果,就都回家吃饭去了。

晚上,老宋又到各家叫人,福顺昌掌柜王安福说是病了,没有去。其余的人,也有去的,也有不去的。大家在庙里闷了一会,村长下了断语:茅厕是春喜的,铁锁砍了桑树包出二百块现洋来,吃烙饼和开会的费用都由铁锁担任,叫铁锁讨保出庙。

二

陈修福老汉当保人,保证铁锁一月以后还钱,才算放铁锁出了庙。铁锁气得抬不起头来,修福老汉拉着胳膊把他送到家。他一回去,一头睡在床上放声大哭,二妞问他,他也说不出话来,修福老汉也劝不住。一会,邻家们也都听见了,都跑来问询,铁锁仍哭得说不出话来,修福老汉才把村公所处理的结果一件件告诉大家说:"茅厕说成人家的了,还叫包人家二百块钱,再担任开会的花费。"铁锁听老汉又提起来,哭得更喘不过气来,邻家们人人摇头,二妞听了道:"他们说得倒体面!"咕咚一声把孩子放在铁锁跟前道:"给你孩子,这事你不用管!钱给他出不成!茅厕也给他丢不成!事情是我闯的,就是他,就是我!滚到哪里算哪里,反正是不得好活!"一边说,一边跳下床就往外跑,邻家们七八个人才算把她拖住。

小孩在床上直着嗓子嚎,修福老汉赶紧抱起来。

大家分头解劝,劝得二姐暂息了怒,铁锁也止住了哭。杨三奎向修福老汉道:"太欺人!不只你们外路人,就是本地人也活不了。你看村里一年出多少事,哪一场事不是由着人家捏弄啦?实在没法!"

内中有个叫冷元的小伙子跳起来叫道:"铁锁!到哪个崖头路边等住他,你不敢一镢头把他捣下沟里?"

杨三奎道:"你们年轻人真不识火色[①]!人家正在气头上啦,说那些冒失话抵什么事?"说得冷元又蹲下去了。年轻人们指着冷元笑道:"冷家伙,冷家伙!"

闷了一小会,修福老汉道:"我看可以上告他!就是到县里把官司打输了,也要比这样子了场合算。"

杨三奎道:"那倒可以!到县里他总不能只说一面理,至少也要问一问证人。"

冷元道:"这事真气死人!可惜我年纪小记不得,要不我情愿给你当证人!"

杨三奎道:"你年纪小,有大的!"有几个三四十岁的人七嘴八舌接着说:"铁锁他爹打茅厕这才几天呀?三十以上的人差不多都记得!""你状上写谁算谁,谁也可以给你证明。""多写上几个!哪怕咱都去啦!"

二姐向铁锁道:"胖孩爹!咱就到县里再跟他滚一场!任凭把家当花完也不能叫便宜了他们爷们!"又向修福老汉道:"爷爷!你不是常说咱们来的时候都是一筐一担来的吗?败兴到底咱也不过一筐一担担着走,还落个够大!怕什么?"

正说话间,二姐的十来岁的小弟弟白狗,跑进来叫道:"姐姐!妈来了!"二姐正起来去接,她妈已经进来了。她妈悄悄说:"你们正说什么?"冷元抢着大声道:"说告状!"二姐她妈摆手道:"人家春喜媳妇在窗外听

[①] 作者原注:不识火色,即不识时机的意思。

啦!"大家都向窗上看。二妞道:"听她听罢,她能堵住我告状?"

大家听说有人听,也就不多说了,都向二妞她妈说:"你好好劝劝她吧。"说着也就慢慢散去。

李如珍叔侄们回去,另是一番气象:春喜、小喜、小毛,都集中在李如珍的大院里,把黑漆大门关起来庆祝胜利。晌午吃过烙饼,肚子都很不饿,因此春喜也就不再备饭,只破费了十块现洋买了一排金丹棒子[①]作为礼物。

李如珍的太谷烟灯和宜兴瓷烟斗,除了小毛打发他过了瘾以后可以吸口烟灰,别人是不能借用的,因此春喜也把他自己的烟家伙拿来。李如珍住的屋子分为里外间,里间的一盏灯下,是小毛给李如珍打泡,外间的一盏灯下,睡的是春喜和小喜弟兄两个。里间不热闹,因为李如珍觉着小毛只配烧烟,小毛也不敢把自己身份估得过高,也还有些拘束,因此就谈不起话来。小毛把金丹棒子往斗上粘一个,李如珍吸一个,一连吸了七八个以后,小毛把斗里烟灰挖出,重新再往上粘。又吸了七八个,小毛又把灰挖出来,把两次的灰合并起来烧着,李如珍便睡着了。等到小毛打好了泡,上在斗上,把烟枪杆向他口边一靠,他才如梦初醒,衔住枪杆吸起来。

外间的一盏灯下虽然也只有小喜和春喜两个人,可是比里间热闹得多。他们谈话的材料很多:起先谈的是三爷怎样阔气,怎样厉害;后来又谈到谁家闺女漂亮,哪个媳妇可以;最后才谈到本天的胜利。他们谈起二妞,春喜说:"你今天那几棍打得真得劲!我正想不出办法来对付她,你一进去就把事情解决了。"小喜道:"什么病要吃什么药!咱们连个草灰媳妇也斗不了,以后还怎么往前闯啦?老哥!你真干不了!我看你也只能教一辈子书。"春喜道:"虽说是个草灰媳妇,倒是个有本领的。很精干!……"小喜摇头道:"嘘……我说你怎么应付不了她,原来是你看到眼

[①] 作者原注:一排金丹棒子有五十个。

里了呀！"说着用烟签指着春喜鼻子道："叫老嫂听见怕不得跪半夜啦？没出息没出息！没有见过东西！一个小母草灰就把你迷住了！"春喜急得要分辩，也找不着一句适当的话。小喜把头挺在枕头后边哈哈大笑起来，春喜没法，也只好跟着他笑成一团。就在这时，李如珍在里间喊道："悄悄！听听是谁打门啦！"他两个人听说，都停住了笑，果然又听得门环啪啪地连响了几声。

小毛跑出院里问道："谁？"外边一个女人声音答道："我！开开吧！"小喜听出是春喜媳妇的声音，又笑向春喜道："真是老嫂找来了！"小毛开了门，春喜媳妇进来了。春喜问："什么事？"春喜媳妇低声道："你去听听人家二妞在家说什么啦？"一提二妞，小喜又指着春喜大笑起来，春喜也跟着笑。春喜媳妇摸不着头脑，忙问："笑什么？"小喜道："这里有个谜儿，你且不用问。你先说说你听见二妞说什么来？"春喜媳妇坐在小喜背后，两肘按着小喜的腰，面对着春喜，把冷元怎样说冒失话，二妞怎样说要破全部家当到县里告状，详详细细谈了一遍。春喜还未答话，小喜用手一推道："回去吧回去吧！没有事！她告到县里咬得了谁半截？到崖头上等，问问他哪个是有种的？"春喜也叫他媳妇回去，媳妇走了。小毛又去把大门关住，小喜仍然吹他的大话。

李如珍在里间拉长了声音轻轻叫道："喜——！来——！"小喜进去了。小毛一见小喜，赶紧起来让开铺子叫他躺，自己坐到床边一个凳子上，听他们谈什么事。李如珍看了小毛一眼，随手拈起三四个金丹棒子递给他道："你且到外边躺一会。"小毛见人家不叫他听，也只好接住棒子往外间来吸。

小毛吸了第一遍，正烧着灰，小喜就出来了。他一见小喜出来，自然又不得不起来再让小喜躺下。小喜向春喜道："老哥！叔叔说那东西真要想去告状还不能不理。"小毛站在一边接话道："那咱也得想个办法呀！"小喜见小毛还在旁边，后悔自己不该说了句软话，就赶紧摆足架子答道："那自然有办法！"春喜道："扯淡！一个小土包子，到县里有他的便宜

063

呀？"小喜看了小毛一眼道："你还到里边去吧！"小毛又只得拿上他的金丹灰回里间去。小喜等他去后，低声向春喜道："自然不是怕官司上吃了他的亏！叔叔说不可叫他开这个端。不论他告得准告不准，旁人说起来，一个林县草灰告过咱一状，那总是一件丢脸的事。"春喜道："那咱也不能托人去留他呀？"小喜道："什么东西？还值得跟他那样客气？想个法叫他告不成就完了！"春喜道："想个什么法？"小喜道："不怕！有三爷！明天一早我就找三爷去。"

这天晚上，也不知他们吸到什么时候才散。

第二天早上小喜去找三爷去；铁锁忙着借钱准备告状。阴历四月庄稼人一来很忙，二来手头都没有钱，铁锁跑来跑去，直跑到晌午，东一块，西五毛，好容易才凑了四五块钱。二妞在家也忙着磨面蒸窝窝，给铁锁准备进城的干粮。

晌午，铁锁和二妞正在家吃饭，小喜领了一个人进来，拿着绳，把铁锁的碗夺了，捆起来。二妞道："做什么！他又犯下什么罪了？"小喜道："不用问！也跑不了你！"说着把二妞的孩子夺过来丢在地上，把二妞也捆起来。村里人正坐在十字街口吃饭，见小喜和一个陌生的人拿着绳子往铁锁院里去，知道没有好事。杨三奎、修福老汉、冷元……这几个铁锁的近邻，就跟着去看动静。他们看见已经把铁锁两口捆起来，小孩子爬在地上哭，正预备问问为什么，只见小喜又用小棍子指着冷元道："也有他！捆上捆上！"那个陌生人就也把冷元捆住。

两个人牵着三个人往外走，修福老汉抱起小孩和大家都跟了出来。街上的人，有几个胆小的怕连累自己，都走开了；其余的人跟在后面，也都想不出挽救的办法。二妞的爹娘和兄弟、冷元的爹娘也半路追上来跟着走。大家见小喜和他引来那个人满脸凶气，都搭不上碴，只有修福老汉和冷元的爹绕着小喜，一边走，一边苦苦哀求。

小喜把人带到庙里，向老宋道："请村长去！"老宋奉命去了。

修福老汉央告小喜道："继唐！咱们都是个邻居，我想也没有什么过不去的事。他们年轻人有什么言差语错,还得请你高高手,担待着些。"

小喜道:"这事你也清楚!他们一伙人定计,要到崖头路边谋害村长。村长知道了,打发我去找三爷。我跟三爷一说,三爷说:'这是响马[①]举动,先把他们捆来再说!'听说人还多,到那里一审你怕不知道还有谁啦?"

二妞听了道:"我捉了一回贼就捉出事来了,连我自己也成了响马了!看我杀了谁了,抢了谁了?"

小喜道:"你听!硬响马!我看你硬到几时?"

修福老汉道:"这闺女!少说上句吧!"

李如珍来了,小毛也跟在后边。小喜向李如珍道:"三爷说叫先把人捆去再说。你先拨几个保卫团丁送他们走。"

修福老汉看见事情急了,把孩子递给他孙孙白狗,拉了小毛一把道:"我跟你说句话!"小毛跟他走到大门外,他向小毛道:"麻烦你去跟村长跟小喜商量一下,看这事情还能在村里了一了不能?"小毛素日也摸得着小喜的脾气,知道他有钱万事休,再者如能来村里再说一场,不论能到底不能到底,自己也落不了空,至少总能吃些东西,就满口应承道:"可以!我去给你探探口气!自然我也跟大家一样,只愿咱村里没事。"说着就跑到小喜面前道:"继唐!来!我跟你说句话!"小喜道:"说吧!"小毛又点头道:"来!这里!"小喜故意装成很不愿意的样子,跟着小毛走进龙王殿去。

白狗抱着小胖孩站在二妞旁边,小胖孩伸着两只小手向二妞扑。二妞预备去摸他,一动手才想起手被人家反绑着,随着就瞪了瞪眼道:"摔死他!要死死个干净!"口里虽是这么说着,眼里却滚下泪来。二妞她娘看见很伤心,一边哭一边给二妞揩泪。

小喜从龙王殿出来道:"我看说不成!他们这些野草灰不见丧不掉泪,

[①] 响马,旧时称在路上抢劫旅客的强盗,因抢劫时先放响箭而得名。

非弄到他们那地方不行！"小毛在后边跟着道："不要紧，咱慢慢说！山不转路转，没有说不倒的事！村长！走吧，咱们跟继唐到你那里谈一谈！"小喜吩咐他带来的那个人道："你看着他们，说不好还要带他们走！"说罢同村长先走了。

小毛悄悄向修福老汉道："得先买两排棒子！"修福老汉道："我不知道哪里有卖的。"小毛道："拿二十块现洋就行，我替你买去！"修福老汉和冷元他爹齐声道："可以，托你吧！"小毛随着村长和小喜去了。

小喜说三爷那里每人得花一百五十元现洋，三个人共是四百五十元。一边讨价一边还价，小毛也做巫婆也做鬼，里边跑跑外边走走，直到晚饭时候才结了口——三爷那边，三个人共出一百五十元。给小喜和引来那个人五十元小费。铁锁和冷元两家摆酒席请客赔罪，具保状永保村长的安全。前案不动，还照昨天村公所处理的那样子了结。

定死了数目，小毛说一个不能再少了。修福老汉到庙里去跟铁锁商量，铁锁自己知道翻不过了，也只好自认霉气。二妞起先不服，后来也想不出什么办法，只好不再作主张。冷元也只是为了铁锁的事说了句淡话，钱还得铁锁出，因此也没有什么意见。修福老汉见他们应允了，才去找杨三奎和自己两个人作保，把他们三个人保出。

这一次保出来和上一次不同，春喜的钱能迟一个月，小喜却非带现钱不可。铁锁托修福老汉和杨三奎到福顺昌借钱，王安福老汉说柜上要收茧，没有钱出放，零的可以，上一百元就不行。杨三奎向修福老汉道："福顺昌不行，村里再没有道路，那就只好再找小毛，叫他去跟小喜商量，就借六太爷那钱吧！"修福老汉道："使上二百块那个钱，可就把铁锁那一点家当挑拆了呀！"杨三奎道："那再没办法，反正这一关总得过。"修福老汉又去跟铁锁商量去。

原来这六太爷是三爷的堂叔。他这放债与别家不同：利钱是月三分，三个月期满，本利全归。这种高利，在从前也是平常事，特别与人不同的是他的使钱还钱手续；领着他的钱在外边出放的经手人，就是小喜这一类人，叫做"承还保人"。使别人的钱，到期没钱，不过是照着文书下房下地，他这文书上写的是"到期本利不齐者，由承还保人作主将所质之产业变卖归还"，因此他虽没有下过人的地，可是谁也短不下他的钱。小喜这类人往外放钱的时候是八当十，文书上写一百元，实际上只能使八十元，他们从中抽使二十元。"八当十，三分利，三个月一期，到期本利还清，想再使又是八当十，还不了钱由承还保人变卖产业"，这就是六太爷放债的规矩。这种钱除了停尸在地或命在旦夕非钱不行时候，差不多没人敢使，铁锁这会就遇了这样个非使不行。

修福老汉跟铁锁一商量，铁锁也再想不出别的办法，只好托小毛去央告小喜，把他爷他爹受了两辈子苦买下的十五亩地写在文书上，使了六太爷二百五十块钱（实二百块），才算把三爷跟小喜这一头顾住。两次吃的面、酒席钱、金丹棒子钱，一共三十元，是在福顺昌借的。

第三天，请过了客，才算把这场事情结束了。

铁锁欠春喜二百元，欠六太爷二百五十元，欠福顺昌三十元，总共是四百八十元外债。

小喜在八当十里抽了五十元，又得了五十元小费。他引来那个捆人的人，是两块钱雇的，除开了那两块，实际上得了九十八元。

李如珍也不落空：小喜说三爷那里少不了一百五十元，实际上只缴三爷一百元，其余五十元归了李如珍。

小毛只跟着吃了两天好饭，过了两天足瘾。

一月之后，蚕也老了，麦也熟了，铁锁包春喜的二百元钱也到期了，欠福顺昌的三十也该还了，使六太爷的二百五十元铁锁也觉着后怕了。他想："背利不如早变产，再迟半年，就把产业全卖了也不够六太爷一户的。"主意一定，咬一咬牙关，先把茧给了福顺昌，又粜了两石麦子把福顺昌的三十元找清；又把地卖给李如珍十亩，还了六太爷的二百五十元八当十；把自己住的一院房子给了春喜，又贴了春喜三石麦抵住二百元钱，自己搬到院门外碾道边一座喂过牲口的房子里去住：这样一来，只剩下五亩地和一座喂过牲口的房子。春喜因为弟兄们多，分到的房子不宽绰，如今得了铁锁这座院子，自是满心欢喜，便雇匠人补檐头、扎仰尘、粉墙壁、漆门面，不几天把个院子修理得十分雅致，修理好了便和自己的老婆搬到里边去住。铁锁啦？搬到那座喂过牲口的房子里，光锄头犁耙、缸盆瓦罐、锅匙碗筷、箩头筐子……就把三间房子占去了两间，其余一间，中间一个驴槽，槽前修锅台，槽上搭床铺，挤得连水缸也放不下。

　　铁锁就住在这种房子里，每天起来看看对面的新漆大门和金字牌匾，如何能不气？不几天他便得了病，一病几个月，吃药也无效。俗话说："心病还须心药治。"后来三爷上了太原，小喜春喜都跟着去了。有人说："县里有一百多户联名告了一状，省城把他们捉去了。"有人说："三爷的哥哥是阎锡山的秘书长，是一人之下万人之上的官，听说他在家闹得不像话，把他叫到省城关起来了。"不论怎么说，都说与三爷不利。铁锁听了这消息，心里觉着痛快了一下，病也就慢慢好起来了。

三

　　铁锁自从变了产害过病以后，日子过得一天不如一天，幸而他自幼跟着他父亲学过木匠和泥水匠，虽然没有领过工，可是给别人做个帮手，也还是个把式，因此他就只好背了家具到外边和别的匠人碰个伙，顾个零花销。

　　到了民国十九年夏天，阎锡山部下有个李师长，在太原修公馆，包工的是跟铁锁在一块打过伙的，打发人来叫铁锁到太原去。铁锁一来听说太原工价大，二来又想打听一下三爷究竟落了个什么下场，三来小胖孩已经不吃奶了，家里五亩地有二妞满可以种得过来，因此也就答应了。不几天，铁锁便准备下干粮盘缠衣服鞋袜，和几个同行相跟着到太原去。

　　这时正是阎锡山自称国民革命军第三方面军出兵倒蒋打到北平的时候，因为军事上的胜利，李师长准备将来把公馆建设在北平，因此打电报给太原的管事的说叫把太原的工暂时停了。人家暂时停工,铁锁他们就暂时没事做,只得暂时在会馆找了一间房子住下。会馆的房子可以不出房钱,不凑巧的是住了四五天就不能再住了,来了个人在门外钉了"四十八师留守处"一个牌子,通知他们当天找房子搬家。人家要住,他们也只得另在外边赁了一座房子搬出去。

　　过了几天,下了一场雨,铁锁想起会馆的床下还丢着自己一双旧鞋,就又跑到那里去找。他一进屋门,看见屋子里完全变了样子:地扫得很光,桌椅摆得很齐整,桌上放着半尺长的大墨盒、印色盒和好多很精致的文具,床铺也很干净,上边躺着个穿着细布军服的人在那里抽鸦片烟。那个人一抬头看他,他才看见就是小喜。他又和碰上蛇一样,打了个退步,以为又要出什么事,不知该怎样才好,只见小喜不慌不忙向他微微一笑道:"铁锁?我当是谁?你几时到这里?进来吧!"铁锁见他对自己这样客气还是第一次,虽然不知他真意如何,看样子是马上不发脾气的,况且按过去在村里处的关系,他既然叫进去,不进去又怕出什么事,因此也就只好走近他的床边站下。小喜又用嘴指着烟盘旁边放的纸烟道:"吸烟吧!"铁锁觉着跟这种人打交道,不出事就够好,哪里还有心吸烟,便推辞道:"我才吸过!"只见小喜取起一根递给他道:"吸吧!"这样一来,他觉着不吸又不好,就在烟灯上点着,靠床沿站着吸起来。他一边吸烟,一边考虑小喜为什么对他这样客气,但是也想不出个原因来。小喜虽然还是用上等人对一般人的口气,可也好像是亲亲热热地问长问短——问他跟谁来的,现在做什么,住在哪里,有无盘费……问完以后,知道他现在没有工作,便向他道:"你们这些受苦人,闲住也住不起。论情理,咱们是个乡亲,你遇上了困难我也该照顾你一下,可是又不清楚谁家修工。要不你就来这里给我当个勤务吧?"铁锁觉着自己反正是靠劳力吃饭,做什么都一样,只是见他穿着军人衣服,怕跟上他当了兵,就问道:"当勤务是不是当兵?"小喜见他这样问,已经猜透他的心事,便答道:"兵与兵不同:这个兵一不打仗,二不调动,只是住在这里收拾收拾屋子,有客来倒个茶,跑个街道；论赚钱，一月正饷八块，有个客人打打牌，每次又能弄几块零花钱；这还不是抢也抢不到手的事吗？我这里早有好几个人来运动过，我都还没有答应。叫你来就是因为你没有事，想照顾你一下，你要不愿来也就算了。"

正说着，听见院里自行车扎扎扎皮鞋脱脱脱，车一停下，又进来一个穿军服的，小喜赶快起身让座，铁锁也从床边退到窗下。那人也不谦让，走到床边便与小喜对面躺下。小喜指着铁锁向那人道："参谋长，我给咱们留守处收了个勤务！我村子里人，很忠厚，很老实！"那人懒洋洋地道："也好吧！"小喜又向铁锁道："铁锁！你回去斟酌一下，要来今天晚上就来，要不来也交代我一声，我好用别人！"铁锁一时虽决定不了该干不该干，可也觉着这是去的时候了，就忙答道："可以，那我就走了！"小喜并不起身相送，只向他道："好，去吧！"他便走出来了。

参谋长道："这孩子倒还精干，只是好像没有胆，见人不敢说响话。"小喜道："那倒也不见得，不过见了我他不敢怎样放肆，因为过去处的关系不同。"参谋长道："你怎么想起要用个勤务来？"小喜道："我正预备报告你！"说着先取出一包料面①递给参谋长，并且又取一根纸烟，一边往上缠吸料子用的纸条，一边向他报告道："前不大一会，有正大饭店②一个伙计在街上找四十八师留守处，说是河南一个客人叫他找，最后问这里警察派出所，才找到这里来。我问明了原由，才推他说今天这里没有负责人，叫他明天来。我正预备吸口烟到你公馆报告去，我村那个人就进来了；还没有说几句话，你就进来了。"

按他两个人的等级来说，小喜是上尉副官，而参谋长是少将。等级相差既然这么远，有什么事小喜应该马上报告，说话也应该更尊敬一些，为什么小喜还能慢腾腾地和他躺在一处，说话也那样随便呢？原来这四十八

---

① 料面，即海洛因，一种毒品，也叫白面儿。
② 作者原注：正大饭店是省里省外的高级官员等阔人们来了才住的。

师是阎锡山准备新成立的队伍，起初只委了一个师长，参谋长还是师长介绍的，并没有一个兵，全靠师长的手段来发展。师长姓霍，当初与豫北一带的土匪们有些交道，他就凭这个资本领了师长的委任。他说："只要有名义，兵是不成问题的。"小喜也懂这一道。参谋长虽然是日本帝国大学毕业，可是隔行如隔山，和土匪们取联络便不如小喜，况且小喜又是与秘书长那个系统有关系的，因此参谋长便得让他几分。

　　小喜说明了没有即刻报告他的理由，见他没有说什么，就把手里粘好纸条子的纸烟递给他让他吸料子，然后向他道："我想这个客人，一定是老霍去了联络好了以后，才来和咱们正式取联系的。他既然来了就住在正大饭店，派头一定很不小，我们也得把我们这留守处弄得像个派头，才不至于被他轻看，因此我才计划找个勤务。"小喜这番话，参谋长听来头头是道，就称赞道："对！这个是十分必要的。我看不只是个勤务，门上也得有个守卫。我那里还有几个找事的人，等我回去给你派两个来。下午你就可以训练他们一下，把咱们领来的服装每人给他发一套。"计划已定，参谋长又吸了一会料子，谈了些别的闲话，就回公馆去了。

　　铁锁从会馆出来，觉着奇怪。他想："小喜为什么变得那样和气？对自己为什么忽然好起来？说是阴谋吗？看样子也看不出来，况且自己现在是个穷匠人，他谋自己的什么？说是真要顾盼乡亲吗？小喜从来不落无宝之地，与他没有利的事就没有见他干过一件。"最后他想着有两种可能：第一是小喜要用人，一时找不到个可靠的人，就找到自己头上；第二是小喜觉着过去对不起自己，一时良心发现，来照顾自己一下，以补他良心上的亏空。他想要是第一种原因，他用人我赚钱，也是一种公平的交易——虽然是给他当差，可是咱这种草木之人就是伺候人的；要是第二种原因那更好，今生的冤仇今生解了，省得来生冤冤相报——因为铁锁还相信来生报应。他想不论是第一种还是第二种，都与自己无害，可以干一干。他完全以为小喜已经是变好了。回到住的地方跟几个同事一说，同事以为像小喜这种人是一千年也不会变好的，不过现在的事却同意他去干，也就是同意他说的第一种理由。

事情就这样决定了,铁锁便收拾行李搬到会馆去。

铁锁到了会馆,参谋长打发来的两个人也到了,小喜便在院里分别训练:教那两个人怎样站岗,见了官长怎样敬礼,见了老百姓怎样吆喝,见了哪等客人用哪等话应酬,怎样传递名片;又教铁锁打水、倒茶、点烟等种种动作。他好像教戏一样,一会算客人,一会算差人……直领着三个人练习了一下午,然后发了服装和臂章,准备第二天应客。

第二天早上,参谋长没有吃饭就来了。他进来先问准备得如何,然后就在留守处吃饭。吃过饭,他仍和小喜躺在床上,一边吸料子一边准备应酬这位不识面的绿林豪侠。小喜向他说对付这些人,要几分派头、几分客气、几分豪爽、几分自己,参谋长也十分称赞。他们的计议已经一致,就另谈些闲话,等着站岗的送名片来。

外边两个站岗的,因为没有当过兵,新穿起军服扛起枪来,自己都觉着有点新鲜,因此就免不了打打闹闹——起先两个人各自练习敬礼,后来轮流着一个算参谋长往里走,另一个敬礼。有一次,一个敬了礼,当参谋长的那一个没有还礼,两个人便闹起来,当参谋长那个说:"我是参谋长,还礼不还礼自然是由我啦!"另一个说:"连个礼都不知道还,算你妈的什么参谋长?"

就在这时候,一辆洋车拉了个客人,到会馆门外停住,客人跳下车来。两个站岗的见有人来了,赶紧停止了闹,仍然站到岗位上,正待要问客人,只见那客人先问道:"里边有负责人吗?"一个答道:"有!参谋长在!"还没有来得及问客人是哪里来的,那客人也不劳传达也不递名片,挺起胸膛呱哒呱哒就走进去了。

小喜正装了一口料子,用洋火点着去吸,听得外边进来了人,还以为是站岗的,没有理,仍然吸下去。烟正进到喉咙,客人也正揭起帘子。小喜见进来的人,穿着纺绸大衫,留着八字胡,知道有些来历,赶紧顺手连纸烟带料子往烟盘里一扔,心里暗暗埋怨站岗的。参谋长也欠身坐起。客人进着门道:"你们哪一位负责?"小喜见他来得高傲,赶紧指着参谋长用大官衔压他道:"这就是师部参谋长!"哪知那客人丝毫不失威风,用嘴指了一下参谋长问道:"你就是参谋长?"参谋长道:"是的,有事吗?"那客人不等让坐就把桌旁的椅子扭转,面向着参谋长坐了道:"兄弟是从河南来的。老霍跟我们当家的接洽好了,写信派兄弟来领东西!"说着从皮包中取出尺把长一封信来,递给小喜。小喜把信递给参谋长,一边又吩咐铁锁倒茶。

参谋长接住信一看,信是老霍写的,说是已经拉好了一个团,要留守处备文向军需处请领全团官兵服装、臂章、枪械、给养等物,并开一张全团各级军官名单,要留守处填写委状。参谋长看了道:"你老哥就是团长吗?"客人道:"不!团长是我们这一把子一个当家的,兄弟只是跟着我们当家混饭吃的。"参谋长拿着名单问他道:"哪一位……"客人起身走近参谋长,指着名单上的名字道:"这是我们当家的,这一个就是兄弟我,暂且抵个参谋!"参谋长道:"你贵姓王?"客人道:"是的!兄弟姓王!"参谋长道:"来了住在哪里?"客人道:"住在正大饭店。"参谋长道:"回头搬到这里来住吧!"又向小喜道:"李副官!回头给王参谋准备一间房子!"客人道:"这个不必,兄弟初到太原,想到处观光一番,住在外边随便一点。"参谋长道:"那也好!用着什么东西,尽管到这里来找李副官!"小喜也接着道:"好!用着什么可以跟我要!"客人道:"谢谢你们关心。别的不用什么,只是你们山西的老海①很难买。"转向小喜道:"方才见你老兄吸这个,请你帮忙给我买一点!"说着从皮包中取出五百元钞票递给小喜。

小喜接住票子道:"好!这我可以帮忙!"说着就从床上起来让他道:"这里还有一些,你先吸几口!"说着就把烟盘下压着的一个小纸包取出来放在外边。客人倒也很自己,随便谦让了一下,就躺下去吸起来。

小喜接住钱却费了点思索。他想:打发人去买不出来;自己去跑街,

---

① 老海,即海洛因。

又不够派头,怕客人小看。想了一会,最后决定写封信打发铁锁去。他坐在桌上写完了信,出到屋门口叫道:"张铁锁!到五爷公馆去一趟!"铁锁问道:"在什么地方?"小喜道:"天地坛门牌十号!"说着把信和钱递给他道:"买料子!"买料子当日在太原,名义上说是杀头罪,铁锁说:"我不敢带!"小喜低声道:"傻瓜!你带着四十八师的臂章,在五爷公馆买料子,难道还有人敢问?"铁锁见他这样说没有危险,也就接住了信和钱。小喜又吩咐道:"你到他小南房里,把信交给张先生,叫他找姨太太的娘,他就知道。"铁锁答应着去了。

铁锁找到天地坛十号,推了推门,里边关着;打了两下门环,里边走出一个人来道:"谁!"随着门开了一道缝,挤出一颗头来问道:"找谁?"铁锁道:"找张先生!"说了就把手里的信递给他。那人道:"你等一等!"把头一缩,返身回去了。铁锁等了不大工夫,那人又出来喊道:"进来吧!"铁锁就跟了进去。

果然被他引到小南房。铁锁见里边有好多人,就问道:"哪位是张先生?"西北墙角桌边坐着一个四十来岁的瘦老汉道:"我!你稍等一等吧!海子老婆①到火车站上去了。"人既不在,铁锁也只得等,他便坐到门后一个小凳子上,闲看这屋里的人。

靠屋的西南角,有一张床,床中间放着一盏灯。床上躺着两个人,一个是小个子,尖嘴猴;一个是塌眼窝。床边坐着一个人,伸着脖子好像个鸭子,一个肘靠着尖嘴猴的腿,眼睛望着塌眼窝。塌眼窝手里拿着一张纸烟盒里的金箔,还拿着个用硬纸卷成的、指头粗的小纸筒。他把料子挑到金箔上一点,爬起来放在灯头上熏,嘴里衔着小纸筒对住熏的那地方吸。他们三个人,这个吸了传递给那个。房子不大,床往东放着一张茶几两个小凳子,就排到东墙根了。茶几上有个铜盘,盘里放着颗切开了的西瓜。靠东的凳子上,坐着个四方脸大胖子,披着件白大衫,衬衣也不扣扣

---

① 作者原注:海子老婆,海子是这个老婆家的村名。

子,露着一颗大肚。靠西的凳子上,坐着个留着分头的年轻人,穿了件阴丹士林布大衫,把腰束得细细的,坐得直挺挺的,像一根柱子。他两个面对面吃西瓜:胖子吃的是大块子,呼啦呼啦连吃带吸,连下颔带鼻子都钻在西瓜皮里,西瓜子不住从胸前流下去;柱子不是那样吃法,他把大块切成些小月牙子,拿起来弯着脖子从这一角吃到那一角,看去好像老鼠吃落花生。

不论床上的,不论茶几旁边的,他们谈得都很热闹,不过铁锁听起来有许多话听不懂。他们不知什么时候就谈起来了。铁锁坐下以后,第一句便听着那柱子向胖子道:"最要紧的是归班[1],我直到现在还没得归了班。"胖子道:"也不在乎,只要出身正,有腿,也快。要说归班,我倒归轮委班二年了,直到如今不是还没有出去吗?按次序轮起来,民国五十多年才能轮到我,那抵什么事?"床上那个塌眼窝向鸭脖子道:"你听!人家都说归班啦!咱们啦?"鸭脖子道:"咱们这些不是学生出身的人,不去找那些麻烦!"大家都笑了。胖子向床上人道:"索性像你们可也快,只要到秘书长那里多挂几次号就行了。"尖嘴猴道:"你们虽说慢一点,可是一出去就是县长科长;我们啦,不是这个税局,就是那个监工。"塌眼窝道:"不论那些,只要钱多!"鸭脖子道:"只要秘书长肯照顾,什么都不在乎!五爷没有上过学校,不是民政厅的科长?三爷也是'家庭大学'出身[2],不在怀仁县当县长啦?"

铁锁无意中打听着三爷的下落,还恐不是,便问道:"哪个三爷?"鸭脖子看了他一眼,鼻子里一哼道:"哪个三爷?咱县有几个三爷?"铁锁便不再问了。

那柱子的话又说回来了,他还说是归班要紧。胖子向他道:"你老弟

---

[1] 归班,委任县级以上官吏,要先归班。归轮委班,按次序等待委任;归择委班,则可提前派出。选择委班,一般要有高级官员举荐,或出巨款。归班前,要先经过考试,并在训练班学习一段时间,以取得县官资格。

[2] 作者原注:"家庭大学"出身,即没有上过学校的意思。

075

有点过迟,现在已经打下了河北,正是用人时候。你还是听上我,咱明天搭车往北平去。到那里只要找上秘书长,个把县长一点都不成问题……"那柱子抢着道:"我不信不归班怎么能得正缺?"胖子道:"你归班是归山西的班,到河北有什么用处?况且你归班也只能归个择委班,有什么用处?不找门路还不是照样出不去吗?"

他们正争吵,外边门又开了,乱七八糟进来许多人。当头是一个戴着眼镜的络腮胡大汉,一进门便向茶几上的两个人打招呼。他看见茶几上还有未吃完的西瓜,抓起来一边吃一边又让同来的人。他吃着西瓜问道:"你两位辩论什么?"胖子便把柱子要归班的话说了一遍,那戴眼镜的没有听完,截住便道:"屁!这会正是用人时候,只要找着秘书长,就是扫帚把子戴上顶帽,也照样当县长!什么择委班轮委班,现在咱们先给他凑个抢委班!"一说抢委班,新旧客人同声大笑,都说:"咱们也归了班了!抢委班!"

铁锁虽懂不得什么班,却懂得他们是找事的了,正看他们张牙舞爪大笑,忽然有人在他背后一推道:"这是不是铁锁?"铁锁回头一看,原来是春喜,也是跟着那个戴眼镜的一伙进来的。他一看果然是铁锁,就问道:"你也当了兵?"铁锁正去答话,见他挤到别的人里去,也就算了。春喜挤到床边,向那个鸭脖子道:"让我也坐坐飞机[①]!"说了从小草帽中取出一个小纸包,挤到床上去。

那戴眼镜的向张先生道:"你去看看五爷给军需处王科长写那封信写成了没有。"张先生去了。那柱子问道:"把你们介绍到军需处了?"戴眼镜的道:"不!秘书长打电报叫我们到北平去,因为客车不好买票,准备明天借军需处往北平的专车坐一坐。"胖子道:"是不是能多坐一两个人?"戴眼镜的道:"怕不行!光我们就二三十个人啦!光添你也还马虎得过,再多了就不行了。"说着张先生已经拿出信来,戴眼镜的接住了信,就和

[①] 作者原注:坐飞机,在金箔上吸料子就叫坐飞机。

同来的那伙人一道又走了，春喜也包起料子赶出去。胖子赶到门边喊道："一定借光！"外边答道："可以！只能一两个人！"

他们去了，张先生问铁锁道："你怎么认得他？"铁锁道："他跟我是一个村人。"张先生道："那人很能干，在大同统税局很能弄个钱。秘书长很看得起，这次打电报要的几十个人也有他。昨天他才坐火车从大同赶回来。"正说着，姨太太的娘从火车站上回来了，铁锁便买上料子回去交了差。

打发河南的客人去了，参谋长立刻备了呈文送往总司令部，又叫小喜代理秘书，填写委状，赶印臂章。

四

不几天，街上传说在山东打了败仗，南京的飞机又来太原下过弹，人心惶惶，山西票子也跌价了。又过几天，总司令部给四十八师留守处下了命令，说是叫暂缓发展，请领的东西自然一件也没有发给。参谋长接到了命令，回复了河南来的客人，又打发小喜下豫北去找老霍回来。从这时起，留守处厨房也撤销了，站岗的也打发了，参谋长也不知到哪里去了，小喜也走了，叫铁锁每天到参谋长那里领一毛五分钱伙食费，住在留守处看门。起先一毛五分钱还够吃，后来山西票一直往下狂跌，一毛五分钱只能买一斤软米糕，去寻参谋长要求增加，参谋长说："你找你的事去吧！那里的门也不用看了！"这个留守处就这样结束了。

铁锁当了一个月勤务，没有领过一个钱，小喜走了，参谋长不管，只落了一身单军服，穿不敢穿，卖不敢卖，只好脱下包起来。他想：做别的事自然不能穿军服，包起来暂且放着，以后有人追问衣服，自然可以要他发钱；要是没人追问，军衣也可改造便衣。衣服包好，他仍旧去找同来的匠人们。那些人近来找着了事：自从南京飞机到太原下弹后，各要人公馆抢着打地洞，一天就给一块山西票。铁锁找着他们，也跟着他们到一家周公馆打地洞，晚上仍住在会馆。

一天晚上他下工后走出街上来，见街上的人挤不动，也有军队也有便衣，特别有些太原不常见的衣服和语音，街上也加了岗，好像出了什么事。回到会馆，会馆的人也挤满了，留守处的门也开了，春喜和前几天同去北平的那一伙都住在里边，床上地下都是人，把他的行李给他堆在一个角落上。春喜一见铁锁，便向他道："你住在这里？今天你再找个地方住吧，我们人太多！"铁锁看那情形，又说不得理，只好去搬自己的行李。春喜又问他道："继唐住在哪个屋里？"铁锁道："他下河南去了。"铁锁也想知道他为什么回来，就接着顺便问道："你们怎么都回来了？"春喜道："都回来了！阎总司令也回来了！"铁锁听了，仍然不懂他们为什么回来，但也无心再问，就搬了行李仍然去找他的同行。

他的同行人很多，除了和他同来的，和他们新认识的还有几十个，都住在太原新南门外叫做"满洲坟"的一道街。这一带的房子都是些小方块，远处看去和箱子一样；里边又都是土地，下雨漏得湿湿的；有的有炕，有的是就地铺草。房租不贵，论人不论间，每人每月五毛钱。铁锁搬去的这地方，是一个长条院子，一排四座房，靠东的一座是一间，住着两个学生，其余的三座都是三间，住的就是他们这伙匠人。他搬去的时候，正碰上这些匠人们吃饭。这些人，每人端着一碗小米干饭，围着一个青年学生听话。这个学生，大约有二十上下年纪，穿着个红背心，外边披着件蓝制服，粗粗两条红胳膊，厚墩墩的头发，两只眼睛好像打闪，有时朝这边有时朝那边。围着他的人不断向他发问，他一一答复着。从他的话中，知道山西军[①]败了，阎锡山和汪精卫都跑回太原来了。有人问："他两家争天下，南京的飞机为什么到太原炸死了拉洋车的和卖烧土的？"有的问："咱们辛辛苦苦赚得些山西票子，如今票不值钱了，咱们该找谁去？"学生说："所以这种战争，不论谁胜谁败，咱们都要反对，因为不论他们哪方

[①] 山西军，阎锡山亲自操纵的地方武装。

面都是不顾老百姓利益的……"

铁锁听了一会,虽然不全懂,却觉着这个人说话很公平。他把行李安插下,到外边买着吃了一点东西,回来躺在铺上问一个同行道:"吃饭时候讲话的那个人是哪里来的?"这个同行道:"他也是咱这院子里的房客,在三晋高中上学,姓常,也不知道叫什么。他的同学叫他小常,大家也跟着叫小常先生,他也不计较。这人可好啦!跟咱们这些人很亲热,架子一点也不大,认理很真,说出理来跟别的先生们不一样。"铁锁近来有好多事情不明白,早想找个知书识字的先生问问,可是这些糊涂事情又都偏出在那些知书识字的人们身上,因此只好闷着,现在见他说这位小常先生是这样个好人,倒有心向他领个教,便向这个同行道:"要是咱们一个人去问他个什么,他答理不答理?"这个同行道:"行!这人很好谈话,只要你不瞌睡,谈到半夜都行!"铁锁道:"那倒可以,只是我跟人家不熟惯。"这个同行道:"这没关系,他倒不讲究这些,你要去,我可以领你去!"铁锁说:"可以!咱们这会就去。"说罢两个人便往小东房里去见小常。

他们进了小东房,见小常已经点上了灯在桌边坐着,他还有一个同学睡在炕上。这个匠人便向小常介绍道:"小常先生,我这个老乡有些事情想问问你,可以不可以?"小常的眼光向他两人一扫,随后看着铁锁道:"可以!坐下!"铁锁便坐在他的对面。铁锁见小常十分漂亮精干,反觉着自己不配跟人家谈话,一时不知该从哪里谈起。小常见他很拘束,便向他道:"咱们住在一处,就跟一家人一样,有什么话随便谈!"铁锁道:"我有些事情不清楚,想领领教,可是,'从小离娘,到大话长',说起来就得一大会。"小常道:"不要紧!咱们住在一块,今天说不完还有明天!不用拘什么时候,谈到哪里算哪里。"铁锁想了一会道:"还是从头说吧!"他便先介绍自己是哪里人,在家怎样破了产,怎样来到太原,到太原又经过些什么,见到些什么……一直说到当天晚上搬出会馆。他把自己的遭遇说完了,然后问小常道:"我有这么些事不明白:李如珍怎么能永远不倒?三爷那样胡行怎除不办罪还能做官?小喜春喜那些人怎么永远吃得开?别人卖料子要杀头，五爷公馆怎么没关系？土匪头子来了怎么也没人捉还要当上等客人看待？师长怎么能去拉土匪？……"他还没有问完，小常笑嘻嘻走到他身边，在他肩上一拍道："朋友！你真把他们看透了！如今的世界就是这样，一点也不奇怪！"铁锁道："难道上边人也不说理吗？"小常道："对对对！要没有上边人给他们做主，他们怎么敢那样不说理？"铁锁道："世界要就是这样，像我们这些正经老受苦人活着还有什么盼头？"小常道："自然不能一直让它是这样，总得把这伙仗势力不说理的家伙们一齐打倒，由我们正正派派的老百姓们出来当家，世界才能有真理。"铁锁道："谁能打倒人家？"小常道："只要大家齐心，他们这伙不说理的人还是少数。"铁锁道："大家怎么就齐心了？"小常道："有个办法。今天太晚了，明天我细细给你讲。"一说天晚了，铁锁听了一听，一院里都睡得静静的了，跟他同来的那个同行不知几时也回去睡了，他便辞了小常也回房睡去。

这晚铁锁回去虽然躺下了，却睡得很晚。他觉着小常是个奇怪人。凡他见过的念过书的人，对自己这种草木之人，总是跟掌柜对伙计一样，一说话就是教训，好的方面是夸奖，坏的方面是责备，从没有见过人家把自己也算成朋友。小常算是第一个把自己当成朋友的人。至于小常说的道理，他也完全懂得，他也觉着不把这些不说理人一同打倒另换一批说理的人，总不成世界，只是怎样能打倒他还想不通，只好等第二天再问小常。这天晚上是他近几年来最满意的一天，他觉着世界上有小常这样一个人，总还算像个世界。

第二天，他一边做着工，一边想着小常，好容易熬到天黑，他从地洞里放下家伙钻出来，在街上也顾不得停站，一鼓劲跑回满洲坟来，没有到自己房子里，就先到小东房找小常去。他一进去，不见小常，只见箱笼书籍乱七八糟扔下一地，小常的同学在屋里整叠他自己的行李。他进去便问道："小常先生还没有回来？"小常那个同学道："小常叫人家警备司令部捉去了。"他听了，大瞪眼莫名其妙，怔了一会又问道："因为什么？"小常那个同学抬头看了看他，含糊答道："谁知道是什么事。"说着他把他自己的行李搬出去。铁锁也不便再问，跟到外边，见他叫了个洋车拉起来走了。这时候，铁锁的同行也都陆续从街上回来，一听铁锁报告了这个消息，都抢着到小东房去看，静静的桌凳仍立在那里，地上有几片碎纸，一个人也没有。

大家都不知道为什么，都觉着奇怪。有个常在太原的老木匠道："恐怕是共产党。这几年可多捉了共产党了，杀了的也不少！真可惜呀！都是二十来岁精精干干的小伙子。"铁锁问道："共产党是什么人？"那老木匠道："咱也不清楚，听说总是跟如今的官家不对，不赞成那些大头儿们！"另外有几个人乱说"恐怕就是"，"小常跟他们说是两股理"，"小常是说真理的"……大家研究了半天，最后都说："唉！可惜小常那个人了！"好多人都替小常忧心，仍和昨天下米一样多，做下的干饭就剩下了半锅。

铁锁吃了半碗饭，再也吃不下去。他才觉着世界上只小常是第一个好人，可是只认识了一天就又不在了。他听老木匠说还有什么共产党，又听说这些人被杀了的很多，他想：既然被杀了的很多，可见这种人不止小常一个；又想：既然被杀了的很多，没有被杀的是不是也很多？又想：既然被杀了的很多，小常是不是也会被杀了呢？要是那样年轻、能干、说真理的好人，昨天晚上还高高兴兴说着话，今天就被人家活生生捉住杀了，呵呀！……他想着想着，眼里流下泪来。这天晚上，他一整夜没有睡着，又去问老木匠，老木匠也不知道更多的事情。

从这天晚上起，他觉着活在这种世界上实在没意思，每天虽然还给人家打地洞，可是做什么也没有劲了，有时想到应该回家去，有时又想着回去还不是一样的。

五

就这样拖延着，一个秋天过去了。飞机不断来，打地洞的家也很多，可是山西票子越来越不值钱，铁锁他们一伙人做得也没有劲，慢慢都走了。后来阎锡山下了野往大连去了。徐永昌①当了警备司令来维护秩序，南京的飞机也不来了，各大公馆的地洞也都停了工。人家一停工，铁锁和两三个还没有走了的同行也没有事了，便不得不作回家的计划。

这天铁锁和两个同来的同行，商议回家之事。听说路上很不好行动，庞炳勋部驻沁县，孙殿英部驻晋城，到处有些散兵，说是查路，可是查出钱来就拿走了。他们每人都赚下一百多元山西票，虽说一元只能顶五毛，可是就算五十元钱，在一个当匠人的看起来，也是很大一笔款，自然舍不得丢了。好在他们都是木匠，想出个很好的藏钱办法，就是把合缝用的长刨子挖成空的，把票子塞进去再把枣木底板钉上。他们准备第二天起程，这天就先把票子这样藏了。第二天一早，三个人打好行李，就上了路。走到新南门口，铁锁又想起他那双鞋仍然丢在会馆，鞋还有个半新，丢了也很可惜，就和两个同行商议，请他们等一等，自己跑回去取。

这两位同行，给他看着行李，等了差不多一点钟，也不见他来。一辆汽车开出来了，他两人把行李替他往一边搬了一搬。又等了一会，他和另一个人相跟着来了，一边走，一边向他两人道："等急了吧？真倒霉！鞋也没有找见，又听了一回差！"两个人问他出了什么事，他说："春喜去大同取行李回来了，和好多人趁秘书长送亲戚的汽车回去，叫我给人家往车上搬箱子！"有个同行也认得春喜，问他道："他在大同做什么来？有什么箱子？"铁锁道："听说在什么统税局。这些人会发财，三四口箱子都很重。"那个同事向他开玩笑道："你跟他是一村人，还不能叫他的汽车捎上你？"铁锁道："一百年也轮不着捎咱呀！"随手指着同来的那个人道："像这位先生，成天在他们公馆里跑，都挤不上啦！"他两个同事看同他来的

---

① 徐永昌，山西崞县（今原平县）人。曾任国民党军的旅长、师长、代军长，后归阎锡山。阎冯倒蒋失败后，被蒋委任为山西省政府主席。一九三六年后离阎到南京政府任职。

那个人，长脖子，穿着件黑袍，上面罩着件灰大衫，戴着礼帽，提着个绿绒手提箱。这人就是当日在五爷公馆里的那个鸭脖子，他见铁锁说他挤不上，以为不光荣，便解释道："挤不上，他们人太多了！到路上要个差也一样，不过走慢一点。"他特别说明他可以要差，来保持他的身份。铁锁在太原住了几个月，也学得点世故，便向鸭脖子道："先生，我们也想沾沾你的光！听说路上不好走，一路跟你相跟上许就不要紧了吧？"鸭脖子道："山西的机关部队都有熟人，碰上他们自然可以；要碰上外省的客军，就难说话了，我恐怕只能顾住我。"说着强笑了一笑。

他们就这样相跟着上了路。走了不多远，有个差徭局①，鸭脖子要了一头毛驴骑着，他们三个人挑着行李跟在后边。

鸭脖子要的是短差，十里八里就要换一次，走了四五天才到分水岭。一路上虽然是遇到几个查路的，见了鸭脖子果然客气一点，随便看看护照就放过去了。他们三个说是跟鸭脖子一行，也没有怎么被检查。过了分水岭，有一次又遇到两个查路兵，虽然也是山西的，情形和前几次有些不同，把他们三个人的行李抖开，每一件衣服都捏揣过一遍，幸而他们的票子藏得好，没有被寻出来。检查到了铁锁那身军服，铁锁吃了一惊，可是人家也没有追究。后来把鸭脖子的手提箱打开，把二十块现洋给检查走了。

这一次以后，他们发现鸭脖子并不抵事，跟他一道走徒磨工夫；有心前边走，又不好意思，只好仍跟他走在一起。快到一个叫"崔店"的村子，又碰上查路的，远远用手枪指着喊道："站住！"四个人又吓了一跳。站住一看，那个喊"站住"的正是小喜，还有两个穿军服的离得比较远一点。小喜一看鸭脖子，笑道："是你呀！"又向铁锁道："你也回去？"铁锁答应着，只见小喜回头向那两个穿军服的道："自己人自己人！"又向鸭脖

---

① 差徭局，阎锡山设在各地指派徭役的机构。徭，就是统治阶级强制人民承担的无偿劳动。

子道:"天也黑了,咱们住一块吧!"鸭脖子道:"住哪里?"小喜道:"咱们就住崔店!"又向那两个穿军服的道:"路上也没人了,拿咱们的行李,咱们也走吧!"说了他便和那两个人跑到一块大石头后边,每人背出一个大包袱来。七个人相跟着来到崔店,天已大黑了。小喜走在前面,找到一家店门口,叫开门,向掌柜下命令道:"找个干净房子!"掌柜看了看他,惹不起;又看了看铁锁他们三个道:"你们都是一事吗?"铁锁道:"我们三个是当匠人的!"掌柜便点着灯把小喜他们四人引到正房,又把铁锁他们三个另引到一个房子里。

他们四个人,高喊低叫,要吃这个要吃那个,崔店是个小地方,掌柜一时应酬不来,挨了许多骂,最后找了几个鸡蛋,给他们做的是炒鸡蛋拉面。打发他们吃过以后,才给铁锁他们三个坐上锅做米饭。赶他们三个吃罢饭,天已经半夜了。

他们三个人住的房子,和正房相隔不远,睡了之后,可以听到正房屋里谈话。他们听得鸭脖子诉说他今天怎样丢了二十块现洋,小喜说:"不要紧,明天可以随便拿些花。"鸭脖子说:"不算话,带多少也不行!听说沁县到晋城一带都查得很紧!"小喜说:"我也要回去。明天跟我相跟上,就没有人查了。"铁锁一个同行听到这里,悄悄对铁锁道:"你听!小喜明天也回去。咱明天跟他相跟上,也许比那个鸭脖子强,因为他穿的军衣,况且又是做那一行的。"铁锁也悄悄道:"跟他相跟上,应酬查路的那一伙子倒是有办法,可是他们那些人我实在不想看见!"那个同行道:"咱和他相跟啦吧,又不是和他结亲啦!"铁锁一想,又有点世故气出来了。他想:今天和鸭脖子相跟还不是一样不舒服,可是到底还相跟了,就随和些也好。况且自己又曾给小喜当过一个月勤务,就以这点关系,说出来他也不至于不应允。这样一想,他也就觉着无可无不可了。

第二天早晨,铁锁他们三个起了一个早,先坐锅做饭,吃着饭,正房里那四个才起来洗脸。一会,听着他们吵起来。小喜说:"有福大家享,你们也不能净得现洋,把山西票一齐推给我!"另一个河南口音的道:"这也没有叫你吃了亏。我不过觉着你是山西人，拿上山西票子总还能成个钱，叫我带回河南去有个啥用处？把这些衣服都归了你，还不值几百元吗？"小喜道："咱们也相处了个把月，也走了几百里路，咱姓李的没有对不起朋友的地方吧？如今你们拿上两千多现货、几十个金戒指，拿一堆破山西票跟几包破衣裳来抵我，你们自己看像话不像话？有福大家享，有事大家当，难道我姓李的不是跟你们一样冒着性命呀？"另一个河南口音道："老李！不要讲了！咱们上场来都是朋友，好合不如好散！这戒指你随便拿上些！山西票要你被屈接住！来！再拿上二百现的！"正说着，掌柜把炒蒸馍端上去，几个人便不吵了，吃起饭来。吃完了饭，那两个穿军服的扛着沉沉两包东西，很客气地辞了小喜和鸭脖子走了。他两个也不远送，就在正房门口一点头，然后回去收拾他们的行李。

　　就在这时候，铁锁的两个同行催着铁锁，叫去跟小喜交涉相跟的事，铁锁便去了。他一进到正房，见炕上堆着一大堆山西票子、两包现洋、一大把金戒指、两三大包衣服。小喜正在那里折衣服，见他进去了，便向他道："你还没有走？"鸭脖子也那样问，铁锁一一答应罢了，便向他道："听说路上很不好走，想跟你相跟上沾个光，可以不可以？"小喜正在兴头上，笑嘻嘻答道："行！相跟着吧！没有一点事！"铁锁见他答应了，也没有更多的话跟他说，站在那里看他折衣服。他见铁锁闲着，便指着那些衣服道："你给我整理一下吧！整理妥包好！"铁锁悔不该不马上出去，只好给他整理。鸭脖子问小喜道："你从前认得他？"小喜道："这是我的勤务兵！跟我是一个村子里人。"他已经把衣服推给铁锁整理，自己便去整理炕上的银钱。他把票子整成一沓一沓的，拿起一沓来，大概有一二百元，递给鸭脖子道："你昨天不是把钱丢了吗？花吧！"鸭脖子还谦让着，小喜道："给你！这些乱年头，抓到手大家花了就算了。"说着把票子往鸭脖子的怀里一塞，鸭脖子也就接受下了。小喜回头又向铁锁道："你那身军服还在不在？"铁锁只当他是向自己要那身衣服，便答道："在！一会我给你去取！不过参谋长却没有给我发过饷。"小喜道："不是跟你要。你还把它

085

穿上,还算我的勤务兵,这样子到路上更好行动。行李也不用你挑,到差徭局要得差来可以给你捎上。"铁锁说:"我还相跟着两个人啦!"小喜道:"不要紧!就说都是我带的人!"

一会,行李都打好了,铁锁出来和两个同行说明,又把那身单军服套在棉衣外边,铁锁给小喜挑着包袱,五个人相跟着出了店,往差徭局来。小喜南腔北调向办差的道:"拨两个牲口三个民夫!"办差的隔窗向外一看道:"怎么木匠也要差?"小喜道:"真他妈的土包子!军队就不带木匠?"铁锁的两个同行在窗外道:"我们自己挑着吧!"小喜向窗外看了他们一眼道:"你们就自己挑着!"又向办差的道:"那就两个牲口一个民夫吧!"办差的拨了差,小喜和鸭脖子上了驴,赶驴的和铁锁两个人跟着,民夫把铁锁的行李和小喜的包袱捆在一处担着,铁锁的两个同行自己担着行李跟着,一大串七个人两个牲口便又从崔店出发了。

小喜的包袱很重,民夫一路直发喘。铁锁本来不想把自己的行李给民夫加上,可是既然算小喜的勤务兵,又没法不听小喜的指挥。后来上了个坡,铁锁见民夫喘得很厉害,便赶到他身边道:"担累了?我给你担一会!"民夫道:"好老总!可不敢叫你担!"铁锁道:"这怕啥?我能担!"说着就去接担子。民夫连说不敢,赶驴的抢着跑过来道:"不敢不敢!我给他担一会!"说着便接住担在自己肩上。民夫叹了口气道:"唉!好老总!像你老总这样好的人可少!"赶驴的也说:"真少!可有那些人,给你担?不打就够好!"

正说话间,前边又有了查路的——一个兵正搜查两个生意人的包袱,见小喜他们走近了,向那两个生意人说了声"包起吧",便溜开了。小喜在驴上看得清楚,就故意喝道:"站住!哪一部分?"吓得那个兵加快了脚步,头也不回便跑了。民夫问那两个生意人道:"没有拿走什么吧?"生意人说"没有",并且又向小喜点头道:"谢谢老总!不是碰上你就坏了!"小喜在驴上摇头道:"没有什么。他妈的,好大胆,青天白日就截路抢人啦!"那个赶驴的只当小喜不知道这种情形,便担着担子抢了几步向他道:

"好老总,这不算稀罕!这条路一天还不知道出几回这种事啦!"铁锁在他背后光想笑也不敢笑出来,暗暗想道:"你还要给他讲?你给他担的那些包袱,还不是那样查路查来的!"

铁锁自从又穿上军服,觉着又倒了霉:一路上端水端饭问路换差……又都成了自己的事,小喜和鸭脖子骑着牲口专管指挥。他虽然觉着后悔,却也想不出摆脱办法,又只好这样相跟着走。

过了沁县,路平了,毛驴换成了骡车,走起来比以前痛快了好多。过屯留城的那一天,下了一次雪,有泥水的地方,车不好走。有一次,要过一个土沟,骡子拉不过去,站住了。赶车的请他们下车,小喜和鸭脖子看见下去就要踏着泥走,不愿意,硬叫他赶。他打了骡子两鞭,骡子纵了一下,可是车轮陷得很深,仍拉不动。小喜道:"你们这些支差的干的是什么?连个牲口也赶不了!"赶车的央告道:"老总,实在赶不过去呀!"小喜喝道:"你捣蛋,我揍你!"又向铁锁下命令道:"给我揍他!"铁锁从来没有打过人,况且见赶车的并非捣蛋,除没有揍他,反来帮他推车,可是也推不动。赶车的仍然央告他两人下车,小喜夺出鞭子照耳门打了他一鞭杆。赶车的用手去摸耳朵,第二下又打在他手上。手也破了,耳朵也破了,眼泪直往下流,用手擦擦泪,又抹了一脸血。铁锁和他两个同行看见这种情形,十分伤心,可是也没法挽救。人也打了,车仍是赶不动,结果还是赶车的背着鸭脖子,铁锁背着小喜送过去,然后才回来赶空车。

这天晚上住在鲍店镇,铁锁向他两个同行悄悄说:"明天咱们不跟他相跟吧!咱真看不惯那些事!"他两个同行也十分赞成,都说:"哪怕土匪把咱抢了,咱也不跟他相跟了。"吃过饭以后,铁锁向小喜说他们三个人要走山路回去,小喜向鸭脖子道:"要是那样,你明天就也穿军衣吧!"又向铁锁道:"那也可以,你就把军衣脱下来给他!"铁锁这时只求得能分手就好,因此便把一个月工夫换来的一身单军服脱下交给他们,第二天彼此就分手了。

春喜是一路汽车坐到家了。小喜是一路官差送到家了。铁锁啦?几天山路也跑到家了,虽然还碰到过一次查路的,不过票子藏得好,没有失了。

山西票子越来越跌价,只能顶两毛钱了。小喜存的山西票,跑到晋城军队上贩成土[1];铁锁不会干这一套,看着票子往下跌,干急没办法。又迟了多长时候,听说阎锡山又回太原当绥靖主任[2]去了,票子又回涨到两毛五。这时正是阴历年关,福顺昌掌柜王安福以为老阎既然又回太原,票子一定还要上涨,因此就放手接票——讨账也是山西票,卖货也是山西票。这时候,铁锁的一百来元山西票本来很容易推出手,不过他见王安福放手接票子,也以为票子还要涨,舍不得往外推,只拿出十几元来在福顺昌买了一点过年用的零碎东西。不料过了年,公事下来了,山西票子二十元抵一元,王安福自然是大霉气,铁锁更是哭笑不得,半年的气力白费了。

后来铁锁的票子,出了一次粮秣借款就出完了。这粮秣借款是在这以前没有过的摊派:不打仗了,外省的军队驻在山西不走,饭总要吃,阎锡山每隔两个月便给他们收一次粮秣借款,每次每一两粮银[3]收七元五。铁锁是外来户,外来户买下的地当然粮银很重,虽然只剩下五亩沙板地,却纳的是上地粮,银数是五钱七分六,每次粮秣借款该出现洋四元三毛二,合成山西票就得出八十六元四。

自从派出粮秣借款以后,不只铁锁出不起,除了李如珍春喜等几家财主以外,差不多都出不起。小毛是闾长,因为过了期收不起款来,偷跑了。不断有散兵到村找闾长,谁也不想当,本地户一捏弄,就把铁锁选成了闾长。铁锁自戴上这顶愁帽子之后,地也顾不得上,匠人也顾不得当,

---

[1] 土,即大烟土,料面。
[2] 当绥靖主任,阎冯倒蒋失败后,阎锡山逃到大连,以后又返回五台河边村。九一八事变后,全国人民一致要求抗日救亡。蒋介石"捐弃前嫌",委派阎锡山为太原绥靖公署主任。一九三二年二月二十九日,阎到太原就职。
[3] 粮银,旧时一种税收制度。把土地按肥瘦、远近分成等,以等定银两,然后按银两派粮派款。

连明带夜忙着给人家收款。在这时，阎锡山发下官土①来，在乡下也由闾长卖。像李如珍那些吸家，可以在小喜那里成总买私土；只有破了产的光杆烟鬼，每次只买一分半分，小喜不愿支应，才找闾长买官土。按当时习惯，买官土要用现钱，不过这在别的闾里可以，铁锁这些外来户，不赊给谁怕得罪谁，赊出去账又难讨，因此除了收粮秣借款以外还要讨官土账。借款也不易收，土账也不易讨，自己要出的款也没来路；上边借款要得紧了，就把卖官土钱缴了借款；官土钱要得紧了，又把收起来的借款顶了官土钱；两样钱都不现成，上边不论要着哪一样，就到福顺昌先借几块钱缴上。这样子差不多有年把工夫，客军走了，地方上又稍稍平静了一点，小毛看见闾长又可以当了，和李如珍商量了一下，把铁锁的闾长换了，仍旧换成小毛。铁锁把闾长一交代，净欠下福顺昌四十多元借款，算起来有些在自己身上有些在烟鬼们身上，数目也还能碰个差不多，只是没有一个现钱，结果又托着杨三奎和修福老汉去跟福顺昌掌柜王安福商量了一下，给人家写了一张文书。

六

铁锁自从当了一次闾长以后，日子过得更不如从前了，三四年工夫，竟落得家无隔宿之粮，衣服也都是千补万衲，穿着单衣服过冬。他虽然是个匠人，可是用得起匠人的家，都怕他这穷人占小便宜，不愿用他，因此成天找不到事，只好这里求三合②，那里借半升，弄一顿吃一顿。

到了民国二十四年这一年，在家里实在活不下去了，叫才长到八岁的小胖孩给人家放牛去，自己又和几个同行往离家远一点的地方去活动——

---

① 作者原注：官土，又叫"戒烟药饼"，不过那只是官家那样叫，老百姓都叫"官土"。
② 合，音 gě，量粮食的器具。一升的十分之一。

不过这次却因为没有盘缠，不能再去太原，就跟着几个同行到县城里去。在城里找到一家东家，就是当年在五爷公馆吃着西瓜谈"归班"的那个胖子。这人姓卫，这几年在阎锡山的"禁烟考核处"①当购料员，在绥远买土发了财，成了县里数一数二的大绅士，要在城里修造府第，因此就要用匠人。铁锁和同去的几个人，和包工头讲了工价，便上了工。

这一年的上半年，铁锁的家里好过一点，下半年秋收以后，虽然除给福顺昌纳了利钱以后不余几颗粮食，可是铁锁和小胖孩都不在家，光二妞一个人在家也不吃什么。

可惜不几天就发生了意外的事：上边公事下来了，说共产党的军队从陕西过河来了，叫各地加紧防共，宁错杀一千个老百姓，也不叫放走一个共产党。县长接着这公事，跟疯了一样，撒出防共保卫团和警察到处捉人——凡是身上有一两个铜元、一两条线、小镜子或其他不常见的物件，都说成共产党的暗号，逃荒的、卖姜的、货郎担子……一切外来的生人，一天说不定要捉多少、杀多少，有一天就杀了一百五六十个。警察们每夜都打着手电筒到匠人们住的地方查好几遍，因为搜着身上有铜元还杀了两个匠人。这时候，匠人们固然人人怕捉，胖子东家是听说共产党来了要杀他们这些仗势欺过人的人，因此也怀着鬼胎无心修造了；况且天气也冷了些，泥水也快冻了。这样几头赶趁，工也停住了，铁锁和许多匠人们便都解散回家。回到村，村公所里也忙着办防共，春喜当了公道团②村团长，小喜当了防共保卫团村团长，所有壮丁一律都得当团丁，由小喜训练。铁锁回去马上就得去受训。

这年冬天，山西军队调动得很忙，中央军也来山西帮忙防共，地方上常有军队来往。老百姓因为经过民国十九年那次混乱，一见过兵自然人人担忧。

---

① 作者原注："禁烟考核处"是卖官土的总机关。
② 作者原注：公道团原来也是阎锡山组织起来的防共团体。

杨三奎的闺女巧巧，原来许给二妞的弟弟白狗，这是杨三奎最小的一个闺女，这时已经十八岁了，因为兵荒马乱，杨三奎放心不下，便追着修福老汉给白狗娶亲。修福老汉一来觉着孙孙白狗已十九岁，也是娶亲的时候了，二来自己家业不大，趁这荒乱年间，一切可以简单些，也就马上答应，就在这年阴历腊月三十日给白狗娶亲。修福老汉虽然日子过得不怎样好，又是外来户，可是因他为人正直，朋友也还不少。大家也知道他破费不起，自己也都是些对付能过的小户人家，就凑成份子买了些现成的龙凤喜联给他送一送礼；这地方的风俗，凡是送这种对联的，酬客时候都是有酒无饭，一酒待百客。事过之后，修福老汉备了些酒，在刚过了阴历年的正月初三日酬客。

这天晚上，铁锁也在修福老汉家替他招呼客人。热闹过一番之后，一般的客人都散了，只剩下像冷元他们那些比较亲近一点的邻居们和林县的乡亲们，大家因为才过了年没有什么事，就仍然围着酒桌，喝着剩下来的一壶酒谈闲话。他们谈来谈去，谈到防共的事情上，冷元向铁锁道："小喜成天给咱们讲，说共产党杀人如割草，可是谁也没有真正见过。你是登过大码头走过太原的，你是不是见过啦？"

这一问，勾起铁锁的话来了：铁锁自那年从太原回来之后，直到现在，因为一个"忙"一个"穷"，从没有跟别人谈过心。他并不是没有心病话，只是没有谈过。他自从碰上小常，四五年来一天也没有忘记，永远以为小常是天下第一个好人；每遇上看不过眼的事，就想起小常向他说的话："总得把这伙仗势力不说理的家伙们一齐打倒，由我们正正派派的老百姓们出来当家，世界才能有真理。"当年他听老木匠说小常是共产党，又听说自从民国十六年阎锡山就杀起共产党来了，他就以为共产党是小常这类人，可惜以后再不听有人说起，直到五六年后的现在，才又听说起这个名字来。他在城里初听说共产党过了河，他非常高兴，以为这一下就可以把那些仗势欺人的坏家伙们一齐打倒了；后来见县里杀人杀得那么多，军队调动得那么忙，他又以为打倒这些坏家伙们也不是一件容易的事，因为坏家伙们有权,有官府的势力给他撑腰。不过他这时候的想法和五六年前不同了:在五六年前他还以为像小常这种人数目总不多,成不了事;这时候他听说共产党能打过黄河来占好几县,又见那些坏家伙们十分惊慌,他想这势力长得也不小了,纵然一时胜不过官府势力,再长几年一定还会更大,因为他还记得小常说"只要大家齐心,这些坏家伙们还是少数"。他记得小常还说过"有办法能叫大家齐心",可惜他还没有把这办法告自己说,就叫人家把他捉走了。他想现在打过河来这些人一定是懂得这个办法的,等打到咱这地方,一定会把这办法也告大家说。他既然有这样一套想法,因此在这年冬天,虽然还过的是穷日子,心里却特别高兴,不论听小喜春喜那些人说共产党怎样坏,他听得只是暗笑,心里暗暗道:"共产党来了就要杀你们这些家伙们呀!看你还能逞几天霸?"这些都只是铁锁心上的话,并不曾向人家说过。这天晚上冷元问起他来,他正憋着一肚子话没处说,又是才过了年,又都是些自己人,刚才又多喝了几盅酒,因此说话的兴头就上来了。他说:"我见过一个,不过说起来话长,你们都听不听?"大家叫小喜春喜训了几个月,也没有见过一个共产党,自然都很愿意听,都说:"说吧!反正明天又没有什么事,迟睡一会有什么要紧?"铁锁一纵身蹲在椅子上,又自己斟得喝了一盅酒,把腰一挺头一扬,说起他在太原时代的事情来。铁锁活了二十七岁,从来也没有这天晚上高兴,说的话也干脆有趣,听的人虽然也听过好多先生们演说,都以为谁也不如铁锁,他把他在太原见的那些文武官员,如参谋长、小喜、河南客、尖嘴猴、鸭脖子、塌眼窝、胖子、柱子等那些人物、故事,跟说评书一样,枝枝叶叶说了个详细;说到满洲坟遇小常,把小常这个人和他讲的话说得更细致,叫听的人听了就跟见了小常一样;说到小常被人家捉去,他自己掉下泪来,听的人也个个掉泪。最后他才说出"听一个老木匠说小常是共产党"。

他的话讲完了,听的人都十分满意。大家成天听小喜说共产党见人就杀,见房就烧,早就有些不大信,以为太不近情理,以为世界上哪有这专图杀人的人，现在听铁锁这样一说，才更证明了小喜他们是在那里造谣。冷元又问道："这么说来，共产党是办好事的呀！为什么还要防共啦？"没有等铁锁开口，就有人替他答道："你就不看办防共的都是些什么人？像铁锁说的那些参谋长啦，三爷五爷啦，五爷公馆那一伙啦；又像放八当十的六太爷啦，咱村的村长啦，小喜春喜啦……他们自然要防共，因为共产党不来是他们的世界，来了他们就再不得逞威风了，他们怎么能不反对啦？"冷元道："这么说起来，咱们当防共保卫团，是给人家当了看门狗了吧？"大家齐笑道："那当然是了！"话谈到这里，夜已深了，大家也就散了。

这几个听了铁锁谈话的人，都以为共产党是好人，虽然人家防范得过严，谁也不敢公开说共产党的好处，可是谁没有个亲近的朋友，一传十，十传百，不几天，村里的好人都知道小喜春喜他们那一套训练是骗人的了。幸而没人跟小喜春喜那些人说，因此他们不知道这些话，只不过觉着防共团的团丁们越来越松罢了。

"共产党专打小喜他们那一类坏家伙，不杀老百姓。"这个消息越传越普遍，传得久了，小喜春喜他们多少听到些风，着实问起来，谁也听的是流言，都不知道是从哪里传来的。可惜后来仍然不免惹出事来，这话又是冷元那个冒失鬼说漏了的。

原来杨三奎的小闺女巧巧长得十分清秀，出嫁以后当了新媳妇，穿得更整齐一点，更觉可爱，都说是一村里头一个好媳妇。小喜是个酒色之徒，自己也不讲个大小，见哪家有好媳妇，就有一搭没一搭到人家家里闲坐；自从巧巧出嫁了，他就常到白狗那里去。白狗这小孩子家，对他也没有办法，修福老汉也惹不起他，他来了，大家也只好一言不发各做各的活，等他坐得没意思了自己走。一天冷元在白狗家，白狗和他谈起小喜怎么轻贱，冷元说："共产党怎么直到如今还不来？你姐夫不是说来了就要杀小喜他们那些坏家伙吗？"这时候小喜刚刚走到院里，听见这话，就蹑着脚步返回走了。

小喜回去把这话向春喜说了,春喜这几天正因为防共没有成绩受了区团长的批评,就马上把这事写成一张报告呈给区团长,算作自己一功。区团报县团,县团转县府,县府便派警察捉去了铁锁。

要是早半年的话,铁锁就没有命了,这时已是民国二十五年的夏天,一来共产党又退回陕西,山西防共的那股疯狂劲已经过去;再者这位县长太爷在上一年冬天杀人最凶的时候,共产党在他住的房子门上贴过张传单,吓得他几夜睡不着觉,以后对共产党也稍稍客气了一点,因此对铁锁这个案件也放宽了一点。他问过铁锁一堂之后,觉着虽然也与共产党有过点关系,可是关系也实在太小,也杀不得也放不得。因为公道团向各村要防共成绩,各村差不多都有胡乱报告的,像铁锁这样案情的人就有一大群,后来县长请示了一下,给他们开了个训导班,叫他们在里边一面做苦工一面受训——训练的课程,仍是铁锁听小喜春喜说过几千遍的那一套。

办这个训导班的人,见这些受训人都是些老老实实的受苦汉,就把他们当成自己的不出钱伙计,叫他们做了一年多的苦工。直到七七事变以后,省城早经过好多人要求把政治犯都释放了,他们仍连一个也舍不得放出来。后来还是牺盟会①来了要动员群众抗日,才向县府交涉,把这批人放出去。

七

山西的爱国人士组织的牺牲救国同盟会,在七七事变后,派人到县里来发动群众抗日。这时候,八路军已经开到山西打了好多大仗,在平型关消灭了日本的板垣师团。防共保卫团也已经解散了,铁锁住的这个训导班再没有理由不结束。结束的时候,牺盟会派了个人去给他们讲了一次话,话讲得很简单明白,无非是"国共已经合作了,这种反共训导班早应结束

---

① 作者原注:牺盟会是牺牲救国同盟会的简称。

了,以后谁再反共谁就是死顽固","大家回去要热心参加抗日工作"……这一类抗战初期动员群众的话,可是听话的人差不多都是因为说闲话提了提共产党,就被人家圈起来做了一年多苦工,在这一年多工夫中,连个"共"字也不敢提了,这时听了这话,自然大大松了一口气,觉着世界变了样子。

铁锁自己,听话还是其次,他注意的是说话的人。当这人初走上讲台,他看见有点像小常——厚墩墩的头发,眼睛好像打闪,虽然隔了六七年,面貌也没有很改变;说话的神情语调,也和他初搬到满洲坟在院子里听他第一次讲话时一样。在这人讲话时候,他没有顾上听他说的是什么,他只是研究人家怎样开口,怎样抬手,怎样转身……越看越像,越听越像。这场讲话,差不多一点钟工夫就结束了,大家都各自回房收拾行李准备回家,铁锁也顾不得回房里去,挤开众人向这讲话的人赶来。

他赶上来,本来想问一声是不是小常,走到跟前,看见人家穿得一身新军服,自己滚得满身灰土,衣裳上边又满是窟窿,觉着丢人。"倘或不是小常,又该说些什么?"他这样想着,怎么也不好意思开口。可是他又觉着,如果真是小常,也不可当面错过,因此也舍不得放松,就跟着走出街上来。一年多不见街上的景致,他也顾不得细看,只是跟着人家走。跟了一段,他想,不问一下总不得知道,就鼓着勇气抢了几步问道:"嗳!你是不是小常先生?"那人立刻站住,回过头来用那闪电一样的眼睛向他一闪,愣了一愣返回来握住他的手道:"这么面熟,怎么想不起来?"铁锁道:"在太原满洲坟……"那人笑道:"对对对!就是后来才搬去的那一位吧?晚上提了许多问题,是不是?"铁锁道:"就是!"那人的手握得更紧了,一边又道:"好我的老朋友!走,到我那里坐坐去!"他换了左手拉着铁锁的右手跟着他并走着,问铁锁的姓名住址、家庭情形。铁锁自然也问了他些被捕以后的事。

铁锁因为酒后说了几句闲话,被人家关起来做了一年多苦工,这时不止自己出了笼,又听说真正的共产党也不许捉了,又碰上自己认为的天下第一个好人,你想他该是怎样高兴呢?他连连点头暗道:"这就又像个世界了!"他虽跟小常拉着手并肩走着,却时时扭转头看小常,好像怕他跑了一样。街上的热闹,像京广杂货、饭馆酒店、粮食集市、菜摊肉铺……人挤人,人碰人,在他看来毫不在意,好像什么也没有看见,只看见身边有个小常。

不大一会,走到牺盟会,小常请他喝了盅茶以后,就问起他近几年村里的情形来。铁锁自从打太原回来以后,六七年来又满满闷了一肚子气,恨不得找小常这样一个人谈谈,这时见了原人,如何肯不谈?他恐怕事情过长,小常不耐烦听,只从简短处说;小常反要他说得详细一点,听不明的地方还要拦住问个底细,说到人名地名还问他是哪几个字。他一边谈,小常一边用笔记。谈了一会,天响午了,小常就留他在会里吃饭,吃饭时候又把他介绍给五六个驻会工作的同志们认识。吃过饭,仍然接着谈,把村里谁是村长谁是公道团长谁是防共保卫团长,每天起来都干些什么勾当;自己因什么被关起来做了一年多苦工……详详细细谈了一遍。谈完以后,小常向他道:"我们这里派人到你村去过一次,不过像你说的这些情形,去的人还没有了解。现在你村里也有一点小变动!"说着他又翻出派去的人寄来的报告信看着道:"村长换成外村人了,听说是在太原受过训的。李如珍成了村副。防共保卫团改成抗日自卫队了,不过队长还是小喜,公道团长还是春喜。"

铁锁听了这种变动,叹了一口气道:"难道李如珍小喜春喜这些人的势力是铁钉钉住了吗?为什么换来换去总是他们?你不是说过'非把这些坏家伙们打倒,世界不能有真理'吗?你不是说过'有个办法能叫大家齐心'吗?可惜那时候你没有告我说这个办法就叫人家把你捉走了。如今我可要领领这个教!"小常哈哈大笑道:"好我的老朋友!你真是个热心热肠的人!这个办法我今天可以告给你了:这个办法并不奇怪,就是'要把大家组织起来'。这么说也很笼统,以后我们慢慢谈吧!我们牺盟会就是专门来干这事的,不只要对付这些家伙们,最重要的还是抵抗日本帝国主义。不过不对付这些家伙们,大多数的好老百姓被他们压得抬不起头来,如何还有心抗日?这些事马上说不明白,一两天我就要到你们那一区的各村里去,也可以先到你们村子里看看,到那时候咱们再详细谈吧!你一年多了还没有回去啦,可以先回去看一下,等几天我就去了。"铁锁又道:"你是不是能先告我说怎样把大家组织起来,我回去先跟几个自己人谈谈。"小常见他这样热心,连声答道:"可以可以!你就先参加我们牺盟会吧!"说着就给他拿出一份牺盟会组织章程和入会志愿书,给他讲解了一下,然后问他会写字不会。他说写不好,小常便一项一项问着替他往上填写,写完又递给他看了一下,问他写得对不对。他看完了完全同意,又递给小常收起来。小常又告他说:"就照这样收会员,以后有什么要做的事,大家开会决定了大家来做,这就叫组织起来了。"又给他拿了几份组织章程道:"你回去见了你自己以为真正的好人,就可以问他愿意入会不;他要愿意,你就可以算他的介绍人,介绍他入会。我们派出去那个同志姓王,还在你们那一带工作,谁想入会,可以找他填志愿书,我可以给他写个信。"说着他便写了个信交给铁锁。

太阳快落的时候,铁锁才辞了小常回自己住了一年多的那个圈子里收拾行李。他回去见人已经走完了,灶也停了,只剩自己一条破被几件破衣服,堆在七零八落的铺草堆里。他把这些东西捆好以后,天已黑了,没钱住店,只好仍到牺盟会找着小常住了一夜。第二天早上,小常又留他吃过早饭,他便回家去了。

他在回家的路上,一肚子高兴憋得他要说话,可是只有他一个人,想说也没处说,有时唱几句戏,有时仰天大叫道:"这就又像个世界了!"八十里小跑步,一直跑回村子里去。这时正是收罢秋的时候,村里好多人在打谷场上铡草,太阳虽然落了却还可以做一阵活,见他回来了,就都马上停了工,围着他来问询。孩子们报告了二妞,二妞也到场上来看他。

他第一个消息自然是报告"小常来了"。这个消息刚一出口,一圈子眼睛一下子都睁大了许多,一齐同声问道:"真的?""在哪里啦?"他便把在县里遇小常的一段事情说了一遍。原来这村里知道小常的，也不过只是上年正月初三在修福老汉家听铁锁谈话的那几个人，可是自铁锁被捕以后，知道的人就越来越多了，因为铁锁一被捕，谁也想打听是为什么来，结果就从冷元口中把铁锁那天晚上谈的话原封传出去，后来春喜知道了，又把冷元弄到庙里，叫他当众说了一遍，在春喜是想借冷元的话证明铁锁真与共产党有过关系，以便加重他的罪，可是说了之后，反叫全村人都知道世界上有小常这样一个好人了。大家这会见铁锁说小常不几天要来，都说："来了可要看看是怎么样一个人啦。"

　　这天晚上，铁锁又到修福老汉那里问他近来村里办公人的变动，修福老汉说的和小常接到王同志的报告差不多，只是又说这位新来的村长，是春喜一个同学，说是受过训，也不过是嘴上会说几句抗日救国的空话，办起事来还跟李如珍是一股劲，实际上还跟李如珍是村长一样。又谈到牺盟会派来的王同志，修福老汉道："是一个十六七岁的小孩子，说话很伶俐，字写得也很好，可惜人太年轻，不通世故。他来那几天，正是收秋时候，大家忙得喘不过气来，他偏要在这时候召集大家开会。老宋打了几遍锣，可是人都在地里，只召集了七八个老汉跟几个六七岁的小孩子，他不知道是因为人忙，还说大家不热心。"铁锁又说到小常叫他回来组织牺盟会，修福老汉道："已经组织起来了，我看那也没有什么用处。"铁锁觉着奇怪，忙问道："几时组织的？谁来组织的？"修福老汉道："还是姓王的那个孩子来的时候，叫村长给他找个能热心为大家办事的人，忙时候，正经人都没工夫，村长给他找了个小毛陪他坐了半天。他走后，小毛跟村里人说人家托他组织牺盟会，前天才挨户造名册，可不知道报上去了没有。"铁锁听罢摇着头道："想不到这些家伙们这样透脱，哪一个缝子也不误钻！"

　　他虽然白天跑了八十里路，晚上又谈了一会话，回去仍然没有睡着。自他被捕以后，二妞到城里去探过他三次：第一次人家说还没有判决，不让见面；第二次第三次，虽然见了，又只是隔着门说了不几句话，人家就撵她走了，因此也没有看清自己的丈夫累成了什么样子，只是盼望他能早些出来就是了。这时,人是回来了,可是身上糟蹋得变了样子:头发像贴在头上的毡片子,脸像个黄梨,袖子破得像两把破蒲扇,满身脏得像涂过了漆,两肘、两膝、肩膀、屁股都露着皮,大小虱子从衣服的窟窿里爬进去爬出来。二妞见人家把自己的男人糟蹋成这个样子,自然十分伤心,便问起他在县里是怎么过,听铁锁说到怎样喝六十年的老仓米米汤,怎样睡在草堆里,抬多么重的抬杆,挨多么粗的鞭子……惹得她抱住铁锁哭起来。铁锁从小就心软,这几年虽说磨炼得硬了一点,可是一年多没有见一个亲人了,这会见有人这样怜惜自己,如何能不心恸,因此也忍不住与她对哭。两口子哭了一会,二妞又说了说近一年来家里的困难,最后铁锁又告她说世界变了,不久就要想法打倒那些坏家伙,说着天就明了。

八

二妞虽然过的是穷日子,却不叫累了身面,虽是补补衲衲的,也要洗得干净一点。铁锁这一身,她以为再也见不得人,马上便要给他洗补。窟窿又多,又没有补钉布,只好盖上被子等。

二妞到河里去洗衣服,家里再没有别人,邻居们来看他,他只好躺着讲话;邻居们走了,他就想他自己的事。他想:"小常说组织起来就是办法,也说的是组织好人,像小毛这些东西,本来就是那些坏家伙的尾巴,组织进去一定不能有什么好处。"小常给他写的信他还带着,在路上还打算一到家就先去找王同志,到这会看起来这王同志也不行,因此就决定暂且不去找他。小毛既然也在村里组织牺盟会,自己就且不去组织,免得跟他混在一起,还是再到县里去一趟,先把这些情形告给小常知道。晌午吃饭时候,冷元们一伙人又端着碗来跟他闲谈,说到组织牺盟会,大家也说:"要想法子不跟小毛这些人碰伙,免得外人认不清咱们是干什么的。"这样一说,越发帮助他打定了先到县里见小常的主意,他便想等这天补好衣裳,第二天就去。

天气冷了，洗出来的衣服不快干，直等到半后响才干了，二妞便收回来给他补。衣服太破，直补到快吃晚饭，才补完了个上身。就在这时候，看庙的老宋来了，说庙里来了个牺盟会的特派员要找他。他问老宋道："是不是二十五六岁一个人，头发厚墩墩的，眼睛像打闪，穿着一身灰军服？"老宋道："就是！"他一下从被子里坐起来向二妞道："小常来了！快给我衣裳！"老宋问道："那就是小常？"他说："是！"老宋见他还没有穿衣裳，便向他道："你后边来吧！我先回去招呼人家。"说了便先走了。二妞把补好了的夹袄给他，又拿起裤来看着上面的窟窿道："这太见不得人了，你等一等我给你去借白狗一条裤子去！"说着她便跑出去了。修福老汉住的院子，虽说离不多远，走起来也得一小会，要找白狗的裤，巧巧自然也得翻一会箱，铁锁去见小常的心切，等了一下等得不耐烦了，就仍然穿起自己的窟窿裤来往庙里去，等到二妞借裤回来，铁锁已经走到庙里了。

裤子虽没有趁上用，"小常来了"的消息却传出去了——巧巧传白狗，白狗传冷元。什么事情只要叫冷元知道了，传起来比电话还快，不大一会就传遍全村，在月光下只听得满街男女都互相问询："来了？""来了？"

铁锁到了庙里，见村公所已经点上灯，早有村长、春喜、小毛他们招呼着小常吃过饭，倒上茶。铁锁一进去见他们这些人坐在一块，还跟往日一样，站在门边。村长他们三个人自然没有动，小常却站起来让座，铁锁很拘束地凑到小毛坐着的板凳尖上，小毛向铁锁道："这是牺盟会的县特派员，见了面也不知道行个礼？"小常微笑着道："我们是老朋友！"说着和铁锁握了一下手，让他坐下。铁锁在这种场面上，谈不出话来，村长他们见桌面上插进铁锁这么个味气全不相投的老土，自然也没有什么要谈的话，全场静了一会，只听得窗外有好多人哼哼唧唧，村长向着窗喊道："干什么？"窗外的人们哗啦啦啦都跑出庙门外去了。

小常看见这里不是老百姓活动的地方，就站起来向铁锁道："我上你家里看看去！"铁锁正觉着坐在这里没意思，自是十分愿意，便领着小常走出来。到了庙门口,被村长喊跑了的那伙人还在庙门口围着,见他两人出来了,就让出一条路来,等他两人走过去,跟正月天看红火一样,便一拥跟上来。到了铁锁门口,铁锁让小常往家里去,小常见人很多,便道:"就在外边坐吧!"说着就坐在门口的碾盘上。看的人挤了一碾道,妇女、小孩、老汉、老婆……什么人都有,有个孩子挤到碾盘上,悄悄在小常背后摸了摸他的皮带。冷元看见小毛也挤在人缝里,便故意向大家喊道:"都来吧!这里的衙门浅!"大家都轰的一声笑起来,小常听了,暗暗佩服这个人的说话本领。铁锁悄悄向小常道:"这说话的就是冷元,就是我跟你说的那个好说冒失话的。"又见大家推着冷元低声道:"去吧去吧!"大家一手接一手把他推到碾盘边,冷元向铁锁道:"大家从前听你说,这位常先生很能讲话,都想叫你请常先生给我们讲讲话!"铁锁顺便向小常道:"这就是冷元。"小常便向冷元握手相认。冷元又直接向小常道:"常先生给我们讲讲话吧?"小常看见有这么多的人,也是个讲话的机会,只是他估量这些人都还没有吃过晚饭,若叫他们吃了饭再来,又怕打断他们听话的兴头,因此就决定只向他们讲一刻钟。主意已定,便回答冷元道:"可以!咱们就谈一谈!"他看见旁边有个簸米台,便算成讲台站上去。听话的人还没有鼓掌的习惯,见他站上去,彼此都小声说:"悄悄!不要乱!听!"马上人都静下来,只听他讲道:

"老乡们!我到这里来是第一次,只认得这位铁锁,我们是前六七年的老朋友。不过我到这里,可也不觉得很生,咱们见一面就都是朋友——比方我跟铁锁,不是见了一面就成朋友了吗?朋友们既然要我讲话,我得先说明我是来做什么的。我是本县牺盟会的特派员,来这里组织牺盟会。这个会叫'牺牲救国同盟会',因为嫌这么叫起麻烦,才叫成'牺盟会'。大家知道不知道为什么要救国啦?"

有些说:"知道!因为日本打进来了。"

小常接着道:"好几个月了,我想大家也该知道一点,这里我就不多说了。这'打日本救中国'是我们大家的事,应该大家一齐动起来,有钱的出钱，大家出力。从前是有钱的不肯拿出钱来，只在没钱人的骨头里榨油，这个不对，因为救国是大家的事，日本人来了有钱人受的损失更大，不应该叫大家管看门，有钱人光管睡觉——力是大家出，可是有钱人一定得拿出钱来。"

有人悄悄道："人家认这个理就是对！"

小常接着道："至于大家出力，要组织起来才有力量。这个'组织起来'很不容易。要听空名吧，山西早就组织起来了：总动员委员会[①]、自卫队、运输队、救护队、妇女缝纫队、少年除奸团、老人祈祷会，村村都有，名册能装几汽车，可是我问大家，这些组织究竟干过一点实事没有？"

大家都笑了，因为他们早就觉着这些都没有抵什么事。

小常仍接着一气说下去："这种空头组织一点也没有用处，总得叫大家都干起实事来，才能算有力量的组织。为什么大家都不干实事啦？这有两个原因，就是大多数人，没有钱，没有权。没有钱，吃穿还顾不住，哪里还能救国？像铁锁吧：你们看他那裤子上的窟窿！抗日要紧，可是也不能说穿裤就不要紧，想动员他去抗日，总得先想法叫他有裤穿。没有权，看见国家大事不是自己的事，哪里还有心思救国？我对别人不熟悉，还说铁锁吧：他因为说了几句闲话，公家就关起他来做了一年多苦工。这个国家对他是这样，怎么能叫他爱这个国家呢？本来一个国家，跟合伙开店一样，人人都是主人，要是有几个人把这座店把持了，不承认大家是主人，大家还有什么心思爱护这座店啦？没钱的人，不是因为懒，他们一年到头

[①] 总动员委员会，一九三七年九月在太原成立的抗日民族统一战线的一种组织形式，由各军政机关、民众团体的代表参加，直辖于第二战区司令长官行营。一些重要职务由共产党员担任。各县、区及村都设立战委会，分别负责总动员事务。县区由县区长、公道团、牺盟会各一人（即"三股头"）与当地驻军、民众团体代表组成。街、村由街、村长、小学教员、公道团、牺盟会代表等组成。战委会下设游击队、运输队、自卫队等。自卫队是不脱产的武装组织，十六岁以上、五十岁以下的男女群众都得参加。

不得闲，可是辛辛苦苦一年，弄下的钱都给人家进了贡——完粮、出款、缴租、纳利、被人讹诈，项目很多，剩下的就不够穿裤了；没权的人，不是因为没出息，是因为被那些专权的人打、罚、杀、捉、圈起来做苦工，压得大家都抬不起头来了。想要动员大家抗日，就得叫大家都有钱，都有权。想叫大家都有钱，就要减租减息，执行合理负担，清理旧债，改善群众生活；想叫大家都有权，就要取消少数人的特别权利，保障人民自由，实行民主：这些就是我们牺盟会的主张，我们组织牺盟会就是要做这些事。至于怎样组织，怎样行动，马上也谈不到底，好在我明天还不走，只要大家愿意听，咱们明天还可以细谈。"

十五分钟的讲话结束了，大家特别听得清楚的就是有了裤子才能抗日，有了权才愿救国，至于怎样减租减息，执行合理负担，实行民主……还只好等第二天再听。不过就听了这一点大家也很满意，散了以后，彼此都说"人家认理就是很真"，"就是跟从前衙门派出那些人来说话不同"。

二妞只顾听话，一小锅菜汤滚得只剩下半锅。铁锁见小常讲完了话，就把他招呼到自己家里，一边吃饭，一边向他谈近来村里的情形。白狗冷元们几个特别热心时事的人，不回去吃饭就先凑到铁锁家里来问长问短。当铁锁把王同志来了以后，小毛在村里组织牺盟会的事说出来，小常道："王同志一来人年轻，二来不了解村里的情形，因此错把小毛当成好人，这我可以给他写个信，提醒他一下。以后他来了，你们也可以再把村里的情形向他细谈一下。小毛造的那个名册，我们不承认它，我们这牺盟会的组织章程，是要叫入会的人，先了解我们的主张。然后每个人自愿找上介绍人填上志愿书，才能算我们的会员。"铁锁道："他造的名册我们可以不承认；可是他自己入会是王同志介绍的，怎么才能把他去了呢？"小常笑道："这个我想可以不用吧！他从前为人虽说不好，现在只要他不反对我们的主张，我们能不叫人家救国吗？"冷元抢着道："不行不行！他跟我们是两股劲，怎么能不反对我们的主张？像你说那'有钱的出钱'，我先知道他就不会实行。他虽是个有钱的，可是进得出不得，跟着李如珍讹人可以！"小常道："这也不怕他；只要他入了会，就得叫他实行会里的主张；什么时候不实行我们的主张，我们大家就开除他出会。"冷元笑向铁锁道："这也可以！以后有了出钱的事，就叫他出钱；他不出钱，就撵他出会。"白狗跟另外几个青年都向冷元笑道："对！这么着管保开除得了他！"小常笑向他们道："不许人家变好了？"冷元道："还变什么啦？骨头已经僵硬了！"小常道："不过咱们既然收下他，还是盼他变好；实在变不过来，那也只好不再要他。"要不要小毛的问题，就谈到这里算了，冷元他们几个人又问了些别的事，也都回家吃饭去。小常写了一封信，交给铁锁，叫他第二天早晨到区上去叫王同志，铁锁便送他回庙里睡去。

当小常在铁锁门口讲话的时候，小毛也在那里听；后来小常讲完了话到铁锁家里去了，小毛赶紧跑到庙里向村长春喜他们报告，说小常说了些什么什么。春喜说："这样看来，他们跟我们是反对的。不过这牺盟会现在的势力很大，要好好抓住这机会，把它抓到咱们手里。你既然跟那个姓王的孩子接过头，又造了名册，你自然是这村里第一个会员了，那你今天晚上就向这特派员报告工作。要跟他表示亲近一点！"小喜又跟他计划了一会对付小常的话，小毛就回去了。他一见小常，就站起来低声下气道："回来了，特派员？我正说去接你啦！老宋！倒茶！"老宋倒上茶来，小毛又接着道："累了吧，特派员？你讲的话真好，真对！非大家组织起来不能救国！我自从听说日本打进咱中国来，早就急得不行了，可惜有力也使不上，不知道该怎样才能救国。那天咱会里的王工作员来了，要找个能热心给大家办事的人，村长就找到我名下。我也办不了什么事，只是好为大家的事跑个腿帮帮忙，村长既然找到我名下，我就来了。一见了王工作员，我们两人就说对了，王工作员就托我在村里组织牺盟会。如今也组织好了，昨天晚上才造好名册，正预备往上报，特派员就来了。"他说到这里，就到村长的桌上取过他新造的名册来递给小常道："特派员，你看，人还不少！"小常听见他一个"特派员"两个"特派员"，话也说得顺溜溜的，想道："怨不得王同志上他的当，这家伙嘴上还有两下子！"后来他取出名册，小常接住没有翻开就放在桌上道："明天再看吧，今天实在累了！"他见小常不愿意再谈下去，也就顺着小常道："对，特派员跑了路了，就早点歇吧！老宋，给特派员打铺！"说着他便走出来了。

那一边，冷元们从铁锁家里回去吃了饭，又聚到修福老汉家里去谈组织起来的事。他们一致都觉着铁锁说得对，小常就是他们见过的人里边第一个好人。白狗说："这回可不要错过，赶紧请人家组织咱们一下！"只有小常说的不能不叫小毛入会，他们不赞成。有一个说："到组织的时候，只要小毛说话，咱们就碰他。冷元哥！你会说扔砖头话，多多给咱碰小毛几家伙！"又有人说："是平常时候不敢说吧，会说扔砖头话的人多啦！白狗还不是冷元的大徒弟？"还有几个青年说："我是二徒弟！""我是三徒弟！"……修福老汉说："要看势，也不要太过火了！"冷元说："不怕！你不听小常说以后大家都要有权啦吗？只要说到理上，他能把咱们怎么样？我看这世界已经变了些了，要不小常这些人怎么能大摇大摆来组织咱们来？"有的说："对，胆子放大些吧！"七嘴八舌吵了一会，都主张痛痛快快碰小毛一顿。

第二天早晨，铁锁到区上叫王工作员去了，小常在庙里等着。他坐着没事，就在庙里来回游玩。这庙院，上半院仍是神像占着，下半院东西两座大房子，一边是公道团，一边是村公所，正南戏台下边是厨房，东南是大门，西南角房是自卫队队部；左看右看，也没有一个房子能叫牺盟会占。他见大门内还有坐东朝西一间小屋子，开门一看老宋住在里边。老宋问他要什么，他说："没有事，我是闲玩。"说着随手又给他把门闭住。这时候，大门忽然开了个缝，一个很精干的青年伸进一颗头来。这个青年看见有人，正把脖子往回一缩，忽然认得是小常，便笑道："我当是村长来！"他又把门缝开大了一点进来了，原来是白狗。小常虽然不知道他的名字，却见过他——头天晚上在碾道讲完了话，他也到铁锁家里去，还问长问短。小常笑向他道："是村长你就不敢进来了？"白狗嘻嘻地笑了。小常问他道："你找谁？"白狗道："就找你！"小常道："找我做什么？"白狗道："问问你几时还给我们讲话啦。"小常道："大家这几天还忙不忙？"白狗道："不很忙了，都杀地啦。大家都想听你讲话。只要你说定几时讲，谈一响也不要紧！"小常道："晌午再决定吧！决定了我通知你们。"白狗答应着去了，小常就仍回公所的房子里来。

他叫村长给牺盟会找个办事的地方，村长说庙里没有房子了，村里还有一座公房，从前是打更的住的地方，这会空着，可以用。村长不愿意叫牺盟会到庙里来，怕他们来了以后，自己跟李如珍、春喜、小喜这些人谈起什么来不方便；小常觉着庙里既然有村公所、公道团，平常的老百姓就不愿意进来，这种成见马上还打不破，况且谈起村里的坏家伙们来也不方便，因此也不愿意把地点弄到庙里来。这样两方的心事一凑合，就决定用庙外的地方了。

早饭时候，铁锁也回来了，王工作员也来了，大家先去看过那座更坊，决定就在这里。铁锁马上去叫了十几个人来，扫地的扫地，糊窗的糊窗，垒火炉，借桌凳……不多一会就把个房子收拾得像个样子。小毛虽然也在里边手忙脚乱卖弄他的热心，可是大家都不答理他，又故意笑笑闹闹叫他看。

小常跟王工作员谈了一会村情，又叫他以后对哪些人哪些事不明白时候多问铁锁。他们又决定就在当天午饭以后，再开一个群众大会，重新给大家谈一谈牺盟会的行动纲领和组织纲领，然后叫大家自动入会。

晌午白狗又来问小常几时讲话，小常就顺便告他说吃过午饭要开个群众会。他问过以后，端着碗满村跑，一会全村就都知道了。小常吃过饭，向村长说要在下午召开个群众会，村长答应着，正吩咐老宋去打锣，白狗就跑进来向小常道："特派员，请你到更坊门口去讲话啦！"小常道："知道了，正说着去打锣集合啦！"白狗道："不用打了，人都到齐了！"说着小毛也跑进来请小常去讲话，并且又把那个名册从桌上拿起来道："拿上咱的名册点点名！"小常正准备处理这个名册的事，见他拿上了，也不禁止。

到了更坊门口，男男女女早已坐下一大群，跟坐在戏台下等开戏一样。不知道是哪几个人懂得鼓掌，当小常走近的时候，有两三个人拍起手来，有些孩子们跟着拍，慢慢全场上也就跟着拍起来了。早有人在更坊阶台上放了一张桌，大家都面朝着那里，小常知道那就是讲台，便走上去，王工作员跟上去，小毛也跟上去把名册恭恭敬敬递给小常。

鼓掌声停了，人都静下来，小常翻开名册。这时小毛看见用起他的名册来了，十分得意，冷元铁锁他们几个人却都摇头，暗想道："昨天晚上不是说不承认他那个名册吗？为什么还要用它！"只见小常看着最后一个名字叫道："崔黑小！"一个三十来岁的人站起来答道："在！"这人是河南滑县来的一个逃荒的，穿的衣裳，粗看好像挂了几片破布。他好像不敢见人，站起来答了一声就又把头低下。小常问他道："你因为什么入会？"崔黑小用他那豫北话答道："咱不知道！"小常又问道："谁介绍你？"他抬起头来反问道："啥呀？"小常又说了一遍，他仍用他那豫北话道："咱不懂！"冷元他们那些扔砖头话早就预备好了，这个说"谁也不懂"，那个说"只有小毛一个人懂得"，小毛急了，便向崔黑小发话道："不是我介绍的你？"崔黑小道："你问我多大岁数，写了我个名，我也不知道是弄啥啦呀？"扔砖头话跟着又都出来了："查户口啦！""挑壮丁啦！""练习字啦！"……小常便正正经经向小毛道："同志！这样子发展会员是不对的！你想他们连会里的行动纲领组织纲领都不懂，哪里会有作用啦？"小毛分辩道："他是个外路人，不懂话。我不过把他浮记在后边，本来就没有算他。"小常道："噢，原是这样，那就再问问本地人吧！"小常又翻开名册，从头一名李如珍问起。李如珍答了几句笼统话，也说不出具体要做些什么来。小常挨着一个一个往下问，有的老老实实说"不知道"，有的故意说些风凉话——比方说"为了敬老爷""为了娶老婆"……小常问了两张以后，便停住了问，又正正经经向小毛道："不行！咱们事前的宣传工作不够！"又向大家道："我也不用再往下问了，看样子是谁也不了解。我们这个会，特别要讲究自愿，总得宣传的人先把会的纲领讲明白，谁赞成我们的纲领，自己找两个会员来介绍，再经过当地的分会组织委员准许，然后填了志愿书，才能算本会会员。现在这个名册作为无效，咱们再重新宣传重新组织。"冷元他们几个人齐喊道："对！"冷元道："又可惜把好几张纸糟蹋了！"小常接着道："现在我先把牺盟会的行动纲领给大家谈谈。"接着就本着牺盟会行动纲领的精神，用老百姓的话演义了一番，说得全村男男女女都知道牺盟会是干甚的了。

他讲完了行动纲领以后，又说道："现在大家既然知道牺盟会是干什么的了，谁想干这些，就可以自动报名。这个名册上的人，都没有按入会的章程入会，按章程入会的，在你们村子里只有两个人：一个是铁锁同志，我介绍的；一个是小毛同志，王同志介绍的……"才提出小毛的名字，大家轰隆轰隆嚷嚷起来："不要小毛！""不要狗尾巴！"……白狗故意挤到前边大声道："为什么不要？特派员说过'有钱的出钱'，人家很有钱，有了人家，会里花钱不困难！"又有人说："会里不用什么钱！不要他！"又有人说："怎么不用钱？花钱路多啦！打日本能不用枪？叫人家老叔给咱买几条枪！"又有人说："就怕他不给你买啦？跟着龙王吃贺雨可以，叫他出钱呀？"冷元说："那可不能由他！你不听特派员说'会员得照着纲领办事'吗？'有钱的出钱'是'纲领'，只要他是个会员！"小毛听到要他出钱，已经有点后悔，却也不好推辞，正在踌躇，又听有个人说"出钱也不要他"，他便就着这句话道："大家实在跟我过不去，我不算好了！"又向小常道："特派员，入了会还能退出不能？"小常道："在咱们的组织章程上看，出入都是自由的，不过能不退出还是不退出好，多一个人多一份力量。"小毛低声道："不！大家跟我心事不投，不要因为我一个人弄得会里不和气！"他满以为小常不知道他的为人，才找了几句大公无私的话来卖弄，好像真能为大家牺牲自己。小常早已猜着他是被大家叫他出钱的话吓住了才要退出，可是也不揭破他的底，也很和气地低声答道："那你看吧！完全由你！"他见准他退出，除不以为耻，反而赶紧向大家声明道："大家不用说了，我已经请准特派员退出了！"全场鼓掌大笑。

小常怕小毛面子上不好看，本不想在当场宣布，这会见他自己宣布了,也就宣布道:"小毛同志既然一再要退出,我们以后也只好请他在会外帮忙吧!这么一来,你们村子里现在只剩铁锁一个人是会员。自今天晚上起,我跟王同志就都住在这新房子里,谁想入会就可以到这里报名。我、王同志,还有铁锁,我们三人都可以当介绍人。我还要到别的村里走走,王同志可以多住几天,帮你们成立村分会。"谈到这里,会就结束了。

当晚,冷元白狗等六七个热心的人,到村里一转,报名的就有三十多个。小常见事情这样顺利,次日也没有走,当下就开了成立大会,选出负责人——铁锁是秘书,杨三奎老汉任组织委员,冷元任宣传委员。负责人选出后,小常和王工作员又指导着他们分了小组,选了小组长,定下会议制度,这个会就算成立了。

九

下午开过了村牺盟分会的成立大会,晚上,小常、王工作员正跟铁锁他们几个热心的青年人们谈话,忽然来了个穿长衣服的中年人,拿着个名片递给小常,说道:"特派员!我爹叫我来请你跟王同志到我们铺里坐一坐!"小常接住片子一看,上边有个名字是"王安福",便问铁锁道:"这是哪一位?怎么没有听你提过?"冷元在旁抢着道:"是村里福顺昌的老掌柜,年轻时候走过天津,是个很开通的老人家。自从听说日本打进来,他每逢县里区里有人来了,总要打听一下仗打得怎么样。"别的人也都说:"去吧!你给老汉说些打胜仗的消息,老汉可高兴啦,逢人就往外传!"小常说了声"好吧",便同王工作员,跟着王安福的儿子到福顺昌来。

他们走近铺门,一个苍白胡须的高鼻梁老汉迎出来,规规矩矩摘了他的老花眼镜向他们点过头,又把眼镜戴上,然后把他们让到柜房。柜房的桌子上早摆好了茶盘——一壶酒、几碟子菜——虽不过是些鸡子豆腐常用之物,却也弄得鲜明干净。小常一见这样子,好像是有甚要求——前些时候,城里有几个士绅,因为想逃避合理负担,就弄过几次这种场面——可是既然来了，也只好坐下。他想如果他提出什么不合理的要求，根据在城里的经验，就是吃了酒饭，仍旧可以推开。

小常这一回可没有猜对。王安福跟那些人不一样，完全没有那个意思。他对别的从县里区里来的人，也没有这样铺张过，这时对小常，完全是诚心诚意地另眼看待。七七事变后，两三个月工夫日本就打进山西的雁门关来，这完全出他意料之外。他每听到一次日本前进的消息，都要焦急地搔着他的苍白头发说："这这这中国的军队都到哪里去了？"他不明白这仗究竟是怎样打的，问受过训的村长，村长也说不出道理来。问县里区里来的人，那些人有的只能告诉他些失败的消息，有的连这消息也没有他自己知道的多，道理更说不上；虽然也有人来组织这个"团"那个"会"，又都是小喜春喜一类人主持的，也不过只造些名册，看样子屁也不抵；他正不知照这样下去将来要弄成个什么局面，忽然听说小常来了，他觉着这一下就可以问个底细了。小常这人，他也是从铁锁被捕以后才听到的。当时是反共时期，他不敢公开赞成，只是暗暗称赞，因为他也早觉着"非把那些仗势欺人的坏家伙一齐打倒，世界不会有公理"，只是听说小常是共产党，这点他不满意。春喜他们说共产党杀人放火他是不信的，他对于共产党，只是从字面上解释，以为共产党一来，产业就不分你的我的，一齐成了大家的。他自己在脑子里制造了这么个共产党影子，他就根据这个想道："要是那样，大家都想坐着吃，谁还来生产？"他听人说过小常这个人以后，他常想："那样一个好人，可惜是个共产党！"这次小常来了，他也跟大家一样，黑天半夜挂着棍子到铁锁门口听小常谈话，第二天响午在更坊门口开群众大会，他也是早早就到，一直瞪着眼睛听到底。听过这两次话以后，他更觉着小常这个人果然名不虚传，认理真、见识远、看得深、说得透。他还特别留心想听听关于共产党的事，可是小常两次都没有提。这次他请小常，除了想问问抗战将来要弄个什么结果，还想问问小常究竟是不是共产党。

他陪着小常和王工作员吃过酒，伙计端上饭来。他们原是吃过饭的，又随便少吃了一点就算了。酒饭过后,王安福老汉便问起抗战的局面来。小常见他问的是这个,觉着这老汉果是热心国事的人,就先把近几个月来敌人的军事部署和各战场的作战情形,很有系统地报告了一番,又把中共毛主席答记者问时说的持久战的道理讲了一下——那时《论持久战》一书还没有出版。王安福老汉是走过大码头的,很愿意知道全面的事,可惜别的从区里县里来的人,只能谈些零星消息,弄得他越听越发急,这会听着小常的话,觉着眉目清醒,也用不着插嘴问长问短。他每听到一个段落,都像醒了一场梦,都要把脖子一弯,用头绕一个圈子道:"唔——是!"他对于打仗,也想得很简单,以为敌人来了最好是挡住,挡不住就退,半路得了手再返回来攻,得不了手就守住现有的原地,现有的原地守不住就还得退;退到个角上再要守不住,那恐怕就算完了。这时他见小常说像自己住的这块地方也可能丢,但就是丢了以后,四面八方都成了日本人,也还能在这圈里圈外抗战,而且中间还不定要跟敌人反复争夺多少次,一直要熬到了相当的时候,才能最后把敌人熬败。这种局面他真没有想到过。他听小常说完,觉着还可能过这种苦日子,实在有些心不甘。他呆了一大会没有说什么,最后皱着眉头道:"照这样看来,熬头长啦呀?"小常见他这样说,就反问他道:"你不信吗?"王安福道:"信信信!你说得有凭有据,事实也是这样,我怎能不信?我不过觉着这真是件苦事,可是不熬又有什么办法呢?好在最后还能熬败日本,虽吃点苦总还值得。"他又捏着他的苍白胡须道:"我已经六十了,熬得出熬不出也就算了,可是只要后代人落不到鬼子手也好呀!自从日本进攻以来,我一直闷了几个月,这一下子我才算蹬着底了。"

接着他又道:"常先生,我老汉再跟你领个教:牺盟会是不是共产党啦?"小常觉着他问得有点奇怪,但既然是这样问,也只好照着问题回答道:"这当然不是了!牺盟会是抗日救国的团体,共产党是政党,原来是两回事。"王安福道:"常听说先生你就是共产党,怎么现在又成了牺盟会特派员呢?"小常道:"这也没有什么奇怪,因为只要愿意牺牲救国,不论是什么党不是什么党都可以参加牺盟会。"王安福道："这我也清楚了，不过我对你先生有个劝告，不知道敢说不敢说？"小常还当是他发现了自己的什么错处，马上便很虚心地向他道："这自然很好，我们是很欢迎人批评的。"安福老汉道："恕我直爽：像你先生这样的大才大德，为什么参加了共产党呢？我觉着这真是点美中不足。"小常觉着更奇怪，便笑道："王掌柜一定没有见过共产党人吧？"王安福道："没有！不过我觉着共产党总是不好的，都吃起现成来谁生产啦？"小常见他对共产党是这样了解，觉着非给他解释不行了，便给他讲了一会什么是社会主义，什么是共产主义，最后告他说共产也不是共现在这几亩地几间房子，非到了一切生产都使用机器的时候不能实行共产主义。告他说共产主义是共产党最后才要建设的社会制度。又把社会主义苏联的情形讲了一些。说了好久，才算打破他自己脑子里制造的那个共产党影子。他想了一会，自言自语道："我常想，像你先生这样一个人，该不至于还有糊涂的地方啦呀？看来还是我糊涂，我只当把产业打乱了不分你我就是共产。照你说像在苏联那社会上当个工人，比我老汉当这个掌柜要舒服得多。"他又想了一下道："不过建设那样个社会不是件容易事，我老汉见不上了，咱们且谈眼前的吧，眼看鬼子就打到这里来了，第一要紧的自然是救国。我老汉也是个中国人，自然也该尽一份力。不过我老汉是主张干实事的，前些时候也见些宣传救国的人，不论他说得怎么漂亮，我一看人不对，就不愿去理他，知道他不过说说算了。你先生一来，我觉着跟他们不同；听了你的话，觉着没有一句不是干实事的话。要是不嫌我老汉老病无能，我也想加入你们的牺盟会尽一点力量，虽然不济大事，总也许比没有强一点，可不知道行不行？"小常和王工作员齐声道："这自然欢迎！"小常道："像你老先生这样热心的人实在难得！"王安福见他两人对自己忽然更亲热了，振了振精神站起来道："我老汉主张干实事，虽说不是个十分有钱的户，可是不像那些财主们一听说出钱就吓跑了。会里人真要有用钱的地方，尽我老汉的力量能捐多少捐多少！就破上我这个小铺叫捐款！日本鬼子眼看就快来抄家来了，哪还说这点东西？眼睛珠都快丢了，哪还说这几根眼睫毛啦？"小常和王工作员听了他这几句话，更非常佩服他的真诚，连连称赞。后来小常又说捐款还不十分必要，当前第一要紧的事是减租减息动员群众抗日，能动员得大多数人有了抗日的心情，再组织起来，和敌人进行持久战。问他有没有出租放债的事，是不是可以先给大家做个模范，他说："这更容易！不过咱是生意人家，没有出租的地；放债也不多，总共以现洋算不过放有四五千元，恐怕也起不了多大模范做用！"小常说："做模范也不在数目多少，况且四五千元现洋已经不是个小数目，至少也可以影响一个区！"王安福答应道："这我可以马上就做，回头我叫柜上整理一下，到腊月齐账时候就实行，不说照法令减去五分之一，有些收过几年利的连本都可以让了！"

两下里话已投机，一直谈到半夜。临去时小常握着王安福的手道："老同志！以后我们成自己人了，早晚到城就住到咱们会里！"王安福也说："你们走到附近，也一定到这里来！"这样便分手了。

六十岁的王安福参加牺盟会自动减息这件事，小常回到县里把它登在县里动员委员会的小报上，村里有铁锁他们在牺盟会宣传，王安福老汉自己见了人也说，不几天村里村外，租人地的，欠人钱的，都知道减租减息成了政府的法令，并且已经有人执行了，也就有好多向自己的地主债主提出要求，各村的牺盟会又从中帮助，很快就成了一种风气。

李如珍是靠收租收利过活的，小喜春喜自从民国十九年发财回来，这几年也成了小放债户；小毛也鬼鬼祟祟放得些零债。他们见到处都是办减租减息，本村的王安福不只自动减了息，还常常劝别人也那样做。他们自己的佃户债户们大多数又都参加了牺盟会，成天在更坊开会，要团结起来向自己提出要求。他们觉着这事不妙，赶紧得想法抵挡。李如珍叫春喜到县里去找县公道团长。春喜去到县里住了一天，第二天回来就去向李如珍报告。

这天晚上，李如珍叫来了小喜小毛，集合在他自己的烟灯下听春喜的报告。夜静了，大门关上了，春喜取出一个记要的纸片子来报告道："这一次我到县团部，把叔叔提出的问题给县团长看了，县团长特别高兴，觉着我们这里特别关心大局，因此不嫌麻烦把这些问题一项一项都详细回答了一下。他说最要紧的是防共问题。他说咱这公道团原来就是为防共才成立的，现在根本还不变，只是做法要更巧妙一点。他说防共与容共并不冲突。他说阎司令长官说过：'我只要孝子不要忠臣！'就是说谁能给阎司令长官办事，阎司令长官才用谁。对共产党自然也是这样，要能利用了共产党又不被共产党利用。既然容纳了共产党，又留着我们公道团，就是一方面利用他们办事，一方面叫我们来监视他们，看他们是不是真心为着阎司令长官办事，见哪个共产党员做起事来仍然为的是共产党，并不是为阎司令长官，我们就可以去密电报告，阎司令长官就可以撤他的职。第二个问题：'牺盟会是不是共产党？'他说牺盟会有许多负责人是共产党员，因为他们能团结住许多青年，阎司令长官就利用他们给自己团结青年。他们自然也有些人想利用牺盟会来发展共产党，可是阎司令长官不怕，阎司令长官自任牺盟总会长，谁要那样做，就可以用总会长的身份惩办他。"

李如珍插嘴问道："他就没有说叫我们怎样对付牺盟会？"

春喜道："说来！他说最好是能把村里的牺盟会领导权抓到我们自己人手里，要是抓不到，就从各方面想法破坏它的威信，务必要弄得它起不了什么作用。"

李如珍翻了小毛一眼道："我说什么来？已经好好抓在手了，人家说了个'出钱'就把你吓退了！其实抓在你手出钱不出钱是由你啦，你一放手，人家抓住了，不是越要叫你出钱吗？现在人家不是就要逼咱执行减租减息法令吗？"说到这里他回头问春喜道："阎司令长官为什么把减租减息定成法令啦？"

春喜道："接下来就该谈到这个。县团长说：这'减租减息'原来是共产党人提出来的。他们要求阎司令长官定为法令，阎司令长官因为想叫他们相信自己是革命的，就接受了。不过这是句空话，全看怎样做啦：权在我们手里，我们拣那些已经讨不起来的欠租欠利舍去一部分，开出一张单子来公布一下,名也有了,实际上也不受损失;权弄到人家手里,人家组织起佃户债户来跟我们清算,实际上受了损失,还落个被迫不得不减的顽固名声。"

李如珍又看了小毛一眼,小毛后悔道:"究竟人家的眼圈子大,可惜我那时没有想到这一点。"小喜笑道:"一说出钱就毛了,还顾得想这个!"说得大家齐声大笑。

春喜接着道:"这几个问题问完了,我就把小常到村成立牺盟会的经过情形向他报告了一下。他说别的地方也差不多都有这样报告,好像小常是借着牺盟会的名义发展共产党。他说他正通知各地搜集这种材料,搜集得有点线索,就到司令长官那里告他,只要有材料,不愁撤换不了他。这次去见县团长,就谈了谈这些。"

小喜道:"报告听完了,我们就根据这些想我们的办法吧!马上有两件事要办:一件是怎样抵抗减租减息,一件是怎样叫铁锁他们这牺盟会不起作用。"

小毛抢着道:"抵抗减租减息,我想县团长说的那个就好,我们就把那些讨不起来的东西舍了它。"

李如珍道:"我觉得不妥当:县团长既然这样说,可见这法令有人用过了。空城计只可一两次,你也空城计我也空城计,一定要叫人家识破。我想咱村虽然有铁锁他们那个牺盟会,可是大权还在我们手:村长是我们的人,公道团是春喜,开起总动员委员会来,虽然是三股头——公道团、牺盟会、村政权——有两股头是我们的,怎么也好办事。"

春喜抢着道:"你这么一说我想起办法来了:我们可以想法子跟他们拖。总动委会开会时候,我们就先把这问题提出来——先跟村长商量一下,就说我们要组织个租息调查委员会,来调查一下全村的租息关系,准备全村一律减租减息。铁锁他们都拿不起笔来,我们就故意弄上很详细整齐的表册慢慢来填,填完了就说还要往上报——这样磨来磨去,半年就过去了。"

小毛插嘴道:"过了半年不是还得减吗?"

小喜抢着道:"我看用不了两个月日本就打来了,你怕什么?况且这只是个说法,不过是叫挡一挡牺盟会的嘴,只要能想法把牺盟会弄得不起作用,这事搁起来也没人追了。"

李如珍道:"对!只要把牺盟会挑散了就没人管这些闲事了。我看还是先想想怎样挑散牺盟会吧!"

小喜道:"这我可有好办法。咱李继唐是个成事不足坏事有余的人,还坏不了这点小事?"

春喜道:"你且不要吹!你说说你的做法我看行不行!现在多少跟从前有点不同,不完全是咱的世界了——自那姓常的来了,似乎把铁锁他们那伙土包子们怂恿起来了,你从前那满脑一把抓的办法恐怕不能用了。"

小喜道:"这也要看风驶船啦吧,我该认不得这个啦?一把抓也不要紧,只要抓得妙就抓住了!"

春喜道:"这不还是吹啦吗?说实在的,怎么办?"

小喜道:"办法现成!说出来管保你也觉着妙!铁锁他们那伙子,不都是青壮年吗?我不是自卫队长吗?我就说现在情况紧急,上边有公事叫加紧训练队员。早上叫他们出操,晚上叫他们集中起来睡觉,随时准备行动,弄得他们日夜不安根本没有开会的时间,他们就都不生事了,上边知道了又觉着我是很负责的,谁也驳不住我!"

还没等春喜开口,李如珍哈哈大笑道:"小喜这孩子果然有两下子!"春喜小毛也跟着称赞。

事情计划得十全十美,四个人都很满意。李如珍因为特别高兴,破例叫他们用自己的宜兴瓷烟斗和太谷烟灯过了一顿好瘾。

铁锁他们果然没有识破人家的诡计,叫人家捉弄了——村总动委会开会,通过了调查租息与训练自卫队。自从自卫队开训以后,果然把村里的青壮年弄得日夜不安,再没有工夫弄别的。王工作员虽然也来过几次,可惜人年轻,识不透人家葫芦里卖的是什么药,见人家表格细致,训练忙碌，反以为人家工作认真，大大称赞。

只有王安福老汉不赞成这两件事。他倒不是识破人家的计划，他是主张干实事的，见他们那样做抵不了什么事，因此就反对。一日他又进城去，小常问起他村里的工作，他连连摇头告诉小常道："不论什么好事，只要有小喜春喜那一伙子搅在里边，一千年也不会弄出好结果来。像减租减息，照我那样自己来宣布一下就减了，人家偏不干实事，偏要提到总动委会上慢慢造调查表，我看不等他们把表造成，日本人就打得来了。自你走后，牺盟会一次会也没有开成，人家小喜要训练自卫队，领得一伙人，白天在地里跑圈子、拔慢步，晚上集合在庙里睡觉，把全村的年轻人弄得连觉也不得睡，再没有工夫干别的事。我看那连屁也不抵！不论圈子跑得多么圆，慢步拔得多么稳，有什么用处？"

小常是多经过事的人，自听王安福这么一说就觉着里边有鬼；问了一下县自卫队长，队长说："谁叫他这样训？"后来队长又派了个人去替小喜当队长，调小喜到县受训去。

这样一来，小喜他们的计划被打破了。恰巧那时阎锡山觉着决死队[①]学了八路军的作风，恐怕他掌握不住，又到处派些旧军官另成立队伍。这些队伍也名"游击队"，在本县派的是个姓田的旧连长来当队长，叫田支队。小喜被调之后，也无心入城受训，就参加到这田支队去。

十

新从县里派来的自卫队长也是牺盟会会员，来到村里，除不妨碍牺盟会开会，自己又参加在里边，每天晚上要跟大家在一处谈谈——有别的事，就谈别的事；没别的事，就谈打游击，既不误会里的事，对训练

[①] 决死队，抗日战争初期在共产党领导和影响之下发展起来的山西人民的抗日武装，也叫新军，在抗日战争中发挥了重大作用。

自卫队也有帮助。牺盟会的工作更顺利了。王安福实行减息以后，大家要求李如珍跟王安福看齐，不要只造表不干实事，弄得李如珍无话可说，只盼望敌人早些来把这事耽搁一下。

果然不几天消息更吃紧了，平汉、正太两路已被敌人打通，牺盟会只顾动员大家空室清野，把减租减息的事暂且搁起来。租虽说暂且可以不减，李如珍也没有沾了光，从平汉、正太两路退下来的五十三军、九十一师、骑四师、孙殿英的冀察游击队、张仁杰的什么天下第一军……数不清有多少番号的部队都退到山西上党一带的乡间来。这些部队，不知道是谁跟谁学的，差不多都是一进村就打枪，把老百姓惊跑了他们抢东西，碰上人就要东西，没有就打。受过"孝子"训的村长偷跑了，区长也偷跑了，李如珍平素的厉害对这些老总们一点也用不上，结果被孙殿英的侯大队绑了票。

把李如珍绑走了，家里情愿花钱去赎，可是找不上个说票的人——村里的好人只恨他死不了，谁还管他这些闲事；坏人又找不上个胆大的，春喜不敢去，小毛更是怕死鬼，别的烟鬼赌棍，平常虽好跟来跟去吸口烟灰，遇上这事，谁也躲得不见面了。家里人跟春喜小毛商量了半天，都说非小喜不行，才打发人到田支队把小喜找回来。小喜巴不得碰上这些事，便满口应承去找侯大队。他去了三天没有回来，家里人正在发急，也找不上个探信的。第四天，小毛春喜仍到李如珍家计划觅人探信，到了晌午李如珍跟小喜都回来了。大家问起怎样回来的，小喜洋洋得意道："我一去了，他们打发了个参谋跟我打官腔，说：'部队里生活困难，请你叔父来没有别的意思，只是想请他捐几个"救国捐款"。'我说：'这个容易，我管保能想出办法来给部队里补充些东西。我叔父虽有几顷地，可是没有现钱，这些年头卖地又没人要，不要在他身上打主意。'这个参谋见我是个内行人，就排开烟灯让我过瘾，两个人在灯下说了一会实底话。他说先叫我帮他们弄些东西来再放人，我也答应了。破了两三天工夫，黑夜也下了点劲，花布油酒，帮着他们弄了几十驮子，他们高兴了，请我跟叔叔吃了几顿酒饭,就打发我们回来了。"李如珍家里人听说没有花一个钱,自然十分高兴,春喜小毛听了,也都佩服了小喜的本领。小毛还要问在哪里弄的那几十驮东西,小喜说:"这你不用问!'黄河岸上打平和,几时不是吃鳖啦?'"

阴历年节到了,因为时候不对,谁也无心过年,差不多都连个馍也没有蒸。亲戚们也不送节了,见了面不说拜年,先问"你村住的是什么队伍""抢得要紧不要紧"。将就过了正月十五,日本飞机到县里下过了弹,不几天敌人就通喧喧从长治打过来了。这村子离汽车路虽然只有十来里,敌人的大部队却没有来,只有护路的骑兵,三三五五隔几天来绕一趟。凡是有个头目的队伍,抢人时候虽然很凶,这时一听炮响,却都钻了大山,只剩下三五成群的无头散兵比从前抢得更凶些。

村里的自卫队一来没有打过仗,二来没有家伙,只有一条步枪两个手榴弹,不能打,只能在村外放个哨,见有敌人来了土匪来了跟村里送个信叫大家躲一躲。

李如珍是输过胆的,听说有个什么动静就往地洞里钻。春喜因为家里没有地洞,成天在李如珍家借他的地洞藏身。一天,太阳快落的时候,小毛跑来跟李如珍、春喜说:"那个王工作员又来了,听说他当了咱这一区的区长。"李如珍道:"区长不区长那抵什么事?多少军队还跑得没影子啦!"才说了几句话,外边有人说来了十来个溃兵,吓得李如珍、春喜、小毛把大门关起来躲进地洞里。停了一会没动静,李如珍打发小毛到楼上的窗窿去瞭望。小毛才上去,就见有一个兵朝着大门走来。吓了他一跳,正预备去报告李如珍去,忽然又看见是小喜,便轻轻喊道:"继唐!"小喜听出是小毛的声音,便答道:"是你呀?快开门!"小毛道:"听说有十来个散兵?"小喜道:"没有事!你放心开开吧!"小毛开了门放他进来,又到地洞里去把李如珍春喜都叫出来。

李如珍问小喜道:"喜!你跟哪里来的?田支队驻在哪里?"小喜道:"我在侯大队住了几天,日军就来了,田支队也不知道到什么地方去了。

119

候大队开到陵川大山里去了,我就留在附近,后来碰到个熟人,是豫北人,姓王,从前在太原会过面。"又望着春喜道:"这人你也许知道:民国十九年,老阎要成立四十八师,他们手下有一把子人想投老阎,那时候他在太原住过几天,我在四十八师留守处当副官,和他谈过几次,后来老阎失败了,没有弄成。这次他们跟着孙殿英的冀察游击队到咱们这边来。近几天孙军往东山去了,他拉出几十个人来住在白龙庙,又收了些散兵,自称王司令,我在他那里算参谋长,就在附近活动。"李如珍道:"我这几天闷在家里哪里也不敢去,究竟咱们这地方是个什么局势?你可以给我谈谈!"小喜道:"大势是这样:汽车路和县城是日军占了。城里有了维持会,会长姓卫。"又望着春喜道:"这人你也许知道:是个大胖子,在太原时候常好到五爷公馆去,后来在禁烟考核处当过购料员。"春喜道:"认得。"小喜接着道:"城里秩序就靠他来维持。一出城,汽车路上每隔十里八里就有个日军的哨棚,多则一两班人,少则三五个人,巡逻的骑兵常常来往不断,有时候也到附近各村去走一走。汽车路旁的村子也都有了维持会,日军过来也招呼一下。"李如珍道:"你们跟日军跟维持会取什么关系?"小喜道:"还没有关系,白龙庙在山上,离汽车路二三十里,我们不到汽车路上去,他们也不到山上去,见不了面!"李如珍道:"家里实在不好住呀!光散兵一天不知道就要来几次……"小喜道:"散兵没关系!别的部队都走了,附近三二十里,凡是三个五个十个八个零兵,都是我们的人,见了他们,只要一说你认得我,管保没事。"李如珍道:"虽是那样说,心里总不安,城里要是有个秩序,还不如搬到城里去住。你能不能给那姓卫的写个信介绍一下?"春喜抢着道:"要是他,我认得,我可以替叔叔去打听一下,要合适的话,我跟叔叔同去,说不定还能找点事干!"

正说着,听见外边好多人乱吵吵的,小毛跑到门边去听了一下,回来说:"街上人说捉住十个逃兵,缴了六条枪。"小喜跳起来问道:"谁捉的?"小毛道:"听说是自卫队捉住的。"小喜道:"糟了!我走了!"说着就往外走,又摸了一下腰里的手枪。小毛追着问道:"什么事?"小喜头也不回，只把手伸回背后来摆了一摆，开开门跑出去了。李如珍看春喜，春喜看李如珍，小毛跑回来问他们两个人，谁也弄不清是什么事。大家闷了一小会，听见好多脚步声咕咚咕咚越来越近，小毛赶紧去关门，已经来不及了；李如珍跟春喜只当是土匪，赶紧钻地洞。进来的不是土匪，原是王工作员跟自卫队长带着一二十个自卫队员——队们背着新缴到的步枪，觉着很神气。冷元背着一条枪领着头，一进门就一把抓住小毛问道："小喜来这里没有？"小毛吓得说不出话来，结结巴巴说："没、没、没有来！"后边有好多村里人也挤进来，有人说："来了！我还碰见来！"冷元端起枪来逼住小毛道："说实话！来了没有？"小毛缩成一团道："来是来过，又走了。"王工作员道："搜一搜！不要叫漏了！"大家就在李如珍家搜起来。搜到地洞里，搜出李如珍和春喜，只是没有小喜，问了他们两个人一下，都跟小毛说得一样，知道已经跑了，也就算了。

自卫队长、王工作员、自卫队员和村里的人们一大伙人从李如珍家里出来回到更坊门口。这更坊门口，早已有两个队员拿着枪站岗，把捉住的十个散兵关在更坊里。冷元指着更坊门问王工作员道："这十个人怎么处理？"王工作员道："我看趁这会人多，还不如先开会，这十个人留在会后处理。你们可以再分头到各家去召集一下人，最好是全村人都来。"这时敌人离得不很远，开会也不便再打锣，冷元铁锁们一大伙热心的人就跑到各家叫人去，好在这时候捉住了散兵，谁也想来看看，因此人来得反比平常时候更多。人齐了，村长早半月就跑了，李如珍和春喜，一个是村副一个是公道团长，又因为有小喜的事没有敢来。铁锁见村公所没有一个人来，想起自己是牺盟会村秘书，应该来主持会场，就走到更坊的阶台上向大家道："王同志现在成了咱区的区长了，今天来咱村里工作，先跟大家开了会。现在就先请王同志讲话。"

王工作员走上去讲道："老乡们！同志们！现在敌人已经到我们这里来了，我们的县城和交通大道已经被敌人占领了，正像常特派员上次和你们谈的，我们这里已经成了敌后抗战的形势了。敌人虽然占领了我们的城

121

市和交通要道，可是广大的乡村还在我们手里。我们以后就要凭着这广大的乡村来和敌人长期斗争，熬着打，打着熬，最后把敌人熬得没了劲，才能收复失地。大家不要因为看见许许多多中国军队都走开了，就灰心丧气。现在我给大家报告些好消息：大家都知道大战平型关的八路军吧？现在别的军队往南撤退，这八路军反向北开，收复了宁武、广灵、灵邱、唐县、繁峙、左云、右玉、宁晋、朔县。这些地方，现在都成了敌人的后方，八路军就要在这些地方建立抗日根据地来长期抵抗敌人。现在这军队已经从洪洞赵县到咱们这里来，要和咱们老乡们共同建立抗日根据地，抵抗敌人。可惜旧日的行政人员不争气，平常时候跟老百姓逞威风倒可以，遇上这非常时期就没了本事了。前半个月，消息一吃紧，各路军队一往这里退，县长吓病了，各区区长、各村村长吓跑了，扔下各地的老百姓，任敌人欺负，任溃兵糟蹋，没人管。打电给阎司令长官，阎司令长官才从临汾退出来，连自己也顾不住，他手下的'孝子'们都紧紧跟着他只怕掉了队，派谁谁不敢来，后来才由咱们牺盟会举荐了个县长。这新县长上任才三天，敌人就打来了。县政府转移出来以后，地方上毫无秩序，区村长没有一个，没办法才由咱们的常特派员举荐了几个牺盟会的工作员当区长，咱这一区就派的是我。咱这一区也和别的区一样，受过训的'孝子'村长们，跑得一个也没有了。我这次到各村来，先要做这两件事：第一是补选抗日干部，第二是布置眼前工作。这村里，各种救国会还没有成立起来，只好以后再说。现在最重要的村干部，先得有村长，大家可以马上补选一个，现在就选！"大家有的提王安福，有的提杨三奎，冷元跳起来道："我有个意见：我觉着这会是兵荒马乱的世界，当村长不只要热心为大家办事，还要年轻少壮能踢能跳才行！我提张铁锁！"大家不等主席说表决，都一致喊道："赞成！"后来王区长又叫举了一下手，仍然是全体通过铁锁当村长。村副虽然不缺，可是大家都说李如珍包庇小喜，不叫他再当村副，非改选不行，结果改选了王安福。提到自卫队长，大家一致都说队长好，可不敢调换了。干部选定以后，就布置工作，不过这里离敌人太近，除叫大家宣誓不当汉奸以外,其余的抗日戒严等工作,只能留在干部会上讲。王区长把他的事情宣布完了以后,大家要求报告一下怎么捉住那十个逃兵,并且要求区长处理,区长就让自卫队长先报告经过。

自卫队长报告道:"今天才吃过午饭的时候,王区长来了。王区长召集牺盟会的同志们在福顺昌开会,村外有自卫队站岗。到了半后晌,一个队员来报告,说村西头山上的小路上来了十来个散兵,到村西头的土窑里刨福顺昌埋的东西,我就集合了几个队员去看,我和队员们在远处看见只有一个站岗的,冷元说这土窑只有一个门,只要把站岗的捉住,就能把其余的人困在窑里。他说他可以去试试看捉得住哨兵捉不住。他慢慢走到哨兵背后的地堰上,猛一下跳下去拦腰把那哨兵抱住就推着跑,别的队员上去把哨兵的枪夺了。那哨兵虽然喊了一声,窑里的人可没有听见。那时我带着队里的两颗手榴弹上到窑顶上,先扔下一颗,响了,里边出来一个头,身子还没出来就叫我喝回去了。我捏着手榴弹上的火线说:'回去!谁动炸死谁!'他们不动了,我又喊:'把枪架到门口!不缴枪我把土窑炸塌了,把你们一齐埋在里边!'他们不说话了,一会,一个人出来把五枝枪架在门外。我当他们还有,我说:'为什么不缴完?'他们一个人说:'我们只有六条枪,放哨的拿走一条。'在村外站岗的一个队员说他们就只是六条枪,也就算了。冷元下去把枪收了,才叫他们出来。我问他们是哪一部分,他们说原来不是一部分,后来叫侯大队一个王连长收编了,驻在白龙庙,这村的李继唐——就是小喜——就是他们的参谋长。这次来刨窑洞,就是小喜领他们来的。小喜怕本地人认得他,把窑洞指给他们就躲开了。完了……这十个人就是这样捉住的。"自卫队牺盟会的人早就都知道了,后来的人不知道,听了队长的报告,都问小喜躲到哪里去了,知道的人告他们说躲在李如珍家,后来又跑了。

大家又讨论了一会怎样处理这十个人,最后都同意把这十个人交给区长发落,可是以后捉住了小喜,非当着村里人的面枪毙不可。后来这十个人由区长把他们带回县政府,经过了教育又补充了队伍。

小喜领得十个人出来抢东西,把人也丢了枪也丢了,不好回白龙庙去见姓王的,就跑到城里找着了卫胖子,在维持会当黑狗去了。他自从当了黑狗,领着巡路的日本骑兵回村子里去扰了好几次,把村里人撵得满山跑,把福顺昌的房子也烧了,把春喜叫到城里去给敌人办事,又在村里组织起维持会,叫李如珍当会长,小毛当跑腿的。从这时起,村里的自卫队不能在家里住,年轻妇女不能在家里住,每月要给城里的敌人送猪送羊送白面,敌人汉奸来到村里,饭要点着名吃,女人要点着名要。

十一

王安福年纪大了,不能跟着大家在野地里跑,就躲到二十多里外一个山庄上的亲戚家里。这山庄叫"岭后",敌人还没有去过,汽车路附近抗日的人们被敌人搜得太紧了,也好到这里躲一半天。一天,铁锁冷元们来了,王安福问起村里的情形,冷元说:"不要提了!村里又成了人家李如珍和小毛的世界了!有些自卫队员们,家里已经出了维持款,他们的老人们把他们叫回家里去住,只有咱牺盟会有十几个硬骨头死不维持,背着自卫队的七条枪满天飞。如今是谷雨时候,这里的秋苗都种上了,咱们那里除了几块麦地,剩下还是满地玉茭茬——敌人三天两头来,牲口叫敌人杀吃完了,不只我们不能种地,出过维持款的,也是三天两头给敌人当民夫送东西,哪里还轮得着干自己的活?……"

王安福听他这样一说,觉着很灰心。他想这种局面到几时才能了呢?他虽听小常和王区长都说过要慢慢熬,可是只看见敌人猖狂,看不见自己有什么动作,能熬出个什么头尾来呢?他问铁锁近来小常和王区长来过没有,铁锁说:"王区长来过一次,他说咱们过去的动员工作没有做好,现在势力单薄,能保住这几条枪这几个人,慢慢跟敌人汉奸斗争着,就从这斗争中间慢慢发展自己的力量。"

他们走了以后,王安福独自寻思了一夜。他不论怎么想,总以为没有什么发展的希望，总以为这种局面将来得不到什么好结局。他是急性子人，想起什么来就放不下，第二天早晨起来，他便决定去找小常。

小常和他们牺盟会分会的几个同志们，跟县政府住在一个村子里，离岭后还有四五十里。王安福一来路很生，二来究竟是六十岁的老汉了，四五十里路直走了一天。太阳快落了，他走到一个小山庄上，看见前边几个村子都冒着很大的烟，看来好像是烧着了房子，问了问庄上的人，说是来了队伍，是队伍烧火做饭，他们庄上人才去送柴回来。问他们是什么队伍，他们也不知道，只说是很多，好几村都驻满了，县政府叫附近的山庄上都去送柴。王安福问了一会也问不清楚，他想既是县政府叫送柴，一定是中国兵，又问了一下县政府住的村子，经庄上人指给他，他就往前去了。

走到村里，天就黑了，只见各家各院都有住的兵，好容易才找着牺盟会住的院子，找见了小常。这时小常正和几个队伍上的人谈民夫担架问题，黑影里也没有看见他是谁。他也不便打断小常跟人家的谈话，就坐在院里等着。一会小常把那些人都送出去了。回头来看见院里还有个人，向他走来，走近了看见胡须眼镜和手杖，才发现是他，不由得很惊奇地握住他的手道："呀！老同志！你怎么也能走到这里来？"才说了一句话，又有队伍上的人来找，他便叫别的同志招呼王安福到房子里洗脸吃饭，自己又和这新来的人谈起别的事来。这些人没有打发走，县政府又请他去开会，别的同志又都各忙各的工作，王安福吃过饭以后，只好躺在床上等小常。差不多快半夜了小常才回来，王安福听他一开门，就从床上坐起来道："回来了？真忙呀！"小常道："你还没有睡，老同志？不累吗？"王安福一边答应着，便从床上下来坐在桌边。小常把灯拨亮了，也坐下来问道："找我有事吗？村里近来怎么样？"王安福道："就是为这事情：村里成了维持会的世界了，李如珍的会长，小毛是狗腿……"小常道："这个我知道，下边有报告。新近还有什么变化吗？"王安福道："变化倒没有什么变化，可是就这个，村里就难过呀！眼看就是四月天了，地里连一颗籽也没有下……"小常道："不要愁,老同志!我告你一个好消息:敌人的第一百零八师团九路围攻①晋东南想彻底消灭我们抗日力量,被八路军打得落花流水。今天来的这些八路军,就是来收复咱们这地方来了,现在已经有一路要到你们那地方去打仗,你们那一带马上就要收复……"王安福听到这里忽然大声问道："真的?"小常道："可不是真的嘛!明天一早我也要去,去帮他们动员民夫抬担架。"王安福道："那?那我也跟你相跟回村里招呼去!"小常道："老同志,你不要急!你老了,跑一天路,明天不用回去,等一两天那里打罢了仗,把敌人打走了你再回去。村里的事,有铁锁他们在家可以招呼了。"劝了他一会,他仍坚决要回去,小常也只好由他。

这天晚上,小常睡得倒很好,王安福高兴得睡不着。他想把日本一打跑了,第二步一定是捉汉奸——城里一定要捉小喜、春喜,村里也一定要捉李如珍和小毛。他想到得意处,连连暗道："李如珍!我看你叔侄们还威风不威风?看你们结个什么茧?"越想越睡不着,越睡不着越想得细——想到战场上怎样打、日本人怎样跑、李如珍被捉住以后是个什么可怜相、小毛怎样磕头祷告、村里人怎样骂他们……想了一遍又一遍,直到鸡叫才睡着了。当他睡着了的时候,正是军队吃饭的时候。小常就在这时,起来吃过饭,天不明就随军队出发了。王安福起来,太阳就快出来了,别的同志跟他说小常同志随军出发了,叫他住一两天再回去。他心里急得很,暗暗埋怨小常不叫他,马上就要随后赶去。别的同志告他说赶不上了,就是要走也得吃过饭,路上没有吃饭的地方。说话间已经是吃早饭的时候了,他胡乱吃了点饭,仍是非赶回去不行,就辞了会里的同志们,也不再往岭后去,一直往回家的路上赶来。六七十里山路,年轻人也得走一天,这老汉总算有点强劲儿,走到晌午就赶上了部队,不

---

① 九路围攻,一九三八年四月初,日军出动三万余人的兵力,由同蒲路的榆次、太谷、洪洞,平汉路的高邑、邢台,正太路的平定,邯长大道上的涉县、长治以及屯留公路上的屯留,分九路向晋东南我军大举围攻,妄图歼灭我主力于辽县、榆社、武乡地区,后被我军粉碎。

过部队的行列太长了,再往前赶还是,再往前赶还是,也没有找见小常在哪里。快到家了,方圆三五里几个村庄都住下兵;摸了十几里黑赶到了家,庙里也是兵,更坊也是兵,自己的房子被敌人烧得只剩一座,老婆、孩子、儿媳、孙孙全家都挤在里间,外间里也住的是兵。他先不找自己的去处,先到铁锁那里去。这一下找对了:铁锁的三间喂过牲口的房子,也没有被敌人烧了,也没有住着兵,地下还铺着草,小常住在里边,王区长也来了,也住在里边。小常见他回来了,很佩服他的热情,就先让他在铺上休息。他问敌情,铁锁告他说:"听说城里敌人退出来了,今天晚上前边汽车路上的两三个村子也住满了,恐怕天不明就会有战事,村里的担架也准备好了。"王安福道:"敌人不知道咱的军队来了吗?"铁锁道:"不知道!大队还没有到的时候,半后响就有几十个人先来把前边的路封了,不论什么人都不准走过去。"谈了一会,王安福的儿子就来叫王安福吃饭,王安福道:"你把饭端来吧!我还想问问询别的事!"饭端来了,铁锁说:"要不你就叫老掌柜在这里睡吧,你家也住得满满的了!"王安福的儿子说:"也可以!"回去又送来一条被子。

大家忙乱了一会,正说要睡,听见外边跑来几个人,有个人问道:"村长在这里吗?"铁锁道:"在!"那人道:"你来看这是不是个好人,半夜三更绕着路往前边跑!"铁锁出去一看是小毛,便向那个兵道:"汉奸!汉奸!维持会的狗腿!"那个兵道:"那就送旅部吧!"小毛急着哀求道:"铁锁、铁锁!我、我、我是躲出去的!我……"那个兵说:"走吧走吧!"就拉着他走了。王安福听见是小毛说话,正要出来看,听见已经送走了,就自言自语道:"小毛!你跑得欢呀?我看你还跑不跑了!"小常、王区长也都已经知道这小毛是什么人,都知道不是冤枉他,也就不问这事,都去睡了。王安福见把小毛捉住了,顺便想起李如珍来,问了问铁锁,说是已经看守起来了,也就放心睡去。

王安福一连跑了两天路,一连两夜又都没有睡好,这天晚上,他连衣服也没有脱,一躺下去便呼呼地睡着了,直到第二天五更打第一颗炮弹才把他惊醒。他醒来，天还不明，屋里早已点着灯。小常、王区长、铁锁都不知几时就走了；才过谷雨，五更头还觉凉一点，他们把草铺上不知谁的被子又给他盖了一条。二妞不知什么时候就起来了，坐在床上。小胖孩睡在她前边也被炮弹惊醒了。二妞向王安福道："睡不着了，王掌柜？你听！炮已经响开了，他们打仗去了。"小胖孩问道："娘！你说谁？打什么？"二妞道："就是说晚上住的那些兵，到汽车路上打日本鬼子去了！"接着又听见两声炮，王安福站起来道："到外边听听去！"说着就走出去了。小胖孩向二妞道："娘，咱们也到外边听听！"说着便穿起衣裳，跟二妞走出来。青壮年抬担架的抬担架，引路的引路，早就和军队相跟着走了，街上虽有些妇女儿童老汉们出来听炮声，可也还安静。炮声越来越密，王安福和几个好事的人跑到村外的山头上去看，因为隔着山，看不见发火的地方，只能看见天空一亮一亮的，机枪步枪的声音也能听见。起先只听见在南边一个地方响，后来好像越响地面越宽，从正南展到西南。天明的时候，越响越热闹了，枪声炮声连成一片。不大一会，正西也响开了，和西南正南的响声都连起来，差不多有二三十里长。这时候天已大明，村里的人，凡是没有跟队伍到前边去的，都到村边的各个山头上去听，直到快吃早饭的时候响声才慢慢停下来。这时候，有的回去做饭，有的仍留在山头上胡猜测。忽然西南的山沟里进来一股兵，也弄不清是敌人还是自己人，大家一时慌了，各找各的藏身地方。回去做饭的人听了这消息又都跑出来了，旅部留守的同志们告他们说是自己的队伍回来了，才把大家都叫回去。

　　队伍、民夫、自卫队都陆续回来了。敌人全退了，打死好几百，还打坏四个汽车。胜利品很多：洋马、钢盔、枪械、军服、汽车上的轮子、铁柱子……彩号没有下担架，吃过饭就转送到别处去，其余的队伍就住在这一带各村休息。

　　旅部把李如珍和小毛交给王区长处理，村里人一致要求枪毙，吓得他俩的家属磕头如捣蒜。后来大家又主张不杀也可以，要叫他们把全村维持敌人的损失一同包赔起来。他们两个的意见是只要不枪毙,扫地出门都可以。政府方面的意见是除赔偿损失以外,还得彻底反省,保证以后永远不再当汉奸,大家一致拥护。这样决定了以后,仍由王区长派人送到县政府处理。

县城收复了,县政府又回了城。把李如珍和小毛解到县政府以后,小毛因为怕死,反省得很彻底,把他十几年来在村里和李如珍、小喜、春喜一类人鬼鬼祟祟做的那些亏心事,拣大的都说出来了。

可惜敌人从城里退出来的时候,小喜春喜两个人跟着卫胖子一伙人,从城里跑出来就躲到田支队去。县政府派人去要,田支队不放人,回了个公函庇护他们说,这些人是他们派到城里维持会里做内线工作的。县政府这边,早有小毛把小喜领着土匪回村刨窑洞,又领着敌人到村烧房子、捉人、组织维持会,把春喜叫到城里当汉奸……根根底底说得明明白白的了,可是田支队死不放,交涉了几次都空回来了。田支队凭着枪杆不让步,县政府凭着真凭实据不让步。后来各做各的——田支队包庇了这些人,县政府没收了他们的家产。

李如珍和小毛在县里反省了两个月,承认了赔偿群众损失,县政府派了个科长同王区长把他两人押解回村同群众清算。按李如珍在县里算的,共给敌人送过四口猪、十头牛,不足一千斤白面,只要跟小毛两家折变一些活物就够了,还不至于大变产业,可是一回来情形就变了。县府派来的科长同王区长,叫他两个人照着在县里反省的记录再在群众大会上向群众反省一遍。小毛就仍从十几年前说起,把他们从前打伙讹人的事一同都说出来了。内中春喜讹铁锁一样,因为一点小事弄得人家倾家败产的事就有十几件,借着村长的招牌多收多派的空头钱更不知用过多少。一提起这些旧事,更引起群众的火来,大家握着拳头瞪着眼睛非跟李如珍算老账不行。李如珍怕打,也只好应承。结果算得李如珍扫地出门还不够,还是科长替他向群众求情,才给他留了一座房子。小毛平常只是跟着他们吃吃喝喝,没有使过多少钱,并且反省得也很彻底,大家议决罚他几石小米叫自卫队受训吃。小喜春喜的家产一律查封，要等回原人来再处理。

十二

敌人走了，李如珍倒了，春喜小喜走了，小毛吃过亏再也不敢多事了，村里的工作就轰轰烈烈搞起来——成立了工农妇青各救国会、民众夜校、剧团，自卫队又重新受过训，新买了些子弹、手榴弹……

大家也敢说话了。小喜春喜的产业有许多是霸占人家的，自被查封以后一个多月了也没有处理，有些人就要求把霸占的那一部分先发还原主，其余的候政府处理。铁锁是村长，他把大家的意见转报给王区长，区长报到县政府。

一天，王区长又到县里追这事，县长说："这事情弄糟了，人家不知道什么时候在阎司令长官那里告上状，说县政府借故没收了他们的产业，阎司令长官来电申斥了我一顿，还叫把人家两个人的产业如数发还。"说着就取出电报来叫他看。王区长看了电报道："这两个人在村里的行为谁都知道，并且有小毛反省的供词完全可以证明，他们怎么能抵赖得过？我看可以把那些材料一齐送上司令部去，看他们还有什么话说。"县长道："我也想到这个，不过他们都是阎锡山的孝子，阎锡山是偏向他们那一面的，送上去恐怕也抵不了事。虽是这么说，还是送上去对，县政府不能跟着他们包庇汉奸，把已经有真凭实据的汉奸案翻过来。"

王区长回来把这事告给铁锁，铁锁回到村里一说，全村大乱，都嚷着说不行，也没有人召集，更坊门口的人越挤越多就开起会来。在这个会上通过由工农青妇各干部领导，到县政府请愿。第二天，果然组织起二百多人的请愿队带着干粮盘缠到县政府去。县长本来是知道实情的，见他们大家把县政府围得水泄不通，一边向他们解释，一边给阎锡山发电报。隔了两天，阎锡山回电说叫等候派员调查。

大家回来以后把材料准备现成，只等调查的人来，可是等来等去没有消息。一个多月又过去了，倒也派来一个人，这人就是本县的卖土委员①。这位委员来到村公所，大家也知道他是个干什么的，知道跟他说了也跟不说一样，就没心跟他去打麻烦，可是他偏要做做这个假过场，要叫村长给他召集群众谈谈话，铁锁便给他召集了个大会。会开了，他先讲话。他给小喜春喜两个人扯谎，说大家不懂军事上的内线工作，说这两个人是田支队派他们到敌人窝里调查敌人情形的。他才说到这里，白狗说："经济委员！我可知道这回事！"经济委员只当他知道什么是内线工作，也想借他的话证明自己的话是对的，就向他道："你也知道？"又向大家道："你们叫他说说！"白狗道："人家小喜做内线工作是老行家！"委员插嘴道："对嘛！"有些人只怕他不明白委员是替小喜他们扯谎再顺着委员说下去，暗暗埋怨他多嘴，只见他接着道："真是老行家！起先在白龙山土匪里做内线工作，领着十个人回咱村来刨窑洞，一下就把福顺昌的窑洞找着了；后来到城里敌人那里做内线工作，领着敌人到咱村烧房子，一下就把福顺昌烧了个黑胡同。不是老行家，谁能做这么干净利落？"他的话没有说完，大家都笑成一片，都说："说得真对！"委员本来早想拦住他的话，可是自己叫人家说话，马上也找不到个适当的理由再不叫说，想着想着就叫他说了那么多。白狗的话才落音，冷元就插嘴道："那你才说了现在，还没有说从前啦，从前人家小喜……"委员道："慢着慢着！听话！我的话还没有讲完啦！"别的人乱抢着说："你没有说完白狗怎么就说起来了？""你是来调查来了呀，是来训话来了？""说卖土你比我知道得多，说小喜春喜你没有我清楚！""你比我们还清楚，还调查什么？"……后来不知道是谁喊道："咱们都走吧，叫他一个人训吧！"这样一喊，大家轰隆隆就散了。铁锁见委员太下不了台，就走到台前喊道："委员的话还没说完啦，大家都不要走！"台下的人喊道："没说完叫他慢慢说吧！我

---

① 作者原注：那时候每县住着一个卖官土的，官衔是"经济委员"，老百姓都叫他是"卖土委员"。

们没有工夫听!"喊着喊着就走远了。只有十来个人远远站住,还想看看委员怎样收场,铁锁叫他们站近一点再来听话,委员看见已经不像个样子了,便道:"算了算了!这地方的工作真是一塌糊涂,老百姓连个开会的规矩都不懂!"铁锁本来是怕他下不了台,不想他反说是村里的工作不好,铁锁就捎带着回敬他道:"山野地方的老百姓,说话都是这直来直去的,只会说个老直理,委员还得包涵着些!"

委员一肚子闷气没处使,吃过晚饭便到李如珍家里去。李如珍虽然没有地了,大烟却还没有断,知道委员也有瘾,就点起烟来让委员吸烟。委员问起小喜春喜的事是谁向县里报告的,并且说:"县政府凭的是小毛的口供,这小毛究竟是怎样一个人?"李如珍说:"小毛原来也是咱手下的人。"接着就把小毛的来历谈了一谈。委员叫他打发人去叫小毛,他便打发自己的儿子去叫。

小毛觉着因为自己在县里说的话太多了才弄得李如珍倾家荡产,本来早就想到李如珍那里赔个情,可是又怕村里人说他去跟李如珍捣什么鬼,因此没有敢去。白天开会的时候,他听出委员是照顾小喜春喜的,也有心去跟委员谈谈,可是一来觉着自己的身份低,不敢高攀委员,再则村里人当面还敢给委员玩丢人,自己当然更惹不起,因此也没有敢展翅。这时委员忽然打发人来叫他,他觉着这正是个一举两得的机会,一来能给李如珍赔个人情,二来能高攀一下委员,自然十分高兴,跟屁股底下上着弹簧一样,蹦起来就跟着来人去了。

他一进到李如珍家,见委员跟李如珍躺在一个铺上过瘾,知道是自己人了,胆子就更大了一点,李如珍向委员道:"这就是小毛!"委员看他一眼道:"你就是小毛?坐下!"说着把腿往回一缩,给他让了一块炕沿,小毛凑到跟前就坐下了。委员道:"小毛!李先生说你很会办事,可是为什么一出了门就顾不住自己了呢?"小毛懂不得委员的意思,看了看委员道:"我好长时候了就没有出门呀?"委员笑道:"不是说近几天,是说你在县里。你在县里,给人家瞎说了些什么?"小毛见是说这个,便诉起苦来。

他说:"好我的委员!那是什么时候?顾命啦呀!不说由咱啦?"委员道:"你也太没有骨头了,那边顾命这边不顾命?牺盟会人都是共产党,县长区长都是牺盟会,自然也都是共产党。他们吃着司令长官的饭不给司令长官办事,司令长官将来要收拾他们。李继唐、李耀唐,连这里的李先生都是司令长官的人。你听上共产党的话来害司令长官的人,将来司令长官收拾共产党的时候,不连你捎带了?"小毛来时本来很高兴,这会听委员这么一说,又有点怕起来,便哀求道:"委员在明处啦,我们老百姓在黑处啦!反正已经错了,那就得求委员照顾照顾啦!不是我愿跟他们跑呀,真是被他们逼得没办法!"说着就流出泪来。委员道:"你不要怕!错了就依错处来!我看你可以写个申明状,我给你带回去转送到司令长官那里,将来就没有你的事了。不只连累不了你,只要你跟李先生、继唐、耀唐都真正一心,将来他们得了势,还愁给你找点事干?"小毛道:"委员这样照顾我,我自然感谢不尽,不过这申明状怎么写,我是个粗人,不懂这个,还得请委员指点一下。"委员道:"这个很容易:你就说他们是共产党,要实行共产,借故没收老财们的家产,才硬逼着你在人家捏造现成的口供上画了字。只要写上这么一张申明状,对你也好,对继唐他们也好。"又向李如珍道:"虚堂(李如珍的字)!我看这张申明状你给他写一写吧!"李如珍道:"可以!"小毛道:"这我真该摆酒席谢谢!委员明天不要走,让我尽尽我的孝心!"委员道:"这可不必!你们村里共产党的耳目甚多,不要让他们说闲话。以后咱们遇事的时候多啦,这不算什么!"

这次调查就这样收场了,李如珍替小毛写的申明状,委员第二天带回去就转到阎锡山那里。村里人也知道这卖土委员回去不会给自己添什么好话,可是既然有这么一回事,也就得再等等上边的公事。

委员回去又做了一封调查报告,连李如珍替小毛写的申明状一同呈到阎锡山那里去。调查报告的大意说:这个案件完全是共产党造成的,因为小喜春喜都是从前反共时候的干部——小喜是防共保卫团团长,春喜是公道团团长,因此村里县里的共党分子借着政权和群众团体的力量给

133

他们造成汉奸的罪名，把他们的产共了。

这时候正是八路军在山西到处打败日军收复失地建立抗日根据地的时候，阎锡山的晋绥军①退到晋西南黄河边一个角落上，不敢到敌后方来，阎锡山着了急，生怕他自己派出来的干部真正跟八路军合作。决死队学八路军的游击战术和政治领导，他以为是共产化了。在阎锡山看来，山西是他自己的天下，谁来了都应该当他的"孝子"，眼看好多地方，孝子们没有守住，被日本人夺去；孝子们又不会收复，又被八路军收复了，他如何不着急？偏在这个时候，各地都有些受了处分的汉奸们，像春喜们那一类人，不说自己当了汉奸，硬说是人家要共他的产；被敌人吓跑了的行政人员公道团长们，不说自己怕死，硬说牺盟会勾结八路军夺取了他们的权力，都到阎那里告状。阎锡山接到这一批状子之后，觉着这些人跟共产党是生死对头，就拣那些能干一点的，打电报叫去了一批，准备训练一下作为他的新孝子，小喜春喜两个人也在内。又打发田树梅到晋东南来把田支队这一类队伍编成独八旅，作为以后反对八路军的本钱。

小喜春喜两家的家产被查封以后，因为没有处理，地也荒了。村里人问了县政府几回，县政府说已经又给上边去公事要小喜春喜归案。等来等去，夏天过了，上边除没有叫他两人归案，又打电报把他两个要走了。又等来等去，敌人二次又来了，大家忙着参加战争，又把这事搁起了。不过这次李如珍小毛那些人没有敢出头组织维持会，敌人的巡逻部队来过几次，被自卫队的冷枪打死两个人，没有走到村里就返回去了，村里没有受什么损失。后来八路军三四四旅又把敌人打跑了，村里又提起处理小喜春喜财产的事，又到县政府去问，县政府说上边来了公事，说这两个人都是忠实干部，说小毛的口供是屈打成招，并且把小毛的申明状也附抄在公文里转回来了。

---

① 晋绥军，一九二五年奉直联合打败冯玉祥，山西都统商震带兵占领绥远（今内蒙古西部地区），此后，绥远即归阎锡山管辖，山西军也称晋绥军。除北伐和抗日战争时期以外，阎军一直叫晋绥军。

这一下更引起村里人的脾气来，马上召开了个大会，把小毛捆在会场上，有几个青年把镢头举在小毛的头上道："仍是我们落了屈打成招的名，这会咱就屈打成招吧！你说吧！你从前的口供上哪一行是假的？"小毛只看见镢头也不敢看人，吓得半句话也说不出来。全会场的人都喊道："叫他说！"小毛怕不说更要挨打，就磕着头道："都、都、都是真的！"有个人问道："谁叫你写申明状？"小毛道："委、委、委员！"又一个人道："谁替你写的？"小毛不敢说，有个青年在他的屁股上触了一镢把，他叫了一声。大家逼住道："快说！谁给你写的？"小毛见不说马上就活不成了，就战战兢兢道："李、李、李……"头上的镢头又动了一下，他才说出李如珍来。冷元道："委员怎么叫写申明状？他是怎么跟你说的？为什么你就愿意写？"小毛道："不写不行！委员说那边也要顾命啦！"接着就把那天晚上见委员的事又说了一遍。冷元跳上台去喊道："都听见了吧：口供上都是真的，委员叫他写申明状，老汉奸李如珍管给他写！这里边都是些什么鬼把戏？依我说，咱们自己把小喜春喜的两份产业处理了，原来是讹人家谁的各归原主，其余的作为村里的公产！不论他什么政府，什么委员，什么长官，谁来咱们跟他谁讲理，天王爷来了也不怕他！除非他一分理也不说，派兵把咱这村子洗了！"大家一致举起拳头喊叫赞成。铁锁道："这样处理，在咱村上看来是十二分公平的了，可是怎么往上级报啦？县里自然也知道这件事的真情，可惜一个卖土委员的调查，一个小毛的申明，把事情弄得黑白不分了，又叫县里怎样往上报啦？"杨三奎老汉道："卖土委员来了开了个会也没有叫村里人说话，在李如珍那里住了一夜，跟小毛他们鬼捣了个申明状就走了，他调查了个什么？依我说，他当委员的既然能胡捣鬼，咱们老百姓也敢告他，就说他调查得不实，叫上边再派人来重查，非把实情弄明白了不可。"大家也都赞成。白狗道："我有个意见：小毛能给委员写假申明，就能给我们写真申明，就叫他把他那天晚上见委员那事实实在在给咱们写出来。咱们也能给阎司令长官呈上去。呈上去看他们还有什么话说？"大家拍手道："对！马上叫他写！"大家问小毛，小毛说他自己不会写，叫找一个人替他写。大家就举王安福。王安福这时也觉着气不平，便向大家道："要是平常时候，写个字谁不能啦？可是这会我偏不写！一来我是村副不便写，二来他们太欺人了！办那些鬼鬼祟祟的事，有人出主意，也有人写，能写那个就不能写这个？"这句话把白狗又提醒了。白狗道："对！咱们把李如珍抓出来叫他再替他写！叫小毛说一句他写一句，他不写咱就把他送县政府，问问他跟委员跟小毛捣些什么鬼？问问他这汉奸反省了些什么？为什么还替汉奸捏状诬赖好人？"大家又是一番赞成，年轻人已跑去把李如珍抓来了。李如珍见是叫写委员住在他家那天晚上的事，明明是自己写状告自己，哪里肯写？结果被大家拖倒打了一顿，连小毛一同送县政府去了。至于怎样处理那两家的产业，铁锁说："完全不等上边的公事也不好，不如先把他讹人家的地先退给原主种，其余的东西仍然封存起来，等把官司打到底再处理吧！"年轻人们仍主张马上处理，修福老汉道："先把地退回原主，其余就再等一次公事吧，看这官司三次两次是到不了底的。"后来大家也都同意，就这样处理了。

　　以后一直等到过了年公事还没有来，仔细一打听，才有人说阎锡山逃过了黄河到陕西去了，后来就再没有消息。

十三

　　春天种地的时候，村里等不来上边的公事，李如珍、小喜、春喜他们讹人家的既然经村公所发还各原主，各原主也就种上了。这一年，秋景还不很坏，被李如珍叔侄们讹得破了产的户口，又都收了一季好秋，吃的穿的也都像个人样了。铁锁也打了二十多石粮食，小胖孩也不给人放牛了，回村里来上了学。

　　大家不放心的就是上边仍然没有公事，李如珍押在县里也不长不短，催了几次案，县里说："就照你们村里那样处理吧。大概也没有什么不妥当。"最后那一次是铁锁去的，小常告铁锁说："阎锡山最近正在秋林召集反动势力开会，准备反对咱们牺盟会和决死队这些进步势力，恐怕对你们村里小喜叔侄们要庇护到底。县里对这事不便做主，由你们村里处理了，县里不追究也就算了。"

到了阴历十一月，忽然有些中央军[①]来村号房子，向村公所要柴要草，弄得铁锁应酬不了。第二天，队伍开来了，又是叫垫街道，又是叫修马路，全村人忙得一塌糊涂。晚上又进来一批人：头一伙里有春喜，和当日在五爷公馆那些尖嘴猴鸭脖子一类人是一伙，说是什么"精建委员"[②]；第二伙里就又看见有小喜，领着一把子带手枪的人，又叫什么"突击队"[③]。冷元铁锁他们一看见这伙子人，知道要出事了，背地跟牺盟会几个常出头的人商量对付他们的办法。王安福老汉说："我看你们大家一面派人到县里问一问，一面还是先躲开不见他们，把公所的差事暂且交给我来应酬。我这么大个老汉，跟他们装聋作哑，他们也不能把我怎么样。"大家说："明知他们来意不善，要躲大家都躲开，你何必去吃他们的亏啦？"王安福不赞成，他说："他们真要跟我不过，死就死了吧，我还能活多大啦？"他执意不走，大家也只好由他。铁锁冷元他们十来个前头些的人，带着自卫队的枪械都躲开了，只有白狗因为秋天敌人来了，配合军队打仗带了彩，无法走开，只好在家听势。

走出去的人，逃到了王安福当日住过的岭后，打发冷元到县里问主意。冷元去了半天就回来报告道："大事坏了！小常同志叫人家活埋了！"说着就哭起来。大家一听这句话，比响了一颗炸弹还惊人，忙问是怎么一回事。冷元哭了一会止住泪道："前天晚上，中央军跟突击队把县政府牺盟会都包围了。里边的人，冲出去一部分，打死了一部分，叫人家捉住杀了一部分，现在还正捉啦。县长生死不明，小常同志叫人家活埋

---

① 中央军，蒋介石系统把他们的嫡系部队叫做中央军。
② 作者原注："精建委员"即阎锡山的一个特务团体——"精神建设委员会"的委员。
③ 作者原注："突击队"是阎锡山的另一个武装特务团体。

了！"说得大家也都跟着哭起来。问他是谁说的，他说是牺盟会逃出来的一个交通员说的。得到了这个消息，都知道家是回不得了，附近各村，也都有了中央军、精建会、突击队，大家带的干粮盘缠又不多，只好在山里转来转去。山里人问他们是哪部分，他们只说是游击队。

他们转了四五天，转到一个山庄上，碰着二妞领着十一岁的小胖孩在那里讨饭，他们便把她叫到向阳坡上问起村里的情形。二妞摆摆手道："不讲了！没世界了！捉了一百多人，说都是共产党，剁手的剁手，剜眼的剜眼，要钱的要钱……龙王庙院里满地血，走路也在血里走。"随着就把被杀了的人数了一遍。大家听了只是摇头。冷元道："咱们只说除咱们这十几个人别的人就不相干了，谁想像崔黑小那些连句话也不会说的人，也都叫人家害了。真是活阎王呀！"

铁锁见二妞念的那些名字里边没有王安福，就问起王安福的下落。二妞道："他们把人家老汉捉到庙里，硬叫人家老汉说自己办过些什么坏事。老汉说：'你们既然会杀，干脆把我杀了就算了！我办过什么坏事？我不该救济穷人！我不该不当汉奸！别的我想不起来！你们说有什么罪就算有什么罪吧！'李如珍又回来当了村长，小毛成了村副，依他们的意思是非杀不可，后来还是他们李家户下几个老长辈跪在他们面前说：'求你们少作些孽吧！人家是六十多岁的人了！'后来叫人家花五百块现洋，才算留了个活命。"

大家又问起白狗，二妞哭了。她说："把白狗刻薄得不像人了，还不知活得了活不了啦！就是捉人那一天，小喜亲自去捉白狗。他叫白狗走，白狗的腿叫日兵打的伤还没有好，动也不能动，他就又在人家那条好腿上穿了两刺刀，裤上、袜上、床上、地上，哪里都成血涂出来的了。后来他打发两个人，把白狗血淋淋抬到庙里，把我爷爷、我爹，都捆起来。第二天，人家小喜一面杀别人，一面打发人跟巧巧说，只要她能陪人家睡一月，就可以饶他们一家人的性命。巧巧藏不住，到底被人家抢走了。他烧灰骨强跟人家孩睡了一夜，后来幸亏他老婆出来跟他闹了一场——他老婆不是李如珍老婆娘家的侄女吗？他惹不起，才算不再到巧巧那里去。"

铁锁又问："你娘儿们为什么也逃出来？是不是人家也要杀你们？把咱家闹成什么样了？"二妞道："再不用说什么家了！咱哪里还有家啦？人家说你是咱村的共产头，队伍围着村子搜了你一天，没有搜着你，人家把我娘儿们撵出来，就把咱们的门封了。衣裳、粮食，不论什么东西一点也没有拿出来。我说：'你们叫我娘儿们往哪里去啊？'人家小喜说：'谁管你？想死就不用走，想活啦滚得远远的！'我爷爷、我爹、我娘跟村里人背地都劝我说：'领上孩子出去逃个活命吧！不要在村里住了！他们是敢杀人的！'后来我娘儿们就跑出来了。"铁锁听了，咬了咬牙说："也算！这倒也干净！"

别的人各人问各人家里的情形，二妞都给他们说了说：有查封了家产的，有捉去了人的；有些已经花钱了事，有些直到她出来时候还没有了结。

正说着，山头上有人喊道："喂！你们是哪一部分？"大家抬头一看，上面站着许多兵，心里都暗惊道："这回可糟了！"人家既问，也不得不答话，冷元便答道："游击队！"上面又喊道："上来一个人！"离得很近，躲又躲不开，冷元什么事也好在前头，便道："我去！"说了把枪递给另一个人，自己就上去了。大家在下边等着，听见说话，却听不清说的是什么。停了一会，只听冷元喊道："都上来吧！是八路军！"大家听说是八路军，都高兴得跳起来，一拥就上去了，二妞跟小胖孩也随后跟上去。这部分队伍，是八路军一个游击支队，不过二三百人，从前也在李家庄一带住过，也还有认得的人。铁锁向他们的队长说明来历后，要求加入他们的队伍，他们自然很欢迎，从此这伙人就参了军。

铁锁又要求队长把二妞跟小胖孩带到个安全地方，队长道："白晋路[①]以西、临屯路以南这一带，现在没有咱们的队伍，只有我们这几百人，

[①] 白晋路，纵贯晋东南地区南北的铁路线，从白圭至晋城。

还是奉命开往路东平顺县一带去的。晋城一带驻的是中央军,专门想找着消灭我们这些小部分,因此我们还不能从晋城走,还得从高平北部日军的封锁线上打过去,女人小孩恐怕不好过。"二妞向铁锁道:"你顾你吧,不用管我!我就跟我胖孩在这一带瞎混吧!胖孩到过年还可以给人家放牛,我也慢慢找着给人家做点活,饿不死!中央军跟李如珍叔侄们又不是铁钉钉住,不动了!一旦世界再有点变动我还要回去!"

队伍休息了一会就开动了,铁锁和二妞母子们就这样分了手——二妞跟小胖孩一直看着队伍下了山。

十四

过了年,二妞到一个一家庄上去讨饭,就找到了个落脚处:这家的主人,老两口子都有五十多岁,只有十二岁个小孩,种着顷把地,雇了两个长工,养三头牛两头驴子。二妞见人家的牲口多,问人家雇放牛孩子不雇,老汉就问起她的来历。二妞不敢以实说,只说是家里被敌人抄了,丈夫也死了,没法子才逃出来。这老汉家里也没有人做杂活,就把小胖孩留下放牲口,把二妞留下做做饭,照顾一下碾磨。

山野地方,只要敌人不来,也不打听什么时局变化,二妞母子们就这样住下来。住了一年半,到了来年夏天,因为时局变化太大了,这庄上也出了事:一天,来了一股土匪,抢了个一塌糊涂——东西就不用说,把老汉也打死了,把牲口也赶走了。出了这么大事,二妞母子们自然跟这里住不下去,就不得不另找去处。她领着小胖孩仍旧去讨饭,走到别的村子上一打听,打听着中条山的中央军七个军,完全被敌人打散了,自己的家乡又成了维持敌人的村子,敌人在离村五里的地方修下炮楼,附近一百里以内的山地,那里也是散兵,到处抢东西绑票,哪里也没有一块平静的地方。

这时候二妞就另打下主意:她想既然那里也是一样危险,就不如回家去看看。回去一来可以看看娘家的人,二来没有中央军了,家里或者还有些破烂家具也可以卖一卖。这样一想,她就领着小胖孩往家里走。走到离家十几里的地方,看见山路上有两个人——一男一女。小胖孩眼明,早早看清是白狗和巧巧,便向二姐道:"娘!那不是我舅舅来?"二姐仔细一看,也有些像;冒叫了一声,真是白狗跟巧巧,两个人便走过来了。白狗先问二姐近一年多在哪里,怎样过,二姐同他说了一说,并把铁锁跟冷元他们十来个人参加了八路军的消息也告他说了。白狗说:"人家这些人这回倒跑对了,我们在家的人这一年多可真苦死了!"二姐看见他穿了一对白鞋,便先问道:"你给谁穿孝?"白狗道:"说那些做甚啦?这一年多,村里人还有命啦?要差、要款、要粮、要草、要柴、要壮丁……没有一天不要!一时迟慢些就说你是暗八路,故意抵抗!去年冬天派下款来,爹弄不上钱,挨了一顿打,限两天缴齐,逼得爹跳了崖……"二姐听到这里,忍不住就哭起来。白狗说着也哭起来。姐弟们哭了一会,白狗接着说:"爹死了,爷爷气得病倒了,我怕人家抓壮丁,成天装腿疼,拐着走。去年打几石粮食不够人家要,一家四口人过着年就没有吃的,吃树叶叶把爷爷的脸都吃肿了!"二姐又问道:"你两人这会往哪里去啦?"白狗道:"唉!事情多着啦!小喜这东西,成个长生不老精了:你走时候人家不是阎锡山的突击队长吗?后来县里区里都成了中央军派来的人了,他们看见阎锡山的招牌不行了,春喜他们那一伙又跑回阎锡山那里去;小喜就入了中央军的不知道什么工作团,每天领着些无赖混鬼们捉暗八路,到处讹钱——谁有钱谁就是暗八路,花上钱就又不是了。这次中央军叫日军打散了,人家小喜又变了——又成了日军什么报导社的人了,仍然领着人家那一伙人,到处捉暗八路、讹钱,回到村里仍要到家去麻烦。爷爷说:'你给她找个地方躲一躲吧!实在跟这些东西败兴也败不到底!'福顺昌老掌柜还在岭后住,我请他给找个地方,他说:'你送来吧!'我就是去送她去!"二姐又问道:"李如珍老烧灰骨还没有死吗?"白狗道:"那也成了长生不老精了!你走时候他就又当了村长,如今又是维持会长！"二姐又问起村里没了中央军以后，自己家里是不是还留着些零星东西，白狗道："什么都没有了！连你住的那座房子都叫人家春喜喂上骡子了！"二姐听罢道："这我还回去做什么啦？不过既然走到这里了，我回去看看娘和爷爷！"又向小胖孩道："胖孩，你跟你舅舅到岭后等我吧！我回去看一下就出来领你。反正家也没有了，省得叫日本人碰见了跑起来不方便！"小胖孩答应着跟白狗和巧巧去了，二姐一个人回村里去。

她一路走着，看见跟山里的情形不同了：一块一块平展展的好地，没有种着庄稼，青蒿长得一人多高；大路上也碰不上一个人走，满长的是草；远处只有几个女人小孩提着篮子拔野菜。到了村里，街上也长满了草，各家的房子塌的塌，倒的倒，门窗差不多都没有了。回到自己住过的家，说春喜喂过骡子也是以前的事，这时槽后的粪也成干的了；地上已经有人刨过几遍。残灰烂草砖头石块满地都是。走到娘家，院里也长满了青蒿乱草，只有人在草上走得灰灰的一股小道，娘在院里烧着火煮了一锅槐叶，一见二姐，一句话也没说出来就哭起来。哭了一会，母女回到家里见了修福老汉，彼此都哭诉了一回一年多的苦处，天就黑了。家里再没有别的，关起门来吃了一顿槐叶。

槐叶吃罢了碗还没有洗，就听见外边有人凶狠狠地叫道："开门！"二姐她娘吓了一跳道："小喜小喜！"又推了二姐一把道："快钻床底！"二姐也只好钻起来。小喜在外边催道："怎么还不开？"二姐她娘道："就去了！我睡了才又起来。"说着给他开了门。小喜进来捏着个手电棒一晃一晃，直闯闯就往巧巧住的房子里走，二姐她娘道："他们今天晚上不在家，往她姑姑那里去了！"小喜用电棒向门上一照，见门锁着，便怒气冲冲发话道："不在？哄谁呀？"他拾起一块砖头砸开锁子进去搜了一下，然后就转过修福老汉这边来。他仍然用电棒满屋里照，一下照到床底，看见二姐，以为是巧巧，便嬉皮笑脸道："出来吧出来吧！给你拿得好衣裳来了！"说着伸手把二姐拉出来。他一见是二姐，便道："好，这可抓住暗八路了！管你是七路八路，既然是个女的，巧巧不在你就抵她这一角吧！"

你也是俺春喜哥看起来的美人，可惜老了一点！洗洗脸换上个衣裳我看怎么样？"说着把他带来的一个小包袱向二妞一扔。

就在这时候，外面远远地响了一声枪，接着机枪就响起来。小喜一听到机枪，就跑到门外来听。起先是一挺，后来越响越多，又添上手榴弹响，小喜撑不住气便跑出去。二妞趁他出去的机会，赶紧跑出院里来藏到蒿里。停了一会，小喜也没有回来，机枪手榴弹仍然响着，二妞慢慢从蒿里站起来，望着远处山上看，见敌人的炮楼上一闪一闪的火光，到后来机枪手榴弹停了，炮楼上着起一片大火。这时二妞悄悄跑回去叫她娘出来看，她们猜着总是八路又来了。看罢了火，娘儿们又悄悄关起大门回去跟修福老汉悄悄议论着，谁也没有敢瞌睡，只怕再出什么事。

天快明了，二妞她娘向二妞道："快趁这时候悄悄走吧！不要叫天明了小喜那东西再来找你麻烦！"二妞也怕这个，在锅里握了一把冷槐叶算干粮，悄悄开了门溜出来跑了。她出了村，天还不明，听着后边有几个人赶来，吓得她又躲进路旁的蒿地里去。她听见三个人说着话走过来，清清楚楚可以听出是李如珍、小喜和小毛。小毛问："有多少？"小喜说："老八路！人很多，好几村都住满了！"李如珍道："咱怎么不打？"小喜道："城里的日军不上二百人，警备队不抵事……"说着就走远了，听不清楚了。二妞得了底，知道晚上猜得还不差，她恨不得把他们三个捉住交给八路军，可惜自己是一个人，也只好让他们走开。他们走过之后，二妞且不往岭后，先回到村里去传这个消息。炮楼着火是大家都看见的事，见二妞传来这个消息，有些人到小毛和李如珍家里去看，果然见这两个人不在家了，就证明是真的。这时候，青年人们又都活动起来了：有的到炮楼上去打探，有的去邻近村子里找八路，不到早饭时候就都打听清楚了——炮楼平了，里边的日军死的死了跑的跑了，八路军把汽车路边的几个村子都住满了。村里人又都松了一口气，常关着的大门又都开了，久不见太阳的青年女人和孩子们又都到街上来了，街上长的乱草又都快被人们踏平了。

二妞吃过了槐叶，仍旧要到岭后去叫小胖孩，就起程往岭后去。路

143

上的人也多起来了,见面都传着敌人被打跑了的消息。八路军出差的事务人员,也三三两两在路上来往。二妞走到半路,就碰上白狗、巧巧、小胖孩和王安福老汉都回来了——他们已经得到了消息。二妞也跟着返回来,白狗跑得最快,把他们三个都掉在后面。路上碰上熟人,都问白狗的腿怎么忽然不拐了,白狗说八路来了自然就不拐了。

赶二妞他们三人进到村里,白狗返回来迎住他们笑道:"来了两个熟八路!你们来看是谁?"说着已快走到更坊背后,早听着更坊门口的人乱糟糟的,小胖孩先跑到拐角一看,回头喊道:"娘!我爹跟冷元叔叔都回来了!"二妞跟王安福老汉听说,也都加快了脚步绕过墙角。大家见他们来了,全场大笑道:"二妞也回来了!王掌柜也回来了!"青年人们叫的叫跳的跳,跟装足了气的皮球一样,一动就蹦起来;老年人彼此都说:"像这样,就是光吃树叶也心轻一点。"

大家让开路,二妞、小胖孩、王安福和白狗四个人从人群中穿过,挤到冷元跟铁锁旁边。他两人都握了握王安福的手,拍了拍白狗的肩膀,摸了摸小胖孩的头。铁锁和二妞见了面,因为这地方还没有夫妻们对着外人握手的习惯,只好彼此笑了笑,互相道:"你也回来了?"冷元又补了一句道:"你跟铁锁哥商量过到今天一齐回来啦?"这句话逗了个全场大笑。

王安福和白狗先问跟他两人同时出去的十几个人,别的人怎么没有回来,那十来个的家属也有些人凑来问,铁锁道:"我们参加的那一部分没有来。他们在那边都很好,有好几个都成了干部,回头我到他们各人家里去细细谈一谈。我们两个人是上级从部队调出来回来做地方工作的——上级说我们了解这地方的情况,做起来容易一点。我们两个就分配在咱们本区工作。"王安福道:"这就好了,就又可以活两天了。"有几个青年,要求他们两个讲讲话,铁锁道:"可以!你们去召集人吧!"杨三奎老汉道:"还召集什么人啦?村里就剩这几个人了!"他两个看了一下男女老小不过百把人,连从前的一半也不够,冷元问道:"就这几个人了吗?"杨三奎道:"可不是嘛!跟你们走了一伙,中央军跟阎锡山那队伍杀了一伙，中央军又捉走一伙，日军杀了一伙，抓走一伙。逃出去多少？被人家逼死了多少？你想还能有多少？"铁锁叹了一口气道："留下多少算多少吧！咱们就谈谈吧：前年十二月政变①，国民政府给八路军下命令，叫八路军退出中条山，退出晋东南，他们派中央军把这地方接收了。他们在这地方杀了许多抗日的人，庇护了许多汉奸，逼死了许多老百姓，后来自己又保护不了自己，被日本人打垮了，把这地方又丢给日本人来糟蹋了个不成样子。现在八路军又来了。八路军这次来跟上一次不同——不走了！要在这地方着根！就是要把这地方变成抗日根据地。我两人出去原来参加的是部队，如今被上级调到这里来做地方工作，过来以后，就分配到咱们这一区——叫我当区长，叫冷元组织农会。眼前要紧的工作是恢复政权、组织民众、解决眼前的实际问题。这些事自然不是说句话能做好了的，咱们现在先提出些实际问题吧！"

有个青年站起来道："我先问一句话：你说那什么国民政府再有一道命令来了，八路军还走不走了？"

铁锁道："再有一千道命令也不走了！我们不能把自己的人再交给他们去杀！"

那青年道："那我们就敢提问题了：李如珍他们那些汉奸可该着处理了吧？可不用再等阎锡山的公事了吧？"好多人都叫道："对！数这个问题要紧！"自这个问题提出来，大家都注意起这事来了。有的说："他们已经跑了还怎么处理？"有的说："跑了和尚跑不了寺院。"也有些老汉们说："稳一稳看吧，还不知道以后怎么样啦？"有些明白人就反驳他们道："不怕他！怕抵什么事？从前谁不怕人家，人家不是一样杀吗？"铁锁道："这算一个问题了，还有些什么问题？"虽然也还有人提出些灾荒问题、牲口

---

① 十二月政变，又称晋西事变，一九三九年十二月，蒋介石、阎锡山企图消灭新军（决死队），在山西西部集中六个军的兵力向新军进攻，被新军的反击所粉碎。同时，阎军在山西的东南部摧残阳城、晋城一带的抗日民主县政府和人民团体，屠杀了大批的共产党员和进步分子。

问题、土匪问题，可是似乎都没有人十分注意，好像一个处理汉奸问题把别的问题都压了。铁锁冷元看这情况，觉着就从这件事上做起，也可以动员起人来，便向大家宣布道："大家既然说处理汉奸要紧，咱们明天就先处理汉奸。今天天也不早了，大家就散了吧！"

宣布了散会，铁锁向冷元道："你也该回家去看看了！"又向二妞道："咱们也回去看看吧！"二妞半哭半笑道："咱们还回哪里去？"王安福道："可不是！铁锁连个家也没有了，不过如今村里的闲房子很多，有些院子连一个人也没有，随便借住他谁一座都可以！"有个青年道："依我说，把春喜媳妇撵回她的老院里，铁锁叔就可以回他自己的院里去住！"铁锁道："这还得等把他们的案件处理了以后再说！"又向二妞道："我看今天晚上咱们就住在龙王庙吧！那里很宽大，一定没有人住。"别的人也说那是个好地方，里边只有老宋一个人。说到吃饭问题，王安福道："到我那里吃吧！我孩子们吃的是树叶，可还给我老汉留着些米。"冷元铁锁都指着自己身上的干粮袋道："我们带着米。"大家道："那你们就算财主了！我们都是吃树叶！"二妞道："我连树叶也没有！"大家让了一会就走开了。

夜里，好多人都到庙里找铁锁说："李如珍叔侄们家里，小毛家里，今天都埋藏东西，要是没收他们的财产，就要赶紧动手，迟了他们就藏完了。"铁锁说："只要他们不倒出去，埋了还不是一样没收？"他们说："可也是！那咱们就得下点工夫看着他们，不要让他们往外面倒。"冷元说："那你们就组织组织吧！"他们马上组织起二三十个人来轮班站岗，一家门上给他们站了两个守卫的。

这一晚上，二妞只顾向铁锁谈她这一年多的经过，直到半夜才睡。才睡了一小会，就听得外面有人打门，起来一看，站岗的把小毛捉住了。前半夜才组织起来的二三十个人，差不多全来了，都主张先吊起来打一顿。铁锁向小毛道："你实说吧！你跑到什么地方去了？你半夜三更回来做什么？说了省得他们打你！"小毛看见人多势众，料想不说不行，就说道："我们出去一直跑到天黑，没有跟日军连上，走到李如珍一个熟朋友家，李如珍住下了，叫小喜去找日军，叫我回来打听这边的情形。我摸了半夜才跑到村，到门口连门也没有赶上叫，就叫他两个人把我捉住了！"铁锁道："李如珍确实在那里住着吗？"小毛道："在！"别的人说："叫他领咱们去找，找不着跟他要！"有的说："叫他领去不妥当！有人看见捉住了他，要给李如珍透了信，不就惊跑了吗？不如叫他把地方说清楚，派个路熟的人领着咱们自己去找。先把他扣起来，找不着李如珍就在他一个人身上算账！"大家都赞成这个办法。铁锁道："依我说这些事可以请军队帮个忙。那地方还没有工作，光去几个老百姓怕捉不回人来！"大家说："那样更稳当些！"这事就这样决定了，铁锁跟军队一交涉，军队上给拨了一班人。村里人一听说去捉李如珍，自然是人人起劲，第二天早上王安福老汉捐出一斗米来给去的人吃了一顿饱饭，等军队上的人来了，就一同起程，不到半夜，果然把李如珍捉回来了。

十五

捉回李如珍来，事情就大了，村里人要求的是枪毙，铁锁是个区长，不便做主，县长也是随军来的，还住在部队里。县政府区公所都还没有成立起来，送也没处送，押也没处押。铁锁和村里人商量，叫把李如珍和小毛暂且由村里人看守，他去找县长。到部队上见了县长，说明捉住这两个汉奸以后群众对政府的要求。县长觉着才来到这里，先处理一个案件也好，能叫群众知道又有抗日政权了。这样一想，他便答应就到村里去对着全村老百姓公审这两个人。

龙王庙的拜亭上设起公堂，县长坐了正位，村里公举了十个代表陪审。公举了白狗和王安福老汉代表全村做控告人，村里的全体民众站在庙院里旁听。李如珍一看这个形势，也知道没有什么便宜，便撑住气来装好汉。县长叫控告人发言，诉说李如珍的罪行，群众中有个人向白狗叫道："白狗！不用说他以前那些讹人的事，就从中央军来了那时候算起,算到如今,看他杀了多少人,打过多少人,逼死过多少人,讹穷了多少人,逼走了多少人……"白狗道:"可以,先数杀的人吧!"接着就指名数了一遍,别人又把说漏了的补充了一些,一共是四十二个。县长问李如珍,李如珍说:"这些人杀是杀了,有的是中央军杀的,有的是突击队杀的,有的是日本人杀的,我没有亲手杀过一个。"王安福道:"你开名单,你出主意,说叫谁死谁就不得活,如今还能推到谁账上去?"有个青年喊道:"照你那么说,县政府要枪毙你,还非县长亲自动手不行?"又有人说:"怕他嘴巧啦?咱村里会说话的人都是他的证人。"李如珍料也推不过,就装好汉道:"就说成杀了你们两个人,我一条命来抵也不赔本!杀了你们四十二个,利不小了!说别的吧!这些人都是我杀的!不差!"他既然痛快承认,以下的事情就不麻烦了,控告人说一宗,他承认一宗,一会也就说完了。审罢李如珍又审小毛。小毛打的人最多,控告人一时给他数不清,就向群众道:"打跑了的且不说,现在在场的,谁挨过小毛的打都站过东边,没有挨过的留在西边!"这样一过,西边只留下几个小孩子和年轻媳妇们,差不多完全都到了东边了,数了一下,共六十八人,陪审的十个代表、当控告代表的白狗还不在数。白狗道:"连陪审的人带我自己一共七十九个!叫他本人看看有冒数没有?"小毛也不细看,他说:"我知道打得不少。反正是错了,也不用细数他吧!不过我可连一个人也没有害死过,叫我去捉人都是他们的主意!他们讹人家的东西我也没有分过赃,只是跟着他们吃过些东西吸过些大烟!"群众里有人喊:"跟着龙王吃贺雨就是帮凶!""光喝一口泔水还那么威风啦,能分上东西来,你还认得你是谁啦?"

　　审完以后,全村人要求马上枪毙,可是这位县长不想那么办。县长是在老根据地做政权工作的。老根据地对付坏人是只要能改过就不杀。他按这个道理向大家道:"按他们的罪行,早够枪毙的资格了……"群众中有人喊道:"够了就毙,再没有别的话说!"县长道:"不过只要他能悔过……"群众乱喊起来:"可不要再说那个!他悔过也不止一次了!""再不毙他我就不活了！""马上毙！""立刻毙！"县长道："那也不能那样急呀？马上就连个枪也没有！"又有人喊："就用县长腰里那支手枪！"县长说没有子弹，又有人喊："只要说他该死不该，该死没有枪还弄不死他？"县长道："该死吧是早就该着了……"还没有等县长往下说，又有人喊："该死拖下来打不死他？"大家喊："拖下来！"说着一轰上去把李如珍拖下当院里来。县长和堂上的人见这情形都离了座到拜亭前边来看，只见已把李如珍拖倒，人挤成一团，也看不清怎么处理，听有的说"拉住那条腿"，有的说"脚蹬住胸口"。县长、铁锁、冷元，都说"这样不好这样不好"，说着挤到当院里拦住众人，看了看地上已经把李如珍一条胳膊连衣服袖子撕下来，把脸扭得朝了脊背后，腿虽没有撕掉，裤裆子已撕破了。县长说："这弄得叫个啥？这样子真不好！"有人说："好不好吧，反正他不得活了！"冷元道："唉！咱们为什么不听县长的话？"有人说："怎么不听？县长说他早就该死了！"县长道："算了！这些人死了也没有什么可惜，不过这样不好，把个院子弄得血淋淋的！"白狗说："这还算血淋淋的？人家杀我们那时候，庙里的血都跟水道流出去了！"县长又返到拜亭上，还没有坐下，又听见有人说："小毛啦？"大家看了看，不见小毛，连县长也不知道他往哪里去了。有人进龙王殿去找，小毛见藏不住了，跟殿里跑出来抱住县长的腿死不放。他说："县长县长！你叫我上吊好不好？"青年人们说不行，有个愣小伙子故意把李如珍那条胳膊拿过来伸到小毛脸上道："你看这是什么？"小毛看了一眼，浑身哆嗦，连连磕头道："县长！我、我、我上吊！我跳崖！"冷元看见他也实在有点可怜，便向他道："你光难为县长有什么用呀？你就没有看看大家的脸色？"小毛听说，丢开县长的腿回头向大家磕头道："大家爷们呀！你们不要动手！我死！我死！"大家看见他这种样子，也都没心再打他了，只说："你知道你该死还算明白！"县长道："大家都还下去！"又向陪审的人道："咱们都还坐好！"庙里又像才开审时候那个样子了。县长道："你们再不要亲自动手了！本来这两个人都够判死罪了，你们许他们悔过，才能叫他们悔；实在要要求枪毙，我也只好执行，大家千万不要亲自动手。现在的法律，再大的罪也只是个枪决；那样活活打死，就太、太不文明了。"王安福道："县长！他们当日在庙里杀人时候，比这残忍得多——有剜眼的，有刹手的，有剥皮的……我都差一点叫人家这样杀了！"县长道："那是他们，我们不学他们那样子！好了，现在还有个小毛，据他说的，他虽然也很凶，可是没有杀过人，大家允许他悔过不允许？"大家正喊叫"不行"，白狗站起来喊道："让我提个意见，我觉着留下他，他也起不了什么反！只要他能包赔咱们些损失，好好向大家赔罪，咱们就留他悔过也可以！"还没有等大家说赞成不赞成，小毛脸向外趴下一边磕头一边说："只要大家能容我不死，叫我做什么也行！实在不能容我，也请容我寻个自尽。俗话常说'死不记仇'，只求大家叫我落个囫囵尸首，我就感恩不尽了！"说罢呜呜地哭起来。县长道："这样吧：李如珍就算死了，小毛还让我把他带走，等成立起县政府来再处理他吧！大家看这样好不好？"青年人们似乎还不十分满意，可也没有再说什么。白狗说："就叫县长把他带走吧！只要他还有一点改过的心，咱们何必要多杀他这一个人啦？他要没有真心改过，咱的江山咱的世界，几时还杀不了个他？"这样一说，大家也就没有什么不同意了。审判又继续下去，控告人又诉说了小喜春喜的罪行，要求通缉；又要求没收他们四家的财产，除了赔偿群众损失，救济灾难民外，其余归公。县长在堂上立刻宣布接受大家的意见。审讯以后，写了判决书，贴出布告，这案件就算完结。

  村里由冷元铁锁帮忙，组织起处理逆产委员会来处理这些汉奸财产——除把小毛的财产暂且查封等定了案再斟酌处理外，李如珍叔侄们的财产，马上就动手没收处理。他们讹人家的不动产，前二年已经处理过一次，这次仍照上次的决定各归原主。动产也都作了价，按各家损失的轻重作为赔偿费。最大的一宗，是李如珍家里存着三百来石谷子和一百二十石麦子。把这一批粮食拿出来救济了村里的赤贫户，全村人马上就都不吃槐叶了。

不几天，县政府、区公所都成立了。各地的土匪也被解决了。各村里当过汉奸的，听说打死李如珍的事，怕群众找他们算账，都赶紧跑到县政府自首了。

在李家庄，被李如珍他们逼得逃出去的人，被中央军和日本人抓走的人，都慢慢回来了；街上的草被大家踏平了；地里的蒿也被大家拔了种成晚庄稼了。修福老汉的病也好了。二姐跟小胖孩又回到十余年前被春喜讹去的院子里去住。村政权、各救会、武委会也都成立起来，不过跟冷元铁锁他们年纪差不多的中年人损失得太多了，村干部除了二姐是妇救会主席、白狗是武委会主任外，其余都是些青年。没收的汉奸财产余了一部分钱作为村公产，开了个合作社，大家请王安福老汉当经理。民兵帮着正规军打了几次土匪，分到了十来支枪。龙王庙有五亩地拨给了老宋。这时候的李家庄，虽然比不上老根据地，可也像个根据地的样子了。

小毛这次悔了过，果然比前一次好得多：自动请村干部领着他到他欺负过的人们家里去赔情，自动把他做过的可是别人不知道的坏事也都讲出来。说到处理他的财产，他只要求少给他除出一点来，饿不死就好。

只有小喜春喜两个人归不了案：春喜跟着孙楚回阎锡山那里去了就再没有回来；小喜跟着日军跑到长治去了。

十六

李家庄自从这次成了根据地，再没有垮了：敌人"扫荡"了好几次，李家庄有了好民兵，空室清野也做得好，没有垮了。三年大旱，李家庄互助大队开渠浇地，没有垮了。蝗虫来了，李家庄组织起剿蝗队，和区里县里配合着剿灭了蝗虫，又没有垮了。不只没有垮了，家家产粮都超过原来计划，出了许多劳动模范；合作社发展得京广杂货俱全，日用东西不用出村买；又成立了小学，成立了民众夜校，成立了剧团，龙王庙和更坊门口，每天晚上都很热闹。

日本宣布投降的消息传到李家庄之后,李家庄全村人高兴得跟疯了一样——青年人比平常跳得高多少就不用说,像王安福、陈修福、老宋、杨三奎那么大的老汉们,也都拈着自己的白胡须说:"哈哈!咱们还没有死,就把鬼子熬败了!"

垒小了的大门又都拆开了,埋藏着的东西也都刨出来了。砖瓦窑又动了工,被敌人烧坏了的门楼屋顶都动手修理着。各家又都挂起中堂字画,摆上方桌、太师椅、箱笼、橱柜、蜡台、镜屏……当媳妇的也都穿起才从地窖里刨出来的衣服到娘家去走走。

村里人准备趁旧历八月十五,开个庆祝胜利大会。这个会布置得很热闹,请了一台大戏,本村的剧团也要配合着演。满街悬灯结彩,展览抗战以来本村得到的胜利品。预定的程序是:十四日白天的节目是民兵技术表演——打靶、投弹、刺枪、劈刀、自由表演。十五日正式开庆祝会。十六日公祭抗战以来全村死难人员。三个晚上都演戏、看戏。

十四这天早上,胜利品就陈列起来了:十七条日本三八式步枪、三支手枪、几十个手榴弹、一把战刀、八顶钢盔、十来件大衣,还有些皮靴、皮带、皮包、钢笔、望远镜、画片、地图……七铜八铁摆了几桌子。

早饭后,步枪打靶开始,每人打三发。打完后,算了一下成绩,全体平均是二十三环;有两个神枪手,三枪都打着红心,其中一个就是武委会主任白狗。第二项是投弹,也不错,平均二十米远;小胖孩从小放牛时候扔石头练下功夫,扔了三十二米远,占了第一名,都夸他是"老子英雄儿好汉"。其余劈刀、刺枪、自由表演,也都各有英雄。表演完了,大家都欢天喜地受奖散会。

下午戏也来了,晚上街上庙里都点起了灯,当唧当唧开了戏。年轻人们都说:"自从记事以来还数今年这八月十五过得热闹。"王安福老汉说:"你们都记不得:我在十二岁时候——就是光绪二十七年,咱村补修龙王庙,八月十五唱了一回开光①戏,那时候也是满街挂灯,不过还没有这次过得痛快,因为那时候是李如珍他爹掌权,大家进到庙里都连句响话也不敢说。"

第二天是十五日,是正式开庆祝会的一天。早上,大家一边布置会场,一边派人到区上请铁锁冷元回来参加。早饭以后,一切都准备好了,只是铁锁跟冷元没有来。大家又等了一会,只有冷元来了。冷元说:"铁锁哥到县里去了,今天赶晌午才能回来,我给他留下了个信,叫他回来就来。"村长说:"那咱们就先开吧!"

会开了,第一个讲话的就是村长。他报告了开会意义之后,接着就讲道:"我现在先笼统谈一谈抗战以来咱们村里的工作成绩。要说把八年来村里的工作从头至尾叙说一下,恐怕多得很,三朝五日也说不完,现在咱们只用把村里的情形笼统跟以前比一比,就可以看出咱们的总成绩来了。先说政权吧:抗战以前,老百姓谁敢问一问村公所的事?大小事,哪一件不是人家李如珍说怎样就怎样?谁进得龙王庙不捏一把冷汗?如今啦?哪件事不经过大家同意?哪个人到龙王庙来不是欢天喜地的?再说村里人的生活吧:从前全村有八十多户没饭吃的赤贫户,如今一户也没有了;从前每年腊月,小户人家都是债主围门,东挪西借过不了年,如今每年腊月,都能安心到冬学里上课、到剧团里排戏,哪还有一家过不了年的?平常过日子,从前吃是甚穿是甚,如今比从前好了多少?咱们也不用自己夸,各人心里都有个数。再说坏人的转变吧:从前村里有多少烟鬼?多少赌棍?多少二流子、懒汉、小偷、破鞋?咱们也不是自己夸,这一类人,现在谁还能在咱们李家庄找出一个来?从前东家丢了东西了,西家捉住孤老了,如今啦?在地里做活,锨镢犁耙也不想往回拿,晚上睡觉,连大门也不想关,也没有奸情,也没有盗案。大家都是这样过惯了,也不觉得这算个什么事,不过你们细细一想,在抗战以前这样子行不行?说到全村人的进

---

① 作者原注:开光就是给神像开眼睛。

153

步，大家都是过来人，更不用多讲：论文，不论男女都认得自己个名字；论武，不论长幼都会打几颗子弹。这些在现在看来也都是些平常事，可是在抗战以前也不行呀！我想现在单单把李如珍叔侄们那些人弄得几个来放到咱们村里，他们就活不了：讹人讹不了，哄人哄不了，打人打不了，放债没人使，卖土没人吸，放赌没人赌，串门没人要，说话没人理，他们怎么能活下去？打总说一句：这里的世界不是他们的世界了！这里的世界完全成了我们的了！可惜近几年来敌人每年还要来扰乱咱们几回，如今敌人一投降我们更是彻底胜利了！我们八年来，把那样一个李家庄变成了这样一个李家庄，这就是我们的总成绩！"

村长讲罢了总成绩之后，武委会主任、合作社经理、各救会主席、义校教员，也都各把本部门的成绩讲了一番，冷元又讲了一讲，以下便是自由讲话。自由讲话这一项最热闹，因为谁也是被一肚子胜利憋得吃不住，会说不会说，总要上去叫几声，一直到晌午以后还没有讲完。

就在这时候，铁锁来了，大家就让他先上台去讲。他开头第一句就说道："我来的任务，是报告大家个坏消息！"台下大部分人都觉着奇怪了，暗想胜利了为什么还有坏消息。铁锁接着道："日本已经投降了，为什么还有坏消息呢？"人们低声说："你可说呀？"铁锁仍接着道："因为日本虽然宣布了投降，蒋介石却下命令不叫日本人把枪缴给我们，又下命令叫中央军渡过黄河来打八路军。阎锡山跟驻在山西的日军成了一气，又回到太原，把小喜他们那些伪军又编成他自己的军队，叫他们换一换臂章，仍驻在原地来消灭八路军。八路军第二次来的时候，不是跟大家说过永远不走了吗？可是现在人家中央军要来，阎锡山军也要来，又不叫日军缴枪，你看这……"台下的人乱叫起来了："说得他妈的倒排场！前几年他们钻在哪里来？"有人问："上边准备怎么办？"铁锁道："怎么办？日军的枪还要缴！谁敢来进攻咱们，咱们只有一句话：'跟他拼！'"白狗跳上台去向铁锁道："你不用往下讲了！要是他们想来占这地方，我管保咱村的人都是他们的死对头！"台下大喊道："对！有他没咱，有咱没他！"

白狗已经把铁锁挤到一边,自己站在正台上道:"他们来吧!咱们这几年又攒了几颗粮食了,他们再来抢来吧!这里的人还没有杀绝啦,他们再来杀吧!叫他们来做什么?叫他们给李如珍撑腰吗?叫春喜再回来讹人吗?叫小喜再到我家胡闹吗?他们来了,三爷还可以回来捆人押人打人,六太爷还可以放他的八当十,你怕他们不愿意来啦?他们来了,又得血涂龙王庙,咱们还能缩着脖子叫他们杀呀?他们也算瞎了眼了!他们只当咱们还是前几年那个样子,只会缩着脖子挨刀。不同了!老实说:咱们也不那么好惹了!反了几年'扫荡',跟着八路军也攻过些城镇码头,哪个人也会放几枪了,三八式步枪也有几支了,日本手榴弹也有几颗了,咱们就再跟上八路军跑几趟,再去缴几支日本枪,再去会一会这些攻我们的中央军,再去请一请小喜,看这些孙子们有什么三头六臂!"台下又喊:"谁愿意去先报起名来!"又有个青年喊:"不用报名了!我看不如咱们站起队来叫武委会主任挑,把不能用的挑出去,余下咱们一通去!"白狗道:"还是报一下,大家同意马上报,咱们就报起来!"

院里、台上、拜亭上,分三组写名单。写完了,三组集合起来,报名的共是五十三个。白狗看了一下,也有四十岁以上的,也有十五六岁的,也有女的——二妞巧巧都在数。铁锁道:"这样不好领导,还得有个限制。"挑了一挑,把老的小的女的除去,还有三十七个,村干部差不多都在数。铁锁把这结果一宣布,二妞、巧巧,还有几个女的都说了话,她们说她们一定要到潞安府[①]捉小喜。铁锁告她们说没法编制,她们说可以当看护。麻烦了一大会,大家劝她们在家领导生产照顾参战人们的家庭。

村干部都参了战,马上都补选起来了——二妞代理村长,妇救会主席换成巧巧。王安福老汉说:"这么多的参战的,应该有个人负总责来照顾他们的家庭。我除了办合作社,可以代办这件事。"

大家在这天晚上,戏也无心看了,参战的人准备行李,不参战的人

[①] 潞安府,今长治市。

帮着他们准备。

第二天,公祭死难人员的大会,还照原来的计划举行,可是又增加了一个欢送参战人员大会。

就庙里的拜亭算灵棚,灵棚下设起三个灵牌:村里人时时忘不了小常同志,因此虽是公祭本村死难的人,却把小常同志供在中间。左边一个是反"扫荡"时候牺牲了的三个民兵。右边一个是被反动家伙们杀了的逼死的那几十个人。前面排了一排桌子,摆着各色祭礼。两旁挂起好多挽联。

开祭的时候,奏过了哀乐,巧巧领着两个妇女献上花圈,然后是死者家属致祭,区干部致祭,村干部领导全村民众致祭,最后是参战人员致祭。

欢送参战人员的大会会场就布置在戏台下,那边祭毕,马上一个向后转,就开起这个会来。在这个会上,自然大家都又讲了许多话,差不多都是说"现在的李家庄是拿血肉换来的,不能再被别人糟蹋了""我们纵不为死人报仇,也要替活人保命"。讲完了话,参战人员把胜利品里边的枪械子弹手榴弹都背挂起来,向拜亭上的灵牌敬礼告别,然后就走出龙王庙来。

村里一大群人,锣鼓喧天把他们这一小群人送到三里以外。临别的时候,各人对自己的亲属朋友都有送的话。王安福向他的子侄们说:"务必把那些坏蛋们打回去,不要叫人家来了刨了我这个干老汉!"二妞向小胖孩说:"胖孩,老子英雄儿好汉,不要丢了你爹的人!见了那些坏东西们多扔几颗手榴弹!"巧巧向白狗说:"要是见了小喜,一定替我多多戳他几刺刀!"白狗说:"那忘不了,看见我腿上的伤疤,就想起他来了!"

"锻炼锻炼"

"争先"农业社，地多劳力少，
动员女劳力，做得不够好：
有些妇女们，光想讨点巧，
只要没便宜，请也请不到——
有说小腿疼，床也下不了，
要留儿媳妇，给她送屎尿；
有说四百二，她还吃不饱，
男人上了地，她却吃面条。
她们一上地，定是工分巧，
做完便宜活，老病就犯了；
割麦请不动，拾麦起得早，
敢偷又敢抢，脸面全不要；
开会常不到，也不上民校，
提起正经事，啥也不知道，
谁给提意见，马上跟谁闹，
没理占三分，吵得天塌了。
这些老毛病，赶紧得改造，
快请识字人，念念大字报！

——杨小四写

这是一九五七年秋末"争先农业社"整风时候出的一张大字报。在一个吃午饭的时间,大家正端着碗到社办公室门外的墙上看大字报,杨小四就趁这个热闹时候把自己写的这张快板大字报贴出来,引得大家丢下别的不看,先抢着来看他这一张,看着看着就轰隆轰隆笑起来。倒不因为杨小四是副主任,也不是因为他编得顺溜写得整齐才引得大家这样注意,最引人注意的是他批评的两个主要对象是"争先社"的两个有名人物——一个外号叫"小腿疼",另一个外号叫"吃不饱"。

小腿疼是五十来岁一个老太婆,家里有一个儿子一个儿媳还有个小孙孙。本来她瞧着孙孙做住饭,媳妇是可以上地的,可是她不,她一定要让媳妇照住她当日伺候婆婆那个样子伺候她——给她打洗脸水、送尿盆、扫地、抹灰尘、做饭、端饭……不过要是地里有点便宜活的话也不放过机会。例如夏天拾麦子,在麦子没有割完的时候她可去,一到割完了她就不去了。按她的说法是"拾东西全凭偷,光凭拾能有多大出息"。后来社里发现了这个秘密,又规定拾的麦子归社,按斤给她记工她就不干了。又如摘棉花,在棉桃盛开每天摘的能超过定额一倍的时候她也能出动好几天,不用说刚能做到定额她不去,就是只超过定额三分她也不去。她的小腿上,在年轻时候生过痈疮,不过早在二十多年前就治好了。在生疮的时候,她的丈夫伺候她;在治好之后,为了容易使唤丈夫,她说她留下了个腿疼根。"疼"是只有自己才能感觉到的。她说"疼"别人也无法证明真假,不过她这"疼"疼得有点特别:高兴时候不疼,不高兴了就疼;逛会、看戏、游门、串户时候不疼,一做活儿就疼;她的丈夫死后儿子还小的时候有好几年没有疼,一给孩子娶过媳妇就又疼起来;入社以后是活儿能大量超过定额时候不疼,超不过定额或者超过得少了就又要疼。乡里的医务站办得虽说还不错,可是对这种腿疼还是没有办法的。

吃不饱原名李宝珠,比小腿疼年轻得多——才三十来岁,论人才在"争先社"是数一数二的。可惜这个优越条件,变成了她自己一个很大的包袱。她的丈夫叫张信，和她也算是自由结婚。张信这个人，生得也聪明伶俐，只是没有志气，在恋爱期间李宝珠跟他提出的条件，明明白白就说是结婚以后不上地劳动，这条件在解放后的农村是没有人能答应的，可是他答应了。在李宝珠看来，她这位丈夫也不能算是满意的人，只能说是"比上不足比下有余"——因为不是个干部——所以只把他作为个"过渡时期"的丈夫，等什么时候找下了最理想的人再和他离婚。在结婚以后，李宝珠有一个时期还在给她写大字报这位副主任杨小四身上打过主意，后来打听着她自己那个"吃不饱"的外号原来就是杨小四给她起的，这才打消了这个念头。她既然只把张信当成她"过渡时期"的丈夫，自然就不能完全按"自己人"来对待他，因此她安排了一套对待张信的"政策"。她这套政策：第一是要掌握经济全权，在社里张信名下的账要朝她算，家里一切开支要由她安排，张信有什么额外收入全部缴她，到花钱时候再由她批准、支付。第二是除做饭和针线活以外的一切劳动——包括担水、和煤、上碾、上磨、扫地、送灰渣一切杂事在内——都要由张信负担。第三是吃饭穿衣的标准要由她规定——在吃饭方面她自己是想吃什么就吃什么，对张信是她做什么张信吃什么；同样，在穿衣方面，她自己是想穿什么买什么，对张信自然又是她买什么张信穿什么。她这一套政策是她暗自规定暗自执行的，全面执行之后，张信完全变成了她的长工。自从实行粮食统购以来，她是时常喊叫吃不饱的。她的吃法是张信上了地她先把面条煮得吃了，再把汤里下几颗米熬两碗糊糊粥让张信回来吃，另外还做些火烧干饼锁在箱里，张信不在的时候几时想吃几时吃。队里动员她参加劳动时候，她却说"粮食不够吃，每顿只能等张信吃完了刮个空锅，实在劳动不了"。时常做假的人，没有不露马脚的。张信常发现床铺上有干饼星星（碎屑），也不断见着糊糊粥里有一两根没有捞尽的面条，只是因为一提就得生气，一生气她就先提"离婚"，所以不敢提，就那样睁只眼合只眼吃点亏忍忍饥算了。有一次张信端着碗在门外和大家一齐吃饭，第三队（他所属的队）的队长张太和发现他碗里有一根面条。这位队长是个比较爱说调皮话的青年。他问张信说:"吃不饱大嫂在哪里学会这单做一根面条的本事哩?"从这以后,每逢张信端着糊糊粥到门外来吃的时候,爱和他开玩笑的人常好夺过他的筷子来在他碗里找面条,碰巧的是时常不落空,总能找到那么一星半点。张太和有一次跟他说:"我看'吃不饱'这个外号给你加上还比较正确,因为你只能吃一根面条。"在参加生产方面,"吃不饱"和"小腿疼"的态度完全一样。她既掌握着经济全权,就想利用这种时机为她的"过渡"以后多弄一点积蓄,因此在生产上一有了取巧的机会她就参加,绝不受她自己所定的政策第二条的约束;当便宜活做完了她就仍然喊她的"吃不饱不能参加劳动"。

杨小四的快板大字报贴出来一小会,吃不饱听见社房门口起了哄,就跑出来打听——她这几天心里一直跳,生怕有人给她贴大字报。张太和见她来了,就想给她当个义务读报员。张太和说:"大家不要起哄,我来给大家从头念一遍!"大家看见吃不饱走过来,已经猜着了张太和的意思,就都静下来听张太和的。张太和说快板是很有功夫的,他用手打起拍子有时候还带着表演,跟流水一样马上把这段快板说了一遍,只说得人人鼓掌、个个叫好。吃不饱就在大家鼓掌鼓得起劲的时候,悄悄溜走了。

不过吃不饱可没有回了家,她马上到小腿疼家里去了。她和小腿疼也不算太相好,只是有时候想借重一下小腿疼的硬牌子。小腿疼比她年纪大、闯荡得早,又是正主任王聚海、支书王镇海、第一队队长王盈海的本家嫂子,有理没理常常敢到社房去闹,所以比吃不饱的牌子硬。吃不饱听张太和念过大字报,气得直哆嗦,本想马上在当场骂起来,可是看见人那么多,又没有一个是会给自己说话的,所以没有敢张口就悄悄溜到小腿疼家里。她一进门就说:"大婶呀!有人贴着黑帖子骂咱们哩!"小腿疼听说有人敢骂她好像还是第一次。她好像不相信地问:"你听谁说的?""谁说的?多少人都在社房门口吵了半天了,还用听谁说?""谁写的?""杨小四那个小死材!""他这小死材都写了些什么?""写的多着哩:说你装腿疼,留下儿媳妇给你送屎送尿;说你偷麦子;说你没理占三分,光跟人吵架……"她又加油加醋添了些大字报上没有写上去的话,一顿把个小腿疼说得腿也不疼了,挺挺挺挺就跑到社房里去找杨小四。

这时候,主任王聚海、副主任杨小四、支书王镇海三个人都正端着碗开碰头会,研究整风与当前生产怎样配合的问题,小腿疼一跑进去就把个小会给他们搅乱了。在门外看大字报的人们,见小腿疼的来头有点不平常,也有些人跟进去看。小腿疼一进门一句话也没有说,就伸开两条胳膊去扑杨小四,杨小四从座上跳起来闪过一边,主任王聚海趁势把小腿疼拦住。杨小四料定是大字报引起来的事,就向小腿疼说:"你是不是想打架?政府有规定,不准打架。打架是犯法的。不怕罚款、不怕坐牢你就打吧!只要你敢打一下,我就把你请到法院!"又向王聚海说:"不要拦她!放开叫她打吧!"小腿疼一听说要出罚款要坐牢,手就软下来,不过嘴还不软。她说:"我不是要打你!我是要问问你政府规定过叫你骂人没有?""我什么时候骂过你?""白纸黑字贴在墙上你还昧得了?"王聚海说:"这老嫂!人家提你的名来没有?"小腿疼马上顶回来说:"只要不提名就该骂是不是?要可以骂我可就天天骂哩!"杨小四说:"问题不在提名不提名,要说清楚的是骂你来没有!我写的有哪一句不实,就算我是骂你!你举出来!我写的是有个缺点,那就是不该没有提你们的名字。我本来提着的,主任建议叫我去了。你要嫌我写得不全,我给你把名字加上好了!""你还嫌骂得不痛快呀?加吧!你又是副主任,你又会写,还有我这不识字的老百姓活的哩?"支书王镇海站起来说:"老嫂你是说理不说理?要说理,等到辩论会上找个人把大字报一句一句念给你听,你认为哪里写得不对许你驳他!不能这样满脑一把抓来派人家的不是!谁叫你不叫你活了?""你们都是官官相卫,我跟你们说什么理?我要骂!谁给我出大字报叫他死绝了根!叫狼吃得他不剩个血盘儿,叫……"支书认真地说:"大字报是毛主席叫贴的!你实在要不说理要这样发疯,这么大个社也不是没有办法治你！"回头向大家说："来两个人把她送乡政府！"看的人们早有几个人忍不住了，听支书一说，马上跳出五六个人来把她围上，其中有两个人拉住她两条胳膊就要走。这时候，主任王聚海却拦住说："等一等！这么一点事哪里值得去麻烦乡政府一趟？"大家早就想让小腿疼去受点教训，见王聚海一拦，都觉得泄气，不过他是主任，也只好听他的。小腿疼见真要送她走，已经有点胆怯，后来经主任这么一拦就放了心。她定了定神，看到局势稳定了，就强鼓着气说了几句似乎是光荣退兵的话："不要拦他们！让他们送吧！看乡政府能不能拔了我的舌头！"王聚海认为已经到了收场的时候，就拉长了调子向小腿疼说："老嫂！你且回去呢！没有到不了底的事！我们现在要布置明天的生产工作，等过两天再给你们解释解释！""什么解释解释？一定得说个过来过去！""好好好！就说个过来过去！"杨小四说："主任你的话是怎么说着的？人家闹到咱的会场来了，还要给人家赔情是不是？"小腿疼怕杨小四和支书王镇海再把王聚海说倒了弄得自己不得退场，就赶紧抢了个空子和王聚海说："我可走了！事情是你承担着的！可不许平白白地拉倒啊！"说完了抽身就走，跑出门去才想起来没有装腿疼。

  主任王聚海是个老中农出身，早在抗日战争以前就好给人和解个争端，人们常说他是个会和稀泥的人；在抗日战争中八路军来了以后他当过村长，做各种动员工作都还有点办法；在土改时候，地主几次要收买他，都被他拒绝了，村支部见他对斗争地主还坚决，就吸收他入了党；"争先农业社"成立时候，又把他选为社主任，好几年来，因为照顾他这老资格，一直连选连任。他好研究每个人的"性格"，主张按性格用人，可惜不懂得有些坏性格一定得改造过来。他给人们平息争端，主张"和事不表理"，只求得"了事"就算。他以为凡是懂得他这一套的人就当得了干部，不能照他这一套来办事的人就都还得"锻炼锻炼"。例如在一九五五年党内外都有人提出可以把杨小四选成副主任，他却说"不行不行，还得好好锻炼几年"，直到本年（一九五七年）改选时候他还坚持他的意见,可是大多数人都说杨小四要比他还强,结果选举的票数和他得了个平。小四当了副主任之后,他可是什么事也不靠小四做,并且常说:"年轻人,随在管委会里'锻炼锻炼'再说吧!"又如社章上规定要有个妇女副主任,在他看来那也是多余的。他说:"叫妇女们闹事可以,想叫她们办事呀,连门都找不着!"因为人家别的社里每社都有那么一个人,他也没法坚持他的主张,结果在选举时候还是选了第三队里的高秀兰来当女副主任。他对高秀兰和对杨小四还有区别,以为小四还可以"锻炼锻炼",秀兰连"锻炼"也没法"锻炼",因此除了在全体管委会议的时候按名单通知秀兰来参加以外,在其他主干碰头的会上就根本想不起来还有秀兰那么个人。不过高秀兰可没有忘了他。就在这次整风开始,高秀兰给他贴过这样一张大字报:

争先社,难争先,因为主任太主观:
只信自己有本事,常说别人欠锻炼;
大小事情都包揽,不肯交给别人干,
一天起来忙到晚,办的事情很有限。
遇上社员有争端,他在中间赔笑脸,
只求说个八面圆,谁是谁非不评断,
有的没理沾了光,感谢主任多照看,
有的有理受了屈,只把苦水往下咽。
正气碰了墙,邪气遮了天,
有力没处使,谁还肯争先?
希望王主任,来个大转变:
办事靠集体,说理分长短,
多听群众话,免得耍光杆!

——高秀兰写

他看了这张大字报，冷不防也吃了一惊，不过他的气派大，不像小腿疼那样马上唧唧喳喳乱吵，只是定了定神仍然摆出长辈的口气来说："没想到秀兰这孩子还是个有出息的，以后好好'锻炼锻炼'还许能给社里办点事。"王聚海就是这样一个人。

杨小四给小腿疼和吃不饱出的那张大字报，在才写成稿子没有誊清以前，征求过王聚海的意见。王聚海坚决主张不要出。他说："什么病要吃什么药，这两个人吃软不吃硬。你要给她们出上这么一张大字报，保证她们要跟你闹麻烦；实在想出的话，也应该把她们的名字去了。"杨小四又征求支书王镇海的意见，并且把主任的话告诉了支书，支书说："怕麻烦就不要整风！至于名字写不写都行，一贴出去谁也知道指的是谁！"杨小四为了照顾王聚海的老面子，又改了两句，只把那两个人的名字去了，内容一点也没有变，都贴出去了。

当小腿疼一进社房来扑杨小四，王聚海一边拦着她，一边暗自埋怨杨小四："看你惹下麻烦了没有？都只怨不听我的话！"等到大家要往乡政府送小腿疼，被他拦住用好话把小腿疼劝回去之后，他又暗自夸奖他自己的本领："试试谁会办事？要不是我在，事情准闹大了！"可是他没有想到当小腿疼走出去、看热闹的也散了之后，支书批评他说："聚海哥！人家给你提过那么多意见，你怎么还是这样无原则？要不把这样无法无天的人的气焰打下去，这整风工作还怎么往下做呀？"他听了这几句批评觉着很伤心。他想："你们闯下了事自己没法了局，我给你们做了开解，倒反落下不是了？"不过他摸得着支书的"性格"是"认理不认人、不怕不了事"的，所以他没有把真心话说出来，只勉强承认说："算了算了！都算我的错！咱们还是快点布置一下明后天的生产工作吧！"

一谈起布置生产来，支书又说："生产和整风是分不开的。现在快上冻了，妇女大半上不了地，棉花摘不下来，花秆拔不了，牲口闲站着，地不能犁，要不整风，怎么能把这种情况变过来呢？"主任王聚海说："整风是个慢功夫，一两天也不能转变个什么样子；最救急的办法，还是根据去年的经验，把定额减一减——把摘八斤籽棉顶一个工，改成六斤一个工，明天马上就能把大部分人动员起来！"支书说："事情就坏到去年那个经验上！现在一天摘十斤也摘得够，可是你去年改过那么一下，把那些自私自利的人改得心高了，老在家里等那个便宜。这种落后思想照顾不得！去年改成六斤，今年她们会要求改成五斤，明年会要求改成四斤！"杨小四说："那样也就对不住人家进步的妇女！明天要减了定额，这几天的工分你怎么给人家算？一个多月以前定额是二十斤，实际能摘到四十斤，落后的抢着摘棉花，叫人家进步的去割谷，就已经亏了人家；如今摘三遍棉花，人家又按八斤定额摘了十来天了，你再把定额改小了让落后的来抢，那像话吗？"王聚海说："不改定额也行，那就得个别动员。会动员的话，不论哪一个都能动员出来，可惜大家在做动员工作方面都没有'锻炼'，我一个人又只有一张嘴，所以工作不好做……"接着他就举出好多例子，说哪个媳妇爱听人夸她的手快，哪个老婆爱听人说她干净……只要摸得着人的"性格"，几句话就能说得她愿意听你的话。他正唠唠叨叨举着例子，支书打断他的话说："够了够了！只要克服了资本主义思想，什么'性格'的人都能动员出来！"

话才说到这里，乡政府来送通知，要主任和支书带两天给养马上到乡政府集合，然后到城关一个社里参观整风大辩论。两个人看了通知，主任说："怎么办？"支书说："去！""生产？""交给副主任！"主任看了看杨小四，带着讽刺的口气说："小四！生产交给你！支书说过，'生产和整风分不开'，怎样布置都由你！""还有人家高秀兰哩！""你和她商量去吧！"

主任和支书走后，杨小四去找高秀兰和副支书，三个人商量了一下，晚上召开了个社员大会。

人们快要集合齐了的时候，向来不参加会的小腿疼和吃不饱也来了。当她们走近人群的时候，吃不饱推着小腿疼的脊背说："快去快去！凑他们都还没有开口！"她把小腿疼推进了场，她自己却只坐在圈外。一队的队长王盈海看见她们两个来得不大正派，又见小腿疼被推进场去以后要直奔主席台，就趁了两步过来拦住她说："你又要干什么？""干什么？今天晌午的事你又不是不知道！先得把小四骂我的事说清楚，要不今天晚上的会开不好！"前边提过，王盈海也是小腿疼的一个本家小叔子，说话要比王聚海、王镇海都尖刻。王盈海当了队长，小腿疼虽然能借着个叔嫂关系跟他耍无赖，不过有时候还怕他三分。王盈海见小腿疼的话头来得十分无理，怕她再把个会场搅乱了，就用话顶住她说："你的兴就还没有败透？人家什么地方屈说了你？你的腿到底疼不疼？""疼不疼你管不着！""编在我队里我就要管你！说你腿疼哩，闹起事来你比谁跑得也快；说你不疼哩，你却连饭也不能做，把个媳妇拖得上不了地！人家给你写了张大字报，你就跟被蝎子螫了一下一样，唧唧喳喳乱叫喊！叫吧！越叫越多！再要不改造，大字报会把你的大门上也贴满了！"这样一顶，果然有效，把个小腿疼顶得关上嗓门慢慢退出场外和吃不饱坐到一起去。杨小四看见小腿疼息了虎威，悄悄和高秀兰说："咱们主任对小腿疼的'性格'摸得还是不太透。他说小腿疼是'吃软不吃硬'，我看一队长这'硬'的比他那'软'的更有效些。"

宣布开会了，副支书先讲了几句话说："支书和主任今天走得很急促，没有顾上详细安排整风工作怎样继续进行。今天下午我和两位副主任商议了一下，决定今天晚上暂且不开整风会，先来布置明天的生产。明天晚上继续整风，开分组检讨会，谁来检讨、检讨什么，得等到明天另外决定。我不说什么了，请副主任谈生产吧！"副支书说了这么几句简单的话就坐下了。有个人提议说："最好是先把检讨人和检讨什么宣布一下，好让大家准备准备！"副支书又站起来说："我们还没有商量好，还是等明天再说吧！"

接着就是杨小四讲话。他说："咱们现在的生产问题，大家都看得很清楚：棉花摘不下来，花秆拔不了，牲口闲站着，地不能犁，再过几天地一冻,秋杀地①就算误了。摘完了的棉花秆,断不了还要丢下一星半点,拔在秆上熏了肥料,觉着很可惜;要让大家自由拾一拾吧,还有好多三遍花没摘,说不定有些手不干净的人要偷偷摸摸的。我们下午商量了一下,决定明后两天,由各队妇女副队长带领各队妇女,有组织地自由拾花;各队队长带领男劳力,在拾过自由花的地里拔花秆,把这一部分地腾清以后,先让牲口犁着,然后再摘那没有摘过三遍的花。为了防止偷花的毛病,现在要宣布几条纪律:第一,明天早晨各队正副队长带领全队队员到村外南池边犁过的那块地里集合,听候分配地点。第二,各队妇女只准到指定地点拾花,不许乱跑。第三,谁要不到南池边集合,或者不往指定地点,拾的花就算偷的,还按社里原来的规定,见一斤扣除五个劳动日的工分,不愿叫扣除的送到法院去改造。完了!散会!"

　　大会没有开够十分钟就散了,会后大家纷纷议论。有的说:"青年人究竟没有经验!就定一百条纪律,该偷的还是要偷!"有的说:"队长有什么用?去年拾自由花,有些妇女队长也偷过!"有的说:"年轻人可有点火气,真要处罚几个人,也就没人敢偷了!"有的说:"他们不过替人家当两天家,不论说得多么认真,王聚海回来还不是平塌塌地又放下了!"准备偷花的妇女们,也互相交换着意见:"他想得倒周全,一分开队咱们就散开,看谁还管得住谁?""分给咱们个好地方咱们就去,要分到没出息的地方,干脆都不要跟上队长走!""他一只手拖一个,两只手拖两个,还能把咱们都拖住?""我们的队长也不那么老实!"……

　　"新官上任,不摸秉性",议论尽管议论,第二天早晨都还得到村外南池边那块犁过的地里集合。

　　要来的人都来到犁耙得很平整的这块地里来坐下,村里再没有往这里走的人了,小四、秀兰和副支书一看,平常装病、装忙、装饿的那些妇女们这时候差不多也都到齐,可是小腿疼和吃不饱两个有名人物没有

---

① 秋杀地,秋收以后翻地。

167

来。他们三个人互相看了看,秀兰说:"大概是一张大字报真把人家两个人惹恼了!"大家又稍微等了一下,小四说:"不等她们了,咱们就按咱们的计划来吧!"他走到面向群众那一边说:"各队先查点一下人数,看一共来了多少人!男女分别计算!"各个队长查点了一遍,把数字报告上来。小四又说:"请各队长到前边来,咱们先商量一下!"各队长都集中到他们三个人跟前来。小四和各队长低声说了几句话,各个队长一听都大笑起来,笑过之后,依小四的吩咐坐在一边。

小四开始讲话了。小四说:"今天大家来得这样齐楚,我很高兴。这几天,队长每天去动员人摘花,可是说来说去,来的还是那几个人,不来的又都各有理由:有的说病了,有的说孩子病了,有的说家里忙得离不开……指东画西不出来,今天一听说自由拾花大家就什么事也没有了!这不明明是自私自利思想作怪吗?摘头遍花能超过定额一倍的时候,大家也是这样来得整齐。你们想想:平常活叫别人做,有了便宜你们讨,人家长年在地里劳动的人吃你们多少亏?你们真是想'拾'花吗?一个人一天拾不到一斤籽棉,值上两三毛钱,五天也赚不够一个劳动日,谁有那么傻瓜?老实说:愿意拾花的根本就是想偷花!今年不能像去年,多数人种地让少数人偷!花秆上丢的那一点棉花不拾了,把花秆拔下来堆在地边让每天下午小学生下了课来拾一拾,拾过了再熏肥。今天来了的人一个也不许回去!妇女们各队到各队地里摘三遍花,定额不动,仍是八斤一个劳动日;男人们除了往麦地担粪的还去担粪,其余到各队摘尽了花的地里拔花秆!我的话讲完了!副支书还要讲话!"有一个媳妇站起来说:"副主任!我不说瞎话!我今天不能去!我孩子的病还没有好!不信你去看看!"小四打断她的话说:"我不看!孩子病不好你为什么能来?""本来就不能来,因为……""因为听说要自由拾花!本来不能来你怎么来的?天天叫也叫不到地,今天没有人去叫你,你怎么就来了?副支书马上就要跟你们讲这些事!"这个媳妇再没有说的,还有几个也想找理由请假,见她受了碰,也都没有敢开口。她们也想到悄悄溜走,可是坐在村外一块犁过的地里,各个队长又都坐在通到村里去的路上,谁动一动都看得见,想跑也跑不了。

副支书站起来讲话了。他说:"我要说的话很简单:有人昨天晚上要我把今天的分组检讨会布置一下,把检讨人和检讨什么告大家说,让大家好准备。现在我可以告大家说了:检讨人就是每天不来今天来的人,检讨的事就是'为什么只顾自己不顾社'。现在先请各队的记工员把每天不来今天来的人开个名单。"

一会,名单也开完了,小四说:"谁也不准回村去!谁要是半路偷跑了,或者下午不来了,把大字报给她出到乡政府!"秀兰插话说:"我们三队的地在村北哩,不回村怎么过去?"小四向三队队长张太和说:"太和!你和你的副队长把人带过村去,到村北路上再查点一下,一个也不准回去!各队干各队的事!散会!"

在散会中间又有些小议论:"小四比聚海有办法!""想得出来干得出来!""这伙懒婆娘可叫小四给整住了!""也不止小四一个,他们三个人早就套好了!""聚海只学过内科,这些年轻人能动手术!""聚海的内科也不行,根本治不了病!""可惜小腿疼和吃不饱没有来!"……说着就都走开了。

第三队通过了村,到了村北的路上,队长查点过人数,就往村北的杏树底地里来。这地方有两丈来高一个土岗,有一棵老杏树就长在这土岗上,围着这土岗南、东、北三面有二十来亩地在成立农业社以后连成了一块,这一年种的是棉花,东南两面向阳地方的棉花已经摘尽了,只有北面因为背阴一点,第三遍花还没有摘。他们走到这块地里,把男劳力和高秀兰那样强一点的女劳力留在南头拔花秆,让妇女队长带着软一点的女劳力上北头去摘花。

妇女们绕过了南边和东边快要往北边转弯了,看见有四个妇女早在这块地里摘花,其中有小腿疼和吃不饱两个人。大家停住了步,妇女队长正要喊叫,有个妇女向她摆摆手低声说:"队长不要叫她们!你一叫她

169

们不拾了！咱们也装成自由拾花的样子慢慢往那边去！到那里咱们摘咱们的，她们拾她们的！让她们多拾一点处理起来也有个分量！"妇女队长说："我说她们怎么没有出来？原来早来了！"另一个不常下地的妇女说："吃不饱昨天夜里散会以后，就去跟我商量过不要到南池边去集合，早一点往地里去，我没有敢听她的话。"大家都想和小腿疼她们开开玩笑，就都装作拾花的样子，一边在摘过的空花秆上拾着零花，一边往北边走。

　　原来头天晚上开会时候，小腿疼没有闹起事来，不是就退出场外和吃不饱坐在一起了吗？她们一听到第二天叫自由拾花，吃不饱就对住小腿疼的耳朵说："大婶！咱明天可不要管他那什么纪律！咱叫上几个人天不明就走，赶她们到地，咱们就能弄他好几斤！她们到南池边集合，咱们到村北杏树底去，谁也碰不上谁；赶她们也到杏树底来咱们跟她们一块儿拾。拾东西谁也不能不偷，她们一偷，就不敢去告咱们的状了！"小腿疼说："我也是这么想！什么纪律？犯纪律的多哩！处理过谁？光咱们两人去多好！不要叫别人！""要叫几个人，犯了也有个垫背的；不过也不要叫得太多，太多了轮到一个人手里东西就不多了！"她们一共叫过五个人，不过有三个没有敢来，临出发只来了两个，就相跟着到杏树底来了。她们正在五六亩大的没有摘过三遍花的地里偷得起劲，听见有人说话，抬头一看，见三队的妇女都来了，就溜到摘过的这一边来；后来见三队的人也到没有摘过的那边去了，她们就又溜回去。三队的人都哈哈大笑起来。小腿疼说："笑什么？许你们偷不许我们偷？"有个人说："你们怎么拾了那么多？""谁不叫你们早点来？"三队的人都是挨着摘，小腿疼她们四个人可是满地跑着拣好的。三队有个人说："要偷也该挨住片偷呀！"小腿疼说："自由拾花你管我们怎么拾哩？要说是偷，你们不也是偷吗？"大家也不认真和她辩论，有些人隔一阵还忍不住要笑一次。

　　妇女队长悄悄和一个队员说："这样一直开玩笑也不大好。我离开怕她们闹起来，请你跑到南头去和队长、副主任说一声，叫他们看该怎么办！"那个队员就去了。

队长张太和更是个开玩笑大王。他一听说小腿疼和吃不饱那两个有名人物来了,好像有点幸灾乐祸的样子说:"来了才合理!我早就想到这些人物碰上这些机会不会不出马!你先回去摘花,我马上就到!"他又向高秀兰说:"副主任!你先不要出面,等我把她们整住了请你你再去!你把你的上级架子扎得硬硬的!"可是高秀兰不愿意那样做。高秀兰说:"咱们都是才学着办事,还是正正经经来吧!咱们一同去!"他们走到北头,队员们看见副主任和队长都来了,又都大笑起来。张太和依照高秀兰的意见,很正经地说:"大家不要笑了!你们那几位也不要满地跑了!"小腿疼又要她的厉害:"自由拾花!你管不着!""就算自由拾花吧!你们来抢我三队的花,我就要管!都先把篮子交给我!"吃不饱说:"我可是三队的!三队的花许别人偷就得许我偷!要交大家都交出来!"张太和说:"谁也得交!"说着就先把她们四个人的篮子夺下来,然后就问她们说:"你们为什么不到南池边集合?"吃不饱说:"你且不要问这个!你不是说'谁也得交'吗?为什么不交她们的?""她们是给社里摘!""我们也是给社里摘!""谁叫你们摘的?""谁叫她们摘的?""对!现在就先要给你们讲明是谁叫她们摘的!"接着就把在南池边集合的时候那一段事给她们四个讲述了一遍,讲得她们都软下来。小腿疼说:"不叫拾不拾算了!谁叫你们不先告我们说?""不告说为什么还叫到南池边集合?告你说你不去听,别人有什么办法?"小腿疼说:"算我们白拾了一趟!你们把花倒下,给我们篮子我们走!"

这时候,高秀兰说话了。她说:"事情不那么简单:事前宣布纪律,为的是让大家不犯,犯了可就不能随便了事!这棉花分明是偷的。太和同志!把这些棉花送回社里,过一过秤,让保管给她们每一个篮子上贴上个条子,写明她们的姓名和棉花的分量,连篮子一同保存起来,等以后开个社员大会,让大家商量一个处理办法来处理!"张太和把四个篮子拿起来走了,小腿疼说:"秀兰呀!你可不能说我们是偷的!我们真正不知道你们今天早上变了卦!"秀兰说:"我们一点也没有变卦!昨天晚上杨小四同志给大家说得明白：'谁要不到南池边集合，拾的花就都算偷的'，何况你们明明白白在没有摘过的地里来抢哩！这是妨害全社利益的事，我们不能自作主张，准备交给群众讨论个处理办法！你们有什么话到社员大会上说去吧！"

小腿疼和吃不饱偷了棉花的事，等到吃早饭的时候，就传遍了全村。上午，全队在做活的时候提起这事，差不多都要求把整风的分组检讨会推迟一天，先在本天晚上开个社员大会处理偷花问题——因为大多数人都想叫在王聚海回来之前处理了，免得他回来再来个"八面圆"把问题平放下来。两个副主任接受了大家的要求，和副支书商量把整风会推迟一天，晚上就召开了处理偷花问题的社员大会。

大会开了。会议的项目是先由高秀兰报告捉住四个偷花贼的经过，再要她们四个人坦白交代，然后讨论处理办法。

在她们四个人坦白交代的时候，因为篮子和偷的棉花都还在社里，爱"了事"的主任又不在家，所以除了小腿疼还想找一点巧辩的理由外，一般都还交代得老实。前头是那两个垫背的交代的。一个说是她头天晚上没有参加会，小腿疼约她去她就去了，去到杏树底见地里没有人，根本没有到已经摘尽了的地里去拾，四个人一去，就跑到北头没摘过的地里去了。另一个说得和第一个大体相同，不过她自己是吃不饱约她的。这两个人交代过之后，群众中另有三个人插话说，小腿疼和吃不饱也约过她们，她们没有敢去。第三个就叫吃不饱交代。吃不饱见大风已经倒了，老老实实把她怎样和小腿疼商量，怎样去拉垫背的，计划几时出发、往哪块地去……详细谈了一遍。有人追问她拉垫背的有什么用处，她说根据主任处理问题的习惯，犯案的人越多了处理得越轻，有时候就不处理；不过人越多了，每个人能偷到的东西就太少了，所以最好是少拉几个，既不孤单又能落下东西。她可以算是摸着主任的"性格"了。

最后轮着小腿疼作交代了。主席杨小四所以把她排在最后，就是因为她好倚老卖老来巧辩，所以让别人先把事实摆一摆来减少她一些巧辩的机会。可是这个小老太婆真有两下子,有理没理总想争个盛气。她装作很委屈的样子说:"说什么?算我偷了花还不行?"有人问她:"怎么'算'你偷了?你究竟偷了没有?""偷了!偷也是副主任叫我偷的!"主席杨小四说:"哪个副主任叫你偷的?""就是你!昨天晚上在大会上说叫大家拾花,过了一夜怎么就不算了?你是说话呀是放屁哩?"她一骂出来,没有等小四答话,群众就有一半以上的人哗的一下站起来:"你要造反!""叫你坦白呀叫你骂人?"……三队长张太和说:"我提议:想坦白也不让她坦白了!干脆送法院!"大家一齐喊"赞成"。小腿疼着了慌,头像货郎鼓一样转来转去四下看。她的孩子、媳妇见说要送她也都慌了。孩子劝她说:"娘你快交代呀!"小四向大家说:"请大家稍静一下!"然后又向小腿疼说:"最后问你一次:交代不交代?马上答应,不交代就送走!没有什么客气的!""交、交、交代什么呀?""随你的便!想骂你就再骂!""不、不、不,那是我一句话说错了!我交代!"小四问大家说:"怎么样?就让她交代交代看吧?""好吧!"大家答应着又都坐下了。小腿疼喘了几口气说:"我也不会说什么!反正自己做错了!事情和宝珠说的差不多:昨天晚上快散会的时候,宝珠跟我说:'咱明天可不要管他那什么纪律!咱们叫上几个人……'"

这时候忽然出了点小岔子:城关那个整风辩论会提前开了半天,支书和主任摸了几里黑路赶回来了。他们见场里有灯光,预料是开会,没有回家就先到会场上来。主任远远看见小腿疼先朝着小四说话然后又转向群众,以为还是争论那张大字报的问题,就赶了几步赶进场里,根本也没有听小腿疼正说什么,就拦住她说:"回去吧老嫂!一点点小事还值得追这么紧?过几天给你们解释解释就完了……"大家初看见他进到会场时候本来已经觉得有点泄气,赶听到他这几句话,才知道他还根本不了解情况,"轰隆"一声都笑了。有个年纪老一点的人说:"主任!你且坐下来歇歇吧!'没有调查就没有发言权'!"支书也拉住他说:"咱们打听打听再说话吧!离开一天多了,你知道人家的工作是怎样安排的?"主任觉得

173

很没意思,就和支书一同坐下。

小腿疼见主任王聚海一回来,马上长了精神。她不接着往下交代了。她离开自己站的地方走到王聚海面前说:"老弟呀!你走了一天,人家就快把你这没出息嫂嫂摆弄死了!"她来了这一下,群众马上又都站起来:"你不用装蒜!""你犯了法谁也替不了你!"……主任站起来走到小四旁边面向大家说:"大家请坐下!我先给大家谈谈!没有了不了的事……"有人说:"你请坐下!我们今天没有选你当主席!""这个事我们会'了'!"……支书急了,又把主任拉住说:"你为什么这么肯了事?先打听一下情况好不好?让人家开会,我们到社房休息休息!"又向副支书说:"你要抽得出身来的话,抽空子到社房给我们谈谈这两天的事!"副支书说:"可以!现在就行!"

他们三个离了会场到社房,副支书把他和杨小四、高秀兰怎样设计把那些光想讨巧不想劳动的妇女调到南池边、怎样批评了她们、怎样分配人力摘花、拔花秆、怎样碰上小腿疼她们偷花……详细谈了一遍,并且说:"棉花明天就可以摘完,今天下午犁地的牲口就全都出动了,花秆拔得赶得上犁,剩下的男劳力仍然往准备冬浇的小麦地里运粪。"他报告完了情况,就先赶回会场去。

副支书走了,支书想了一想说:"这些年轻人还是有办法!做法虽说有点开玩笑,可是也解决了问题!"主任说:"我看那种动员办法不可靠!不捉摸每个人的'性格',勉强动员到地里去,能做多少活哩?""再不要相信你摸得着人的'性格'了!我看人家几个年轻同志非常摸得着人的'性格'。那些不好动员的妇女有她们的共同'性格',那就是'偷懒''取巧'。正因为摸透了她们这种性格,才把她们都调动出来。人家不只'摸得着'这种性格,还能'改变'这种性格。你想:开了那么一个'思想展览会',把她们的坏思想抖出来了,她们还能原封收回去吗?你说人家动员的人不能做活,可是棉花是靠那些人摘下来的。用人家的办法两天就能完,要仍用你那摸'性格'的老办法,恐怕十天也摘不完——越摘人越少。在整风方面，人家一来就找着两个自私自利的头子，你除不帮忙，还要替人家'解释解释'。你就没有想到全社的妇女你连一半人数也没有领导起来，另一半就咱那个小腿疼嫂嫂和李宝珠领导着的！我的老哥！我看你还是跟那几位年轻同志在一块'锻炼锻炼'吧！"主任无话可说了，支书拉住他说："咱们去看看人家怎么处理这偷花问题。"

他们又走到会场时候，小腿疼正向小四求情。小腿疼说："副主任！你就让我再交代交代吧！"原来自她说了大家"捉弄"了她以后，大家就不让她再交代，只讨论了对另外三个人的处分问题，留下她准备往法院送。有个人看见主任来了，就故意讽刺小腿疼说："不要要求交代了！那不是？主任又来了！"主任说："不要说我！我来不来你们该怎么办还怎么办！刚才怨我太主观，不了解情况先说话！"小腿疼也抢着说："只要大家准我交代，不论谁来了我也交代！"小腿疼看了看群众，群众不说话，看了看副支书和两个副主任，这三个人也不说话。群众看了看主任，主任不说话；看了看支书，支书也不说话。全场冷了一下以后，小腿疼的孩子站起来说："主席！我替我娘求个情！还是准她交代好不好？"小四看了看这青年，又看了看大家说："怎么样？大家说！"有个老汉说："我提议，看到孩子的面上还让她交代吧！"又有人接着说："要不就让她说吧！"小四又问："大家看怎么样？"有些人也答应："就让她说吧！""叫她说说试试！"……小腿疼见大家放了话，因为怕进法院，恨不得把她那些对不起大家的事都说出来，所以坦白得很彻底。她说完了，大家决定也按一斤籽棉五个劳动日处理，不过也跟给吃不饱规定的条件一样，说这工一定得她做，不许用孩子的工分来顶。

散会以后，支书走在路上和主任说："你说那两个人'吃软不吃硬'，你可算没有摸透她们的'性格'吧？要不是你的认识给她们撑了腰，她们早就不敢那么猖狂了！所以我说你还是得'锻炼锻炼'！"

一九五八年七月十四日

三里湾

从旗杆院说起

三里湾的村东南角上,有前后相连的两院房子,叫"旗杆院"。

"旗杆"这东西现在已经不多了,有些地方的年轻人,恐怕就没有赶上看见过。这东西,说起来也很简单——用四个石墩子,每两个中间夹着一根高杆,竖在大门外的左右两边,名字虽说叫"旗杆",实际上并不挂旗,不过在封建制度下壮一壮地主阶级的威风罢了。可是在那时候,这东西也不是哪家地主想竖就可以竖的,只有功名等级在"举人"以上的才可以竖。

三里湾的"举人"是刘家的祖先,至于离现在有多少年了,大家谁也记不得。有些人听汉奸刘老五说过,从刘家的家谱上查起来,从他本人往上数,"举人"比他长十一辈,可是这家谱,除了刘老五,刘家户下的人谁也没有见过,后来刘老五当了日军的维持会长,叫政府捉住枪毙了,别人也再无心去细查这事。六十多岁的王兴老汉说他听他爷爷说,从前旗杆院附近的半条街的房子都和旗杆院是一家的,门楣都很威风,不过现在除了旗杆院前院门上"文魁"二字的匾额和门前竖过旗杆的石墩子以外,再没有什么东西可以证明当日刘家出过"举人"了。

旗杆院的房子是三里湾的头等房子。在抗日战争以前,和旗杆院差不多的好房子,本来还有几处,可惜在抗日战争中日军来"扫荡"的时候都烧了,只有旗杆院这两个院子,因为日军每次来了自己要住,所以在刘老五死后也没有被他们烧过。在一九四二年枪毙了刘老五，县政府让村子里把这两院房子没收归村；没收之后，大部分做了村里公用的房子——村公所、武委会、小学、农民夜校、书报阅览室、俱乐部、供销社都设在这两个院子里，只有后院的西房和西北小房楼上下分配给一家干属住。这一家，男女都在外边当干部，通年不回家，只有一个六十多岁的妈妈留在家里。这位老太太因为年纪大、住在后院，年轻人都叫她"后院奶奶"。

三里湾是个模范村——工作开辟得早、干部多，而且干部的能力大、经验多。县里接受了什么新的中心工作，常好先到三里湾来试验——锄奸、减租减息、土改、互助，直到一九五一年试办农业生产合作社，都是先到这个村子里来试验的。每逢一种新的工作开始，各级干部都好到试验村取得经验，因此这个村子里常常住着些外来的干部。因为后院奶奶有闲房子，脾气又好，村干部常好把外来的干部介绍到她家里去住，好像她家里就是个外来干部招待所。

近几年来，旗杆院房子的用处有点调动：自从全国大解放以后，民兵集中的次数少了，武委会占的前院东房常常空着，一九五一年村里成立了个农业生产合作社，开会、算账都好借用这座房子，好像变成了合作社的办公室。可是在秋夏天收割的时候，民兵还要轮班集中一小部分来看护地里、场上的粮食；这时候也正是合作社忙着算分配账的时候，在房子问题上仍然有冲突；好在乡村里的小学、民校都是在收秋收夏时候放假的，民兵便临时到对过小学教室里去住。到一九五二年，到处搞扫盲运动，县里文教科急于完成扫盲工作，过左地规定收秋不放假，房子又成了问题，后来大家商量了个解决的办法是吃了晚饭上一会课，下了课教室还归民兵用。

一　放假

就在这年九月一号的晚上，刚刚吃过晚饭，支部书记王金生的妹妹

177

王玉梅便到旗杆院西房的小学教室里来上课。她是个模范青年团员，在扫盲学习中也是积极分子。她来得最早，房子里还没有一个人，黑咕隆咚连个灯也没有点。可是她每天都是第一个先到的，所以对这房子里边的情况很熟悉——她知道护秋的民兵把桌子集中在北墙根作床子用。她知道板凳都集中在西墙根，把路留在靠门窗的一边。她知道煤油灯和洋火都放在民兵床头的窗台上。她凭着她的记性，也碰不了板凳也碰不了桌子，顺顺当当走到窗跟前，放下课本，擦着火点上灯，然后来疏散那些桌子板凳。她的力气大、动作快，搬起桌子来让桌子的腿朝上，搬到了放的地方轻轻一丢手就又跑了。她正跑来跑去搬得起劲，忽听得门外有人说："这武把还练得不错！"她不用看也听得出说话的人是谁，便回答他说："你不止不来帮一帮忙，还要摆着你那先生架子来说风凉话！"

来的这个人是个穿着中学生制服留着短发的男青年，名叫马有翼，是本村一个外号"糊涂涂"正名马多寿的第四个儿子，现在当的是本村扫盲学校乙班的教员。这村有两个扫盲教员：一个就是马有翼，上过二年半初中，没有毕业；另一个是个女的，叫范灵芝，是村长范登高的女儿，和马有翼是同学，本年暑假才在初中毕了业。马有翼教乙班，范灵芝教甲班。马有翼爱和灵芝接近也爱和玉梅接近，所以趁着乙班还没有人来的时候，先溜到甲班的教室来玩。玉梅要他帮忙搬桌子板凳，他便进来帮着搬。他见玉梅拿着桌子板凳抡来抡去，便很小心地躲着空子走，很怕碰破了他的头。玉梅说："你还是去教你的'哥渴我喝'去吧！"

不大一会，两个人把桌子板凳排好了，玉梅去擦黑板，有翼没事，便在窗下踱来踱去。他溜到灯跟前，看见玉梅的课本封面上的名字写得歪歪扭扭的，便说："玉梅！你怎么把个'梅'字写得睡了觉了？"玉梅回头看了一眼，见他说的是课本外面的名字，便回他说："谁知道那个字怎么那样难写？写正了也难看，写歪了也难看！"说着便在刚才擦好了的黑板上练起"梅"字来。她一边写一边向有翼说："你看！写正了是这个样子。"写了个正的；"写歪了是这个样子。"又写了个歪的。有翼说："歪的时候也要有个分寸！让我教一教你！"说着跑过去握着玉梅的手腕又写了一个，果然写得好一点。有翼又说："你为什么要用那么个难写的名字？"玉梅说："你不用说我！你那个'翼'字比我这'梅'字更难写！越写越长！"有翼说："你也写一个我看看！"玉梅写了好大一会才写出个"翼"字来，比刚才写的那个"梅"字长两倍，引得有翼哈哈大笑。有翼说："看你把我写了多么高？"玉梅说："你不就是个高个子吗？"有翼说："高是高了，可惜画成个蝼蛄了！也让我教一教你！"他正又握住玉梅的手腕去教，忽听得后面有人说："握着手教哩！我说玉梅写字为什么长进得那么快！"有翼听见灵芝来了便放了手；玉梅嫌那个像蝼蛄一样的字写得太难看，拿起刷子来擦了。灵芝一晃一看见一个"梅"字和一个"翼"字并排写着，便笑了一笑："两个人排一排队很好玩，为什么擦了呢？"玉梅说："两个'字'排在一块儿有什么好玩？像你们一块儿上学、一块儿当教员、一个互助组里做活，不更好玩吗？"灵芝又正要答话，门外来了一阵脚步声，有几个学员进来了，大家便谈起别的话来。

  忙时候总是忙时候，等了很久，甲班只来了五个人，乙班只来了四个人。大家等得发了急，都又到大门外的石墩子上去瞭望。一会，又来了一个人。这个人是玉梅的近门本家哥哥，是个单身过日子的小伙子，名叫王满喜，外号"一阵风"——因为他的脾气是一阵一个样子，很不容易捉摸。他来了，另外一个青年说："我们的人到齐了！"大家问："怎么能说是'齐'了？"这个青年说："甲班来了五个乙班也来了五个，两班的人数不是齐了吗！"大家听了都笑起来。王满喜说："快不要把我算在数里！我是来请假的！"有翼问："又是还没有吃饭吗？"满喜说："不止没有吃，连做还没有做；不止没有做，现在还顾不上做！""忙什么？""村里今天该我值日。专署何科长来了，才派出饭去，还没有找下房子住！"玉梅问："后院奶奶那里哩？"满喜说："住满了——水利测量组、县委会老刘同志、张副区长、画家老梁、秋收评比检查组，还有什么检查卫生的、保险公司的……都在那里！哪里还有空房子？我在村里转了好几个圈子了，凡是有闲房子的家都找过，可是因为正收着秋，谁家的空房子里都堆满了东西。"玉梅说："还是你没有找遍！我提一家就有空房子！""谁家？""谁家？有翼哥他们家！你去过了吗？"满喜说："他们家呀？我不怕有翼见怪！他家的房子什么时候借给干部住过？我不去他妈跟前碰那个钉子！"玉梅向有翼说："有翼哥！你不能帮忙回家里商量一下？"有翼说："咱不行！你不知道我妈那脾气？"灵芝说："这话像个团员说的吗？"另一个青年说："叫他去说呀，管保说不到三句话，他妈就用一大堆'烧锅子'骂得他闭上嘴！"玉梅想了一想说："我倒有个办法！满喜哥！你先到我二嫂的娘家去借他们的西房……"满喜说："他们那里不用去！他们那西房，早给干豆荚、干茄片子、烟叶子、黍子、绿豆……堆得连下脚的空儿都没有了！"玉梅说："你等我说完！说借他们的西房不过是个话头儿，实际上是叫天成老婆替你问房子去！你不要对着天成老汉说，只用把他老婆点出来，悄悄跟她说，就说专署法院来了个干部，不知道来调查什么案子，村里找不到房子，想借她的西房住一下。她要说腾不开的话，你就请她替你到有翼哥他妈那里问一问他们的东房，管保她顺顺当当就去替你问好了。因为……"满喜不等她说完便截住她的话说："我懂得了！这个法子行！只要有翼不要先跟他妈说！"有翼说："我不说，不过以后她总会知道！"满喜说："只要等人住进去，她知道了不过是骂两句，又有什么关系？哪个坟里的骨头是骂死的？"说着就走了。

忙时候总是忙时候，大家等了好久，九个人仍是九个人。王满喜还来请个假，别的人连假也不请，干脆不来。有个学员说："我说县里的决定也有点主观主义——光决定先生不准放假，可没有想到学生会放先生的假。"正说着，又听到西边一阵脚步声。玉梅说："来了来了！这一回来的人可不少！"说话间，果然有好几个人从西房背后走过来，一转弯就向大门这边来了。当头走的是党支部书记兼农业生产合作社副社长王金生，接着便是副村长张永清、生产委员魏占奎、社长张乐意、女副社长秦小凤，连一个学员也没有，尽是些村里、社里的重要干部。灵芝说："再等也是这几个人，今天的课又上不成了！大家散了吧！"大家解散了，学员中有两个该值班的民兵，又到教室里去合并那些刚才摆开的桌子。灵芝问副村长张永清："是不是可以少放几天假？"张永清说："人们都自动不来了，还不和放假一样吗？"

二　万宝全

　　玉梅离开了旗杆院的大门口往家里走，通过了一条东西街，上了个小坡，便到了她自己的家门口。她的家靠着西山根，大门朝东开，院子是个长条形，南北长东西短；西边是就着土崖挖成的一排四孔土窑，门面和窑孔里又都是用砖镶过的；南边有个小三间南房，从前喂过驴，自从本年春天把驴入了合作社，这房子就闲起来，最近因为玉梅的二哥玉生和她大哥金生分了家，临时在里边做饭；北边也有个小三间，原来是厨房，现在还是厨房；东边，大门在中间，大门的南北各有一座小房，因为房间太浅，不好住人，只是用它囤一囤粮食，放一放农具、家具。西边这四孔窑，从南往北数，第一孔叫"南窑"，住的是玉生和他媳妇袁小俊；第二孔叫"中窑"，金生两口子和他们的三个孩子住在里边；第三孔叫"北窑"，他们的父亲母亲住在里边；第四孔叫"套窑"，只有个大窗户，没有通外边的门，和北窑走的是一个门，进了北窑再进一个小门才能到里边，玉梅就住在这个套窑里。

　　玉梅刚走到大门外，听见里边"踢通踢通"响，她想一定是她爹和她二哥打铁；赶走进大门来，看见北边厨房里的窗一亮一亮的，果然是打铁，便走到厨房里去看热闹。这时候厨房里已经有五个人，不过和她爹打铁的不是她二哥，是她一个本家伯伯名叫王申，其余是她大哥的三个孩子——大的七岁，是女的，叫青苗；二的五岁，男的，叫黎明；三的三岁，也是男的，叫大胜。

　　这两位老人家，是三里湾两个能人。玉梅爹叫王宝全，外号"万宝全",年轻时候给刘老五家当过长工,在那时候学会了赶骡子,学会了种园;他什么匠人也不是,可是木匠、铁匠、石匠……差不多什么匠人的活儿也能下手。王申也是个心灵手巧的人,和万宝全差不多,不过他家是老中农,十五亩地种了两辈子,也没有买过也没有卖过,直到现在还是那十五亩地。他一个人做惯了活儿,活儿做得又好,所以不愿和别人合伙,到活儿拥住了的时候,偶然雇个短工;人家做过的活儿,他总得再修理修理,一边修理着一边说"使不得,使不得",因此人们给他送了个外号叫"使不得"。按做活儿说,在三里湾,使不得只赞成万宝全一个人,万宝全也很看重使不得,所以碰上个巧活儿,他们两人常好合作。

他们两人都爱用好器具。万宝全常说:"家伙不得劲了,只想隔着院墙扔出去。"使不得要是借用别人的什么家伙,也是一边用着一边说"使不得,使不得"。动着匠人活儿,他们的器具都不全,不过他们会想些巧法子对付。像万宝全这会打铁用的器具,就有四件是对付用的:第一件是风箱,原是做饭用的半大风箱。第二件是火炉,是在一个破铁锅里糊了些泥做成的。第三件是砧,是一截树根上镶了个扁平的大秤坠子。第四件是小锤,是用个斧头来顶替的——所以打铁的响声不是"叮当叮当"而是"踢通踢通"。这些东西看起来不相称,用起来可也很得劲。

他们这次打的是石匠用的钻尖子。钻尖子这东西,就是真的石匠也是自己打的,不用铁匠打——因为每天用秃了,每天得打,找铁匠是要误事的。这东西用的铁,俗话叫锭铁,比普通用的钢铁软,可是比普通的熟铁硬(大概也是某种硬度的钢铁,看样子也是机器产品),买来就是大拇指粗细的条子,只要打个尖、蘸一蘸火就能用。每一次要打好几条,用秃了再打,直用到不够长了才换新的。

玉梅见他们打的是钻尖,问他们断什么,宝全老汉说:"洗场碌!"("场碌"就是打粮食场上用的碌碡碌,"洗"是把大的石头去小的意思。)玉梅问:"为什么洗场碌?"王申老汉和她开玩笑说:"因为不够大!""还能越洗越大?""你问你爹是不是!"玉梅又问宝全老汉:"爹!是能越洗越大吗?"宝全老汉笑了。宝全老汉说:"是倒也是,可惜你伯伯没有给你说全!'不够大'是说场碌在场上转的圈子不够大。咱们成立了合作社,把小场子并成大场子了,可是场碌原是小场上用的,只能转小圈子;强要它转大圈子,套绳就要擦磨牲口的右后腿,所以得洗一洗!"玉梅又问:"洗一洗怎么就能转大圈子?"宝全老汉说:"傻闺女!把大头洗小了,转的圈子不就大了吗?"玉梅笑了笑说:"知道了!只洗一头啊!"王申老汉又和她开玩笑说:"谁教你们成立合作社哩?要不是成立合作社,哪有这些事?"玉梅说:"为了多打粮食呀!我说申伯伯,你怎么不参加我们的合作社?难道你不愿意多打粮食吗?"宝全老汉说:"你伯伯的地每年都是数着垄种的。他还怕人家把他的垄沟种错了哩!"王申老汉向宝全老汉说:"老弟!你说得对!咱老弟兄俩,再加上你玉生,怎么合作都行;要说别人呀,我实在不愿意跟他们搅在一块儿做活!"玉梅说:"那你为什么还让接喜哥参加互助组?"王申老汉说:"下滩那五亩由他去瞎撞,山上的十亩不许他乱搅!"玉梅说:"你把人家分出去了吗?"宝全老汉说:"他父子们是分地不分粮。你伯伯嫌人家做的活儿不好,可是打下粮食来他不嫌多!"王申老汉说:"难道是我一个人要了?他不是也吃在里边?"……玉梅见这两个老汉斗起嘴来没有完,便又问宝全老汉说:"我二哥上哪里去了?怎么不跟你来打铁来?"王申老汉说:"你爹在这里当铁匠,他在南窑里当木匠哩!"玉梅问:"又做什么木匠活?"王申老汉说:"做场碌!""木匠怎么做场碌?""做木头场碌!你们合作社就有这些怪事!"玉梅又问宝全老汉说:"爹!是吗?"宝全老汉又笑了。宝全老汉说:"又和刚才一样!是倒也是,可惜你伯伯又没有给你说全!他做的是……"王申老汉指着火炉里的钻尖说:"只顾说闲话,烧化了!"宝全老汉也不再说木头场碌的事,停了风箱拿起斧头,左手用钳子去夹那烧过了火的钻尖。玉梅见他顾不上再说了,就说:"我自己到南窑看看去!"她正转身要往外走,宝全老汉夹出那条冒着白火花的钻尖来,放在砧上,先把斧头横放平了轻轻拍了一下。他虽然没有很用力,可是因为铁烧得过了火,火星溅得特别多。有个火星溅在三

183

岁的大胜腿上,大胜"呀"的一声哭了,两个老汉赶紧停了手里的活去照顾孩子,玉梅也转回身来帮着他们查看烫了什么地方。王申老汉抱起大胜来说:"小傻瓜!谁叫你光着腿来看打铁?"宝全老汉查明了大胜只是小腿上烫了个小红点,没有大关系,就向玉梅说:"快给你大嫂抱回去吧!"玉梅接过大胜来才一出厨房门,金生媳妇就已经跑来了。金生媳妇一边从玉梅手里接住大胜,一边问玉梅说:"烫了哪里?"玉梅说:"不要紧,小腿上一点点,贴上一点膏药吧!"说着和金生媳妇相跟到中窑去给大胜贴膏药。

三 奇怪的笔记

中窑是一门两窗,靠北边的窗下有个大炕。金生媳妇把大胜放到炕上去找膏药,玉梅用自己手里的课本逗着大胜让他止住哭。大胜这孩子是个小活动分子,一止了哭就赤光光地满炕跑。金生媳妇找着了膏药来给他贴,他靠住墙站着不到前边来。玉梅说:"大嫂!你看那赤光光的多么好玩。"金生媳妇说:"穿个衣裳来管保烫不着了!早就给他预备下衣裳他就是不穿!生多少气也给他穿不到身上!"玉梅说:"穿上什么好衣裳也没有这么光着屁股好看!快过来给你贴上点膏药!"大胜还是不过来,玉梅从窗台上取起个红皮笔记本来说:"你看我这红皮书!"大胜见是个新鲜东西,就跑过来拿,金生媳妇向玉梅说:"可不敢玩人家那个!那是你大哥的宝贝!"可是大胜的手快,一把就夺过去了。玉梅爬上炕去抱住他说:"不要玩这个!姑姑换给你个好东西玩!"说着从衣袋里掏出个顶针圈儿来套在自己的铅笔上给他摇着看,他才放开了笔记本。他一放手,笔记本里掉出个纸单儿来。金生媳妇抱住大胜去贴膏药,玉梅腾出手来拾起纸单儿正要仍夹进笔记本里去,可是又看见纸单子上的字很奇怪,不由得又端详起来。

单上的字,大部分又都是写好了又圈了的,只有下边一行十个字没有圈,玉梅一个一个念着:

"高、大、好、剥、拆、公、畜、欠、配、合。"

金生媳妇说:"你大哥有时候好管些闲事!公畜欠配合有什么坏处?又不会下个驹!"玉梅说:"我看也许指的是公畜不够配合,母畜就不能多下驹。让我数数咱社里几个公畜几个母畜:老灰骡是公的,银蹄骡也是公的……"金生媳妇笑着说:"你糊涂了?为什么数骡?"玉梅想了一下也笑了笑说:"真是糊涂了!骡配合不配合没有什么关系,咱就数驴吧!社长的大黑驴是母的,小三的乌嘴驴是……"玉梅正数着驴,没有注意门外有人走得响,突然看见她大哥金生揭起竹帘走进来。金生媳妇说:"会散了?"金生说:"还没有开哩!"又看着玉梅拿着他的笔记本,便指着说:"就是回来找这个!"玉梅把手里拿的那张纸单子向金生面前一伸说:"大哥!你这上边写的是什么,怎么我连一句也不懂?"金生说:"那都是些村里、社里的问题,我记得很简单,别人自然懂不得!"玉梅说:"为什么写好了又都圈了呢?"金生说:"解决了哪一项,就把哪一项圈了。"玉梅说:"那么下边这一行是没有解决的问题了!怎么叫个'高大好剥拆'?"金生说:"那些事马上给你说不清楚!快拿来吧!紧着开会哩!"玉梅说:"不用细讲,只请你给我简单说说是什么意思。"金生说:"不行!你听这个也没有用!"

也不怨金生嘴懒不肯说,真是一下不容易说明这几个字的意思。原来他们村里的农业生产合作社有个大缺点是人多、地少、地不好。金生和几个干部研究这缺点的原因时候记了这么五个字——"高、大、好、剥、拆"。上边四个字代表四种户——"高"是土改时候得利过高的户,"大"是好几股头的大家庭,"好"是土地质量特别好的户,"剥"是还有点轻微剥削的户。这些户,第一种是翻身户,第二、三、四种也有翻身户,也有老中农,不过他们有个共同的特点就是对农业生产合作社不热心——多数没有参加,少数参加了的也不积极。地多、地好的户既然参加社的不多,那么按全村人口计算土地和产量的平均数,社里自然要显得人多、地少、地不好了。这些户虽说还不愿入社,可是大部分都参加在常年的互助组里,有些还是组长、副组长。他们为了怕担落后之名,有些人除自己不愿入社不算,还劝他们组里的组员们也不要入社。为着改变这种情况,村干部们有两个极不同的意见:一种意见,主张尽量动员各互助组的进步组员入社,让给那四种户捧场的人少一点,才容易叫他们的心里有点活动;四种户中的"大"户,要因为入社问题闹分家,最好是打打气让他们分,不要让落后的拖住进步的不得进步。另一种意见,主张好好领导互助组,每一个组进步到一定的时候,要入社集体入,个别不愿入的退出去再组新组或者单干;要是把积极分子一齐集中到社里,社外的生产便没人领导;至于"大"户因入社有了分家问题,最好是劝他们不分,不要让村里人说合作社把人家的家搅散了。这两种意见完全相反——前一种主张拆散组、拆散户,后一种主张什么也不要拆散。金生自己的想法,原来和第一种意见差不多,可是听了第二种意见,觉着也有道理,一时也判断不清究竟拆好还是不拆好,所以只记了个"拆"字,准备以后再研究。"高大好剥拆"五个字是这样凑成的,三两句话自然说不清楚,况且跟玉梅说这个也不合适,所以金生不愿说。

玉梅见金生把事情说大了,也无心再追问,就把本子和纸单儿都还给金生。金生正要走,金生媳妇顺便和他开玩笑说:"玉梅说上边还写着什么'公畜欠配合'是什么意思?难道母畜就不欠配合吗?"金生说:"没有!谁写着什么'公畜欠配合'?"玉梅说:"你再看看你的单子不是那么写着的吗?"金生又取出他才夹回本子里去的那张纸单一看,连他自己也笑了。他说:"那不是叫连起来念的!'公'是公积金问题,'畜'是新社员的牲口入社问题,'欠'是社里欠外债的问题,'配'是分配问题,'合'是社内外合伙搞建设的问题。哪里是什么'公畜''母畜'的问题!"说罢三个人都大笑了一阵,连三岁的大胜也糊里糊涂笑起来。金生便取了他的笔记本走了。

金生走后,玉梅问:"大嫂!申伯伯说我二哥在南窑做木头场磙是吗?"金生媳妇说:"是木头车轮!不知道叫做什么用的!"大胜说:"我知道!"又叉开他的两只小手比着说:"圆圆的,大大的,咕噜咕噜转……"

玉梅说:"就是那么样转法?姑姑去看看!"玉梅正要走,大胜说:"我也去!"说着爬到炕边扭转身屁股朝前就往下溜。金生媳妇抓住他说:"你该睡了!你不是看过了吗?"大胜仍然闹着要去,玉梅说:"你睡吧!姑姑不去了!"说着又回头来坐到炕沿上。金生媳妇又向大胜说:"快睡了,妈给你做鞋!看你这鞋钻出小麻雀来了(前边露了趾头)!"玉梅笑着问:"大胜!你几天穿一对鞋?"这句话引起金生媳妇的牢骚。金生媳妇说:"玉梅呀!提起做鞋来我就想把他们送给人家那些没孩子的!"玉梅说:"你要真送,我替你找家!人家黄大年老婆想孩子跟想命一样!"又逗着大胜说:"你跟了人家黄大年吧?跟了人家天天穿新鞋!"大胜说:"不!妈!"金生媳妇说:"不不!你姑姑是跟你说着玩的!"又向玉梅说:"光这些零碎活儿就把人赶死了!三个孩子的鞋都透了,爹和你大哥的鞋也收不下秋来了!前几天整了两对大鞋底连一针也没有顾上纳,明天后天得上碾磨,要不然一割了谷社里的牲口就要犁地,碾磨就得使人推了。说话秋凉了,大大小小都要换衣裳。白天做做饭,跟妈俩人在院里搓一搓大麻,捶一捶豆角种,拣一拣棉花,晒一晒菜……晚上这些小东西们又不早睡,跟他们争着抢着做一针活儿抵不了什么事,等他们睡了还得熬夜!"玉梅说:"以后,晚上我可以帮你!你先把大胜的鞋交给我做好了!"金生媳妇说:"你白天上地,晚上还要学习,哪里顾得上做?"玉梅:"收开秋这四五天,我们的课就没有上好,人越来越少,今天晚上又没有上成。我看以后越不行了,索性等收完秋再学习吧!大嫂你不要客气!你伺候得我长这么大了,难道我不能帮帮你的忙?再说二嫂也分出去了,家里的杂活……"

金生媳妇说:"你快不要提她!一提她我就有气!过门来一年了,她给家里做过什么活?没有下过一次地!碰上使碾磨就躲回娘家去!在院里没有动过扫帚!轮着班做做饭她还骂着说:'谁该着伺候你们这一大群?'我进门来你二哥才十岁,要说'伺候'的话,吃的穿的我整整给他做了十年,连去年结婚的衣服鞋子都是我一针一线给他做的!天天盼着兄弟娶媳妇,娶来个媳妇只会怄气,才进门三天就觉着伺候了我!就和我闹着分家！要按我的意思呀，她早滚开一天少生一天气，偏遇上你大哥那种专讲'影响'的人，糊糊补补舍不得叫分开，硬叫你二哥教育她，一直糊补到现在，教育到现在，还不是分开了？'影响不好'，'影响不好'，现在的影响还不是'不好'？快不要提她！走开了干净得多！"玉梅说："谁也知道她是什么样的人，咱们不提她吧！不要让她听见了又得吵！"金生媳妇说："吃了饭连碗也没有洗就不知道上哪里蹓晃去了！她能跟家里待一会吗？她在我也要说！吵就吵！多吵几回也叫大家多听听！省得不知道的还说我这当大嫂的尖薄——容不得一个兄弟媳妇！"金生媳妇和谁也没有生过大气，就是一提玉生媳妇气就上来了。玉梅见她说上气来，很后悔自己不该先提起玉生媳妇，好容易等她说到一个段落上停下来，正想用别的话岔开，忽听得南窑里有人说："这是谁找谁的事呀？"她们两个人都听出来是玉生媳妇的口音，都觉着这一下可惹起麻烦来了。金生媳妇的气还没有下去，推开大胜要往外走，玉梅拉住她说："大嫂你不要动，让她找得来再说！你要先出去了，她还要说是你找着她闹哩！"金生媳妇听玉梅这么一说也就停住了。玉梅的话还没有落音，就听见玉生说："你随便买了东西回来跟我要钱，难道是我找你的麻烦？"玉梅跟金生媳妇说："你听！刚才她那话不是跟咱说的，一定又是她在外边买了什么东西回来跟我二哥要钱来了。"

  玉生两口子吵架，在没有分家以前，就已经成了平常事。金生媳妇和玉梅一听出是他们两个人吵，都以为是没有事了，就取过针线筐来坐到灯下准备做活；可是才把活儿拿到手，又听着他们越吵越紧，吵着吵着打起架来。金生媳妇总算是个好心肠的人，虽说跟玉生媳妇有那么大的气，可是人家这会真打起架来了，她还是跟玉梅跑去给人家劝架去。

四 "这日子不能过了"

  想知道玉生为什么和他媳妇打起来，总得先知道这两个人是两个什么样的人：

　　玉生从小就是个能干孩子，性情有点像他爹，十岁时候就会用荆条编个小花篮，十二岁时候就会用铜子打个戒指，后来长大了些，能做些别人做不来的巧活，人们都叫他"小万宝全"。他的研究精神很好，研究起什么来能忘了吃饭。三里湾村西边有一条黄沙沟，每年发水时候要坏河滩一些地。一九四九年他发明了个活柳篱笆挡沙法，保护得他们互助组里两块地没有进去沙；来年大家都学会了他的办法，把可以进去沙的地一同保护起来，县里的劳模会上给了他一张特等劳模奖状。

　　玉生媳妇叫袁小俊，是本村袁天成的女儿，从小是个胖娃娃，长大了也不难看，说话很利落。她和玉生的结婚，是在个半新半旧的关系上搞成的。她比玉生小一岁，从小跟玉生也常在一块儿玩。后来玉生成了村里个小"能人"，模样儿长得又很漂亮，年纪虽说不大，大人们却也不得不把他当成个人物来看待，特别是在他得了奖状那几天，人们就更看重他——每当他从人群中间走过去，总有人在后边说："小伙子有本领！""比他爹还行！"……在这时候，村里的年轻姑娘们，差不多都愿意得到像玉生这样的一个丈夫，袁小俊也是其中一个。袁天成老婆也看见玉生不错，就跟袁天成说："把咱小俊嫁给玉生吧？"袁天成是三里湾有名的怕老婆的人，自然没有别的话说，他老婆便去找范登高做媒人。乡村里留下的旧风俗是只要女方愿意，男方的话比较好说，况且小俊长得还好看，在社会上也没有表现过什么缺点；玉生虽说有研究的精神，可是还没有学会研究青年姑娘，只是觉得小俊长得还不错，也没有露过什么毛病，所以就答应下来。那时候，金生媳妇有点替玉生担心。要说小俊有毛病的话，金生媳妇也没有什么根据，不过她觉着袁天成老婆不是个好东西，教出来的闺女恐怕也靠不住。她把她的意见向金生说过一次，金生说："家里的教育自然有关系，不过人是活的，天成老婆真要是把她教育坏了，难道玉生就不能把她再教育好了吗？"金生媳妇觉着这话也有道理，所以就取消了自己的意见。

189

小俊和玉生初结了婚的时候，也不闹什么气，后来的事情果然坏在天成老婆身上。天成老婆外号"能不够"，跟本村"糊涂涂"老婆是姊妹，都是临河镇一个祖传牙行家的姑娘。当她初嫁到袁天成家的时候，因为袁天成家是个下降的中农户，她便对袁家全家的人都看不起，成天闹气，村里人对她的评论是"骂死公公缠死婆，拉着丈夫跳大河"。到小俊初结了婚的时候，她把她做媳妇的经验总结成一套理论讲给小俊。她说："对家里人要尖，对外边人要圆——在家里半点亏也不要吃，总得叫家里大小人觉着你不是好说话的；对外边人说话要圆滑一点，叫人人觉得你是个好心肠的人。"她说："对男人要先折磨得他哭笑不得，以后他才能好好听你的话。"从前那些爱使刁的女人们常用的"一哭二饿三上吊"的办法她不完全赞成。她告小俊说："千万不要提上吊——上吊有时候能耽搁了自己的性命；哭的时候也不要真哭——最好是在夜里吹了灯以后装着哭；要是过年过节存了一些干粮的话，也可以装成生气的样子隔几天不吃饭。"这两个办法她都用过，要不天成老汉也不会像现在这样听她的话。

　　以上还只是她一些原则的指示，后来的指示就更具体了：她嫌玉生家里人口多，小俊不能当家，便和小俊说："你犯不上伺候他们那一大群，应该跟玉生两个人分出来过个小日月；不过你不要提分家，只搅得他们一会也不得自在，他们就会把你们两口子分出来；等分出来了你们一方面过着自己的清净日子，一方面还可以向别人说是他们容不得人把你们分出来的。"小俊照着她的指示和金生媳妇闹了几回气，金生媳妇果然想和她分家，可是金生不愿意。金生悄悄和媳妇说："你让着她一点！不要叫别人笑话咱们连个兄弟媳妇都容不下！"金生媳妇听了金生的话，遇着她寻气的时候不搭她的碴，她找不到一点缝儿，只得和她妈另外研究办法。她妈后来又想了个办法，叫她回去挑拨玉生和他大哥提出分家，她便回去跟玉生说："我伺候不了你们这一大家！你跟大哥说说咱们分出来过！"玉生说："我们这一大家，除了小孩们都是参加生产的！说不上是谁来伺候谁！""生产的东西又不是给了我，轮着我做饭可是得做一大锅！""生产的东西没有给你,难道你吃的穿的都是天上飞来的?""我也不愿意沾他们的光!""你愿意分,光把你分出去,我是不愿意分出去过的!""要你这男人就是叫把自己的媳妇分出去哩?那还不如分个彻底——干脆离了婚算拉倒!""你讲不讲理?这是你自己要分呀,还是我要把你分出去哩?""要分就是叫把我一个人分出去吗?""自然是谁愿意分把谁分出去!我不愿分!我觉着这么着过就很好!""我跟大嫂合不来!""我觉着大嫂是个好人,毛病都出在你身上!""大嫂好你就跟大嫂过好了,为什么还要跟我结婚?""放屁!""你为什么骂人?""你前边那话是怎么说的?再说一遍我听听?""用不着说别的!干脆两条路:要不就分家,要不就离婚!""离就离!分家我不干!"玉生要离婚,金生问明了情由说:"不用离!分开就分开过吧!分开有什么坏处呢?要说怕影响不好,因为分不了家就离了婚,影响不更坏吗?"这才把他们分出去。这还是最近几天的事。

分开家这几天,能不够更抓紧时间教了小俊一些对付玉生的原则和办法。她说:"离开了当家人,两口子过日子,一开头就马虎不得:他做得了的事你不要替他做——替过三趟来就成你的事了!你将就能当家的事不要问他——问过三趟来你就当不了他的家了!"小俊就照着她的话办。前两天,睡过了午觉,合作社打了钟,玉生拿起镰刀要上地,小俊说:"水缸里没水了!担了水再走!"玉生说:"打钟了!你去担一担吧!""我担不动!""玉梅还能担动你担不动?""可惜你娶的不是玉梅!""分得了家过不了家算什么本事?担不动你看着办!打了钟我不能不上地!"玉生说罢走了,没有去担水。小俊马上去找能不够。小俊把事由交代完了以后问能不够说:"我自己要不担,晚上的饭怎么做哩?"能不够说:"可不要给他行下这个规矩!没有水晚饭不用做!你自己到我这里来吃饭!"那天晚上小俊果然没有做饭。小俊吃的是她娘家的饭,玉生吃的是他大哥家的饭。金生也叫玉生在分开家以后好好教育小俊,可是能不够正帮着小俊给玉生立规矩哩,小俊哪里会听玉生的话?

先要了解了这些历史,才能知道他们两口子吵架的真原因。

这天晚上，宝全老汉约着王申老汉来打钻尖。王申老汉刚来的时候说范登高的骡子回来了，贩来了好多新东西。小俊听了这个消息，最后的半碗饭也没有吃完，就放下碗往范登高家里去了。她到了范家，见范登高家的桌子上、床上放着好多新东西——手电筒、雨鞋、扑克牌、水果糖、棉绒衣、棉绒毯子、小孩帽子、女人帽子、头卡……还有些没有拆开的纸包。消息灵通的人，早已挤满了一屋子，小俊的妈妈能不够也在那里看。小俊看中了一身棉绒衣，问能不够说："这一套衣裳不知道得用多少钱？"能不够说："我问过了，九万！""我想买一套，可不知道玉生给出钱不！""你穿到身上他就得出钱！不过你头一次当家买东西最好是少买一点，不要让他真没有钱给你顶回来！你可以先买个上身——四万五，上下一样！"小俊就拿了个上身，范登高给她用纸包起来，伸手来接她的钱，她说："没有带钱来！一会给你送过来好了！"范登高说："好吧！一会你可就送过来！这是和人家合伙做的个生意！"说罢了把东西递给她，顺手记在自己的账单上。就在这时候，灵芝和有翼相跟着进来了。灵芝向范登高说："爹！你还不去开会？人家别的主要干部都到齐了！"范登高说："马上就去！"又向买东西的人们说："我要走了！要什么明天再来吧！"说罢，又吩咐赶骡子的王小聚明天早点喂牲口就走了。买东西的人们接着也就都慢慢散了。

小俊拿着东西先挤出门来跑回家去。她回到院子里的时候，金生媳妇和玉梅正在中窑里谈论她，不过她一心回去向玉生要钱，没有顾上注意这些，一股劲跑回南窑去了。

从吃过晚饭以后，玉生就到南窑修理他做的场磙样子，连小俊出去了没有他也不知道。他这个场磙样子，是用一根木棍子两头安着两块圆木板做成的，看起来像车轮，不过两头不一般大。这东西是他下午在场上比着场磙做的，因为还没有弄得太合适天就黑了，才搬回家里来修理。他们社里要洗的场磙一共有三个，长短粗细都不一样，要是做三个样子也太麻烦。他想了个办法是照着最大的做，大的用罢了再改成小的。他做的这东西,小头是按原场磙的小头做的,大头比原场磙的大头小一点,至于究竟应该小多少他弄不准,只是做成了在场上滚着试,不对了再用木锉锉去一圈,直到对了为止。他下午做成的样子有两点不满意:第一是木板太厚,锉一次很费工夫;第二是小头的窟窿偏了一点,要改了窟窿轴子就太细,要去了外边轮廓就不够大。这两个毛病他觉着改起来比换两块板还慢,因此他又重新做了一次。他正拿着他的曲尺比量中间的窟窿,小俊跑回来向他要钱。

小俊一进南窑门,看见满地刨渣、锯末、碎木片就觉着讨厌。她说:"不能拿到院里去弄?谁能给你一遍一遍扫地?"玉生说:"等弄完了我扫!你不用管!院里有风,点不着灯!"小俊说:"弄那些奇奇怪怪的东西有什么好处?"玉生说:"用处大得很!"玉生跟小俊说着话,只是注意着手里的活儿,并没有看见小俊手里拿着东西。小俊打开纸包把棉绒衣一抖说:"你看这件衣服好不好?"玉生正按着尺寸在木板上画点儿,只瞟着有个红东西闪了一下,便顺口答应说:"好,好。"小俊用指头捏着衣服说:"你看!厚得很!"玉生仍然没有注意,还以为是说他的木板,便又答应说:"不厚了!已经换成薄的了!"小俊自然也不懂玉生的话,还以为是说范登高拿回来的衣服被别人替换了,便又说:"没有人换,才拿回来的!"玉生说:"我换的我不知道?""你拿什么换的?""薄板!""你是说什么?"这句话小俊说得很高,把玉生吵得抬起头来。小俊又问了一遍:"你是说什么?"玉生也问:"你是说什么?""我说这件衣服!""那是人家谁的?""我买的!好不好?"玉生觉着已经把问题弄清楚了,便又随便答了一声"好",然后仍低下头去干自己的事。小俊说:"还没有给人家钱哩!"玉生说:"怎么不给人家?""我没有钱!""嗯。"玉生当她只是说明一件与自己没有关系的事,所以只轻轻"嗯"了一声,算是把谈话结束了。小俊没有解决了问题,自然还得开口。小俊说:"给我钱!"玉生愣了一下,随后才明白她的意思。玉生说:"多少钱?""四万五!""前天还只卖四万!""这不是供销社的!""东西都一样!""一样你不早给我买一件?""五斗米!够做件棉袄了!""棉袄是棉袄,这个是这个!""可惜没有钱!现在天还不冷,过几天再买吧!"玉生罢又去做他的活。小俊说:"你说得倒容易!把人家的拿回来了,怎么再给人家送回去?"玉生说:"既然不是供销社的,一定就是范登高的,那有什么难退?没有钱有他的原物在,又没有给他穿坏了!"小俊说:"不不不!我不退!你给我钱!""我不是告你说没有钱吗?""没有钱你想办法!""我不管!""连家里穿衣吃饭的事都不管,却能管人家别人的扯淡事!""我管过什么扯淡事?"小俊指着他手里做的活儿说:"这还不是扯淡事吗?"玉生见她把自己用全副精力做的事看成了扯淡事,觉着很伤心,可是马上又跟她讲不明道理,只是暗暗叹了一口气,埋怨自己认错了对象,埋怨大哥不同意自己离婚。他再不愿意多说一句什么话,低下头仍然做自己的活,心想只当没有小俊这么一个人算了。可是事实总是事实,小俊仍然站在他的对面。小俊见他不答话也不发急,便一把夺了他手里的曲尺说:"不管?非管不行!"玉生最反对人动他的家伙,特别是他这个曲尺。这个曲尺是他自己做的,比一般木匠用的曲尺细,上边还有一排很规矩的窟窿,可以用来画圆圈;因为有这好多窟窿,就很容易折断,所以就得特别当心保护。小俊把他这个宝贝夺了,他便发了急,可是又怕把东西弄坏了,只好央告说:"你要什么都行,只要先把尺子给我!"小俊说:"四万五!先拿过钱来!"玉生说:"不论多少都行,可惜我这会没有钱!"小俊说:"没有钱你就不用要尺子!"说罢了凑到炕沿边把尺子坐到屁股下。玉生说:"我什么地方得罪了你,你偏要来找我的事?"小俊说:"跟你说个正经话你故意装样子不理,这是谁找谁的事呀?"玉生说:"你随便买了东西回来跟我要钱,难道是我找你的麻烦?"说着便跑过去夺尺子。小俊知道自己不是玉生的对手,趁玉生还没有赶到自己跟前,便先把尺子拿出来往墙角上一摔说:"什么宝贝东西?"玉生本来没有准备和小俊打架,可是一见尺子飞出去,不知道哪里来的一股劲儿,就响响打了小俊一个耳光。接着,小俊就大嚎大叫,把地上的木板、家伙都踢翻了。玉生见她把东西毁坏了，也就认真和她打起来。就在这时候，金生媳妇和玉梅跑进来才把他们拉住。

玉生说："这日子不能过了！"说了就挺挺挺走出去。小俊也说："这日子不能过了！"说了也挺挺挺走出去。玉生往旗杆院去了，小俊往她娘家去了。

五　拆不拆

玉生跑到旗杆院前院，看见有三座房子的窗上都有灯光：西边教室里是值班的民兵班长带岗，该不着上岗的民兵睡觉；东房里是农业生产合作社会计李世杰正在准备分红用的表格；北边大厅西头的套间是村公所的办公室，村、社的主要干部会议就在那里开。玉生听见他大哥金生在西北套间里说话，便一鼓劲走进去。

这时候，套间里已经挤满了人：除了党支书王金生、村长范登高、副村长兼社内小组长张永清、村生产委员兼社内小组长魏占奎、社长张乐意、女副社长秦小凤这几个本村干部之外，还有县委会刘副书记、专署农业科何科长和本区副区长张信同志三个人参加。秦小凤又是村妇联主席，魏占奎又是青年团支书。玉生正在气头上，一进门见了这些人，也不管人家正讲什么，便直截了当讲出他自己的问题来。他说："这可碰得巧，该解决我的问题！我和小俊再也过不下去了！过去我提出离婚，党、团、政权、妇联，大家一致说服我，叫我教育她，可是现在看来，我的教育本领太差，教育得人家抄起我的家来了！这次我是最后一次提出，大家说可以的话，请副区长给我写个证明信，我连夜到区上办手续；大家要是还叫我教育她，我就只好当个没出息人，连夜逃出三里湾！"魏占奎说："你这话像个青年团员说的话吗？"玉生说："我也知道不像，可是我有什么办法呢？"魏占奎说："你逃走的时候要不要团里给你写组织介绍信？"玉生没话说了。金生看着玉生，忽然想起洗场碡的事来，便向玉生说：'回头再说离婚的事，你先告我说，场磙样子做得怎么样了？'玉生说：'就是因为她把那个给我捣毁了我才跑来！'张乐意听说洗场磙的事停了工，也着了急，便向玉生说：'洗不出场磙来，明天场上五百二十捆谷子的穗就得转着小圈碾！一个后半天，要是碾完了扬不出来，晚上分不出去，就把后天的工也调乱了！'金生接着张乐意的话问玉生说：'你说这个要紧呀还是离婚要紧？'玉生听到张乐意的话已经觉得顾不上先去离婚了，又听金生这样问他，他便随口答应说：'自然是这个要紧，可是她不让我做我又怎么办？'还没有等得别人开口，他就又接着说：'要不我拿到这里东房来做吧？'金生说：'在那里做也行！误不了明天用就好！'玉生再没有说什么就回去取他的东西去了。玉生一出门，魏占奎便给他鼓掌，不过他的两只手并不碰在一块，只做了个鼓掌的样子，叫人看得见听不见，因为怕玉生听见了不好意思。大家都忍着笑，估计着玉生将走出旗杆院的大门，就都大笑起来。何科长说：'这个青年有趣得很——社里有了任务，就把离婚的事搁起了。'金生说：'玉生是不多发脾气的，恐怕是事情已经闹得放不下了！'又向秦小凤说：'你明天晌午抽个空儿给他们调解一下！不要让他们真闹出事来！'又向大家说：'我们还是开我们的会吧！'

　　大家已经讨论完了领导秋收，接着便谈起准备扩社、开渠的问题。村长范登高说：'以下的两个问题，和行政的关系不大；我的骡子明天还要走，我可以先退席了。'金生说：'这两件事也是全村的事，怎么能说和行政关系不大呢？'登高说：'我以为扩社是你们社里的事，社外人不便发言；开渠的事虽说和全村有关，不过渠要经过的私人地基还没有说通，其他方面自然还谈不到。'副村长张永清说：'扩社在咱们村的行政范围里扩，而且是党的号召；渠是要社内外合伙开的，都不能说和行政关系不大。至于开渠用私人的地基问题，也正是我们今天晚上要谈的问题。你不要为了照顾你的私人小买卖，把责任推得那么干净……'一提小买卖，范登高就着了急——因为他发展私人小买卖在党内有人批评过他，不过他没有接受。县委一时也说不服他，准备到了冬天整党时候慢慢打通他的思想。他当时解释的理由，其中有一条是说他的私人事务并不妨害工作。这次县委又在场，他怕县委问他，所以着急。他不等张永清再说下去就抢着说："咱们说什么只说什么！不要把哪件事也和我搞小买卖联起来！况且我是个半脱离生产干部，私事总还得照顾一些！两个骡子在家闲住一天，除了不得生产，还得白吃一斗料，要不抓紧时间打发骡子走了，光料我也贴不起！"县委副书记老刘同志说："登高！你对你的错误不只没有打算克服，而且越来越严重了！你是个半脱离生产干部，对你那资本主义生产抓得那么紧，为什么让人家这些完全不脱离生产的干部比你管更多的事呢？"范登高见风头不对，赶紧说："好好好！我参加到底！"

会议又继续下去，很快就讨论到扩社是否应该拆散互助组那个老问题上去。有范登高在场，这个问题提起来没有完。他说金生有本位主义，为了扩社把积极分子都抽到社里去，留下了落后分子，给以后行政上领导生产造成很大的困难。他的目的只有一个，那就是怕拆散互助组，自己不得不入社。不过他的话说得很圆滑，弄得老刘同志在形式上也找不出驳他的理由；跟他讲本质他又故意装听不懂，故意绕着弯子消磨时间。

金生见这样拖下去不会有结果，便向大家说："这样一直辩论下去，咱们的工作也没法布置。我想这样好不好？在我们动员的时候，哪个互助组报名的人多了，尽量争取他们全部加入，实在不行的话，仍把个别户留下；要是哪个组只有个别户报名，我们也不拒绝；等到报名完了以后，再研究一下具体情况，真要是留在社外的户就连互助组长也选不出来的话，党内可以按具体情况派几个党员暂且留在社外领导他们。"大家都说这样很好，范登高见金生提出的这个办法把他作为根据的那个理由给他彻底消灭了，便再说不出什么来。

谈到开渠的地基问题，何科长听见他们说只有一户没有说通，便向他们建议说："你们尽可以作宣传、订计划，万一最后真说不通，向政府请准，也可以征购他的。"这一下也把范登高的嘴给堵住了。

原则上的争吵过去之后,接着大家就计划起怎样宣传,怎样动员、组织的步骤来。

六　马家院

小俊跑到老天成院子里,见能不够不在家,就问天成老汉说:"爹!我妈哩?"天成老汉叹了口气说:"谁知道飞到什么地方去了?吃了饭连碗也没有洗就出去了,直到现在不回来!"原来这能不够和她女儿一样,也是没有洗锅碗就走了。小俊听天成老汉一说,心里明白,也不再往下问,就又跑到范登高家里来。

这时候,范登高桌上、床上的货物已经收拾到柜里去了,灵芝和马有翼围着范登高老婆不知道正谈什么闲话,小俊一进去,见房子里只有这三个人,就问:"我妈不在这里了?"范登高老婆说:"你一出去她就出去了!没有回去?"小俊说:"没有!"马有翼说:"大概到我们家去了!"灵芝说:"你怎么知道?"有翼说:"你忘记了玉梅跟满喜在学校说的是什么了?"灵芝一想便带着笑说:"你去吧!准在!"小俊自然猜不着他们说的是哪一回事,不过从口气上听起来她的妈妈一定是到她姨姨家去了,便不再问情由,离了范家又往马家去。

她走到马家的大门口,见门关着,打了两声,引起来一阵狗叫。马家的规矩与别家不同:三里湾是个老解放区,自从经过土改,根本没有小偷,有好多院子根本没有大门,就是有大门的,也不过到了睡觉时候,把搭子扣上防个狼,只有马多寿家把关锁门户看得特别重要——只要天一黑,不论有几口人还没有回来,总得先把门搭子扣上,然后回来一个开一次,等到最后的一个回来以后,负责开门的人须得把上下两道栓关好,再上上碗口粗的腰栓,打上个像道士帽样子的木楔子,顶上个连榫柮刨起来的顶门杈。又因为他们家里和外边的往来不多——除了他们互助组的几户和袁天成家的人,别人一年半载也不到他家去一次,把个大黄狗养成了个古怪的脾气,特别好咬人——除见了互助组和袁天成家的人不咬外,可以说是见谁咬谁。

小俊打了两下门,大黄狗叫了一阵,马有喜媳妇陈菊英便出来开了门,大黄狗见是熟人,也就不叫了。小俊问:"三嫂!我妈在这里吗?"陈菊英说:"在!你来吧!"小俊进去,陈菊英又把门搭子扣上。小俊听见她妈在北屋里说话,便到北屋里去。

小俊的妈妈能不够几时到马家来的呢?原来她从范登高家出来正往她自己家里走,迎头碰上了王满喜。满喜说:"婶婶!我正要找你商量个事哩!"能不够是村里有名的巧舌头,只要你和她打交道,光有她说的,就轮不到你开口。不过王满喜这个一阵风,专会对付这种人。满喜和她一开口,她便说:"你说吧孩子!只要婶婶能办的事,婶婶没有不答应的。"满喜说:"专署来了个重要干部,找不下个清静一点的房子,想借你那西房住一住!""好孩子!不是婶婶舍不得把房子借给人住!要是春天的话,那房子马上收拾一下就能住人,可惜如今收开秋了,里边杂七杂八堆得满满的,实在找不下个腾的地方!不信我领你看看去!""要是做普通工作的干部,我也不来麻烦婶婶,旗杆院那么多的房子,难道还挤不下一个人?可是这个人是有特殊任务的……""做什么工作的?"满喜想:"要是完全照着玉梅的主意把话说死了,倘或她先知道是农业科长,她一定不信;就是现在完全不知道,将来知道了也不好转弯,不如把话说活一点。"想到这里,便故意走近一步,低低向她说:"说是专署农业科的,又有人说实际上是专署人民法院派来调查什么案件的。婶婶!这可是秘密消息,你可千万不要跟谁说!""孩子!你放心!永不用怕走了风!婶婶的嘴可严哩!"满喜故意装成不在乎的样子说:"婶婶的西房要是不好腾,我先到别处找找看——我去看看你亲家家里的两个小东房是不是能腾一个,要不行的话,回头再来麻烦婶婶!"说罢就故意走开,不过还留了个活口,准备让她想想之后再来找她。可是满喜才走了四五步,能不够又叫住他说:"满喜你且等等!"满喜想:"有门!"能不够赶了几步走到满喜跟前说:"马家院你去过了没有?"满喜说:"没有!那老大娘很难说话,我不想去丢那人!""只要说对了脾气,我姐姐也不是难说话的人!要不婶婶去替你问问!""婶婶要能帮我点忙,我情愿先请婶婶吃顿饭!""好孩子!不知道的人都说婶婶顽固,其实婶婶不是顽固的人!""婶婶可肯帮人的忙哩!"满喜也故意说:"谁敢说婶婶顽固?婶婶要是个顽固人的话,我还来找婶婶吗?婶婶要肯替我去,我就跟着婶婶到马家院门口等等!"只有天成老婆这个"能不够",才会为了自己又卖假人情;也只有满喜这个"一阵风",才有兴趣把这场玩笑开得活像真的。他们两个人一前一后来到马家院门口,满喜远远地等着,天成老婆便叫开门进去。

这时候,马多寿和他老婆、大儿子、大儿媳都坐在院里。这四个人都有外号:马多寿叫"糊涂涂",前边已经讲过了,他老婆叫"常有理",他的大儿子马有余叫"铁算盘",大儿媳叫"惹不起"。有些人把这四个外号连起来念,好像三字经——"糊涂涂,常有理,铁算盘,惹不起"。除了这四个人以外,还有四个人:一个是马多寿的三儿媳,叫陈菊英,在她住的西北小房里给她的女儿玲玲做鞋。一个就是这玲玲,是个四岁的女娃娃。一个是铁算盘的八岁孩子,叫十成,正和玲玲两个人在院里赶着一个萤火虫玩。铁算盘还有个两岁的孩子,正在惹不起怀里吃奶。

能不够一进去,有外号的四个人都向她打招呼。铁算盘问:"姨姨!在院里坐呀还是到屋里坐?"能不够说:"到屋里去吧!有点事和你们商量一下!"说着也不等他们答应,便领着头往北房里走。

马家还有个规矩是,谁来找糊涂涂谈什么事,孩子们可以参加,媳妇们不准参加,所以只有铁算盘跟着他爹妈走进北房,惹不起便抱起她的两岁孩子回避到她自己住的西房里去。

常有理点着了灯,大家坐定,能不够把王满喜和她说的那秘密报告了一遍。她报告完了接着说:"我想咱们村里,除了前两个月姐姐出名在县人民法院告过张永清一状以外,别人再没有告过状的。告上以后,县里只叫村上调解,没有过过一次堂,一定是县里报告了专署,专署派人来调查来了!"铁算盘说:"也许!我前几天进城,听说各机关反对什么'官僚主义',上级派人来查法院积存的案件。"能不够说:"满喜听我说我的西房腾不开,他就要去找老万宝全腾他的小东房……"糊涂涂说:"他姨姨!你还是答应下来吧!要是住到他们干部家里,他们是不会给咱们添好话的!你要知道我'刀把上'那块地紧挨着就是你的地!我那块地要挡不住,开了渠,你的地也就非开渠不可了!"能不够说:"我就是没有那一块地,知道了这消息也不能不来说一声!姐姐是谁,我是谁?不过我那个西房实在腾不开!我想你们的东房里东西不多,是不是可以叫他来这里住呢?"糊涂涂说:"可以!住到咱家自然相宜,不过谁知道人家愿不愿到咱家来住?"能不够说:"找不下房子他为什么不愿来?满喜的值日,我跟他说我替他来找你商量一下,他还在外边等着哩!"糊涂涂他们三个人都说"行",糊涂涂说:"你出去让他进来打扫一下,就把行李搬来好了!"常有理说:"你把他叫进来你也还返回来,咱大家商量一下见了人家怎么说!"能不够见事情成功了,便出去叫王满喜。

能不够一出去,糊涂涂便埋怨他的常有理老婆说:"见了专署法院的人,话该怎么说,咱打咱的主意,怎么能跟她商量呢?"常有理说:"我妹妹又不是外人!"糊涂涂说:"什么好人?一张嘴比电报还快!什么事让她知道了,还不跟在旗杆院楼上广播了一样!快不要跟她商量那个!跟她谈点别的什么事好了!"糊涂涂有个怕老婆的声名,不过他这怕老婆不是真怕,只是遇上了自己不愿意答应的事,往老婆身上推一推,说他当不了老婆的家,实际上每逢对外的事,老婆仍然听的是他的主意。他既然不让说那个,老婆就只好准备谈别的。

能不够走出大门外,见了王满喜,又卖了一会人情,然后领着满喜进来,又搭上了大门到北房里来。

满喜向常有理要了钥匙和灯去打扫东房,糊涂涂、常有理、铁算盘都不放心——怕丢了什么东西。常有理喊叫大儿媳说:"大伙家!去帮满喜打扫打扫东房!"惹不起说:"孩子还没有睡哩!"常有理又喊叫三儿媳说:"三伙家!大伙家的孩子还没有睡,你就去吧!"陈菊英就放下玲玲的鞋底子走出来。这地方的风俗,孩子们多了的时候,常好按着大小叫他们"大伙子、二伙子、三伙子……",因此便把媳妇们叫成"大伙家、二伙家、三伙家……"。满喜按邻居的关系,称呼惹不起和陈菊英都是"嫂嫂",又同在一个互助组里很熟惯,所以爱和她们开玩笑。常有理叫她们"大伙家、三伙家",满喜给她们改成了"大货架、三货架"。陈菊英出来了,满喜说:"三货架!给咱找个笤帚来吧!"菊英找了个笤帚,满喜点着个灯,一同往东房打扫去,十成和玲玲也跟着走进去玩。

打扫房子的人分配好了,能不够又坐稳了,糊涂涂既然不让谈打官司的计划,常有理便和她谈起小俊的事。常有理问分开家以后怎么样,能不够才接上腔,就听见外边又有人打门。接着又听见陈菊英叫十成去开门,十成不去,她自己去了。能不够只是稍停了一下便接着说:"唉!分开也不行!玉生那东西不听话,还跟人家那一大家人是一气……"

就在这时候,小俊跑进来。小俊一边喘气一边说:"妈!不能过了!"能不够问:"怎么?他不认账?""除不认账不算,还打起我来了!""啊?他敢打人呀?""就是打了嘛!不跟他过了!""好!分开家越发长了本事了!去找干部评评理去!""他已经先去了!""他先去了也好!有理不在乎先告状!咱们在家里等着!"能不够的有理话说了个差不多,忽然又想起个不很有理的事来问小俊说:"你把绒衣给人家范登高送回去了吗?"小俊说:"没有!还在他家里丢着!""傻瓜!你亲手拿人家的东西,人家是要跟你要钱的呀!快先给人家把东西送回去,回头咱再跟玉生那小东西说理!"小俊听她妈妈这么一说,也觉着自己太粗心,便说:"那么我马上就拿出来给人家送去!"说了便走出去,走到院子里又回头喊:"妈!你可快回来呀!我送了那个,就回咱家里等你!"没有等能不够答话她就开了门跑出去了。常有理自然又喊三伙家去把门关上。

能不够这会已经顾不上帮常有理打什么主意，还想请常有理在小俊的事上帮她自己打打主意，所以她要在常有理面前按照她的立场分析一下玉生家里的情况。她说："姐姐呀！在小俊的婚事上，我当初真是错打了主意了！玉生他们那一大家人，心都不知道是怎么长着的：金生是个大包单，专门在村里包揽些多余的事——像成立农业生产合作社呀，开水渠呀，在别人本来都可以只当个开心话儿说说算拉倒的，一加上个他，就放不下了。玉生更是个'家懒外头勤'，每天试验这个、发明那个，又当着个民兵班长，每逢收夏、收秋、过年、过节就在外边住宿，根本不是个管家的人。老万宝全是个老娃娃头，除不管教着孩子们过自己的日子，反勾引着孩子们弄那些没要紧的闲事。把这些人凑在一起算个什么家？我实在看不过，才叫小俊和他们闹着分家。我想玉生是个吃现成饭不管家事的年轻人，不懂得老婆是要自己养活的，分开家以后让他当一当这个掌柜他就懂得了。小俊跟他要死要活地闹了一年，好容易闹得将就把家分开了，没有想到分得了人分不了心，人家还跟宝全、金生是一股劲，对村里、社里的事比对家里的事还要紧。小俊要是说说人家，说得轻了不抵事，说得重了就提离婚。姐姐呀！你看我倒运不倒运！我怎么给闺女找了这么个倒运家？真他妈的不如干脆离了算拉倒！"糊涂涂不等常有理答话便先和能不够说："他姨姨！你要不先说这话，我也不便先跟你说！离了好！别人都说我是老封建，在这件事上我一点也不封建！正像你说的，那一家子都不是过日子的人！咱小俊跟着他们享不了什么福！"常有理说："对！那一家子都不是过日子的人！我那有翼常跟他家的玉梅在一处鬼混，骂也骂不改！那玉梅还不跟她爹、她哥是一路货？他们要真是自主起来，咱这家里可下不了那一路货！都怨我那有翼不听话！要是早听上咱姊妹们的主意做个亲上加亲的话来，那还不是个两合适？"能不够说："姐姐！小俊跟玉生要真是离了的话，我还愿意，小俊自然更愿意，不过人家有翼还有人家更合适的、有文化的对象，咱姊妹们都是些老封建，哪里当得了人家的家？"常有理说："你说灵芝呀？那东西翅膀

203

榆柁更硬！更不是咱这笼里养得住的鸟儿！如今兴自主，我一个人也挡不住，不过也要看他跟什么人自主——他要是真敢把玉梅和灵芝那两个东西弄到我家里来一个，我马上就连他撑出去！小俊跟玉生真要是离了的话，我看咱们从前说过的那话也不见得就办不到！如今兴自主，你不会叫小俊跟他自主一下？"糊涂涂觉着常有理的话说得太直，恐怕得罪了他那个能不够小姨子，便假意埋怨常有理说："五六十岁的人了，说起话来老是那样没大没小的！"能不够倒很不在乎。能不够说："你不用管！我姊妹们又说不恼！他两个人又都不在跟前，说说怕什么？"糊涂涂本来是愿意让她们谈个透彻的，只是怕能不够不好意思，见她不在乎，也就不再说什么，让她们姊妹接着谈下去了。后来能不够露出一定要挑唆小俊和玉生离婚的话，糊涂涂觉着他自己要听的话已经完了，可是他老婆越谈越有兴头，不知道怎么又扯到她娘家哥哥的事上。糊涂涂说："你怎么又扯起那些五百年前的淡话来了？小俊还急着要人家妈回去哩！"他一提小俊，能不够才想起自己还有要紧事来，马上把闲话收起说："呀！我怎么糊涂了？小俊还等着我哩！我去了！"说着便走出去。糊涂涂他们三个人只送到门帘边，常有理喊："三伙家！送你姨姨去！"

能不够一出门，糊涂涂又埋怨常有理说："她那人扯起闲话来还有个完？好容易把她送走了，快计划咱们的正事吧！"随后三个人又坐定了，详详细细计划起要向"法院干部"说的大道理来。

七　惹不起遇一阵风

陈菊英送走了能不够，又按马家的规矩扣上大门搭子回东房里来。就在她出去送能不够这一小会，两个孩子又出了点小事：满喜在这东房南间里搬笨重东西，怕碰伤了他们，叫他们到北间去玩。北间的地上，平躺着一口没有门子的旧大柜，柜上放了个圆木头盒子。十成把盒子搬到地上，揭开盖子拿出个东西来说："看这个黑布煎饼！"他把这个东西拿出去以后，玲玲看见下边还有许多碎东西，便弯下腰去翻检。就在这时候，菊英便返回来了。菊英一见他两个人在这盒子里拿东西，便拦住他们说："可不要翻那个盒子呀！爷爷知道了可要打你们哩呀！"说着便把十成手里拿的红缨帽夺住。满喜听见菊英这么说，扭过头来看了一眼，才知道刚才十成说那"黑布煎饼"原来指的是这顶前清时代的红缨帽。满喜说："你们家里怎么还有这个古董？"菊英低低地指着盒子说："这里边的古董还多得很！我看都是没有半点用处的，不知道老人们保存这些做什么用。"满喜这个一阵风，本来就好在糊涂涂身上找点笑话材料，听她这么一说，也凑到跟前来翻着看。里边的东西确实多得很——半截眼镜腿、一段破玉镯、三根折扇骨、两颗没把纽扣、七八张不起作用的废文书、两三片祖先们订婚时候写的红庚帖、两个不知道哪一辈子留下来的过端阳节戴的香草袋……尽是些没用东西。两个孩子一看见两个花花绿绿的香草袋，都抢着要玩，菊英笑着说："可不要动爷爷的宝贝！"满喜拿出来说："这本来就是叫戴的！我当家！一人一个！拿上戴去吧！"说着把这两个小东西分给了两个孩子，又指着盒子里的东西和菊英说："你说这些东西能做什么？烧火烧不着，沤粪沤不烂，就是收买古董的来了，也难说收这些货！我看不如——"他的意思是说"不如倒到地上和垃圾一齐扫出去"，可是他没有往下说，却把盒子端起来做了个要泼出去的样子。菊英说："我也觉着那样痛快，不过在这些没要紧的事情上还是不要得罪这些老人家吧！"满喜本来是说着玩的，见菊英这么说就又放下了。菊英又把盒子盖起来，同满喜继续去打扫。

两个香草袋不一样——一个瓶子样的，一个花篮样的。十成要用瓶子换玲玲的花篮，换过了。隔了一会，十成又要把花篮换成瓶子，又换过了。又隔了一会，十成又去用瓶子换玲玲的花篮，可是当他把花篮拿到手以后，索性连瓶子也不给玲玲，把两个一同拿去。玲玲和他夺了一阵，可惜一个四岁的女孩子，无论如何夺不过个八岁的男孩子，夺到最后，终于认了输，哭了。满喜看见了说："十成！给玲玲一个！"十成说："不！就不!"菊英也看见十成不对,不过一想到她大嫂惹不起的性情,也不敢替她教育十成,只好向玲玲说:"玲玲儿!咱不要它!妈到明天给你做个好的!"玲玲不行,越哭得厉害了。满喜走过去劝十成说:"十成!一个人一个!要不我就要收回了!"一边说,一边从十成手里夺出那个花篮来给了玲玲。这一下惹恼了十成。十成发了脾气有点像他妈,又哭、又骂、又躺在地上打滚,弄得满喜收不了场。就在这时候,惹不起在西房里接上了腔。她高声喊着说:"十成!你这小该死的!吃了亏还不快回来,逞你的什么本事哩?一点眼色也认不得!人家那闺女有妈!还有'爹'!你有什么?"满喜低低地向菊英说:"你听她这是什么话?让我出去问问她!"菊英摆摆手也低低地回答他说:"算了算了!闲气难生!由她骂吧!"可是怎么能拉倒呢?十成还在地上哭着骂着不起来,惹不起接着又走出门外来说:"你这小死才怎么还不出来?不怕人家打死你?人家男的女的在一块有人家的事,你搅在中间算哪一回哩?"满喜也不管她惹得起惹不起,也顾不上听菊英的劝说,便走出东屋门外来问她说:"你把话说清楚一点!什么男的女的?"惹不起说:"我说不清楚!除非他们自己清楚一点!"满喜走过去一把揪住她说:"咱们找个地方去说!我就非要你说清楚不可!"满喜一揪她,她便趁势躺倒喊叫:"打死人了!救命呀!"这一着要是对付别人,别人就很难分辩,可是对付满喜这一阵风便没有多少用处。满喜说:"你要真死了由我偿命,没有死就得跟我走!"说着使劲儿捏住她的胳膊说:"起来!"惹不起尖尖地叫了一声"妈呀"就乖乖地随着他的手站起来,还没有等站稳,就被他拖着向大门那边走了两三步。铁算盘才听得满喜说话就赶紧往外走,可是走着走着,惹不起就已经被满喜拉住了。铁算盘知道满喜不是好惹的,赶紧绕到大门边拦住满喜说好话。满喜说:"老大哥!话还是得说清楚!三嫂是军属,大嫂这话我担不起!我们到法院去,她举出事实来,我坐牢;她举不出来,叫法院看着办:反正得弄清楚!"这时候,糊涂涂和常有理也都出来了,十成也哭着跑出来,菊英拉了玲玲也跟出来。糊涂涂、常有理、铁算盘三个人都知道满喜在自己的利益上不算细账——在别人认为值不得贴上整工夫去闹的事，在满喜为了气不平也可以不收秋也可以不过年。因为他们三个深深知道满喜这个特点，所以都赶上来向他赔情道歉；惹不起满以为自己的本事可以斗得过满喜，现在领了一下教也知道不行，所以也不敢再开口，可是满喜还没有放手。

最觉着作难的是菊英：菊英是个青年团员，做事顾大场，团里给她的经常任务是和家庭搞好关系，争取家里的落后分子进步。可是糊涂涂、常有理、惹不起三个人都把她看成了敌人——因为她的丈夫马有喜从学校里出来去参军的时候，到她娘家和她作过一次别，糊涂涂和常有理两个人说是她把有喜放走了，因此便和惹不起打伙欺负她。这次满喜和惹不起闹起来，把自己也牵扯在里边，说话吧，一个青年团员和一个有名的泼妇因为几句闲话闹一场，也真有点不合算；不说话吧，让一个泼妇血口喷人侮辱自己一顿，也真有点气不过；想来想去，为了怕妨碍自己的长期工作任务，也只好忍气吞声、吃亏了事。可是她见满喜拉着惹不起死不放手，自己愿吃亏也不能了事，又只得帮着公婆大伯劝满喜说："满喜！用不着说那么清楚！我不怕！她爱怎么说怎么说！只要人家别信她的话！"铁算盘拉住满喜的手说："老弟！算了！你还不知道她是个什么东西？"满喜所以要和惹不起闹，一方面固然是因为自己受了冤枉，另一方面也是为了不想叫连累菊英，现在见菊英不在乎，也就息了几分气，放开了惹不起。惹不起吃了这么一场败仗，再没有敢开口，拉着十成回去了。铁算盘又向满喜说："兄弟！你也回去歇歇！我替你打扫房子！"满喜说："谢谢你！还是我打扫吧！"说罢仍往东房去。铁算盘向菊英说："我帮着满喜打扫，你也回去吧，小孩子也该着睡觉了！"菊英见他这么说，也和玲玲回去了。铁算盘为什么这么仁义呢？这也是用算盘算出来的——得罪了菊英，怕菊英提出分家；得罪了满喜，怕满喜离开他们的互助组：不论得罪哪一个，对他都是很不利的事。

这一场小风波过后，满喜和铁算盘又继续去打扫房子。

农村的闲房子实际上都带一点仓库性质。像马家的东房在三里湾比较起来，里边储藏的东西算是简单一点的了，可是色样、件数也还不太少——钉耙、镢头、木锨、扫帚、破箱烂柜、七铜八铁，其中最笨重的还有糊涂涂准备下的两副棺材板，两个窗户还是用活砖在糊窗纸里边垒着的。这些情况，给一个做不惯或是手脚慢的人做起来，归置归置总得误个一朝半日；要给满喜他俩，就没有那样困难。王满喜这个一阵风，做起活来那股泼辣劲好像比风还快；马有余这个铁算盘，算起自己的小账来虽说尖薄些，可是在劳动上也不比满喜差多少。这两个人默默不语在这座房子里大显身手，对里边的一切，该拆的拆，该垒的垒，该搬的搬出去，该摆的摆起来，连补窗子、扫地、抹灰尘，一共不过误了点把钟工夫，弄得桌是桌、椅是椅、床位是床位，干干净净，很像个住人的地方。

房子收拾妥当以后，满喜才返回旗杆院给何科长取行李去。

八　治病竞赛

小俊听了她妈的话，从马家院跑出来，回玉生家取了绒衣往范登高家里去送。这时候，灵芝和有翼围着范登高老婆谈笑。范登高老婆见她拿着绒衣，只当是这绒衣上有什么毛病，便止住笑向她说："怎么？不合适吗？都还在柜子里，再换一件好了！"小俊不想说玉生不给钱，只说是想换一件淡青的，因为她知道刚才见的那些里边没有淡青的。范登高老婆说："没有淡青的！"小俊说："没有就暂且不买吧！等以后贩回来再买！"说着就把手里拿的那件红绒衣递给范登高老婆，又扯了几句淡话走了。她一出门，有翼便猜着说："大概是玉生不给她拿钱！"接着便和灵芝又扯了一会玉生和小俊的关系，又由这关系扯到小俊爹妈的外号，又由那两个人的外号扯到自己家里人的外号……真是"老头吃糖，越扯越长"。

有翼和灵芝的闲谈已经有三年的历史了，不过还数这年秋天谈的时候多。从前两个人都在中学的时候，男女分班，平常也没有多少闲谈的机会，到了寒暑假期回家来，碰头的机会就多一点。他们两个人谈话的地方，经常是在范登高家，因为马家院门户紧，又有个大黄狗，外人进去很不方便；又因为范登高老婆没有男孩子，爱让别家的男孩子到她家去玩，所以范家便成了这两个孩子假期闲谈的地方；范登高老婆自己也常好参加在里边，好像个主席——有时候孩子们谈得吵起来她管调解。这一年，有翼早被他爹把他从学校叫回来了，灵芝在暑假毕业以后也没有再到别处升学去，两个人都在村里当了扫盲教员，所以谈话的机会比以前多得多。这一年，他们不止谈得多，而且谈话的心情也和以前有点不同，因为两个人都已经长成了大人，在婚姻问题上，彼此间都打着一点主意。这一点，范登高老婆也看出来了。范登高老婆背地问过灵芝，灵芝说她自己的主意还没有拿稳，因为她对有翼有点不满——嫌他太听糊涂涂的摆弄，不过又觉着他是个青年团员，将来可以进步，所以和他保持个"不即不离"的关系；可惜这几个月来看不出有翼有什么进步，所以有时候想起来也很苦恼。他们两个人都参加地里的劳动，并且都在互助组里，经常也谈些工作上、学习上的正经话，可是隔几天就好到范登高家里来扯一次没边没岸的淡话，或者再叫一个别的人来、再配上范登高老婆打个"百分"，和在学校的时候过礼拜日差不多。

这天晚上，当小俊进来送绒衣以前，他们三个人正比赛着念一个拗口令。这个拗口令里边有"一个喇嘛拿了根喇叭、一个哑巴抓了个蛤蟆……"几句话，范登高老婆念不来，正在那里"格巴、格巴"，小俊便进来了。小俊放下绒衣走了以后，大家就谈起小俊的问题，再没有去管喇嘛和哑巴的事。后来由小俊问题扯到了外号问题，灵芝和有翼就互相揭发他们家里人的外号——两个人一齐开口，灵芝说："你爹叫糊涂涂，你娘叫常有理，你大哥叫……"有翼说："你爹叫翻得高，你娘叫……"说到这里，看了范登高老婆一眼，笑了，灵芝可是还一直说下去。范登高老婆说："算了算了！谁还不知道你们的爹妈都有个外号？"范登高老婆的外号并不难听,叫"冬夏常青",因为她自生了灵芝以后再没有生过小孩,所以一年四季身上的衣服常是整整齐齐干干净净的。

斗过了外号,灵芝问她妈妈说:"妈!有些外号我就不懂为什么要那么叫。像老多寿伯伯,心眼儿那么多,为什么叫'糊涂涂'呢?"范登高老婆说:"他这个外号起过两回:第一回是在他年轻的时候有人给他起的。咱们村里的年轻人在地里做活,嘴里都好唱几句戏,他不会,后来不知道跟谁学了一句戏,隔一会唱一遍。这句戏是'糊涂涂来在你家门'。"灵芝打断她的话说:"所以就叫成'糊涂涂'了吧?"范登高老婆说:"不!还有!有一次,他在刀把上犁地,起先是犁一垄唱两遍,后来因为那块地北头窄南头宽,越犁越短,犁着犁着就只能唱一遍,最后地垄更短了,一遍唱不完就得吆喝牲口回头,只听见他唱'糊涂涂——回来''糊涂涂——回来',从那时候起,就有人叫他'糊涂涂'。"灵芝问:"这算一回。你不是说起过两回吗?"范登高老婆说:"这是第一回。这时候,这个外号虽说起下了,可是还没有多少人叫。第二回是在斗争刘老五那一年。"又面向着有翼说:"你们家里,自古就和刘家有点来往,后来刘老五当了汉奸,你爹怕连累了自己,就赶紧说进步话。那时候,上级才号召组织互助组,你爹就在动员大会上和干部说要参加。干部们问他要参加什么,他一时说不出'互助组'这个名字来,说成了'胡锄锄';有人和他开玩笑说'胡锄锄除不尽草',他又改成'胡做做'。"又面向着灵芝说:"你爹那时候是农会主席,见他说了两遍都说得很可笑,就跟他说:'你还不如干脆唱你的糊涂涂!'说得满场人都笑起来。从那时候起,连青年人们见了他也叫起糊涂涂来了。那时候你们都十来岁了,也该记得一点吧?"有翼说:"好像也听我爹自己说过,可是那时候没有弄清楚是什么意思。"灵芝说:"不过这一次不能算起,只能算是这个外号的巩固和发展。你爹的外号不简单,有形成阶段,还有巩固和发展阶段。"有翼说:"你爹的外号却很简单,就是因为翻身翻得太高了,人家才叫他翻得高!"范登高老婆说:"其实也没有高了些什么,只是分的地有几亩好些的,人们就都瞎叫起来了。"有翼说:

"就那就沾了光了嘛!"范登高老婆说:"也没有沾多少光,看见有那么两个老骡子,那还是灵芝她爹后来置的!你记不得吗?那时候,咱们的互助组比现在的农业生产合作社还大,买了两个骡子有人使没人喂,后来大组分成小组的时候,往外推骡子,谁也不要,才折并给我们。"有翼说:"这我可记得:那时候不是没人要,是谁也找补不起价钱!登高叔为什么找补得起呢?还不是因为种了几年好地积下了底子吗。"

范登高老婆提起从前的互助组比现在的农业生产合作社还大,大家的话头又转到农业生产合作社这方面来。灵芝说:"那时候要是早想出办社的法子来,大组就可以不拆散!"范登高老婆说:"可不行!那时候人都才组织起来,什么制度也没有,人多了尽打哈哈耽误正事,哪能像如今人家社里那样,做起什么来不慌不忙、有条有理?"有翼说:"婶婶!你既然也觉着人家的社办得好,那么你们家里今年秋后入社不?"他这一问,问得灵芝和她妈妈齐声答应,不过答应的话不一样——灵芝答应"一定入",她妈答应"那要看你叔叔"。有翼说:"我看一定入不成!全家一共三口人,婶婶听的是叔叔的话,按民主原则少数服从多数,叔叔不愿意入,自然就入不成了!"灵芝说:"你怎么知道我爹不愿意入?"有翼说:"他跟我爹说过!""几时说的?""割麦时候!""怎么说来?""我爹问他秋后入社不,他反问我爹说:'你哩?'我爹说:'我不!'他说:'你不我也不!等你愿意了咱们一齐入!'""照这话看来,我爹也不是不愿意入,他是想争取你家也入哩!""可是又没见有他对我爹说过什么争取的话!"灵芝又想了一阵说:"就是有点不对头!怨不得党支部说他有资本主义思想哩!唉!咱们两个人怎么逢上了这么两个当爹的?"范登高老婆说:"那又不是别的东西可以换一换!"灵芝说:"换是不能换,可是能争取他们进步!"又对着有翼把手举起来喊:"我们要向资本主义思想作斗争!"范登高老婆说:"见了你爹管保你就不喊了!"灵芝说:"不喊了可不是就不斗争了!"有翼说:"哪里有这团员斗争党员的?"灵芝说:"党员要是有了不正确的地方,一般群众都可以说话,团员自然更应该说话了!"范登高老婆说:"你爹供你念书可供得不上算——要不你还不会挑他的眼!"灵芝说:"妈!这不叫挑眼!这叫治病!我爹供得我会给他治病了,还不上算吗?"又向有翼说:"多寿伯伯也供你上了二年半中学,你也该给他治一治病!"有翼说:"咳!哪天不治?就是治不好!也不知道怨病重,还是怨我这医生不行!"灵芝说:"不要说泄气话!咱们两个人订个公约,各人给各人的爹治病,得保证一定治好!"有翼说:"可以!咱们提出个竞赛条件!治好了以后怎么样?"说着向灵芝的脸上扫了一眼。灵芝说:"治好了就算治好了吧,还怎么样?难道还希望他再坏了?"有翼笑了笑说:"我指的不是这个!"灵芝很正经地说:"我早就知道你指的不是那个!一个团员争取自己家里人进步是自己的责任,难道还可以是有条件的吗?要提个竞赛条件也可以,那只能说'咱看谁先治好',不能说'治好以后怎么样'!照你那个说法,好像是说:'你要不怎么样,我就不给他治了。'这像话吗?"有翼见她这么一说,也觉着自己的话说得不太光明,赶紧改口说:"我是跟你说着玩的!难道我真是没有条件就不做了吗?"灵芝说:"好!就算你是说着玩的!咱们现在讲正经的吧:我爹不是跟你爹说过他们两个人可以一齐参加农业生产合作社吗?咱们要让他们把假话变成真话——我负责动员我爹,你负责动员你爹,让他们在今年秋后都入社。"有翼说:"条件不一样:你爹是共产党员,党支部可以帮助他进步;我爹在村里什么团体也不参加,谁也管不着他的事,光凭我一个人怎么争取得了他?"灵芝说:"再加上你三嫂,你们一家就两个团员,难道不能起一点作用吗?"有翼说:"不行,不行!你还不知道我爹那人?我们两个年轻人要向他说这么大的事,他管保连理也不理,闭上他那眼睛说:'去吧,去吧!干你们的活儿去!'"范登高老婆说:"这还估计得差不多!遇上他不高兴的时候,还许骂一顿'小杂种'!"灵芝想了想又向有翼说:"事实也许会是这样,不过老是照着他的主意活下去,不是都要变成小'糊涂涂'了吗?一家两个青年团员,就算起不了带头进步的作用,也不能让落后的拖着自己倒退!我给你们建个议:不论他理不理,你们长期和他说,或者能争取到叫他不得不理的地步；要是说到最后实在不能生效，为了不被他拖住自己，也只好和他分家！"范登高老婆说："你这个建议要不把有翼他爹气死才怪哩！人家就是怕有翼的翅膀长硬了，才半路把他从学校叫回来。人家常说：'四个孩子飞了一对了，再不能让这一个也飞了！'你如今建议要人家分家，不是又给人家弄飞了吗？"灵芝说："飞了自然合算！要不早一点飞出来，再跟着他爬几年，就锻炼成个只会爬的了！"范登高老婆向灵芝说："要是你爹不听你的话，你是不是也要飞了？"灵芝说："我怎么能跟他比？不论我爹听不听我的话，我迟早还不是个飞？"说罢把脸合在她妈妈怀里哈哈地笑起来。有翼说："咱们一齐飞好不好？"灵芝抬起头来说："你这进步怎么老是有条件的？我要不飞你就爬着！是不是？"有翼说："我没有那么说！我只是说……"灵芝说："算了算了！这一下我才真正认识你了！你的进步只是表演给我看的！"有翼："你不能这样小看人！将来的事实会证明你是胡说！"灵芝说："可是过去的事实一点也没有证明我是胡说！你回来半年多了，在你的家里起过点什么好作用？""你回来也快三个月了，在你的家里起过些什么好作用？""我起的作用都汇报过团支部！你呢？"有翼一时答不上来。范登高老婆说："那么大两个人了，有时候跟两只小狗一样，一会儿玩得很好，一会儿就咬起来了！谈点别的笑话好不好？为什么只谋算着对付你们那两个好爹？"灵芝听她这么一说，忽然觉着不应该对着她泄露自己对付爹的意图，就赶紧掉转话头说："好！尊重妈妈的意见！"又向有翼说："奇怪！为什么谈着闲话谈着闲话就扯到这上边来了？我们今天晚上本来是当礼拜日过的，还是谈些轻松的吧！"

有翼正被灵芝问得没话说，忽然见她释放了自己，才觉着大大松了一口气，接着三个人又和开头一样，天上地下乱扯起来，直扯到范登高老婆打了呵欠，才算结束了这个小小的漫谈会。

灵芝把有翼送出大门外来，正要回去，忽然看见旗杆院的西南墙角下转过来几道用电棒打来的光，接着又听见有几只狗叫起来。有翼说："大概是旗杆院的会也散了！"往村里来的电棒光一道一道散开了，可是还有两道没有往村里来,却往旗杆院南边、农业生产合作社的大场上去。灵芝说:"怎么还有人往村外走?"有翼说:"大概是护秋的民兵!"正说着,又有一条电棒的光已经打到他们脸上,不大一会,范登高便走近了。他们两个人向范登高打过招呼,灵芝指着南边的电光问:"爹!怎么还有人往村外去?"范登高说:"不!那是玉生到场上去试验一个东西!"玉生是村里有名的试验家。他要试验的东西,差不多都很新鲜。两个青年听到这个消息,都要去看,范登高只好把电棒给了灵芝说:"早点回来!"灵芝答应着,便和有翼往大场上去。

这时候,场上一共有五个人——玉生、金生、张乐意,还有两个值班的民兵。从闪闪烁烁的电棒光中,可以看到场东南两边上的新谷垛子,好像一道半圆圈的围墙;别的角落上,堆着一些已经打过的黍秸和绿豆秆;场的正中间,竖着一个石磙,原是玉生早已盘量好了的"中心"的记号。玉生用了个小孩子滚铁环时候用的卡子,推着一个像车轮形的东西在半个场上转,第一圈转到中间碰在竖着的石磙子上,张乐意和金生一齐说"对了";可是第二圈,这个木头车轮却切着石磙子的一边过去。张乐意说:"怎么两次不一样?"玉生说:"这东西太轻,推的时候用的力气不规矩一点就有变动!"金生说:"行了!只要大数不差,在真正碾的时候,只要把缰绳松一松或者紧一紧,都能趁过来!"

灵芝向玉生问明了原委,知道是想把小场用的石磙子洗一下给这大场用,便向他们大家说:"这个用不着试验,可以计算出来!"金生说:"是!会计李世杰也说能算出来!他说他见别人算过,可惜没有记住那个算法。你会不会这个算法呢?"灵芝说:"我想是可以找出算法来的!"说着便蹲在场边和有翼两个人用两根草棒子在地上画着商量了一阵,然后向金生说:"可以算,不过得先知道场子的大小、石磙的长短和石磙两头的大小!"玉生说:"这些数目字都有!得多么长时间能算出来?"灵芝说:"用不了多么大一会,不过得有个灯儿,打着电棒算,着急得慌!"玉生说:"这个自然!你要真有把握的话,咱们回旗杆院算去!那里纸笔算盘都有！"灵芝说："可以！有把握！"灵芝是个很实在的姑娘，大家都相信她不是胡吹，就领着她到旗杆院前东房里来。

张乐意告灵芝说三个才试对了一个，还要算两个；玉生说他试的那一个也不十分对，三个都还得再算。玉生怕这算法万一和事实不符合了误事，所以想让灵芝把自己试过的那一个也算一下看有没有出入。灵芝先让玉生交代出她需要的那几个数目字，立起式子来向有翼说："你算一个，我算两个！"然后就分头算起来。灵芝先把玉生试过的那一个算完，说出了计算的结果，张乐意问玉生对不对，玉生说："除了用我的尺子还量不出来的一点小数以外，完全对了。这点小数现在还没有法子量，可以不管它！"金生说："可见人还是多上一上学好！"玉生说："对呀！咱们要是早会算的话，哪里用得着费那么多的工夫做小样？"不多一会，他们把那两个也算好了，这个问题就这样轻轻巧巧得到了解决。

九　换将

第二天，金生家北窑的窗上才有点麻麻亮，宝全老汉就起来整理家伙，又叫起玉生来，父子俩上场里去洗碌碡。金生媳妇趁孩子还没有醒来便爬起来叫醒了女儿青苗，要她起来跟自己去扫院。玉梅也起来去担水。只有金生晚上睡得太迟，大家没有惊动他。

玉梅担着水回来向金生媳妇说："我二嫂她妈，又在她门口骂人哩！"金生媳妇说："咱们惹下人家了，堵得住人家骂？"玉梅说："不是骂咱们，是骂满喜哥！等我倒了水出来告你说！"她把水担进厨房倒在缸里，然后挑着空桶出来向金生媳妇说："人家看见满喜哥走过来，就故意冲着他骂。人家骂的是'谁哄了他祖奶奶，叫他一辈子也找不上个对象！'满喜哥没有理她。"金生媳妇说："总是满喜怎么骗了人家了吧！"玉梅说："我告诉你怎么骗了她……"接着就把昨晚找房子时候自己怎样给满喜出主意才把何科长送到糊涂涂家的事说了一遍。金生媳妇说："你们打伙哄了人家，

215

自然人家骂的也有你一份——也叫你一辈子找不上个对象！"玉梅说："你这个老大嫂，怎么也帮着能不够骂起人来了！"说着就挑着水桶做了个要向金生媳妇头上砸的样子。金生媳妇说："不要闹不要闹！不要把你大哥闹醒了！"金生在中窑里隔着门帘说："我早就醒来了！"玉梅吐了吐舌头，接着和金生媳妇一齐笑起来。

玉梅挑着水桶正准备走开，金生又在里边说了话，她也只好仍站住听。金生说："你们都学正派一点好不好？争取一个人很不容易，打击一个人马上就见效，你们团里也布置过说服老多寿的工作，可是只用这么一下就把几个月的争取说服工作都抵消了。"玉梅说："我看打击不打击都一样。有翼和菊英两个团员都住在他家，争取来争取去有什么作用？糊涂涂天生糊涂涂！一辈子也争取不过来！"金生说："难道到了社会主义时候，还要把他们留在社会主义以外吗？争取工作是长期的！只要不是生死敌人，就得争取！"说着就穿好衣服走出来。玉梅笑着说："你不是说过争取中间也要有斗争吗？"金生说："斗争也应该正正派派斗争，哄了人家，人家下次还信咱们的话吗？再不要跟人家开这种玩笑！"玉梅听到这里，知道他的话说完了，便挑着水桶往外走，可是才走了两步，就又听得金生叫她。

金生这会可不像刚才那么严肃，只是轻轻叫了一声说："玉梅！你且把水桶放下，我跟你商量个别的事！"玉梅见他不再追问哄了能不够和糊涂涂的事，也就觉着轻松了一点，便把水桶放下来问他商量什么事。金生说："咱们社里又要分粮食了。去年的社才二十来户，在分粮食时候，一个会计都搞不过来，今年发展到五十户了，会计方面要是再不加人，恐怕分配就很成问题。我想把灵芝动员到社里来当会计你说好不好？"玉梅说："那当然好了！不过她不是社员呀？"金生说："我想工换工总可以。咱们换给他们互助组里一个人，我想他们也不会不答应。灵芝本人是团员，到社里又不屈她的才能，我想更没有什么不答应的理由。"玉梅说："可是该把谁换出去呢？"金生说："我就是和你商量这个。我想把你换给他们组里。你同意不同意？"这一下问得玉梅马上没有回答上来。她恨自己文化程度低，但是明明低，自己也不能不认输。她想自己低也倒罢了，为什么偏要用自己作抵头，去换人家那高的呢？她想到这里，便反问金生说："社里那么多的人，为什么偏要拿我去换呢？"金生说："这也有些原因：社里各组都是大包工，男劳力抽调不动。要用女劳力换，总还得换给人家个强的，不能让人家说光图咱的合适，不给人家打算。咱社里强的女劳力虽说还有几个，可是除了你和小凤是一个团员一个党员，其余都是群众，不一定很好说话，今天晌午打下谷子来就要分，顾不上等着慢慢和她们商量，所以我才想到你——小凤是副社长，自然不能换出去。我想这是为了咱社的顺利，对你也没有害处。你想想是不是可以去。"玉梅说："为了咱们社自然是好事，大哥说什么话自然都是经过考虑的，可是等我想想我自己行不行。我担回这担水来答复你好不好？"金生说："好！你去吧！"玉梅挑起水桶走了，宝全老婆从北窑里出来问："你们要把我玉梅换给人家谁呀？"金生媳妇有时候爱和婆婆逗笑。她说："换给供销社，给你换一匹洋布穿！"宝全老婆笑了笑说："能值一匹洋布也不错！"

　　玉梅走出大门，第一个念头仍是恨自己耽误了学文化。她和灵芝同岁。当她们在十四岁的时候，正是刘邓大军南下的那一年（一九四七年）。那时候，太行山区已经没有敌人了，县里的高级小学正式恢复，因为没有学生，县教育科派人到各村动员。在三里湾本来打算让她和灵芝两个女生都去，后来她妈妈说一个十四岁的傻姑娘，出了门自己顾不住自己，她自己也不愿意离开妈妈到城里去，所以结果只有灵芝去了。现在灵芝是初中毕业了，她自己却连初小学的那点东西也忘了一半，还得在夜校补习。这一点，她早晚想起来都有点不服气。她觉着她的天资一点也不比灵芝差，只怨错打了主意才耽搁得不如人家。她从小也曾听说过些什么姑娘跟着什么灵山老母学艺，学成了以后，老母赐了她一个宝葫芦，要甚有甚。她觉着灵芝现在好比是得了宝葫芦了，自己本来也可以得到，可是误了。这个念头在她脑子里只要起个头，接着就要想起一大串，想拦也拦不住。她想着想着，就已经走到井台上。比她先到的还

217

有三个人没有绞水。她把水桶挨着那第三个人的水桶一放,猛然发现自己又想到宝葫芦那条老路上了,就突然暗暗纠正自己说:"又想这个干什么?回去就向大哥说这个吗?"接着就转了一个方向想下去。第一她想到糊涂涂他们那一组里的活也没有什么难做——青年妇女只有个陈菊英,老年妇女有的根本不下地,有的下地也做不了多少,自己倒也不怯她们。第二想到组里的青年少,不太热闹,不过有了和有翼接近的机会,满可以补起这个缺点。她和有翼的感情是从学文化上好起来的。她以为有翼的葫芦里的宝可能没有灵芝的全,不过就是这不全的,自己一时也倒不完,满可以做自己的老师。第三想到互助组是工资制,不是分红制,在报酬上可能要吃点亏。第四是她听满喜说给谁做活如果吃谁的饭,抵三斤米。糊涂涂家爱让人家在他家吃饭,可是他家的饭吃不饱……她正想着这些,前边的三个人都绞起水来担走了,后边的人催她绞水,她猛然发现自己想的又不是路,又暗自埋怨说:"呸!为什么又光给自己打算起来?回去就向大哥说这个吗?"她用索头套上了水桶,吱咕吱咕一气绞了两桶水,担起来往回走。这时她索性把自己的思想简单化了一下:"什么也不用考虑了!能给社里换来一个好会计,还不是一大功吗?"

她担着水一进了大门,金生便问她:"考虑得怎么样?行不行?"玉梅说:"行!马上就换过去吗?"金生说:"等我和各方面都商量了再换。我先到场里和乐意老汉商量一下!"说着便要走。

金生媳妇说:"慢着!你先把这一口袋麦子捎带扛到磨上!"又向玉梅喊:"玉梅!你倒了水给我送一下筐箩、簸箕好吗?我先到社里牵牲口去!"又向婆婆说:"娘!请你给我听着孩子!要是大胜醒来了,给我送到磨上来叫他吃些奶!"

金生扛起麦子,金生媳妇领着女儿青苗跟着走出去。玉梅倒了水,拿起筐箩、簸箕、罗床、钢丝罗、笤帚等一堆家具也走出去。

金生送了麦子去找张乐意,金生媳妇牵了牲口去套磨,玉梅送了磨面家具转到场里去削谷穗,走到半路上,碰上她娘领着她大嫂的五岁孩子黎明往磨上送。这老人家见了玉梅便向黎明说:"跟你姑姑到场里玩去吧!不要到磨上麻烦你娘了!"

十　不能只动一个人

才收开秋,场上的东西色样还不太多,不像快收割完了时候那样红黄黑绿色色都有,最多的是才运到场上还没有打的谷垛子,都是成捆垒起来的;其次是有一些黍秸、绿豆秆,不过因为不是主要粮食,堆儿都不大,常被谷垛子堵得看不见。可是就从这简单的情况中,也可以看出哪个场是合作社的,哪个场是互助组的,哪个场是单干户的。最明显的是社里的大场,一块就有邻近那些小场子的七八块大,谷垛子垛在一边像一堵墙;三十来个妇女拖着一捆一捆的带秆谷子各自找自己坐的地方,满满散了一场,要等削完了的时候,差不多像已经摊好了一样;社长张乐意一边从垛子上往下推捆,一边指挥她们往什么地方拖,得空儿就拿起桑杈来匀她们削下来的谷穗;小孩们在场里场外跑来跑去闹翻天;宝全老汉和玉生把两个石磙早已转到场外空地里去洗。社长"这里""那里""远点""近点"的喊嚷,妇女们咭咭呱呱的聒噪,小孩们在谷穗堆里翻着筋斗打闹,场外有宝全和玉生两人"叮嘣叮嘣"的锤钻声好像给他们大伙儿打板眼,画家老梁站在邻近小场里一个竖起来的废石磙上,对着他们画着一幅削谷穗的图。互助组的场上虽说也是集体干,可是不论场子的大小、谷垛子的长短、人数的多少,比起社里的派头来都比不上。单干户更都是一两个人冷冷清清地削,一场谷子要削大半个上午,并且连个打打闹闹的孩子也没有——因为孩子们不受经济单位的限制,早被社里的小孩队伍收吸去了。

　　就在这个大热闹的时候,金生来找张乐意。金生把他想拿玉梅换灵芝来当会计的计划向张乐意说明以后,张乐意拍了一下手说:"昨天晚上我见她算石磙算得那么利落,也想到怎么能把她借过来才好,可没有想

219

到换！"因为他见金生和他想到一条路上，觉着特别高兴，说话的声音高了一点，可是忽然又想到灵芝就在紧靠社场西边马多寿的场上给马家摊场，觉着可能被她听见了，向西看了一看，灵芝正停了手里摊着的连秆小谷（早熟谷），指着这边场里向马有翼说话，他想八成是听见了，便用嘴指了指西边向金生说："咱们说的人家听见了！"金生向西一看，正碰上灵芝和有翼转回头来看他们，两方面都笑了。

金生走到场边低声说："听见了我就先和你谈谈，不过且不要向外嚷嚷！你觉着怎么样？愿意吗？"灵芝说："这么好一个学习机会，我自然愿意！你能跟我爹说一说吗？"金生说："那自然要去说！还能越过了组长？我说且不要嚷嚷，就是说等完全说通了再宣布。不过有余是副组长！有余！你看怎么样？"有余听到别人低声讲话时候，只怕人家是议论他们家里的落后，所以没有不偷听的。这次他没有从头听起，正愁摸不着头脑，又不便打听，恰巧碰到金生问他，他便装作一点也没有听见的样子说："什么事？和我有关系吗？"当金生又给他说了一遍之后，他立刻答应说："可以！我们组里用不上人家的才能，换过去就不屈材料了！"其实他是铁算盘，马上就算到这么一换对他有利——玉梅的劳动力要比灵芝强得多。

灵芝向有翼悄悄说："要他们再找一个人连你也换过去好不好？"有翼也悄悄怪她说："你不知道我生在什么家庭？"

金生见这一头很顺利，便和张乐意说："这一头算说妥了，我再去找范登高去！"乐意老汉说："慢着！还有魏占奎那一头哩！"接着他想了想又说："你先去吧！一会他担谷回来我向他说！"金生便去了。

一会，十个青年小伙子每人担着一担带秆的谷子回来了。乐意老汉问："担完了吗？"小组长魏占奎说："还有八担！"他们担的是昨天担剩下的一部分，所以不再另打垛，直接分送到削谷穗的妇女们面前，拔出尖头扁担来便又走了。

乐意老汉叫住魏占奎说："占奎你不要去了，我和你商量个事！"魏占奎凑近了他，他便把用玉梅换灵芝的计划向他说明。魏占奎说："可以！

不过你得再给我们组里拨人！"乐意老汉说："你提得也不嫌丢人？全社的青年小伙子三分之二都集中在你们组里，一个秋天还多赶不出一个妇女工来？"魏占奎说："我们今年的工包得吃了亏了。就像刚才担的这四亩谷子，在包工时候估是六十担，现在担了七十担，地里还有八担……"乐意老汉说："十八担谷不过多跑上两遭，那能差多少？""光担吗？也要割、也要整、也要捆，哪里不多误工能行？""那也不是光你们组，大家都一样——在产量方面我们都估得低了点！""我也不是光嫌我们组里吃了亏！我考虑的是怕不能合时合节完成秋收任务！前天是八月三十一号，我们组里结算了一段工账，全年包下来的工做得只剩下四百零两个了，按我们现有的人力，赶到九月底还能做五百一十个，可是按每块地里庄稼的实际情况估计，非六百以上的工收割不完。再者，玉梅是个强劳力，除了社里规定不让妇女挑担子以外，不论做什么都抵得上个男人……"乐意老汉打断他的话说："小利益服从大利益嘛！分配工作做好了，每次一个人少在场上等一会，你算算能省多少工？想想去年到年底还结不了账，大家多么着急？"魏占奎说："这道理我懂，换人我也赞成，只是我们的任务完不成也是现实问题。你说怎么办我的老社长！要不把包给我们的地临时拨出去几亩也行！"乐意老汉说："那还不一样？能拨地还不能调人？你等我想想看！"老头儿盘算了一会说："园里可能想出办法来——黄瓜、瓠子都卖完了，秋菜也只有点芹菜和茄子了，萝卜、白菜还得长一个多月才能卖，秋凉了也不费水了，大概可以调出一个人来。这样吧！决定给你调个人，你先把玉梅让出来吧！""什么时候？""玉梅马上就要，给你调的人最迟是明天给你调过去！"魏占奎见这么说，也就没有意见了。

十一　范登高的秘密

　　金生走到范登高大门口，听见范登高和给他赶骡子的王小聚吵架，就打了个退步。他不是听人家吵什么——事实上想听也听不见，只能听见吵得声音太大的字眼,像"算账就算账"呀,"不能两头都占了"等等——他只是想等他们吵完了然后再进去,免得当面碰上了,弄得两个人不继续吵下去下不了台。可是等了半天,人家一点也没有断了气,看样子谁也没有停下来的意思,就那样平平稳稳吵一天也说不定。金生是有事人,自然不能一直等着,便响响地打了几下门环,叫了一声。这一叫,叫得里边把争吵停下来,范登高在里边问了一声"谁呀?"金生才走进去。

登高一见是金生,心里有点慌,生怕刚才犯争吵的事由已经被他听见,就赶快让座说:"有什么事这么早就跑来了?"

他准备用新的话头岔开,让金生不注意刚才吵架的事,可是怎么岔得开呀?小聚还站在那里没有发落哩!小聚没有等金生开口就抢着向登高说:"还是先说我的!我得回去打我的谷子!只要一天半!"登高这会的要求是只要小聚不说出更多的话来,要什么答应什么,所以就顺水推舟地说:"去吧去吧!牲口后天再走!"

小聚去后,金生在谈问题之前,顺便问候了一句:"大清早,你们东家伙计吵什么?"范登高知道一个党员不应该雇工,所以最怕别人说他们是"东家伙计"。他见金生这么一提,就赶紧分辩说:"我不是早向支部说过我们是合伙搞副业吗?我出牲口他出资本,怎么能算东家伙计?"金生说:"我的老同志!这就连小孩也哄不过去!谁不知道小聚是直到一九五○年才回他村里去分了三亩机动地?他会给你拿出什么资本来?"

这王小聚原来是三里湾正西十里"后山村"的一个孤孩子,十二岁就死去了父母,独自一个人在临河镇一家骡马大店当小伙计,因为见的牲口多,认得好坏,后来就当了牲口集市上的牙行,就在临河镇娶了个老婆安了家。在一九四七年平分土地的时候,后山村的干部曾打发人到镇上问他回去种地不,他因为怕劳动,说他不回去种地。从前的当牙行的差不多都是靠投机取巧过日子。他在一九五○年因为在一宗牲口买卖上骗了人,被政府判了半年劳动改造,期满了强迫他回乡去劳动生产。这时候,土地已经分过了，村里只留了一部分机动地，准备给无家的退伍军人安家的，就通过后山村的机动地管理委员会临时拨给他三亩。本来还可以多拨给他一点，可是他说他种不了，怕荒了出不起公粮，所以只要了三亩。

三亩地两口人，就是劳力很强的人也只够维持生活，他两口子在过去根本没有种过地，自然觉得更吃力一些，但是就照这样参加到互助组里劳动几年，锻炼得有了能力，到了村里成立农业生产合作社的时候参加了社，生活还是会好起来的，只是他不安心，虽说入了互助组，组里也管不住他，隔个三朝五日就仍往临河镇上跑一次，仍和那些不正派的牙行鬼鬼祟祟偷偷摸摸当个小骗子。

一九五一年秋收以后，有一天，范登高赶着骡子到临河镇上缴货，走到半路恰巧和他相跟上。他说："三里湾村长！我给你赶骡子吧？"范登高本来早就想雇个人赶骡子，可是一来自己是党员，直接雇工党不允许，变相雇工弄穿了也有被开除党籍的可能，二来自从平分土地以后，愿意出雇的人很少，所以没有雇成。现在小聚一问他，他随便开着玩笑说"可以"，可是心里想："雇人也不要你这样的人！"两个人相跟着走了一阵子以后，范登高慢慢又想到"现在出雇的人这样缺，真要雇的话，挑剔不应太多，一点毛病没有是很不容易的。"心眼一活动，接着就转从小聚的优点上想——当过骡马店的伙计，喂牲口一定喂得好；当过牙行，牲口生了毛病一定看得出来；常在镇上住，托他贩货一定吃不了亏：他又觉得可以考虑了。就在这一路上，范登高便和王小聚谈判好了，达成了下面四条协议：每月工资二十万，生意赚了钱提奖百分之五，不参加庄稼地里工作，对外要说成合伙搞副业，不说是雇主和雇工。

这次吵架的原因，依登高说是小聚没有认真遵守协议的精神，依小聚说是不在协议范围之内。事实是这样：骡子经常是给别人送脚，有时候给登高自己捎办一些货物，采办货物时候，事先是由登高决定，可是小聚也有机动权，见了便宜可以改变登高的计划。这次贩绒衣是登高决定的，在进货时候恰巧碰上供销社区联社也在那一家公营公司进货，小聚便凑了区联社一个现成进货价钱。在小聚还觉着小批进货凑一个大批进货的价钱一定是便宜事,回来和登高一说,登高嘴上虽说没有提出批评,心里却暗自埋怨他不机动,竟和区联社买了同样的货,再加上他又向别处交了一次给别人运的货,迟回来了两天,区联社的绒衣就已经发到三里湾来了。供销社的卖价只是进货价加一点运费和手续费,"进价"可以凑,"卖价"凑不得——要跟供销社卖一样价就没有钱可赚了。范登高想:"照昨天晚上的事实证明,这批绒衣不赚钱也不好出手,只好放在柜子里压着本不得周转。"他正为这事苦恼了半夜,早上刚一起来又碰上小聚要请假回家收秋,这又与他的利益冲突了:脚行里有句俗话说,"要想赚钱,误了秋收过年",越是忙时候,送脚的牲口就越少,脚价就越大。登高想:"要在这时候把骡子留在家里,除了不能赚高价运费,两个骡子一天还得吃一斗黑豆的料。里外不合算。"他觉着小聚不应该太不为他打算。他把上边的道理向小聚讲了一遍,不准小聚请假。小聚说:"我给你干了快一年了,你也得照顾我一下!我家只种了那三亩地,我老婆捎信来说明天要打谷子,你也能不让我回去照料一下吗?"登高说:"打谷子有你们互助组替你照料!打多少是多少吧,难道他们还要赚你的吗?要说照顾的话,我不能算不照顾你——一月二十万工资,还有提奖,难道还不算很大的照顾吗?偏在能赚钱的时候误我的工,你可也太不照顾我了!"小聚说:"工资、提奖是我劳力劳心换来的,说不上是你的照顾!""就不要说是照顾,你既然拿我的钱,总得也为我打算一下吧!难道我是光为了出钱才找你来吗?""难道我光使你的钱没有给你赶骡子吗?""要顾家你就在家,在外边赚着钱,不能在别人正要用人时候你抽工!一个人不能两头都占了!""可是我也不能死卖给你!今天说什么我也得回去!不愿意用我的话,咱们算了账走开!""算账就算账!该谁找谁当面找清!""长支你的工资只能等我到别处慢慢赚着钱还你!用你那二三十万块钱霸占不住我!"……两个人越吵理由越多,谁也不让谁一句。在登高知道小聚长支的钱马上拿不出来,所以说话很硬;在小聚知道登高这位雇主的身份见不得人,不敢到任何公共场面上说理去，所以一点也不让步。要不是金生到那里去，他们两个真不知道要吵出个什么结果来。

登高见金生猜透了他和小聚的真实关系，赶紧分辩说："唉！跟你说真话你不信，我有什么法子？"金生说："不只我不信，任是谁都不信！好吧！这些事还是留在以后支部会上谈吧！现在我先跟你谈个别的小事！"接着就提出要用玉梅换灵芝当会计的计划。登高见他暂不追究雇工的事，好像遇上了大赦；后来听到自己女儿的能力，已经被支部书记和社长这些主要干部尊重起来，自己也觉得很光荣，便很顺利地答应说："只要她干得了，那不很好吗？"

这时候，金生的女儿青苗跑进来喊："爹！何科长和张副区长找你哩！"金生向范登高说："我得回去了！那事就那样决定了吧？"登高说："可以！"金生便跟青苗回去了。

十二　船头起

金生回到家，何科长先和他谈了一下糊涂涂老婆常有理告状的事，然后提出要全面看一下三里湾的生产建设情况，让他给想一个最省工又最全面的计划。金生说："计划路线倒很容易，只是找个向导很困难——主要干部顾不上去，一般社员说不明问题。"副区长张信说："向导不用找，我去就行了！"金生说："你要去的话，就连计划也不用订了。一切情况你尽了解。"张信说："可是何科长只打算参观一天，想连地里的生产建设、内部的经营管理全面了解一下，所以就得先好好计划一下了。"三个人商量的结果是：上午跑野外，下午看分配，夜里谈组织和经营。谈了个差不多，管饭的户就打发小孩来叫何科长和张副区长吃饭来了。

吃过早饭，张信同志便带领着何科长出发。他们过了黄沙沟沿着河边石堰上向南走。张信同志一边走着一边向何科长介绍情况说："这黄沙沟往北叫上滩，往南叫下滩。社里的地大部分在下滩，小部分在山上，上滩也还有几块。社里的劳动力，除了喂骡驴的、放牛的、磨粉、喂猪的几个人以外，其余共分为四个劳动组。三里湾人好给人起外号，连这些组也有外号：咱们现在就要去的这个组是第三组，任务是种园卖菜，组长是金生的父亲王宝全，因为和各组比起来技术最高，所以外号叫'技术组'。打这里往西，那个安水车的地方叫'老五园'。在那里割谷的那一组是第二组，组长是副村长张永清，因为他爱讲政治——虽说有时候讲得冒失一点，不过很好讲，好像总不愿意让嘴闲着——外号叫'政治组'。靠黄沙沟口那一片柳树林南边那一组捆谷的，连那在靠近他们的另一块地里割谷的妇女们是第一组，因为他们大部分是民兵——民兵的组织性、纪律性强一点，他们愿意在一处保留这个特点，社里批准他们的要求——外号叫'武装组'。社里起先本来想让他们分散到各组里，在组织性、纪律性方面起模范作用，后来因为要在那一片几年前被黄沙沟的山洪冲坏了的地里，起沙搬石头恢复地形，都需要强劳力，才批准了他们的要求。第四组今天在黄沙沟做活，我们现在还看不见，组长叫牛旺子，因为河滩以外山上的地都归他们负责，所以外号叫'山地组'。"

他们说着话已走近了菜园。

这菜园的小地名叫"船头起"，东边是用大石头修成的防河堰，堰外的地势比里边低五六尺，长着一排柳树，从柳树底再往东走，地势越来越低，大约还有一百来步远，才是水边拴船的地方。大堰外边，有用石头垫成的一道斜坡，可以走到园里来，便是从河东岸来了买菜的走的路。靠着大堰，有用柳枝搭的一长溜子扁豆架，白肚子的扁豆荚长得像皂荚。园里分成了若干片，一片一个样子，长着瓠子、丝瓜、茄子、辣子、白菜、红白萝卜等等杂色蔬菜，马上也判断不清还长着些什么别的东西。园子的东南角上有一座小孤房子，是卖菜的柜房，也是晚上看园人的宿舍。

这时候，水车上已经驾起骡子车水，有几个社员在种白菜那一片里拨水、灌粪，另一个社员拿着个筐子摘茄子。

副组长王兴老汉，正提着个篮子摘垄道两旁的金针花苞，因为摘得迟了一点，有好多已开了花（金针是快要开花时候就应摘的，开了花就不太好了），一边摘着一边给那个摘茄子的人讲做活应懂得先后，说茄子迟一会摘不要紧，应该先摘金针。他正讲着话，看见张信领着一个人走进园子里来，便把手里的篮子递给那个摘茄子的说："副区长领了个参观的人来了。你且不要摘茄子，先给咱们摘金针，让我迎接人家去。"

王兴老汉迎到跟前，张信给他介绍过何科长，他握着何科长的手说："就在石堰上休息一下吧！"他领着他们两个人走到石堰上一棵柳树荫下坐下。这里放着个向过路客人卖甜瓜用的木盘。王兴老汉说："副区长你且陪何科长坐着，让我给你们先摘几个甜瓜吃！"何科长辞了一会，王兴老汉一定要让他们吃。张信说："在老西北角上哩！你喊他们一个年轻人去吧！"王兴老汉说："他们都是今年才学着种，认不得好坏！"说着自己就去了。

张信指着老汉向何科长说："这老人家就是女副社长秦小凤的公公，今年六十五岁了，出身和王宝全老汉差不多，也给刘家种过园。"何科长指着园里那些豆棚、瓠架、白菜畦里的行列说："怪不得活儿做得跟绣花一样哩！原来是这么两个老把式领导的！不错！称得起'技术组'！"

一会，王兴老汉摘了些甜瓜来放在盘里说："哪一个不熟、不脆、不甜、不香都管换！"又向柳树上喊："老梁同志！下来吃个甜瓜再画！"何科长和张信都抬起头向上看着说："树上还有人哩！"老梁在树上说："谢谢你！我就下去！"又向何科长和张信说："对不起！我没有和你们打招呼！"何科长笑着说："没有什么！倒是我们打扰了你！你们艺术家们是怕人打扰的！"

大家坐下了，老梁也下来了，四个人围着盘子，一边吃甜瓜一边谈情况。何科长问起园里收入的情况，张信说："按原来的预算是一千五百万，现在听说超过，可不知道超过了多少。"又问王兴老汉说："大概可能卖到两千万吧?"王兴老汉说:"在造预算时候我就说过对园里的估计不正确。现在已经卖够一千五百万了,将来连萝卜白菜卖完了,至少也还卖一千五百万!"何科长说:"这是几亩?"王兴老汉说:"一共二十亩还有二亩种的是谷子。园地不费地盘,就是误的人工多。常说'一亩园十亩田'哩!"何科长说:"照现在这样是不是能抵住十亩田?"王兴老汉说:"按现在增了产的田算抵不住,要按从前的老产量说可以抵住。像这地,从前的产量是两石谷子,二十亩是四十石,按现在的谷价合,八万一石,四八合三百二十万。现在光种菜这十八亩就能卖三千万,粗说一亩还不是抵十亩的收入吗?"何科长说:"那二亩为什么不也种菜?"张信说:"那二亩是社里的试验地,由玉生掌握,一会咱们可以去看看!"老梁问:"你们的社扩大以后,是不是可以种它五十亩呢?"王兴说:"不行!这里离镇上远一点,只能卖到东西山上没有水地的山庄上,再多种就卖不出去了。"

算了一会收入账,何科长又问了几种种菜的技术,就有个买菜的小贩挑着筐子走上石坡来。张信向何科长说:"咱们到各处走走吧!老汉要去给人家称菜了!"说着就站起来。接着大家就都站起来。王兴老汉说:"副区长!你就陪着何科长游一游,要是还有要问我的事,等我把这个客打发走了再谈!"说罢就分头走开——张信同何科长游园,王兴老汉去卖菜,老梁仍旧回到柳树杈上去画画。

何科长对每一种菜都要走到近处看看。他一边看,一边称赞他们的种植技术:菜苗的间隔、距离匀整,菜架子的整齐统一,好像都是量着尺寸安排的;松软平整的地面上,不止干净得没有一苗草,仿佛连一苗茄子几片叶子都是有数目规定的。他问张信说:"他们组里几个人?"张信说:"连在河边撑船摆渡的两个人一共十二个人——摆渡也是他们的副业收入,不止渡买菜的。"何科长说:"说起地面来,一个人平均种不到二亩,种的也确实不多,可是要把地种成这个样子,就是种一亩也不太容易!一家人在院子里只种几盆花,也不见得像人家这块地里的东西抚弄得整齐、茂盛。怪不得人家十八亩地就要收入三千万!人家真把工夫用到了!"

他们欣赏着各种蔬菜的种植技术，已经走到玉生经营的二亩试验地边。这二亩地没有垄道，又分成两块：靠园的一块种着颜色、高低各不相同的六种谷子，往外面一点的一块，种的是一色狼尾谷。何科长问："园里的水走不到这里吗？怎么连垄道也不打？"张信说："他们的谷子都种在旱地里。他们怕水地的经验到了旱地不能用，所以故意不浇水。"接着他又把这二亩谷子试验的目的向何科长介绍说："靠园的这块是试验谷种的。这地方的谷子种类很多，这六种都是产量最大的，可是六种自己比起来究竟哪一种更合适些，大家的说法不统一。玉生说就把这六种谷子种成六小片，每片都只种一分地，上一样粪，留一样稠的苗，犁锄的遍数、时期都弄得一样了，看看哪一块收得多。靠边的这一块是一亩四分，是试验留苗稀密的。去年省里推广密垄密植的经验，叫每亩地留一万二千苗，我们社里照那数目留下了，果然增了产。玉生说在咱们这地方留一万二千苗是不是最合适的还不知道。他说也可以试验一下，也可以分成好多小块，种同一种谷子、上一样粪、犁锄的遍数、时期也都弄一样了，只是把每一小块种成八寸垄、九寸垄、十寸垄，每分九百苗、一千苗、一千一、一千二、一千三、一千四都有，看哪块收得多。大家同意他试验二亩，所以就种了这二亩试验地。"何科长问谁给他出的主意，张信说是他自己想的。何科长说："这个青年的脑筋真管用，好多地方暗合科学道理！以后可以派县农场的同志们帮他每年都做一点这种试验，慢慢就可以把哪一个谷种最适宜种在什么土壤上、用什么肥料、留多少苗、什么时候下种、什么时候施哪一种追肥……都摸一下底。农业专家做试验也常要用这种办法，不过他们的知识和仪器都更精密一点罢了。"

他们看罢了试验地，便要往"政治组"去，临去向老王兴招手说："王老人！你忙着吧！我们去了！"王兴老汉身边正围着三四担菜筐子等他称菜，顾不上来送他两个，只高举着秤杆子招呼他们说："再见，再见！我顾不上送你们了！明天有工夫再来玩吧！"

十三　老五园

张信领着何科长离了船头起菜园，通过了几块棉花地，就钻进了一丈多高高秆的玉蜀黍地中间的小路上。张信介绍说："这也是'政治组'种的地。"伸起手还探不着的玉蜀黍穗儿长得像一排一排的棒槌，有些过重的离开秆儿，好像横插在秆上，偶然有一两个早熟的已经倒垂下来。这些棒槌虽说和秆儿连接得很保险，可是在你不继续考虑这个关系的时候，总怕它会掉下来砸破你的头。他两个在走这一段路的时候，谁也不想多说话，只想早一点通过这个闷人的地方。

穿过了这段玉蜀黍地，便看见老五园。三里湾自古就向东西两边的山庄上卖菜，不过菜园子是汉奸刘老五家开的，就在这块地方。那时候，刘家用自己的威风，压着大家给他让一条卖菜的路，从船头起通到这里，贩菜的人和牲口每天踩踏着路旁的庄稼，大家也只好忍气吞声，直到刘老五犯了罪，这园被没收了分配给群众以后，才把这条路改小了。得地的人，都是些缺粮的小户，所以大家都不种菜而改种粮食，虽说后来在水井的两旁成立了两个互助组，又把辘轳换成水车，可是仍然不再种菜。在头一年（一九五一年）建社时候，井北边的一个组入了社，井南边的仍旧还是互助组。

何科长和张信快要走近这老五园的时候，正赶上这里的小休息。社里的"政治组"和井南边的互助组共同休息在井台附近。社里的组长就是前边提过的副村长张永清，互助组的组长是和王宝全打铁那个王申的孩子王接喜。两个组长好像正谈论着什么事，张永清拿着两柄镰刀不知道表演什么，引得大家大笑了一阵。有个老社员看见了何科长和张信，喊着说："张信同志！你和何科长正赶上给我们修理机器。"张永清回头一看，见是何科长和张信来了，就弯腰拾起了两个谷穗儿然后迎上去。

大家把何科长和张信让到井台的一角上坐下了。何科长问："修理什么机器？"问得大家又笑起来，比刚才笑得更响亮，更长久。原来当他们两个人还没有走近这里的时候,张永清正介绍他在省里国营农场参观过的一架"康拜因"收割机割麦子。这事情他本来已经做过报告,可是大家想知道得更详细一点,所以要让他一个部分一个部分谈。这个机器一共有多少部分,哪一部分管做什么,连他自己也没有记住,所以只好表演。他说那家伙好像个小楼房,开过去一趟就能割四五耙宽,割下来就带到一层层的小屋子里去,把麦子打下来、扬簸得干干净净,装到接麦子的大汽车上……他正用两只手指指画画叙述着,接喜问他:"机器怎么会把四五耙宽的麦子捉住呢?"他说:"是用很长的一个轮子,跟咱们风车里的风轮一样,那轮上的板把上半截麦子打在个槽里……"说着便旋着两根镰柄在谷地做样子,可是一用力就把两个谷穗子打掉了。有人说:"这部机器还得修理修理。"说得大家"轰隆"一声都笑起来。那个老社员请何科长和张信修理机器,就指的是这个机器。何科长和张信问明了原因,也随着他们笑了一阵。

张永清看着何科长便想起了糊涂涂老婆常有理。他想何科长既然住在他们家,常有理一定要告自己的状——因为自从他顶撞了常有理的几个月以来,每逢新到村里来一个干部,常有理就要告一次状,连看牲口的兽医来了她都向人家告。他试探着问何科长说:"你住的那一家的老太太向你告过状了没有?"还没等何科长回答,大家几乎是一齐说:"那还用问?"何科长说:"要不是她告状的话,我还不能一直睡到快吃饭才起来呢!"王接喜替张永清问:"告得一定很恶吧?"何科长说:"那老太太固然糊涂一点,可是张永清同志说话的态度恐怕也不太对头。"又向张永清说:"人家说你说过:'在刀把地上开渠是一定得开的,不论你的思想通不通——通也得开,不通也得开!告状也没有用!我们一边开渠一边和你打官司!告到毛主席那里也挡不住!'这话如果是真的,那就难怪人家告你的状了!"何科长说到这里,别的人都看着张永清笑了。张永清说:"这几句话我说过,可是她就没有说我们是不是也向她说过好的?"何科长说:"只要说过这几句话,任你再说多少好的也没有作用了。"王接喜组里一

231

个组员说:"何科长还不了解前边的事,依我看不能怨永清的态度不好。在永清没有说那几句话以前,大家把什么好话都给她说尽了——她要地给她换地、要租给她出租、要产量包她产量——可是她什么都不要,就是不让开渠,你说气人不?都要像她那样,国家的铁路、公路就都开不成了。依我说她那种像茅厕里的石头一样的又臭又硬的脑子,只有拿永清那个大炮才崩得开!"何科长说:"问题是崩了一阵除没有崩开,反把人家崩得越硬了!要是已经崩开了的话,人家还告他的状吗?为了公共事业征购私人的土地是可以的,但是在一个村子里过日子,如果不把思想打通,以后的麻烦就更多了。她是干属,是军属——是县级干部和志愿军的妈妈,难道不能和我们一道走向社会主义吗?大家要和她对立起来,将来准备把她怎么样?渠可以开,但是说服工作一定还得做!再不要用大炮崩!"张永清说:"对对对!我以后再不崩了!"一开头请何科长修理机器的那个老社员说:"以前崩的那几炮算是走了火了!"大炮能走火的事以前还没有听说过,所以又都笑了。

一个和王接喜年纪差不多的青年组员说:"接喜!你爹那脑子,依我看也得拿永清老叔的大炮崩一崩!"另一个组员纠正他说:"连'常有理'都不准崩了,怎么还可以去崩'使不得'?"

何科长见他们这一组热闹得很,数了数人也没有数清,好像大小有二十来个,便问他们说:"你们这一组不觉着太大吗?"张信向他解释说:"这是两个组。一个是社里的,另一个是互助组。"互助组一个组员说:"我们明年就一同入社!"何科长说:"全组都愿意吗?""都愿意,就是剩组长他爹不愿意了。"何科长又问到组长他爹是个什么想法,张信便把王申那股"使不得"的劲儿向他介绍了一番。以前说要拿大炮崩的那青年说:"依我看那是糊涂涂第二!"张永清说:"可不一样:糊涂涂是财迷,申老汉不财迷。到了扩社时候,我保险说得服他!"

又谈了一阵,张永清看了看水车的阴影说:"该干活了!"那个青年也看了看阴影说:"人家'武装组'和'技术组'都有个表,咱们连个表也没有。"张永清说:"不要平均主义吧!咱们也不浸种、也不换岗,暂且可以不要,等咱们把生产发展得更高了,一人买一个都可以!"

两个组又都干起活来了,何科长和张信看他们割了一阵谷子,就又向黄沙沟口柳树林那里走去。

十四 黄沙沟口

何科长看见黄沙沟口柳树林那里那伙捆谷的青年不在地里了,另外有个人驾着一犋牛在里边耙地,就问张信说:"怎么谷捆子还在地里就耙起地来了?"张信说:"远地都是等担完了谷子才耙,近地只要先担了一溜就可以耙——耙的耙、担的担也赶得上。"何科长说:"收秋这一段不是包工吗?"张信说:"包工。谷子地连犁耙、种麦子都包在内;晚秋地不种麦子,不过秋杀地也包在内。犁耙地的,每组都有专人——一收开秋,他们不管别的事,只管耙地、犁地。"他们正说着,武装组的十个小伙子又扛着尖头扁担从场里返回地里来了。这十个人顺着地畔散开,一个个好像练把式,先穿起一捆谷子来,一手握着扁担紧挨那一捆谷子的地方,另一只手握着那个空扁担尖,跟打旗一样把它举到另一捆谷子的地方,把那一个空扁担尖往里一插,然后扛在肩膀上往前用力一顶,就挑起来了。不到五分钟工夫,他们便又连成一行挑往场里去。

何科长和张信又走了不多远,便听见在这柳树林边另一块地里割谷子的青年妇女们,用不高不低的嗓门,非正式地唱着本地的"小落子"戏,另有个十五六岁的小男青年,用嘴念着锣鼓点儿给她们帮忙。何科长他们走近了,那个小男青年一发现,便向妇女们打了个招呼,妇女们也都站起来了。小男青年布置了一下,大家齐喊:"欢、迎、何、科、长!"接着便鼓了一阵掌。何科长向大家打过招呼,大家又恢复了工作。

那十个担谷的又扛着空担子来了。他们向何科长打过招呼,又要散开,组长魏占奎说:"你们且走着,我同何科长看一下,马上就去!"一个爱向他开玩笑的青年说:"来不来由你!反正三趟一分工!"何科长说:"你们忙你们的吧!我和张信同志随便蹓蹓!"魏占奎说:"我应该给你介绍一下情况!"张信也和他开玩笑说:"误三担就是一分工,算你的呀算社的?"魏占奎说:"一担也误不了!到不了晌午我就能赶出来!"说着他便和何科长他们走向柳树林边的大沙岗旁边。

魏占奎指着几十步长、一人多高的一段沙岗说:"这沙是从这五六亩地里起出来的。在去年建社的时候,这五亩地还压在沙底,每亩地只算了三斗产量,只能种大麻也长不好,现在五亩地割了四十多担谷子。"何科长说:"这样土地产量该按多少分红?"张信说:"土地分红不增加,因为起沙是社的工。所有的地增了产,土地分红都不增加,因为增产不是土地增。"何科长点了点头,又问:"土地多的户也同意吗?"魏占奎说:"他们为什么不同意?让他们自己种他们又增不了多少产,社里增了产每一个劳动日都分得多,自然也有他们的份儿。就像这块地,要不是用社里的工起沙,他一家哪有这力量?"

沙岗中间有用石头修成的一个水口,让山洪打这水口上流进来。何科长问:"这样不怕再进沙吗?"张信说:"沙给上边的柳篱笆挡住了。"他们一同登上水口去看柳篱笆。柳篱笆是用粗柳枝作骨干,用细柳枝编织在这骨干上的。柳枝是活的,是埋在地下浇上水然后才编的,所以都是栽活了可以生长的。从大柳树林边到地边,共有四层篱笆,前边的一层,骨干都有碗口粗,外边的沙已经和篱笆平了,沙上生满了荆条、蓬蒿,后边的三层,一层比一层小,可也都是青枝绿叶的。魏占奎指着说:"这就是玉生发明的活篱笆。"何科长说:"就是这样?我从前在报上看过,上一次来了没有顾上来看。这很有意思!看这一排大的已经长成树了!"魏占奎说:"这是一九四九年栽的,当年秋天沙就积满了,以后才又在它的后边栽,一年栽一层,一层比一层高。现在这些沙上边的荆榾柮和草已经锈成一片,沙已经不来了。"张信说:"这一边是挡住了,要是不想根本办法,迟几年沟口的沙堆满了,还要往别的地方去。今年在正沟里也试栽了两行,沙也早积满了。要是将来全村都入了社的话，一道黄沙沟每隔十步栽一排，那就可以彻底解决问题了。"魏占奎说："那一定能解决问题！听王兴老汉说，从前一道黄沙沟都是树林和荒地，沟里的水时常可以流出来。"接着他指了指两边山脚下说："那一片地名叫'苇地洼'。王兴老汉说他刚刚记事那时候，苇地洼还有不多一点水，也还长着些苇，后来沟口住着的那十几户人家来了，把沟后的地一开，水就慢慢没有了。"正说着，担谷的那九个人又来了，和魏占奎开玩笑的那个青年喊着说："魏占奎！三厘三！"魏占奎看了他们一眼，回头辞了何科长，就和他们一同去了。

在魏占奎和何科长他们说话的时候，有几个妇女只顾看他们的活动，忘记了割谷子，那个十五六岁的小男青年喊："军干属同志们！加油呀！"这些妇女，差不多都是民兵和青年干部的家属，所以他那样喊。可是里边有一个姑娘向他提出抗议。这姑娘说："你分清楚一点！都是军干属吗？"小男青年是个调皮一点的孩子，趁她这一问，便向她开玩笑说："现在不是，将来还不是吗？——军干属，候补军干属！大家……""呸！你这个小调皮鬼！你这个小女婿！你这个圆蛋蛋！"因为这小青年姓袁，叫小旦，在村里演戏时候扮演过"小女婿"这个角色，所以她那样还口逗他。

何科长和张信离开这一边做活一边玩笑的青年们，走进重重密密的柳树林中去。何科长问张信："玉生究竟属哪个组？怎么园里也有他的工作，这里也有他的工作？"张信说："他不参加包工，所以没有参加劳动小组。社里就有好多不参加劳动小组的人——像粉房老师、放牛的、放羊的、管驴骡的、会计——都不在这四个组里。这些人要是有了多余的工夫，光社里的杂活——像出圈、垫圈、割蒿积肥……就够做了。"何科长问："社里的技术员不是有好几个吗？"张信说："每组一个，玉生是总的。""平常他都管些什么事？""他是个百家子弟，什么事也能伸手。他分内的事是那些药剂拌种，调配杀虫药，安装、修理新式农具，决定下种时期、稀密，决定间苗尺寸……一些农业技术上的事，不过实际上做的要多得多——粉房的炉灶、家具也是他设计的，牲口圈也是他设计的，黄

235

沙沟后沟几百根柿树也是他接的……在生产技术上每出一件新事,大家就好找他出主意。他聪明,肯用思想,琢磨出来的新东西很多。"

他们谈论着玉生,穿过柳树林,走到黄沙沟口。

十五　站得高、看得遍

黄沙沟口的北岸上有一片杂树,从下边望上去,树干后边露出了几个屋檐角,在岸边上的槐树下睡着一头大花狗,听见下边有人走过去,抬头看了一眼又睡下去。张信向岸上指着给何科长介绍说:"山地组的十几户人家就住在这里。他们都是上一辈子才来的外来户。沟里、山上的地都是他们开的,原来给刘家出租,到刘老五当了汉奸以后这地才归他们所有。"

这条路是通后山村的大路,从这沟口庄门前往西北,路基就渐渐高起来。何科长和张信说着走着,不知不觉就已经离开河沟走到半山腰里。张信指着前边说:"顺着这条路一直往后走,恐怕到中午赶不回来,不如回过头来爬到这山上看看。这山叫'青龙背',到了山顶,往西可以看到沟里,往东可以看到河滩,看罢了也不用再到这边来,从金生他们那窑脑上的一条路上就回村去了。"何科长同意了。

快到山顶,听到牛铃"叮咚零咚"响着,红牛、黑牛散成一片,毛色光滑得发亮,正夹在荆棘丛里吃草。残废了一条胳膊的"牛倌"马如龙正坐在一块石头上吸旱烟,见他们上去了便向他们打招呼。张信向何科长说:"让他给你介绍一下沟里的情况。他比我清楚得多。"他们走到马如龙跟前,马如龙让他们坐下,然后指着西边谈起沟里和山上的情况。

马如龙说:"这一带山上和沟里,一共才有一百二十亩地,还有好多是沙陂,产量都不多。这里主要的出产是核桃和柿子,不过都是私人的——入社不带已经结果的果树。社的地里也养了果树,不过都还小。对面山头上不是有一群羊吗?"张信插话说:"那羊也是社的。"马如龙接着说:"那羊群南边的洼里山地组正在那里割谷子的那几块谷地里,不是有好多长黄了的柿子吗?那是私人的。再往下那一垛豆地里不是有好多像酸枣树一样小的小树吗?那就是社里去年移栽进去的黑枣树,今年都已经接成柿树了,再有四五年才能结柿子。沟岸上那些玉蜀黍地后堰根都有小核桃树,现在还没有玉蜀黍高,我们看不见。社里的计划是多多发展果树,等到大家都入了社,慢慢把这一百二十亩地一齐栽成树。"何科长说:"对!那样子,沟里的沙就不会再流出去了。"马如龙说:"还不止为那个:种这一亩山沟地,平均每年误二十二个工;种一亩河滩地,只误十二个工,将来开了水渠,全村再都入了社,用很少数的人管理果树,剩下来的人工一齐加到上下滩的两千多亩地上,增的产量要比种这一百二十亩地的产量多得多。"

何科长问马如龙放牛的工怎么算,马如龙说:"我的工已经超出三百六十五天以外了。放一个牛一年顶二十个工,我放了二十一个,一共四百二十个工。"张信说:"社里有好多活是这样包的——放牛、放羊、做粉、喂猪、担土垫圈……好多好多都是。"又谈了一会,何科长和张信就又往山顶的最高处去。

刚上到山顶,看见河对岸的东山,又往前走走,就看见东山根通南彻北的一条河从北边的山缝里钻出来,又钻进南边的山缝里去。河的西边,便是三里湾的滩地,一道没有水的黄沙沟把这滩地分成两段,沟北边的三分之一便是上滩,南边的三分之二便是下滩。上滩的西南角上,靠黄沙沟口的北边山根便是三里湾村。在将近响午的太阳下看来,村里的房子,好像事先做好了一座一座摆在稀密不匀的杂树林下,摆成大大小小的院子一样;山顶离村子虽然还有一里多路,可是就连碾、磨、骡、驴、鸡、狗、大人、小孩……都能看得清清楚楚。

张信把何科长领到一株古柏树下坐了,慢慢给他说明上下滩的全面情况。他说:"咱们坐的这地方地名叫'青龙背'。顺着这山一直往东北快到河边低下去那地方叫'龙脖上'。龙脖上北边那个弯到西边去的大沙滩叫'回龙湾'。龙脖上南边叫……"何科长说:"哪来这么多的地名？叫人记也记不住！"张信说:"我说的都是大地名，每个大地名指的地方还有好多小地名——像从这青龙背往龙脖上走，中间就还要经过什么'柿树腰''羊圈门口''红土坡''刘家坟''山神庙'……他们这一带，不论在哪个村子里，地名似乎都要比人名还多，我乍来了也记不住，久了也就都熟悉了。"何科长说:"我们家乡的地名可没有……唔！也不少，也不少！"说着便笑起来——因为他也想起了家乡农村里的一大串地名。接着他又问:"你刚才说'龙'这个'龙'那个，那么哪里算龙头呢？"张信说:"河这边的龙脖上不是越往河边越低，低到和河平了吗？那里的对岸，不是也有厚薄和这边差不多的一段薄石岸又高起去了吗？那也叫'龙脖上'。和那连着再往东北跟河这边的回龙湾相对的地方，不是有个好像和东山连不到一块的小山头吗？那地方就叫'青龙脑'。"何科长说:"原来这条青龙是把头伸到河那边去了啊！那是三里湾以外的事了，我们还是谈三里湾吧！"张信说:"不！这些都与三里湾有关系！三里湾计划要开的水渠，就得从青龙脑对过这边把水引到回龙湾西边的山根下来。从那里到龙脖上的河床是整块的崖石，不过那里的水位比龙脖上高。只有从那里引水到三里湾的下滩才浇得着地。从回龙湾西边的山根下到龙脖上离河边四五十丈的地方不是插着一根木杆吗？就要从那地方凿个窟窿，把水引到上滩来——因为那里的石头最薄。"何科长说:"看来也还有四五十丈厚。"张信说:"已经挖着坑探过了四五十丈，只有三丈厚的石头，南边都是土。那里的南边不是有一条北边窄南边宽的狭长的地吗？地名叫'刀把上'。昨天晚上那位老太太向你告状说大家要占她的那块地，就是这刀把上最北头种玉蜀黍的那一小块。整个的上滩，像一把菜刀，那一带地就像刀把。刀把上往南，滩地不是就弯到西边来了吗？可是水渠不能靠着西山开——因为按滩地的地势说是西北高东南低，要从山根开，渠的最深处是一丈五；要从上滩中间斜着往村边开，最深处只是一丈，并且距离也短，能省好多土方。你从刀把上往村边看，不是不多远就竖着一根木杆吗?那就是水渠要经过的地方。渠开到村里,离地面只有尺把深了,再用水桥接过去,大渠的水便可以沿着下滩的西山根走,全部下滩地都可以浇到。"何科长问:"上滩一点也浇不到吗?"张信说:"从村边开一条小支渠向东北倒流回去,可以浇到靠河边南部的一部分。照玉生的计划,可以把下滩的水车调到刀把上南边的水渠上,七个水车一齐开动,可以把上滩的地完全浇到。"

何科长听完,看着地形琢磨了一下三里湾的开渠计划,觉着还不错——可以把三里湾的滩地完全变成水地。他又问张信说:"照这样看来,大家的地都可以浇到,那么种上滩地的人为什么还有好多不同意的?"张信说:"真正不同意的也只是马多寿和一两户个别户——最主要的还是马多寿。"何科长说:"马多寿的地不是也可以浇到吗?"张信说:"他的心眼儿比较多一点。你看!刀把上往南快到上滩中心那地方不是安着一台水车吗?那地方的地名叫'三十亩',马多寿的地大部分在那一带,水车是他们的互助组贷款买的。名义上是互助组的水车,实际上浇得着的地,另外那四个户合起来也没有他一家的多,不论开渠不开渠,他已经可以种水地了。要是开渠的话,渠要从那个水车旁边经过,要把七个水车一齐架到那里,那样一来别的户就要入社,他就借用不上别的户的剩余劳动力了。叫他入社他又不肯——因为他的土地多,在互助组里用工资吸收别人的劳动力,实际上和雇工差不多。金生今天早上跟你谈话时候说过他有点剥削就是指这个。"何科长说:"你估计开了渠,别的户入了社,剩下马多寿他会怎么样?"张信说:"两个办法:一个是雇长工,再一个也许可能入社。"

这时候,已经是吃午饭的时候了,上下滩每条小路上的人都向村边流动;社的场上,宝全和玉生已经把石磙洗好回家去了,负责翻场的人已经提前吃了饭到场里来,用小木杈翻弄着场上晒着的谷穗;社里管牲口的老方,按照他的标准时间到金生媳妇磨面的磨上去卸驴。

何科长看见磨上似乎有一点争执,便问张信说:"看那个磨边好像有点什么事故。"张信看了看说:"就是有点事故,不过已经解决了。那两

239

个女人，坐在地上罗面的是马多寿的三儿媳陈菊英，在左边那个磨盘上和一个小姑娘扫磨底的那是金生媳妇和她的女儿青苗，在没有卸的那盘磨旁边草地上蹲着玩的是陈菊英的小女孩子玲玲，卸了磨牵着驴子走了的是社里管牲口的老方。"何科长问："出了点什么事故？"张信说："其实也算不了事故：老方这个人名字叫马东方，因为他的性格是只能按规矩办事，一点也不能通融，所以人送他外号叫'老方'。社里有个规定：凡是用合作社牲口驾碾磨的，到了规定的时间一定得卸。老方就按那个时间办事——到了时间就是磨顶上只剩一把也不许再赶完。刚才可能是金生媳妇还没有赶完他就把驴子卸了——卸了也就没有事了。"何科长问："管牲口的也有个表吗？"张信说："没有！玉生给他发明了个简单的表——用一根针钉在老方住的那间房子窗外边的窗台上的砖上，又把砖上刻了一条线，针的阴影完全到了线上就是卸磨的时候。""天阴下雨怎么办呢？""天阴下雨就没有人用碾磨。"何科长想了一下，自己先笑了。

何科长说："天也晌午了，咱们也看得差不多了，回村去吧！"两个人便从金生的窑顶上那条小山路上走下来。

十六 菊英的苦处

金生家门外坡下不远的空地里有两盘磨。早晨金生媳妇架磨的时候，陈菊英已经架了另一盘。磨麦子就数磨第二遍慢。两家都磨上第二遍的时候，便消消停停罗着面叙起家常来。一开始，金生媳妇谈的是玉生离婚问题，菊英谈的是在马多寿家享受的待遇问题。

不过菊英谈的不是夜里打扫房子时候和惹不起吵架，而谈的是自己的实际困难问题。她说："大嫂呀！我看小俊也是放着福不会享！你们那家里不论什么时候都是一心一腹的——也不论公公、婆婆、弟兄们、小姑子，忙起来大家忙，吃起来大家吃，穿起来大家穿，谁也不偏这个不为那个。在那样的家里活一辈子多么顺气呀！我这辈子不知道为什么偏逢上了那么一家人!"金生媳妇说:"也不要那么想!十根指头不能一般齐!你说了我家那么多的好,一个小俊就能搅得人每天不得安生。谁家的锅碗还能没有个厮碰的时候?你们家的好人也不少嘛!有县干部、有志愿军、有中学生,你和你们老四又都是团员,还不都是好人吗?"菊英说:"远水不解近渴。这些人没有一个在家里掌权的,掌权的人还是按照祖辈相传的老古规办事。就说穿衣裳吧:咱们村自从有了互助组以后,青年妇女们凡是干得了地里活的人,谁还愿意去织那连饭钱也赶不出来的小机布呢?可是我们家里还是照他们的老古规,一年只给我五斤棉花,不管穿衣裳。"金生媳妇说:"你大嫂也是吗?"菊英说:"表面上自然也是,只是人家的男人有权,也没有见人家织过一寸布,可不缺布穿,发给人家的棉花都填了被子。""你没有问过她吗?""不问人家人家还成天找茬儿哩!就是要我织布我又不是不会,可是人家又不给我留下织布的工夫——我大嫂一天抱着个遮羞板孩子不放手,把碾磨上、锅灶上和家里扫扫摸摸的杂活一齐推在我身上,不用说织布,磨透了鞋后跟,要是不到娘家去,也做不上一对新的;衣裳脏成抹灰布也顾不上洗一洗、补一补。冬夏两季住两次娘家,每一次都得拿上材料给他们做两对大厚鞋——公公一对,老四一对。做做这两对鞋,再给我自己和我玲玲做做衣裳、鞋袜,再洗补一下旧的,就得又回这里来了。就那样人家还说:'娶了个媳妇不沾家,光在娘家躲自在'哩!""那么你穿的布还是娘家贴吗?""不贴怎么办?谁叫他们养下我这么一个赔钱货呢?赔了钱人家也不领情。我婆婆对着我,常常故意和别人说:'受屈活该!谁叫她把她的汉糊弄走了呢?'"

金生媳妇说:"咦!我也好像听说过有喜是你糊弄走了的。究竟是怎么一回事呢?"菊英说:"不错,走的时候是打我那里走的,不过那是他自己的主张。我自己在那时候的进步还不够,没有能像人家那些进步的妇女来动员他参加志愿军,可是也没有学那些落后妇女来拖后腿。他们恨我,恨的是我不够落后。""那么有喜究竟是谁动员去的呢?""是谁?自然还是人家自己。本来人家在一九四九年就要参加南下工作团的。后来被我那个糊涂公公拖住了。那些事说起来就没有个完：我跟有喜是一九四八年结的婚，那时候我十八，他二十一。听他说他在十五岁就在小学毕了业。他说那时候他想到太行中学去升学，他爹说：'你二哥上了一次中学，毕业以后参加了政府工作，就跑得不见面了，你还要跟着他往外跑吗？哪里也不要去！安安稳稳给我在家里种庄稼！'可是在我们结婚以后的第二年，我都生了玲玲了，他爹忽然又要叫他去上学……"金生媳妇说："人家都说他是怕孩子参军。"菊英说："就是那个思想。四九年春天，不是有好多人参加了南下工作团吗？在人家开会、报名时候，他爹把他和有翼两个人圈在家里不放出来，赶到夏天就把他们一齐送到县里中学去了。那时候他已经二十二了，站在同学们中间比人家大家高一头。人家都叫他老排头，背后却都笑他是怕参军才来。到了五〇年，美国鬼子打到朝鲜来了，学校停了几天课，老师领着学生们到城外各村宣传抗美援朝，动员人们参加志愿军，有些村里人就在他背后指着他说：'那么大的人躲在娃娃群里不参加，怎么有脸来动员别人？'他说从那时候起，同学们都说他丢了学校的人，弄得他见了人抬不起头来。他说他早就想报名，只是有那么个爹，自己就做不得主。到去年（一九五一年）秋天，美国鬼子一面假意讲和，一面准备进攻，学生们又到城外各村宣传，这次人家不让他参加——大家出去宣传时候把他一个人留下。这时候，他越想越觉得他父亲做得不对，越想越觉得自己太落后了，因此就下了决心要报名参加中国人民志愿军，可是人家学校说学生参军一定得得到家里的同意。你想我们那家里会同意他去吗？到了冬天，他实在不愿意待下去，就请了两天假，说是回家可没有回，跑到我娘家去找我——那时候我在娘家住。他和我诉了半天苦，问我是不是同意他参加志愿军。大嫂！你想，我要再不同意，难道是想叫家里把他窝囊死吗？我实告你说你可不要向外说：我同意了。我留了他两天，给他缝了一套衣裳，把他送走了。后来家里知道了，我婆婆去找人家学校闹气，学校说他请假回家了，又拿请假簿给她看；她问有翼，有翼也说是，她没话说了才走开。这是有翼说的。她从学校出来又找到我娘家,你想我敢跟她说实话吗?我说'来是来了,住了一天又回学校去了',她当时也说不出别的话来,后来就硬说是我把她的孩子鼓动跑了。他走了,他那糊涂爹今年春天也不让有翼去上学了——只差半年也不让人家毕业。这老两口子的心眼儿不知道怎么好好就凑到一块儿!还有我那大嫂……"说到这里,糊涂涂老婆牵着个小驴儿走来了,菊英吐了吐舌头把话咽住。

糊涂涂老婆常有理向磨顶上一看便问:"二遍怎么还没有完呀?"菊英说:"只剩磨顶上那么多了!""大驴从早上磨到这时候了,该替了,可是小驴拉不动二遍。你不说早些赶一赶!"金生媳妇想替菊英解围,便向常有理说:"老婶婶!我看可以替!多了拉不动吧,那么一点总还可以!一会三遍上了就轻得多了!"常有理慢腾腾地应酬着把大驴卸下来,菊英接着把小驴换上。常有理看着小驴拉了两圈,见走得蛮好,就牵着大驴回去了,临走还吩咐菊英说:"撑快一点!晌午还要用驴碾场!"金生媳妇说:"你们那个到晌午可完不了。我这三遍都上去了还怕完不了哩!天快晌午了老大婶!"常有理也知道完不了,只是想让菊英作难,见金生媳妇看出道理来,也就改口说:"赶多少算多少吧!真要完不了多磨一阵子也可以!"说着便走远了。

菊英说:"你听她说的那像话吗?驴使乏了还知道替上一个,难道人是铁打的?'多磨一阵子'!从早晨架上磨到现在,只吃了有翼给送来的那么一碗饭,半饥半饱挨到晌午也不让卸磨,这像是待人吗?"金生媳妇说:"牲口不好,为什么一次不能少磨一些麦子?"菊英说:"这都是我大嫂的鬼主意!她们俩人似乎是一天不吵架也睡不着觉,可是欺负起我来,她们就又成一势了。她们趁我在家,总是爱说米完了、面完了,差不多不隔三天就要叫我上一次碾磨,攒下的米面叫她们吃一冬天,快吃完了的时候我就又该回来了——算了算了!说起这些来一辈子也说不完。"

一会,宝全老婆来找金生媳妇,说小俊在玉生的南窑里取了个大包袱走了,不知道都拿走了些什么。金生媳妇说:"娘,你不到场里告玉生说?"宝全老婆说:"我去过了,玉生不管。玉生说:'只要她这一辈子能不找我的麻烦,哪怕她连那孔窑搬走了我也不在乎!'说是那么说,要是连玉生的衣裳都拿走了,叫我玉生穿什么?"金生媳妇说:"娘!我想她真要想和玉生离婚的话,她不拿玉生的衣裳——因为那样一来她就走不利落了。我看玉生说得对,她真要能走个干净,咱们就吃上这一次亏也值得。丢了什么没有,等玉生响午回去一查就知道了。依我说都是些小意思!算了吧娘!"宝全老婆也没有和人闹过气,经媳妇这么一说开,谈论了一阵子也就回去了。

这时候,两家的磨上都上了第三遍,驴子转两圈就要下一磨眼,连拨磨顶带罗面,忙得喘不过气来,闲话都顾不上说了,只听得驴蹄踏着磨道响、罗圈磕得罗床响,幸而有金生的七岁女儿青苗帮着她们拨两趟磨顶,让她们少跑好多圈儿。

金生家的麸还差一两遍没有溜净,老方就来卸磨。这时候,菊英才把第三遍磨完。

十七　三个场上

吃过午饭,社的场上试用洗好了的三个新石磙,直接参加过洗磙工作的宝全老汉、王申老汉、玉生、灵芝都早早跑来看结果,别的关心过这事的人也有来看的。

三个管场的社员,牵来了三个高大肥壮的骡子,驾着这三个石磙,转得很轻快,果然像玉生预料的一样,一点也用不着强牵强扭,自自然然每圈都能探着中心又探着边沿。驶牲口的人,觉着很得意,挽着缰绳、扬着鞭子,眼睛跟着骡头转;看热闹的人,也觉着很赏心,看那稀稀落落的骡蹄轻轻从谷穗子上走过,要比一个磙上驾两个小毛驴八条腿乱扑腾舒服得多。有人说:"驾这么大的牲口,碾这么大的场,不论打多打少,活儿做得叫人痛快!"大家看了一阵子又散开了——负责管场的社员就地参加了打场工作，不负场上责任的社员们和王申老汉那些非社员们各自又去忙他们自己的事，金生叫着灵芝和会计李世杰仍回旗杆院去做分配的准备工作，玉生被村里的调解委员会叫到旗杆院去解决婚姻问题。

西边场上，马有余正在翻他们的连秆小谷。按习惯，摊了场应该在午饭以前来翻一下，趁着正午的太阳晒一阵子，等吃了饭再碾，上下就都成干的了，可是马有余他们的互助组上午给他家割谷子，回来得晚了点，所以在别人都已经驾着牲口碾场时候他才来翻。一会，有翼和满喜来了。有翼告他说家里的两个驴都不能碾场——大驴才在磨上卸下来还没有吃饱，小驴还在磨上驾着没有卸下来。他埋怨了一会家里人做事没有打算，可是也想不出别的主意来。满喜告他说登高的骡这天早上没有走了，建议去借一个来。登高是他们的组长，骡子既然在家，问题就解决了，有余便叫有翼去牵骡子。

有翼从登高家牵出骡子来，在路上遇见玉梅，两个人便相跟着来了。满喜接住骡子驾上碌，碾着已经翻过的大半个场；有翼和玉梅也每人拿了一柄桑杈，帮着有余翻那没有翻完的一部分。有翼因为多上了几年学，场上的活儿做得不熟练，拿起家伙来没架式，玉梅笑他，满喜说他在这上边还得当学生，有余说："你去歇歇吧！你翻得高一块低一块，碾过来不好碾！"有翼见自己做的那活儿也有点丢人，又见他们也快翻完了，就顺着他大哥的话，放下了桑杈到西南角上一垛用泥封着的麦秸垛旁边去歇凉。有余和玉梅翻到快要完了的时候，玉梅见使用不开两柄桑杈了，便放下桑杈拿起扫帚来围了一个圈儿，然后也到麦秸垛旁休息。整个场上只有这么一块荫凉地方被两个青年占去，有余便到场东边闲看社场里碾场。

玉梅向有翼问了个奇怪问题。她问有翼说："字儿有没有数？"有翼说："有！听先生说，中国字一共有八千多，平常用得着的只是四千多。"玉梅说："那么上个中学怎么就得好几年？难道误着整工夫一年还认不完吗？"有翼说："你不是也上过初级小学吗？难道上学就只是认字吗？"玉梅说："不！还有什么算术呀，常识呀，什么什么呀，不过那时候三天两头打仗,什么也没有真正学会,好像记得顶数认字重要。"有翼说:"在小学时候,每天要记的生字是多一点,以后的生字就越来越少,别的功课就越加越多。"玉梅问他还加些什么东西,他便把课程表上那些历史、地理、代数、几何,又是什么动植矿物、物理、化学、政治讲话,什么什么,数了一气;又举了些例子说明这些功课的内容。玉梅对这些东西一时也听不太懂,只听得什么中国、外国、古来、现代,又是什么根、茎、叶、头、胸、腹、地层、结晶、刮风、下雨、资本主义、社会主义,什么什么……麻麻烦烦,什么也听不进去,便赶紧摆手说:"算了算了!我这一辈子只能当糊涂虫了!"她又恨自己当年不该错打了主意,不跟有翼和灵芝一道儿去上学。有翼见她很灰心,便鼓励她说:"你不要这样想!政府的计划是把扫盲运动做过之后,再把民校经常化了,也像一般学校一样,按部就班一级一级教文化——说只有这样才能巩固扫盲成绩、提高人民文化水平。"玉梅好像和他开玩笑说:"那么像我也能学到中学毕业吗?"有翼说:"自然可以!不过到那时候,我和灵芝这两个当老师的早就把我们自己一点底货卖完了。"玉梅说:"'你们俩',到那时候,自然会再贩得更好的货来了!"有翼和玉梅谈话,常常注意避免提到灵芝,不过一不小心就要提到,一提到就要被玉梅打趣,这次又犯了老毛病。他知道再加什么解释反会弄得更不好意思,所以就找了点别的事拨转话头谈下去了。

一会,社场上卸了骡子,二十来个社员七手八脚忙起来。有个社员不知道玉梅和灵芝换工的事,看见玉梅在西场的麦秸垛下歇着,便喊她说:"玉梅!不要歇着了!该动作了!"从武装组调来的小青年袁小旦嚷着说:"不要喊玉梅了!玉梅已经成了人家的人了!"玉梅从麦秸垛下站起来向他还口说:"等一会我揍你这个小圆蛋蛋!"——按习惯,"已经成了人家的人"这话,是说明姑娘已经出嫁了的时候才用的。袁小旦知道玉梅爱和有翼接近,故意用了这么一句两面都可以解释的话,才招得玉梅向他还口。

社场上攒起堆来扬过第一遍,马家的谷子也碾好了,组员黄大年和袁丁未也来了。有翼去给范登高送骡子,黄大年、袁丁未、王满喜、马有余、玉梅五个人便用桑杈抖擞着碾过了的谷秆。黄大年是个大力士，外号"黄大牛"，一个人可以抵两个人。他用的家伙都是特别定做的，比别人的都大一半，现在用的桑杈自然也是——挑一下抵住别人挑两三下。袁丁未外号"小反倒"，决定个什么事情，一阵一个主意；在做活儿方面，包件的活儿做得数量多质量坏，打伙儿的活是能偷懒就偷懒，现在和大家在一块儿抖擞谷秆，别人挑两下他也不见得能挑一下。玉梅是做惯了的，跟在有余后边和有余做个差不多。满喜有个顽强性，跟在黄大年后边见黄大年一杈挑过去的地方比他挑得宽一倍，他有点不服劲，挥着桑杈增加了挑动的次数——黄大牛挑一下他便能挑两下——第一次挑起去的还没有落地，第二次便又挑起，横着看起来，飞到空中的谷秆好像一排雁儿一个接一个连续着往下落。袁丁未见满喜这股劲儿把自己比衬得太不像样，便向他开玩笑说："满喜今天午上是吃上什么东西了？"这一下把满喜说得泄了气，手里的杈法就松下来。

　　说到吃饭问题，满喜就有点不满意：按他们互助组的规定，不论给谁家做活儿，要不管饭就多给三斤米的工资。糊涂涂家是愿意管饭的，不过他管的饭大家都不愿意吃，只有满喜是个单身小伙子，顾了做活儿顾不上做饭，所以才吃他家的饭。这天午饭吃的是什么，糊涂涂老婆的说法和满喜的说法就不太一致——照糊涂涂老婆常有理说是"每个人两个黄蒸，汤面管饱"，照满喜的说法是"每个人两个黄蒸，面汤管饱"，字数一样，只是把"汤面"改说成"面汤"。究竟谁说的正确呢？常有理说得太排场了一点，满喜说得太挖苦了一点，正确的说法应该是"每个人两个黄蒸、一碗汤面、面汤管饱"——黄蒸每个有四两面，汤面每碗有二两面，要是给黄大年吃，就是在吃饱饭以后也可以加那么一点；要是给王满喜吃，总还可以吃七分饱。

　　在抖擞过了一遍，快要搭起垛子的时候，有翼送骡子也回来了，糊涂涂马多寿老汉也来了。马多寿老汉见玉梅不论拿起什么家伙来都有个架式，便暗暗夸赞；又见有翼拿起什么家伙来也没个来头，便当面申斥。

等到马家场上攒起堆来,社里的谷子已经过了筛扬第二遍。袁丁未见社里做活儿的条件好,做得赶得住劲;又听说光菜园子的收入,每户平均就能分到差不多一百万元,便羡慕地说:"看人家社里做得多利落!我明年也入社哩!"满喜和他开玩笑说:"人家没有人顾上看你!"因为丁未做活儿总得有人看着,要让他一个人给别人做活儿,很难免在地里睡觉。黄大年也跟着满喜的话向丁未说:"到给你分粮食的时候,哪一次秤头低一点,你就要出社了!"两个人的话说得都不轻,可是丁未都没有还口。丁未这人最大的毛病就是受了批评不吭声,过后还是老样子。

攒起堆来头遍快扬完了,多寿老汉看见风不太好,便向有翼说:"有翼!你跟谁给咱们回去抬风车去吧!"有翼叫玉梅,玉梅说她怕狗,满喜说:"我跟你去!"有翼看了看玉梅,便又被东场的袁小旦看透他的心事。袁小旦说:"你放心去吧!跑不了她!"

一会,满喜和有翼把风车抬来了。满喜向老多寿说:"多寿叔!快回去一下吧!婶婶和大嫂又跟三嫂闹起来了!"他这么一说,说得老多寿和马有余都一愣。老多寿追问说:"怎么一回事呀?"满喜说:"快回去吧!回去再问,不要等闹出事来!"老多寿听他说得那样紧,也顾不上再问,只得糊里糊涂跑回去。

场上的人们虽然谁也忙得顾不上说话,马有翼仍旧找不着事——木锨、扫帚都拿过了,只是找不到下手的空儿。

老远的一个小场上有人喊:"有余!能不能给我匀一个人来帮一帮忙?"有余停住木锨看了看是袁天成,便向有翼说:"有翼!给姨夫帮忙去吧!"

有翼得着这么个差使,便通过社的大场边,往袁天成的小场上去。当他走过社的大场时候,社里有人喊着袁天成开玩笑说:"喂!要不要社里给你拨个帮忙的人?"天成老汉没有答话。

天成老汉是社员,不过他的自留地比入社地还多,到了忙时候,他要做他的活儿,社里掌握不住他的工,所以大家对他都有意见。刚才那个社员问他要不要社里拨人帮他,就是见他忙不过来,表示幸灾乐祸的意思。

248

在入社时候留这么多的自留地，也是他那个能不够老婆给他出的鬼主意。按他们的社章规定，自留地不得超过个人所有土地总数百分之二十，可是他有个早已参了军的弟弟，他老婆能不够便从他这个弟弟身上想出主意来了。能不够到临河镇找着了她自己娘家的当牙行的哥哥，给她捏造了个分家合同，说是袁天成弟弟临走的时候已经同着他舅舅把家分开了——袁天成舅舅死了，无法对证。能不够叫袁天成向社里说他当不了弟弟的家，不能替弟弟把土地入了社；至于自己名下的土地，仍可以按百分之二十留自留地。当时有些社员见他这么说，明知道他是打埋伏，不想要他，经过几天研究之后，还是要了。为什么经过研究又愿意要他呢？原来这袁天成也是一九三八年开辟工作时候的老干部，到减租时候分得的好地多了一点，而且他弟弟走了他便连他弟弟的一份也经管着，人们给他送了个外号叫"两大份"；也属于王金生写的那"高、大、好、剥、拆"的"高"字类。在一九五一年社成立的时候动员他入社，他说他老婆的思想打不通；本年（一九五二年）扩社时候金生用党的原则说服他，他说不出别的话来，便听上能不够的话弄了点鬼。当大家猜透了他的谜，不愿接纳他的时候，金生说："好地多一亩就有一亩的作用，至于他留的地多了，只顾做他的就顾不上做社的，他在社里做的工少了自然是大家做的工多了，也就是大家分得多了，他自己占不了社的便宜。跟他说过多少遍他不信，可以让他试一年。"大家计算了一下，也觉得不吃亏，所以在他入社时候才让他留下了那么多的自留地。

能不够在当初给袁天成立规矩的时候，坐根就没有立下给他在场里、地里帮忙的规矩。天成老汉在没有互助组以前，忙了雇短工；有了互助组，就靠互助组；现在自己入了社，村里组织得很好，没有出短工的，而能不够还不愿改变老规矩，自己又留了那么多的自留地，所以就照顾不过来了。

社里打场这一天，袁天成也要打他自己的。响午他和他十三岁的一个小男孩子碾完了场，孩子把驴送回去，他便一个人挑、一个人攒堆。

孩子来了，拿了个小扫帚扫着，比他妈在屋子里扫地也快不了多少。在扬场时候，一定得有个人在扬过的粮食上用扫帚捋那些没有被风吹出去的碎叶子、梗子，十三岁的小孩们干不了。天成老汉拿起木锨来扬两下子，就得放下木锨拿起扫帚来捋两下子，累得他在别人快往家里送粮食的时候，他还没有扬完。他向四周看了看，见马家快扬完了，便借着亲戚关系向马有余要求派个帮忙的。马有余这个铁算盘，不用算也知道有翼在自己场上的用处不大，便把有翼派去。

马有翼虽然比十三岁的孩子强一点，可惜也是深一下浅一下捋不到正经地方，仍得天成老汉停一会放下木锨来清理一次，停一会放下木锨来清理一次。将就扬了一半的时候，调解委员会便来叫有翼和满喜去作证。天成老汉见有翼这位帮忙的用处也不太大，便顺水推舟说："你去吧！"

十八　有没有面

糊涂涂回到马家院，没有看见菊英，见他老婆坐在灶火边的小板凳上、大媳妇坐在阶台上面对面谈话。以前谈了些什么他不知道，只从半当腰里见大媳妇惹不起说："……翅膀榾柮越来越硬了！"他老婆常有理说："不怕！她吃不了谁！也不只告过咱们一次了，也没有见她拔过谁一根毛！"糊涂涂听这口气，知道菊英不在家，也想到她可能又是去找干部去了，不过既然回来了，总得问讯一下，就向他老婆问："菊英哩？"常有理说："谁管得了人家？还不是去告咱们的状去了？"糊涂涂又问："又为什么吵起来了？"常有理说："家常饭吃腻了，想要你给她摆一桌大菜吃吃！"糊涂涂着了急，便催着说："说正经的！"常有理说："有什么正经的？如今妇女自由了，还不是想找事就找事吗？"糊涂涂更急了。他见老婆的回话牛头不对马嘴，怕拖长了时间真让菊英到优抚委员会诉什么苦去，便向老婆和大媳妇发脾气说："忍着点吧！趁咱们的运气好哩？趁咱们在村上的人缘好哩？"他也再顾不上问什么底细，便走出门来去找菊英去。

凭过去的经验他想到菊英一定会先到优抚主任秦小凤家里去,可是走到小凤家,没有。他又想到她会到村长范登高家里去,走到范登高家,又没有。他见秦小凤和范登高也都不在家,连着想到头一天晚上小俊和玉生的事。他想大家一定是都在旗杆院处理那事,这才又往旗杆院来。

他走进旗杆院,见院北房门上挤着好多人——有些是拿着簸箕、口袋或者别的家什往场上去的青年,绕到这里来看结果——因为婚姻问题是很容易引起青年的注意的。糊涂涂好容易挤出一条路来挤到里边去,见里边的人比外边的人还密。他先不向桌边挤,跷起脚来把一个一个脸面都看遍,哪个也不是菊英。他正扭转身往外走,桌边坐着的秦小凤却看见了他。

小凤喊他说:"多寿叔!你且等一下!不要着急!我们给玉生写完了证明信,马上就调解你们的事!"糊涂涂见她这么说,知道菊英已经来过了,便向一个看热闹的人问菊英到哪里去了。那个人告他说去吃饭了。他说:"没有回去呀?"那个人说:"难道不许到别人家里吃饭吗?"这些看热闹的人,见调解委员会把玉生的离婚问题调解得有了结果(没有平息下来,已经决定要向区公所写信证明调解无效,让他们去办离婚手续,也就算看出结果来了),其中有好多人本来正准备走散,恰好碰上菊英去找小凤诉苦,就又有些人留下来。小凤只听菊英提了个头儿,听她说还没有吃饭,就叫她先领着玲玲到后院奶奶家里借米做饭吃,才把菊英打发走了。这些情况,在场的人谁也听得明白——都知道菊英到后院奶奶家里去了,可是大家都恨恨有理和惹不起欺负人,所以都不愿把情况告糊涂涂说。糊涂涂见人家不告他说,知道再问也无效,到别处瞎找也不见得能找到,也只好暂且挤在人中间等着。这些人差不多都是年轻人,而且又差不多是在打场工作中间抽空子来的,流动性很大,一直挤进来挤出去,糊涂涂这个老头站在中间很不相称,又吃不住挤,弄得东倒西歪不由自主。还是秦小凤看见有点不好意思,便向大家说:"大家让一让!多寿叔请到这里来坐下歇歇!"大家给让开一条路,糊涂涂走过去,玉生站起来腾出一把椅子让他坐下。

一会,证明信写完,打发玉生和小俊走了,看热闹的人差不多也走了三分之一,会议室里便松动了好多,主任委员范登高便向糊涂涂说:"是怎么一回事?你谈谈吧!"糊涂涂说:"我一点也不知道呀!"有一个和他年纪差不多的人向他开玩笑说:"一点也不知道,你来做什么呀?你真是糊涂涂!"看热闹的人哄笑了一阵子,糊涂涂把他才从场里回来的情况交代了一下之后,秦小凤说:"还是把老婶婶和大嫂子请来吧!"便打发值日的去请常有理与惹不起。

又停了一阵子,菊英也来了,常有理和惹不起也来了。范登高说:"好!大家都来齐了!各人都先把事实谈一谈,然后我们大家再来研究。菊英!你先谈吧!"菊英说:"我不是已经谈过了吗?"登高说:"你再谈一下,让她们两位也听一听,看事实有没有出入!"菊英说:"很简单:我从早起架上磨,早饭只喝了一碗稠粥,吃中午饭也不让卸磨,直到他们碾完了场才卸下磨来。这时候家里早吃过饭了,只给我和玲玲留下些面汤……"惹不起说:"说瞎话叫你烂舌根!我给你留的没有面?"常有理接上去说:"大家吃什么你也只能吃什么!磨个面又不是做了皇帝了!我不能七碟子八碗给你摆着吃!"范登高拦住她们说:"慢着慢着!还是一个人说了一个人说!菊英你还说吧!"菊英说:"我说完了!她说有面我没有见!"小凤说:"究竟有没有面,我提议连锅端得来大家看看!"菊英说:"端什么?她早给驴倒到槽里去了!有没有面有翼和满喜都看见来!不能只凭她的嘴说!"惹不起说:"放着面你不吃,我不能伺候到你天黑!"登高说:"你就接着说吧!她已经说完了!"惹不起说:"我也说完了!"登高又让常有理说,常有理倒说得端端有理。她说:"孩子都是我的孩子,媳妇自然也都是我的儿媳,哪一根指头也是自己的骨肉,我也犯不上偏谁为谁!可是咱们这庄户人家,不到过年过节,每天也不过吃一些家常便饭,我吃了这么大也没有敢嫌坏。大家既然都吃一样饭,自然也没有给媳妇另做一锅的道理——我和孩子他爹这么大年纪了,也没有另做过小锅饭。今天的晌午饭是黄蒸和汤面,男人们在地里做重活,每人有两个黄蒸,汤面管饱;女人们在家里做轻活儿,软软和和吃顿汤面也很舒服,我和大伙家吃了没有意见,不知道我们的三伙家想吃什么!人和人的心事不投了,想找茬儿什么时候都找得出来!像这样扭扭别别过日子怎么过得下去呀?我也不会说什么,请你们大家评一评吧!"登高问菊英还有什么意见,菊英说:"照我娘说的,好像是我不愿意吃汤面,可是我实在没有见哪里有汤面呀!吃糠也行——我也不是没有吃过,不过要我吃糠也得给我预备下糠呀!"在座的张永清,因为得罪过常有理,半天不愿意开口,到这时候看见双方谈的情况对不了头,便出主意说:"我看就这样谈,谈不明白事实。菊英刚才不是说满喜和有翼看见过她们争论吗?我建议请他们两位来证明一下。"委员们,连看的人都说对,并且有人自动愿意去叫。惹不起听说要找证人,有点慌。她说:"他们回来抬了个风车就走了,哪里知道什么底细?自己要是不凭良心说话,找谁也是白费!可知道别人的话是不是凭良心说出来的?"小凤说:"大嫂子!这样说就不对了!难道人家别人都跟你有仇吗?"登高说:"就找他们两个来吧!能证明多少证明多少!证不明也坏不了什么事!"这样决定下来,便有人去找有翼和满喜去了。

  这两个人一来,登高便把案情简单向他们说了一下,然后先让满喜来作证。满喜对头天晚上和惹不起吵架的事仍然有点不平,便趁这机会把那件事埋伏在他的话里边。他说:"看见我倒是看见的,可是这证人我不能当!有嫌疑!"登高说:"有甚说甚,那有什么嫌疑?"满喜说:"我说的不是今天的吃饭问题,是人家军属的名誉问题!咱可担不起那个事!"他卖了这么个关节,大家自然要追问,他便趁势把头天晚上惹不起说玲玲"有娘""有爹"那些话一字不漏说了一遍。还没有等满喜说完,看热闹的人中间有好多军属妇女就都叫起来。有人向委员们说:"……且不要说今天的事了,先把昨天晚上的事弄清楚!先看她拿的是什么证据!要是拿不出证据来,血口喷人不能算拉倒!"登高说:"已经过去就不要提了,还是说今天的吧!"军属们仍然坚持不能放过去,说菊英担不起这个名声。菊英不愿转移吃饭问题的目标,便向大家说:"由她说去吧!只要别人信她的!"小凤说:"我是军属,也是优抚主任。我代表军属和优抚委员说句话。我也觉着说这话是要负责任的,不过菊英不追究了也就算了,再要那么说我们就要到法院去控告她。"登高说:"过去的事,已经说开了就算了。满喜!你还是谈谈今天的情况吧!"满喜说:"我还是不谈!谈了她会说我是报复她!有翼是他们家里人,可以先让他谈谈!"登高说:"也好!有翼你就先谈谈!"有翼还没有开口,常有理向有翼说:"看见就说你看见来,没看见就说你没看见!不要有的也说,没的也道!"有翼看了看她,又看了看范登高说:"我没有看见!"满喜说:"咱们走过去,不是正碰上她端起锅来往外走吗?你真没有看见吗?"有翼支支吾吾地说:"我没有注意!"满喜说:"好!就算你没有看见!你响午吃了几碗汤面?"有翼说:"两碗!"满喜说:"第二碗碗里有面没有?"有翼又向他妈看了一眼,支支吾吾地说:"面不多了!"满喜说:"不要说囫囵话!有没有一两面?"有翼又看了他妈一眼,满喜追着说:"我的先生!拿出你那青年团员的精神来说句公道话吧!有没有一两面?"有翼再不好意思支吾,只好照实说了个"没有!"大家又哄笑了一阵,满喜说:"这不是了吗?也不能说一点面也没有,横顺一样长那面条节节,每一碗总还有那么十来片,不用说一两,要够二钱也算我是瞎说!"大家又笑起来,常有理气得把头歪在一边,指着有翼骂:"你这小烧锅子给我过过秤?"登高说:"事实就是这样子了。现在可以休息一会,让我们委员们商量一下看怎样调解好。你们双方有什么意见,有什么要求,也都在这时候考虑考虑,一会再提出来。"说了便和各委员们离开了座,往西边套间里去。满喜截住登高问:"没有我们证人的事了吧?"登高说:"没有了!你们忙你们的去吧!"说着便都走进套间——村长办公室里去。

　　常有理觉着没有自己的便宜,拉了一下惹不起的衣裳角,和惹不起一同走出旗杆院回家去了。

　　糊涂涂坐着没有动,拿出烟袋来抽旱烟。

一伙军属拉住菊英给她出主意，差不多一致主张菊英和他们分家。

天气已经到了睡起午觉来往地里去的时候，看热闹的人大部分都走散了，只是军属们都没有散，误着生产也想看一看结果。

套间里的小会开得也很热闹：范登高主张糊涂事糊涂了，劝一劝大家好好过日子，只求没事就好。秦小凤不同意他的意见。小凤说："在他们家里，进步的势力小，落后的势力大，要是仍然给他们当奴隶、靠他们吃饭，事情还是不会比现在少的。让一个能独立生活的青年妇女去受落后势力的折磨，是不应该的。"范登高说："正因为他们家里有落后的，才要让进步的在里边做些工作。"范登高这话要打点折扣。实际上他也知道菊英在他们家里起不了争取他们进步的作用，可是他知道菊英要分出来一定入社，保不定也会影响得糊涂涂入社，所以才找些理由来让他们维持现状。小凤说："想叫菊英在他们家里做些工作也是分开了才好做。分开了在自己的生活上先不受他们的干涉，跟他们的关系是'你听我的也好，不听我的我也用不着听你的'；要是仍在一处过日子，除非每件事都听他们的，哪一次不听哪一次就要生气。"别的委员们也都说小凤说得对。登高见这个理由站不住，就又说出一个理由来。他说："咱们调解委员会，不能给人家调解得没有事，反叫人家分了家，群众会不会说闲话呢？"小凤说："你就没有看见刚才休息时候已经有人悄悄跟菊英说'分开''分开'吗？大多数的人都看到菊英在他们家里过不下去，要不分开，群众才会不同意哩！"登高最后把他和金生笔记簿上记的那拆不拆的老理由拿出来说："要是咱们调解委员会给人家把家挑散了的话，咱们这些干部们，谁也再不要打算争取他们进步了！"张永清反驳他说："想要争取他们进步，应该先叫他们知道不说理的人占不了便宜。让落后思想占便宜，是越让步越糟糕的。"范登高说："难道除分家再没有别的办法了吗？"小凤说："有！叫她们婆媳俩向菊英赔情、认错、亲口提出以后的保证，把菊英请回去，那是最理想的。你想这都办得到吗？"有个委员说："一千年也办不到。"别的委员都说对，小凤接着说："不行！哪个人的转变也不是一个响午就能转变了的！可是要不分开家，菊英马上就还得回去和她们过日子！咱们先替菊英想想眼前的事：要不分家，今天晚上回去，晚饭怎么样吃？婆婆摔锅打碗、嫂嫂比鸡骂狗，自己还是该低声下气哩，还是该再和她们闹起来呢？"登高说："那也只能睁一只眼合一只眼！才闹了气自然有几天别扭，忍着点过几天也就没有事了！"小凤说："难道还要让受了虐待的人再向虐待她的人低头吗？"登高说："就是要分家，今天也分不完，晚饭还不是要在一块吃吗？"小凤说："不！要分家，就不要让菊英回去了——让菊英暂且住在外边，让他们家里先拿出一些米面来叫菊英吃，直到把家分清了然后再回到自己分的房子里住去！我赞成永清叔的话——不能让不说理的人再占了便宜。"大家同意小凤的意见，登高也不再坚持自己的主张。小会就开到这里为止，大家便从套间里走出来。

会议又恢复了，只是缺两个当事人——常有理和惹不起都回家去了，打发人去请了一次也请不来，糊涂涂便做了她们两个的代表。

范登高问菊英的要求，菊英提出和他们分开过。别的军属又替她提出追究造谣和虐待的罪行。范登高作好作歹提出"只要分开家过，不必追究罪行"的主张。糊涂涂没有想到要分家，猛一听这么说，一时得不着主意，便问范登高说："难道再没有别的办法吗？"没有等登高答话，有一个军属从旁插话说："有！叫她们婆媳俩先到这里来坦白坦白，提出保证，亲自把菊英请回去！"糊涂涂一想："算了算了！这要比分家还难办得多！"永清劝他说："弟兄几个，落地就是几家，迟早还不是个分？扭在一块儿生气，哪如分开清静一点？少一股头，你老哥不省一分心吗？"别的委员们也接二连三劝了他一阵子；年纪大一点的，又直爽地指出他老婆不是东西，很难保证以后不闹更大的事。说到再闹事他也有点怕。他的怕老婆虽是假怕，可是碰到管媳妇的事，老婆可真不听他的。他想到万一闹出人命来自己也有点吃不消。这么一想，他心里有点活动，只是一分家要分走自己一部分土地，他便有点不舒服。他反复考虑了几遍，便向调解委员们说："要分也只能把媳妇分出去，孩子不在家，不能也把孩子分出去。"小凤说："老叔！这话怎么说得通呢？你把孩子和媳妇分成两家子，怎么样写信告你的孩子说呢？要是那样的话，还叫有喜怀疑是菊英往外扭哩！事实上是她们俩欺负了菊英呀！"别的委员们又说服了一阵，说得糊涂涂无话可说。

这点小事，一直蘑菇到天黑，总算蘑菇出个结果来：自第二天——九月三号——起，三天把家分清；已经收割了的地分粮食，还没有收割的地各收各的；先拿出一部分米面来，让菊英住到后院奶奶家里起火，等分清家以后再搬回自己房子里去住。

十九　出题目

常有理和惹不起碰了钉子回去之后，两个人的嘴都噘得能拴住驴。惹不起向常有理说："生是你有翼把咱们证死了！"恰巧在这时候，有翼回家去取口袋，常有理一肚子怨气没处出，便叫过有翼来大骂一顿。她骂过半点钟之后，劲儿似乎才上来，看样子在两三个钟头以内是不准备休息的。有翼打断了她的骂跟她说："场上等着用口袋哩！"她说："不用你去送！场上的谷子我不要了！你总得给我说清楚你是吃饭长大的呀，还是吃屎长大的？青年团是不是你的爹妈？……"有余在场上等不着有翼，自己回来取口袋，一进门碰上这个场面，便先问调解委员会说了个什么结果，可是常有理正骂得有板有眼顾不上理他，他也因为场上的人等着装谷子用口袋就不再细问，找着了口袋取上走了，让他妈沉住气骂下去。有翼直等到这位老人家骂得没有劲了躺到床上去捶胸膛，自己才走出来到场上收拾谷糠去。

惹不起也回房里去睡觉，后来被有余从场上扛着谷回来骂了一顿，才起来去做晚饭去。

天黑的时候，糊涂涂在调解委员会无可奈何地答应了让菊英分家，也憋着一肚子气回来，便把有余叫到自己房子里，把调解委员会调解的结果向他说明。有余摇摇头说："把十几亩地跑了！"糊涂涂把两手向两边一摊说："就是嘛！"扭转头向常有理说："你们有本领！省了一顿饭把十几亩地抖擞出去了！"常有理这回却找不着什么理，只好到吃饭时候又骂着有翼捎带着满喜出气。

常有理又骂上劲来，青年团有人在门外喊叫有翼开会。常有理向有翼说："我不许你去！不跟上你那些小爹小妈，你还不会证死我！"有余见他妈骂得上气不接下气，便趁这机会劝她说："妈！你让他走吧！你也该歇歇了！"糊涂涂说："叫他走吧！咱们不要把村里的大小人都得罪遍了！"常有理刚刚因为逞本领弄错了一件事，也不敢太坚持自己的意见，有翼趁她不再追逼的空子，急急慌慌溜走了。

有翼走进旗杆院，见前院北房里已经有很多人。他问明了是开党团员联合大会，正准备进去，忽听得灵芝在东房里说话，便先往东房里去。

这东房现在是社的办公室，金生和李世杰、范灵芝正讨论分配技术问题。有翼见灵芝仰着头呆坐着，便问她想什么。灵芝没有向他说明问题，直撞撞地问他："不用斗，用什么东西一下子就能装满一口袋？"有翼的脑子已经被他妈骂糊涂了，灵芝这一问问得他更糊涂，就反问灵芝说："你问这干吗？"正在这时候，北房催他们开会。李世杰说："你们开你们的会去吧！这问题恐怕只有找玉生才能解决！"灵芝虽然还有点不服，也只好罢了。

他们三个人走进北房，看见好多人围着北边墙上贴着的一张大幅水彩画，画家老梁同志站在一旁请大家提意见，大家都满口称赞。有翼和灵芝凑到跟前。有翼一看说："这是三里湾呀！"又走近看了看："上滩、下滩、老五园、黄沙沟口、三十亩、刀把上、龙脖上……真像！"有人说："远一点看，好像就能走进去！"老梁说："不要光说好，请提一提意见！"大家都没有意见。玉生说："老梁同志！现在还没有的东西能不能画？"老梁说:"你说的是三里湾没有呀,还是世界上没有?"玉生说:"比方说:三里湾开了渠,"用手指着图画说,"水渠从上滩这地方开过,过了黄沙沟,靠崖根往南开,再分成好多小支渠,浇着下滩的地;把下滩的水车一同集中到上滩这一段渠上来,从这里打起水来,分三道支渠,再分成好多小渠,浇着上滩的地;上下滩都变成水地,庄稼比现在的更旺。能不能画这么一个三里湾呢?"老梁说:"这自然可以!你想得很好!那可以叫'提高了的三里湾',或者叫'明天的三里湾'。"金生说:"老梁同志!我们现在正要准备宣传扩社和开渠。你要是能在十号以前再画那么一张,对我们的帮助很大!"老梁说:"可以!"金生想了想又说:"还可以再多画一张!将来我们使用了拖拉机,一定又是个样子!"他这么一说,就有好几个人又补充他的话。有的说:"那自然!有了拖拉机,还能没有几个大卡车?"有的说:"那自然也有了公路!"有的说:"西山上的树林也长大了!"有的说:"房子一定也不是这样了!"张永清说:"我从前说'楼上楼下、电灯电话',县委说现在不应该宣传那些,你们说来说去又说到这一路上来了!"金生说:"县委也不是说将来就不会有那些。县委说的是不要把那些说得太容易了,让有些性急的人今天入了社明天就跟你要电灯电话。我们一方面说那些,一方面要告群众说那些东西要经过长期努力才能换得来,大概就不会有毛病了。老梁同志要是能再画那么一张画,我们把三张画贴到一块,来说明我们三里湾以后应走的路子,我想是很有用处的!老梁同志!这第三张画你也能画吗?"老梁说:"能!我还带着几张国营农场和集体农庄的画哩!把那些情景布置到三里湾不就可以了吗?"有人问:"三里湾修的新房子,能和别处的一样吗?"没有等老梁回答,就有个人反驳他说:"那不过是表明那么个意思就是了吧!难道画上三个汽车,到那时候就不许有五个吗?画了一块谷子,到那时候就不许种芝麻吗?"老梁说:"对!我只能根据我现在对农业机械化理解的水平,想一想三里湾到了那时候可能是个什么气派,至于我想不到的地方和想错了的地方,还要靠将来的事实来补充、纠正。对不起!因为我征求意见耽误你们开会，以后再说吧！你们要的那两幅画，我在十号以前一定画成！"金生说："三张画给我们的帮助太大了！我们开会也为的是这个！今天的会也请你列席好吗？"老梁答应了。

金生催大家坐好，正在套间里谈经营管理问题的张乐意和何科长也走出来。

金生宣布了开会，便先把头一天晚上社干会议决定的扩社、开渠两件事向大家报告了一下，然后向大家说："……最要紧的事是要争取时间：按咱们原来的计划，水渠要社内外合股去开，成本和人工要按能用水的地面来分担，社只算一个户头，社外便要以户为单位去计算，因此在开工之前就得先把扩社工作做完——入了社的就算在社的总账里，花钱误工都由社来统一调度；没有入社的也要另有个编制——要不先分清谁是社员谁不是社员，开渠工作就很不容易管理。可是秋收以后离上冻不到一个月工夫，要是等收完了秋再扩社，扩社工作完了渠也就不好开了。我们支委们研究了一下，又在社干会上研究了一下，都觉着在收秋这一个月里，也可以把扩社的工作做好。日程是这样排列的：本月十号以前，我们的党、团员、宣传员，先在群众中各找对象个别地宣传一下，听取一些群众的意见。十号上午由各团体联合召开一次动员大会，然后按互助组和居民小组分别讨论、酝酿，接着，愿意入社的就报名。到了二十号以后，报名的大体上报个差不多，就可以做开渠的组织工作。这样一天也不耽搁，才能保证一过了国庆节马上就动工开渠，在上冻之前把渠开成。这中间还夹着个小问题，就是马家刀把上那块地还没有动员好，也要在本月里解决。"张永清插了句话说："刀把上地现在有了解决的办法！"金生说："有了办法更好！村里、社里这一个月的工作就是这些。我们党、团员、宣传员们要在群众中广泛地宣传，要帮助家庭的亲人们打通思想，要在群众中用行动来带头——用一切办法来保证工作顺利完成。我要传达的就是这些。以下让宣传委员谈一谈具体的宣传计划。"

张永清接着便谈宣传计划。他先把村里的住户按地段分成好多片，按住地的关系和私人的关系规定了把党、团员、宣传员们组成若干个临时宣传小组。他说："从现在到十号，要按各人宣传的具体对象，分别说明加入农业生产合作社就是走上社会主义的光明大路；说明我们社内这二年的增产成绩、变旱地为水地的好处、水地的耕作技术和基本建设集体经营起来比个体经营容易得多；说明到了机械化的时候增产更多：让大家的脑筋活动一下。群众要有什么意见，有什么思想障碍，要随时汇报党、团支部，让支部针对具体情况想办法。十号的动员大会开过之后，是大家拿主意的时候。在这时候，我们要帮着群众算细账，解释群众提出来的问题。这样做下去，做到开始报名的时候，我们大概就知道个数目了。就是在报名以后我们也不关门——水渠开了工，完了工，一直到明年春耕之前，个别户要想加入我们也欢迎，不过要向他们说明参加得越迟，做的工就越少，分的红自然也少。动员他们尽早参加进来。"有人问他刀把上的地是怎么解决的，他说："这个问题我们支委会还没有商量过，以后再谈吧！"

永清谈到这里，金生让大家分了分临时宣传小组，各组选了组长，会就散了。

散会之后，张乐意仍和何科长去套间里谈经营管理问题，张永清拉着金生到东房里商量刀把上地的问题，魏占奎叫团支委留下来开团支委会。

马有翼因为挨了骂，只想等开完了会找灵芝诉一诉苦，党支书和宣传委员讲了些什么，他连一半也没有听进去，可是等到散会以后，灵芝又被魏占奎叫住开团支委会，自己落了空，便垂头丧气跟着大家向外走。他刚走出北房门，忽然想到会散得太早，他妈还没有睡，回去准得继续挨骂，便又踌躇起来。正在这时候，魏占奎又在北房里伸出头来问："马有翼走了没有？"有翼答应着返回去。魏占奎说："你且在西房里待一下，一会还要跟你谈个事。"有翼便到睡着满桌子民兵的西房里去。

民兵们睡觉的睡下了，上岗的上岗了，只有个带岗的班长点着一盏灯坐在角落上一张小桌子边。马有翼找了一条闲板凳也凑到桌边来坐。因为怕扰乱别人睡觉，这位班长除和他打了个招呼外，一句话也没有和

261

他谈——他自己自然也照顾到这一点,没有开口。煤油灯悄悄地燃着,马蹄表老一套地滴答着,有翼在桌子一旁只想他两宗简单的心事——第一宗是魏占奎留下他说什么,第二宗是要有机会的话再留下灵芝谈谈心。

闲坐着等人总觉得时间太长,表上的针像锈住了一样老不肯迈大步,半点钟工夫他总看够一百多次数,才算把北房的团支委会等得散了会。他听见轻重不齐的脚步声从北房门口响出来,其中有一个人往西房里来,其余的出了大门。凭他的习惯,他知道来的人是灵芝,本来已经有点瞌睡的眼睛又睁大了。他觉得这半个钟头熬得有价值。门开了一条缝,露了个面,正是灵芝,两道眉毛直竖着,好像刚和谁生过气,也没有进来,只用手点了点有翼,有翼便走出来跟着她到北房里去。

有翼见灵芝面上的气色很不好,走路的脚步也比往常重了好多,便问她说:"你生谁的气?"灵芝张口正要说"生你的气",猛然想到她跟有翼的关系还没到用这样口气的时候,便不马上回答他的话。

前边也提过了:有翼这个人,在灵芝看来是要也要不得,扔也扔不得的,因此常和他取个不即不离的关系,可是一想到最后该怎么样就很苦恼。她这种苦恼是从她一种错误思想生出来的。她总以为一个上过学的人比一个没有上过学的人在各方面都要强一点。例如她在刚才开过的支委会上,听说有翼下午给菊英作证时候是被满喜逼了一下才说了实话,便痛恨有翼不争气。有翼在那时候的表现确实可恨,不过灵芝恨的是"一个中学生怎么连满喜也不如?"其实满喜除了文化不如有翼,在别的方面不止比有翼强得多,有些地方连灵芝自己也不见得赶得上。不是说应该强迫灵芝不要爱有翼而去爱满喜,可是根据有翼上过中学就认为事事都该比满喜在上,要叫满喜知道的话,一定认为是一种污辱——因为村里人对满喜的评价要比对有翼高得多。灵芝根据她自己那种错误的想法来找爱人,便把文化放在第一位。三里湾上过中学的男青年,只有一个有翼还没有结婚;因为村里的交通不便,又和从前的男同学没有什么联系,所以只好把希望放在有翼身上。她所以迟迟不作肯定是想等到有翼进步一点再说,可惜几个月来就连有翼一点进步的影子也看不到,便觉得很苦恼。她常暗自把有翼比做冰雹打了的庄稼,留着它长不成东西,拔掉了就连那个也没有了。

有翼见灵芝不回答他的话,也摸不着头脑,只好跟着灵芝走到会议室的主席台桌边,和灵芝对面坐下。这时候一个五间大厅就只有他们两个人坐在靠东的一头,开过两次会的煤油灯上大大小小结了几个灯花,昏暗暗地只能照亮了一个桌面,灵芝的脸上仍然冷冰冰竖着两道眉,平时的温柔气象一点也没有了。有翼看了看灵芝的脸,又看了看四周,觉得可怕得很。灵芝板着面孔冷冰冰地和他说:"团支委会派我通知你:党支委秦小凤把你今天下午在调解委员会上那种混账的、没有一点人气的表现,反映到团支部来,团支委会决定要你先写一个检讨,再决定怎样处理!去吧!"说了站起来便要走。有翼急了,便赶紧说:"可是你要了解……"灵芝说:"我什么也不要了解!"有翼见她什么也听不进去了,便哀求着说:"我只说一句话!今天下午,最后我还是说了实话的呀!"灵芝说:"要是最后连实话也不说的话,团里也就不再管你检讨不检讨了!"说着便丢下他走了。

有翼挨了这么一下当头棒,觉着别的团支委和人谈思想不是这样的态度,灵芝代表团支委和别人谈话也不是这样的态度,一定是灵芝生了他的气,用这种态度表明以后再不和他好,想到这里就趴到桌上哭起来。他哭了一阵,没有人理,自己擦了擦泪准备回去,又想到回去他妈还要继续骂他,才擦干了的眼泪又流出来。

正在这时候,套间门开了,何科长和张乐意两个人走出来。他一想起何科长住在他们家里,好像得了靠山,赶紧吹了桌上的残灯,偷偷擦了擦泪,走到何科长跟前来。何科长问他:"还没有回去吗?"他说:"我留在这里等你!"说罢便和何科长相跟着回去了。

二十　小组里的大组员

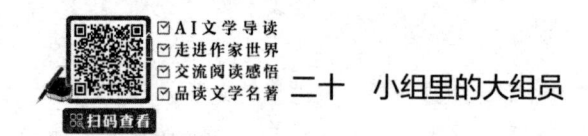

有翼受了灵芝一顿碰，生怕灵芝从此丢开他，躺在床上睡不着，便坐起来点上灯写检讨。他的检讨是专为写给灵芝看的，所以特别下工夫，不过不是把工夫下在检讨错误上，而是在考虑如何才能既不丢人又能叫灵芝相信。第一遍稿子还写了几句正经话——如"……为了袒护母亲就完全冤枉了自己的同志……"——写过了又一想："不行！这像人做的事吗？"本来就不像人做的事还偏想说得像人做的事，那就难了。他把这第一遍写的放过去之后，接着便尽量想往"像人"处写，把那些"说得不够明白"、"有点顾虑"、"开始有点勇气不足"、"脑筋迟钝一点"、"一时有点糊涂"、"思想准备不充分"……一切含糊字样换来换去，觉着怎么说也有点不大圆通。这样一直写到天明，也没有写出一份满意的来。

天明了，他听得一声清脆的女人声音在门外叫他，好像是灵芝，可惜后半截被大黄狗叫了一阵给搅乱了。他赶紧从好多纸片中挑出一份自己认为比较像样的检讨书来放在桌子上，把其余自己认为要不得的压到席子底去，然后才开了他自己住的东南小房门走出来。他走到大门里，喝退了大黄狗问是谁，才听见答话的声音是玉梅。他先把腰栓缝里那个像道士帽的楔子打下来，正要拔腰栓，又听见他妈在北房里叫他，他便停住手答应说："等我开了门就来！"他妈说："快来快来！"玉梅在门外说："你且不要开门！你们的狗死咬人！等我走远了你再开！党支部要咱们这个临时小组马上开个紧急会议讨论一件重要的事！地点就在后院奶奶家！我先走了！你马上就来好了！"有翼说："等一等咱们相跟着！"玉梅说："我还要去通知村长去！"说着便走了。常有理仍然一声接一声地叫有翼，有翼只得跑到北房门口来。有翼推了一下门见门还没有开，便走到窗下问常有理有什么事。常有理隔着窗先埋怨着他，给他下命令说："见了你那小妈你就走不开了！给我到临河镇请你舅舅去！"有翼说："可是我马上要去开会呀！"常有理说："家里没有你们这两个常开会的人，我这家还散不了！再要去开会我就不算你的妈!"糊涂涂接着常有理的下音向有翼说:"有翼!我倒不是说你不应该开会,可是家里有了要紧事总可以请个假吧?调解委员会叫咱们在三天以内和你三嫂分开家。你快去请个假回来赶上个驴到临河镇接你舅舅去。你舅舅好出门去掉卖牲口。最好你在早饭以前赶到他家,不要去得迟了扑个空!快去吧!"有翼等他说完了,便往旗杆院后院去。

玉梅离开马家院门口跑到范登高家,见灵芝在敞棚下喂骡子,便问范登高起来了没有。灵芝一面答应着一面给骡子添好了草料,就把玉梅引到房子里来。这时候,灵芝的妈妈正在桌边梳头,见玉梅进来便先让她坐下。玉梅问起登高,灵芝妈妈说:"他昨天晚上回来不知道心里有什么事,问着他他也不说正经话,吹了灯也不睡觉,坐在床边整整吸了一盒纸烟,鸡叫了才躺下。"又指着放下帘子的套间门说:"这会可睡着了!我和灵芝都没有惊动他。"范登高睡得不太熟,隔着帘听见有人说话便醒了。他开头还以为是他老婆和灵芝谈他夜里回来的情况,后来听得好像是对外人谈,心里有点不自在,便叫了灵芝一声。他老婆听见他醒来了,也就不再谈下去。灵芝低声向玉梅说:"我爹醒了!你找他说什么,告我说我顺便告诉他一下!"玉梅说:"党支部要我们那个临时宣传小组开个紧急会议讨论一件重要事情。他跟我们编在一个小组里,我来请他参加。"

灵芝进了套间,把玉梅的来意向登高说明。登高微微睁了一下眼,慢吞吞地说:"党—支—部?"接着他又考虑了一阵,向灵芝说:"你叫玉梅进来一下!"

每逢金生代表支部说话的时候,登高总有点不满意。在开辟工作时候,他当支部书记,金生还只是个民兵,这几年因为他只注意他的两头骡子,对同志们冷淡了,同志们便对他也冷淡了,所以在每次支部改选时候他总落选。金生这个人在他看来是"有些能力",不过比起他来那还提不到话下。提倡办社、开渠在他看来都是金生故意出风头——他以为没有这些事可以过得更安静一点。特别叫他不自在的是现在支部来领导扩社工作,他以为这是将他的军,违背了"自愿"的原则。虽说支部没有人直接动员他入社，可是把他编在临时宣传小组让他去向别人宣传，他以为这是金生他们想出来的威逼他的巧妙办法——以为社里暗算他的两头骡子；把他和玉梅、菊英、有翼编成一个临时宣传小组，他以为是故意给他凑了几个毛孩子开他的玩笑。三个青年选他当组长他说他顾不上——其实他是觉着"我怎么好意思当这么个娃娃头儿？"——可是选了玉梅他更不高兴——他又觉着"天哪！我怎么被玉梅领导起来了？"——总以为夜里那次党团员大会是金生他们完全为了摆布他才设下的圈套。他既然认为是圈套了，自然就要安排跳出圈套的办法，所以散了会回来顾不上睡觉先来作种种安排。他的第一着是抓住"自愿"的理由再向支部提出"反对动员"的意见，可是又想到这个不行，因为县委副书记老刘同志当面驳斥过他这意见，告他说"自愿"不是"自流"，宣传动员还是要做的。他想要是不行，第二步可以赶上骡子出外边走走，等过了这十来天再回来，可是又怕后山的王小聚趁这个空子找到了别的营生不再给他赶骡子……他这样想来想去，整整吸了一盒纸烟也没有找到最后的主意，直到鸡叫才睡下，也睡得十分不安稳，有点什么动静就醒来一次。

当灵芝告他说玉梅来找他，说是党支部要他们这个小组开紧急会议的时候，他想："什么党支部？还不是金生的主意？玉梅也真正当起我的小组长来了！他们一步紧一步地和我斗上了！"他本来想叫灵芝告玉梅说他没有工夫，后来又想到这样顶回去，将来传到老刘那里要说他"目无组织"，所以才又让灵芝叫玉梅进去。

玉梅进去以后，他故意对玉梅装出少气无力的样子说："玉梅！叔叔昨天夜里回来伤风了，头痛得抬不起来。你们讨论吧！叔叔实在起不来！"玉梅见他这么说，也只好劝了他几句要请人治疗的话就回旗杆院去了。

党支部派来参加他们这次紧急会议的是张永清。张永清见玉梅说登高不准备来，便向大家说："他不来咱们就先讨论。不过他想躲也躲不开——这事和他有关系。等讨论完了我再去找他。"玉梅说："咱们就开会吧！"有翼说："可是我爹要我请个假去请我舅舅去！你说怎么办？"玉梅还没有答话，张永清便向有翼说："不要理那老糊涂虫！这老家伙鬼主意真多！咱们不能让他再请得个牙行来摆布菊英！"有翼说："可是他非叫我去不行！"玉梅说："我的老先生！你也太没出息了！你不去难道他能吃了你？"有翼说："可是将来我还得回去呀！"玉梅说："他既然知道要请假，你就可以向他说没有请准。难道请假不许请不准吗？"有翼觉着也有理，只是也觉着不好交代，所以马上没有答话。永清说："好了！我们谈正经的吧！"有翼想："不去行吗？最好再等我拿一拿主意！"可是永清不等他，他也就停下来了。永清接着说："大家都知道我们的水渠已经测量好了，水渠要占用的地该怎么办也都大部分商量通了，只是马家刀把上那一块地还没有得到有翼他爹的答应，看样子是准备和我们麻烦到底的。现在菊英要和他们分家了。昨天夜里我们支部几个人商量了一下，最好让菊英把这块地争取到手，免得到开工的时候再和有翼他爹打麻烦。菊英先想一想你自己愿不愿这么做！你只要把这块地争取到手，明年要是入社，社里按产量给你计算土地分红，要不入社，社里给你换好地！"菊英打断他的话说："能分了家我怎么还肯不入社？"永清接着说："我们也估计你一定愿入。"玉梅问："怎么样向她家提出呢？"永清说："争取的办法是这样：由菊英直接向他们提，别人帮个腔。既然分家，总得有家里人都在场吧！总得由调解委员会给他们评判一下吧！有翼是他们家里的一股头，登高是调解委员会主任，菊英是当事人：你们这个小组一共四个人就有三个与这事有关系，配合得好一点，这工作是可以做好的。"菊英说："要是他不先问我的意见就给我配搭成一份，还怎么单单提出要换这块地呢？"永清说："可以提！什么转弯话也不用说，就说你明年要入社，想帮着社里、村里解决个问题；就说他们原来不愿让出这块地来无非是怕吃了亏，现在要他们把这个亏让给你来吃！大家再一帮腔，他再没有不让的理由——再不让就显得他是故意捣乱。就是这么一件事，你们抓紧时间商量着办吧！让我先去找一下范登高，单独和他谈谈！"说了就往外走。菊英追着他说："要是他打发人去请我们那个牙行舅舅，不通过调解委员会呢?"永清说:"给你分的没有那块地的话,你可以说他们分得不合适,再到调解委员会提出你的意见!"菊英笑了笑说:"对对对!我没有想到我自己已经成了一方面了!"永清回头向她说:"对!你懂得这个就好了!"说着便走了。

菊英想了个提出问题的办法,说出来让玉梅和有翼听听使得使不得;玉梅给她补充了些话;有翼没有发言,只想到他没有去请舅舅,回去怎样应付他爹。

会议一共几分钟就散了,菊英留在后院奶奶家,玉梅和有翼相跟着走出旗杆院。有翼觉着会散得这样早,和请个假误的时间差不多,回去见了他爹仍然可以说是请了假;不过按这次会议的精神,是不应该再去请那个牙行舅舅去的。他觉着昨天犯了个错误正写着检讨,今天明明白白在会上表示自己不再去请舅舅,回头要再去了,不是又要算错误吗?不过这次错误他还不是不愿意犯,而是怕犯了以后团里不允许,特别是怕得罪了灵芝和玉梅。他想先在玉梅名下取得合法——让玉梅批准一下,便向玉梅说:"我回去了,我爹仍然要我去请我舅舅,我该说什么呢?"他想让玉梅说一句"实在要你去,你也只好去了",可是玉梅回他的话是他没有想到的。玉梅说:"我的老先生!你三嫂自己成了一方面了,你什么时候才能成为一方面呢?该怎么对付由你去想!我替你出不了主意!"说完便离开了。旗杆院门口剩下有翼一个人。

玉梅没有批准,有翼更作了难:回去吧,一定得去请舅舅——别的话他想不出;找灵芝去吧,连玉梅都嫌自己没出息了,还怎么敢和灵芝提——况且检讨也没有交卷……他在旗杆院门口转来转去,好大一会得不着主意,忽然看见远远的有个红影儿一闪,定神一看,原来是何科长骑着他自己的红马走了。有何科长住在他家,他妈还不便和他大动气;何科长走了,就连这一点庇护也没有了,更叫他觉着不妙。一会又有个花影儿从他眼前闪过去,原是他大哥赶了他们的大驴,驴鞍上搭着一条花被子走过去,他便赶紧躲进门里闭起门来。他从门缝里看见他大哥赶着驴往下滩去，知道是他爹等不着他，已经打发他大哥接他舅舅去了，便觉着又算遇了大赦，直等到他大哥走得看不见了，才准备回家挨骂去。

永清找到范登高家，和范登高说明要让菊英争取刀把上那块地的时候，登高没有听完就有点烦躁——他想："什么事也能和'扩社''开渠'连起来！难道你们除了这两件事就再没有别的事了吗？"他将就听完了永清的话，便反驳着说："作为一个党员，我要向支委会提意见：第一，党不应该替人家分家。第二，提出这个问题，马多寿一定会说是共产党为了谋他的一块地才挑唆菊英和他分家，这对党的影响多么坏！"他这样用保卫党的口气提出两条理由，满以为永清再无话说，可是永清马上就把他的话顶回去。永清说："菊英要分他的地，难道是党要分他的地吗？昨天下午在调解的时候全场人都给菊英出主意要她分家，难道是党挑唆的吗？群众难道以为开了渠是给党浇地吗？作为一个共产党员我也要向你提意见：你对支委会和支部会的决议没有一次没意见！没有一次积极执行过！这是组织纪律不允许的！"登高急了，大声嚷着说："哪一次的决议我抵抗过？至于一面执行决议一面提意见，那是党允许的！我的意见多那是因为我看得出问题来！你们不尊重我的意见那该着你们检讨，不应该来教训我这提意见的人！"这一来又引得张永清这门大炮崩了他一顿。张永清说："够了够了！我们哪些地方没有尊重你的意见让我们慢慢检讨去！那么这次的决定你执行不？"范登高说："在没有执行以前，我提出的意见你们考虑不？"永清说："我已经回答过你了！你提出的理由站不住，用不着考虑！你是个'大'党员，开会不到，我这个当支委的可以找上门来传达。以后执行得怎么样，请你向你的临时小组长玉梅去汇报！"说了便走。范登高老婆和灵芝把他送出来。

二十一　非他不行

自从早晨散会以后，菊英就在后院奶奶家里等候通知，一直等到晌午没有动静,到别处打听了一下,听说有余把那个牙行舅舅请来了,可是也没有来叫她。她想要是找回家里去,没有同着个调解委员会的人,万一再和常有理她们顶撞上了,又会弄得分辩不清,不如沉住气等糊涂涂他们的好,因此仍回旗杆院后院去。糊涂涂他们似乎比菊英更沉得住气,直到天黑也没有来叫菊英。菊英吃过晚饭,便把玲玲托付了后院奶奶,去找调委会主任范登高去。

菊英出去不多久,玉梅来找她。玉梅白天在互助组里给黄大年割了一天谷,听有翼说他舅舅在晌午就来了,和他爹、他大哥商量分家的问题,不让他参加,把他撵到互助组里来。玉梅除又数说了有翼一顿"没出息"以外,也没有得到一点消息,因为她的临时宣传小组负有争取刀把上一块地的责任,所以一丢下碗就来找菊英问讯。

玉梅听后院奶奶说菊英找范登高去了,便往外返;刚到院里,听登高在后院东房供销社信贷股和人说话,便往东房里去。她见登高和一个办事员争执一个问题,争得她自己插不进话去,只好等着。只见范登高说:"不让我贷,把原来我存的还我行不行?"办事员说:"到了期自然由你提取!""难道我不存下去也不行了吗?""定期款自然到期才给你准备!""我不信你们就没有流动款!""流动款有流动款的用处,让你拿走了还怎么流动!""这是乡下!是供销社附设的信贷股!不是银行!不一定要把事情弄那么死板!""我们只能按规矩办事!""那叫官僚主义!信贷工作是叫人方便的!不是叫人有钱也不得用的!""你既然为了多得利息存成了定期,就不能再享有活期的方便。我是执行县联社的决定的。上级叫我怎么做我就怎么做。有没有官僚主义都不在基层社!有意见你到县里提去!""我跟你说不清楚!去找你们主任来!""主任到县里开会去了!爱找你自己找去!"这个办事员是县城里人,话头比范登高快得多,一点空也不露,弄得登高占不住一点理——实际上他也没有理。登高见战不胜他,退也退不出来,正在为难,玉梅恰巧给他做了殿后。玉梅拦住他的话说:"叔叔!菊英在你家里等你哩!"登高趁势向那个办事员说:"算了算了!你不贷算拉倒!我顾不上跟你白误工!"说了便和玉梅走出来。办事员从里边又送了他一句说:"我似乎比你还要忙一点!"

范登高为什么要贷款呢?因为二号早晨给他赶骡的王小聚回去收秋的时候,约的是三号下午就来,四号早晨就要赶上骡子走。这天下午小聚果然来了,可是上次贩来的绒衣因为和供销社买顶了卖不动;别的货物虽说卖了一些,又因为才收开秋,人们手里现钱缺,赊出去的多,赶不上马上再进货。登高本来还有些存款,当日因为用不着,就定期存入供销社的信贷股,也不能抵现钱用。他想先到供销社信贷股贷一笔款打发小聚走,等收起账来就还,偏是这年秋天县里让信贷股正规化,准备以后从供销社分出来独立成为信贷社,所以定下的规矩不能通融。县里规定临时贷款限于以下三种用途才准贷出:一、农业投资;二、婚丧事故;三、不可抗拒之灾害。登高是倒买卖,自然不在这三种范围内。信贷股这个办事员为了给登高留面子,没有拿出这三种限制来抵抗他,只说没有现款。这些限制,在登高本来很明白——因为别人拿这些理由去贷款还得由村公所证明,他是常给别人写这种证明的——只是想借村长的面子通融一下,见办事员推辞他便有点不高兴,才扯到定期存款上。办事员见他不识进退,就和他顶撞起来。

玉梅虽说给他解了围,可是玉梅和菊英找他也够叫他伤脑筋。糊涂涂刀把上地一争取到菊英名下,开渠的事就再也挡不住了;渠一开了,第一是要经过他的上滩几亩地,第二是糊涂涂地里的水车再也团结不住满喜和黄大年——这两个人一入了社,他自己不入就更觉难看。他觉着对他自己这样不利的事,除了不便公开抵抗,反而还得帮着去做,不是故意往窄路上走吗?他这样想着想着,就和玉梅走到他自己家。

小聚和菊英,都正在家里候他回去。他一回去,小聚先问他说:"明天走吗?"他说:"明天走还只能给人家送个干脚,自己想捎点什么,款又不现成。已经歇了两天了，索性明天再歇一天吧！也许能讨起些账来！"菊英见他把他自己的事交代完了，就问他说："叔叔！我们那分家的事今天不见动静，该怎么办呢？"登高说："他们没有来找，我也不便自己往事里钻。我想他们自己合计合计以后是会来找我的。"

正在这时候，马有余跑进来。马有余看见了菊英说："老三家也在这里吗？正好！省得再去找你！"又向登高说："登高叔！我爹请你明天到我们家去哩！不要吃早饭！我们那里准备着哩！"又向菊英说："老三家明天也不要另做饭！就回家里吃去！'好合不如好散'哩！明天请登高叔和咱舅舅给咱们当公正人，和和气气商量着分开，以后在院子里处个邻家也方便。你嫂有什么对不起你的地方都担在我身上！"又向他们两个人说，"就这样吧！家里还有客人，我回去了！明天早上我再来请你们！"登高应酬了几句，有余便走了。

单从有余这次谈话的态度上看，这个家满可以不分。他这些话可不是随随便便说出来的。

当这天晌午有余从临河镇把他舅舅接来之后，便连他爹三个人关起门来整整商量了一个下午。他们讨论的第一个问题是按什么标准分地。他家一共十四口人——多寿老两口、有余四口、有福四口、有喜三口、有翼一口——六十八亩地，每人平均四亩八分多地。要按人口分，菊英该分到十四亩四分多；要是多寿老两口除出一些养老地，其余按四股分，菊英就可能少分一点。有余说按股分合适，因为养老地可以多留一点，而且可以留好的。开始打算留二十亩养老地，后来怕菊英不愿意，再按人口和他们算账，只决定留十六亩。按这样分，菊英该得着十三亩，比原来少一亩多。谈到这里，老牙行想起一件旧事来。老牙行说："在减租时候那次假分家，不就除的是十五亩养老地吗？要是那一次的分单文书还在的话，就省事多了。"他转向糊涂涂说："那文书是你表兄写的。如今你表兄也死了，更可以证明那是真的，省得我们跟她临时讨价还价。"糊涂涂说:"不过那次斗争没有斗到咱头上,所以就没有把那文书拿出去过。"老牙行说:"没有往外拿过不更好吗?你可以说:'孩子们多了我早知道早晚要有这一天,所以我早给他们安排了!'这样一则可以表明你有远见,再则可以表明你大公无私,不是专为了菊英才布置的,三则可以省去临时麻烦。"糊涂涂觉着他说的也使得,便叫有余到东房里从那一盒差一点没有被满喜倒在垃圾里的古董里把四张分单找出来。他们商量的第二个问题是刀把上的那块地。他们估计到社里人会叫菊英要那块地。糊涂涂先让老牙行查一查分单上刀把上那块地是不是养老地,结果查出写在老二马有福名下,不是养老地。糊涂涂说:"虽然不是养老地,只要不在老三、老四名下就好。"第三个问题是调解委员会会不会推翻这些分单,主张重新分配。糊涂涂说:"不会!主任委员是范登高。这个人是村长也是党员,说话很抵事,不过他自己是既不愿开渠也不愿入社的。只要我们说得有点情理,他是会顺水推舟的。"老牙行说:"咱们先跟他联系一下好不好!"糊涂涂说:"那可不行!你让他自己说,他会帮着我们说话;要是当面和他说破,他反而不敢帮我们——因为他怕别的党员抓住他的把柄。"第四个问题是万一丢了刀把上那块地,大年、满喜两个人入了社,互助组也散了,菊英也分出去了,自己也入社是不是比单干合算。有余这个铁算盘算了一下:除了菊英分出去的地,自己还剩五十五亩,每年还得吸收一百个短工,估计可以收到一百零八石粮;要是入了社,连土地带劳力可以分到八十八石粮,单干要比入社多二十石,再抛除七石粮的零工工资,也还多十三石——因为一百个零工等于雇三个多月长工,还是忙季,自然有些剥削。糊涂涂说:"万一那样的话,先单干一年试一试。成问题的是入社的多了,零工不容易雇到。"最后一个问题是研究了一下在谈判时候对付菊英的态度。他们三个都一致主张要和气,尽量让菊英不好意思争执,要让常有理和惹不起忍着点气来顾全大局。

因为经过了这样一番布置,所以有余见了菊英才那样客气起来。

有余走后，登高以为自己毕竟还有权力，便慢吞吞地向菊英和玉梅说："我估计对了吧！我知道他们越不过我这一关！"

二十二　汇报前后

次日（九月四日）范登高参加了马家的分家谈判，整整误了一天，没有顾上去收账，晚上回去十分不高兴。灵芝也很关心菊英的事，见他回去就问谈判的结果，才问了一句，就引起他一大堆牢骚话来。他说："我算不会和青年人共事！话要往理上说！说话抓不住理了，别人实在不容易给她圆场！"说着从衣袋里掏出一卷棉纸卷来往桌上一摔说："人家在十年以前就写好了的分单怎么能说是假的呢？"灵芝问："怎么昨天才提出分家，十年以前就会有了分单呢？"登高指着那卷纸说："你不会看看！"灵芝展开一看，见第一张前边写着一段疙疙瘩瘩的序文，接着便是"马有余应得产业如下"，下边用小字分行写着应得的房屋、土地名目、坐落、数目。又翻了第二张、第三张，序文都一样，一张是有福的，一张是有翼的，只是没有有喜的。灵芝问："怎么没有老三的呢？"登高说："菊英拿去研究去了！看她能研究出什么来！"灵芝又翻了翻，见刀把上那块地写在老二有福名下，就又问登高说："怎么？没有把刀把上他们那块地争取到老三名下吗？"登高表示很烦躁地说："任他们怎么处分我！这个糊涂决定我没有法子执行！"灵芝正要问底细，赶骡子的王小聚走进来。小聚问："收起钱来了吗？"登高说："倒收起'后'来了！""那么明天走不走？""等一等看！我拿一拿主意！"他想了一阵子说："这么着吧！我明天自己赶上骡子走，把那些存货带上，能退的退，能换的换别的货，退换都不能的话，我再想别的办法。"小聚说："那么我呢？""你帮忙给我在家收几天秋！""咱们当初不是说过我不做地里的活吗？""不愿意做你就回家，反正干几天按几天算账！"这一下可把小聚难住了：不干吧，回家没有个干的；干吧，实在有点吃不消。灵芝一听登高说他自己要赶着骡子走,接着便问:"给菊英分家的事不是还不到底吗?"登高说:"调解委员又不是我一个人!""可是支部给你的任务你还没有完成呀!""老实说,要不是为那个我还不走!让他们换个别人完成去吧!只要他们有一个人能完成了,我情愿受严重处分;要是他们也完不成的话,那就证明他们是借着党的牌子故意捏弄我——该受处分的是他们!"就在这时候,外面有人喊灵芝去开会,灵芝便答应着跑出来。登高还隔着门给灵芝下命令说:"出去不要乱说!"

这天夜晚的会议是党、团支委在金生家听取各个临时宣传小组长汇报。灵芝走到金生家的院子里,见玉生和宝全老汉在院里试验着一个东西。这东西,猛一看像一副盖子朝下的木头蒸笼安在个食盒架子上,又用滑车吊在个比篮球的篮架矮一点的高架子上。这是玉生父子俩在两天内做成的新斗,可以一次装满一口袋。他们先把口袋口套在像笼盖的那个尖底漏斗上,往地上一放,像食盒架子下面的腿和这漏斗一齐挨了地,然后把一口袋谷子装到这副蒸笼样子的家伙里,把绳子一拉吊起去,一个人随手扶住口袋,谷子便漏到口袋里来。在周围看的人,除了金生、金生媳妇、宝全老婆、玉梅、青苗、黎明、大胜——他们一家子外,还有几个党、团支委和临时宣传小组组长。当玉生拉起绳子,谷子溜满了口袋,宝全老汉把套在底上的口袋口卸下来的时候,大家都喊"成功了,成功了"。灵芝想:"这些人就是有两下子!"她见这个家伙下半截连在一起,上半截却是几个圈子叠起来,便问:"为什么不一齐连起来呢?"玉生说:"这六道圈子每一道是一斗,下边是五斗,一共一石一斗,谁该少得一斗去一道圈。""为什么不凑成一石的整数呢?""因为社里的口袋,最大的只能盛一石一斗。""五斗以下的怎么办呢?""五斗以下用小斗找补!"大家都说想得周到。

一会,人到齐了,后来的人又要求他们试了一遍。金生说:"咱们开会吧!"大家散了。玉生和宝全老汉收拾工具。金生媳妇和婆婆打扫院里撒下的谷子。灵芝看到人家这一家子的生活趣味,想到自己的父亲在家里摆个零货摊子,和赶骡的小聚吵个架,钻头觅缝弄个钱,摆个有权力的架子……觉着实在比不得。她恨她自己不生在这个家里。她一面看着人家,一面想着自己,没有看见别人都走了,直到听见魏占奎在南窑里喊她,她才发现只剩她一个人没有进去,便赶紧答应着进去了。

　　玉生离了婚,南窑空下来正好开会用。当灵芝走进去的时候,可以坐的地方差不多都被别人占了。她见一条长板凳还剩个头,往下一坐,觉着有个东西狠狠垫了自己一下;又猛一下站起来,肩膀上又被一个东西碰了一下。她仔细一审查,下面垫她的是玉生当刨床用的板凳上有个木橛——在她进来以前,已经有好几人吃了亏,所以才空下来没人坐;上边碰她的原是挂在墙上的一个小锯,已被她碰得落在地上——因为窑顶是圆的,挂得高一点的东西靠不了墙。有个青年说:"你小心一点!玉生这房子里到处都是机关!"灵芝一看,墙上、桌上、角落里、窗台上到处是各种工具、模型、材料……不简单。她把碰掉了的小锯仍旧拾起挂好,别人在炕沿上挤了挤给她让出个空子来让她坐下。

　　金生宣布开会了,大家先静默了几分钟。在讨论什么问题的会议上,一开头常好静默一阵子,可是小组长汇报的会上平常不是这个样子,不知道这一次为什么静默起来。停了一会之后,有个小组长说:"我先谈一点:袁天成留那么多的自留地,在群众中间影响很坏。有人说:'用兄弟旗号留下地,打下粮食来可归了自己。这叫什么思想?'别的人接着说:'社会主义思想!党员还能不是社会主义思想?'还有人说:'有党员带头,咱明年也那么办——给我老婆留下一份,给我孩子留下一份,给我孙子留下一份……'还有人说:'总是入社吃亏吧!要不党员为什么还不想把地入进去?'我们碰上人家说这些话,就无法解释。这是一宗。还有……别人先谈吧!我还没有准备好!"可是别人好像也都没有准备好,又静默下来。

　　灵芝本来是个来听汇报的团支委,可是她见没有人说话,自己就来补空子。她说:"我不是个小组长,可是也可以反映一点情况:菊英争取刀把上马家那块地的事,好像是已经吹了。我看这事坏在我爹身上。马家拿出几张十年前就写好的分单,把刀把上那块地写在老二名下,菊英不赞成,我爹还不高兴。在我看来,我爹自己是也不愿意入社、也不愿意让村里开渠的——只要一提到这两件事他总是不高兴。他说他自己……"玉梅抢着说:"菊英也说他不帮一句忙。菊英怀疑这些分单是假的。她把她拿到的一张给了我,要我替她找永清叔研究一下。"说着就从衣袋里往外取那张分单。别的小组长,也都抢着要说群众对于范登高的反映。金生说:"等一等!还是先让灵芝讲完大家再讲。"

原来每一个组里一开始去宣传,都碰到群众对范登高提出意见来——差不多都说:"你们且不要动员我们,最好是先动员一下党员!"说这话的人们,有的是自己早想入社,同时对范登高有意见,想借这机会将他一下军;也有些是自己不想入社,想借范登高做个顶门杠——不过都包含着个"党员不该不带头"的意思在内。因为有这个情况把宣传的人弄得没话说,很被动,所以在向小组长汇报的时候,都把这个情况摆在第一位提出来。小组长们来开会的时候,谁也准备先谈这个,可是一坐下来之后看见灵芝在场就有些顾忌,都以为应该想法让灵芝回避。灵芝倒没有觉察到这一点。她所以发言,只是因为她觉着她爹的思想、行动处处和党作对,发展下去是直接妨碍村里工作的。她早就说过她要给她爹治病,现在看着她爹的病越来越重,自己这个医生威信不高,才把这病公开摆出来,让党给他治。灵芝说开了头,大家放了心,所以才打破沉默抢着要说。

金生让灵芝接着说完,灵芝便接着说:"我爹说他自己明天要赶上骡子走开,让别人去管菊英分家的事。我觉着他的思想上有病,支部应该给他治一治!"张永清说:"治过了,治过了!支委会和他谈了几次话了,只是治不好!"金生说:"治不好又不是不治了。还要治!大家还是先谈情况吧!"有个小组长说:"我在我们那个互助组里给大家讲应该走社会主义道路、不要走资本主义的道路的道理,就有人提出'共产党领导的是什么道路'。我说'当然是社会主义道路',人家就问'买上两头骡子雇上一个赶骡子的,是不是社会主义道路'。这话叫我怎么回答呢?"金生问:"你是怎么回答的?"那个组长说:"我说那是个别的。""他又说什么?""他又说:'共产党的规定,是不是小党员走社会主义道路,大党员走资本主义道路?'"张永清大声说:"混蛋!这是侮辱共产党!这话是谁说的?"金生叹了口气说:"不要发脾气!这是咱的党员给人家摆出来的样子!"别的组长又都谈了些一般宣传情况,差不多都有和范登高、袁天成两个人有关系的话。金生说:"我看这两个人的问题再也放不下了!"玉梅又补充报告了一下菊英和她讲过的分家情况,就把菊英的分单递给张永清看。张永清是个文化程度比较高一点的人,可是看了看分单上的序文,也不知道说的是什么,便向灵芝手里一塞说:"我这文化程度浅,请你替我解释一下。"灵芝说:"我看过了。这位老古董写的疙瘩文我也不全懂,好在字还认得,让我念给大家听听!"接着她就念出以下的文章来:"尝闻兄弟阋墙,每为孔方作祟;戈操同室,常因财产纠纷。欲抽薪去火,防患未然,莫若早事规划财产权益,用特邀同表兄于鸿文、眷弟李林虎,秉公评议,将吾财产析为四份,分归四子所有。嗣后如兄弟怡然,自不妨一堂欢聚;偶生龃龉,便可以各守封疆。于每份中抽出养老地四亩,俾吾二老得养残年,待吾等百年之后,依旧各归本人。恐后无凭,书此分付四子存据。三子有喜应得产业如下:"接着便念出哪里哪里地几亩几亩,哪里哪里房子几间几间……最后是"一九四二年三月五日,立析产文约人马多寿。中证人于鸿文、李林虎。于鸿文代书。"张永清听完了说:"怨不得疙里疙瘩的!我就没有看见是这个老家伙写的!"青年们都问他于鸿文是个什么样的人。张永清说:"是临河镇上一个老秀才,常好替别人写一些讹人的状子,挑唆个官司,已经死了七八年了。"大家都说不用解释,大体上都听明白了。金生说:"看样子这分单也不是假的。据我估计,可能是那时候老多寿怕斗争,准备和孩子们假分一次家,后来因为不斗争他了他没有把这东西拿出来。"金生问他们刀把上那块地分给谁了,灵芝说:"分在老二名下。"金生想了想说:"不论是真是假,分给菊英这份地也不坏。我看就那样子好了!"秦小凤说:"我也觉着这份地很好。只要他们公道一点就好。咱们军属们又不是要占人家的便宜的。"张永清说:"可是没有刀把上那块地呀!"金生说:"那个咱们另想办法吧!"玉梅问:"那么我们这一小组这个任务算解除了吧?"金生说:"好吧!明天早起我再和你详细谈!"

汇报完了,金生宣布党支委留下,其余散会。先走出门来的人说:"咦!下雨了!"灵芝听了说:"下雨好!下了我爹明天就不走了!"金生向魏占奎说:"捎带去叫醒乐意老汉,问一问场上还有没有摊的东西!"魏占奎说:"我们几个人去看一下好了!要有的话,我们自己收拾一下!你们谈你们的吧!"

金生领着党支部委员们到旗杆院后院找县委老刘去。其余的人,是社员的都到场上去,不是社员的回了家。灵芝虽说不是社员,可是已经和社发生了关系,也跟大家到场里去了一趟。大家见早有人把场上应遮盖的东西都已经遮盖好,知道是张乐意社长早有布置,就都回来了。

灵芝回到家的时候,范登高老婆早睡了觉,只有范登高独自一个人对着煤油灯坐着。登高问灵芝开的是什么会,灵芝想要是向他实说了,他一定还要问长问短,不如含糊一点,便告他说是团的会。可是登高很关心是不是谈到今天给菊英分家的事,便又问团里讨论什么问题。他这一问,灵芝猜透了他的心事,觉着更不应该和他说实话,可是又不愿意让他再追问下去,便选了个他最不愿意追问的问题回答他说:"讨论的是资本主义道路和社会主义道路。"灵芝猜得很准,登高果然不再追问了。

灵芝睡了,登高仍然没有睡,仍旧对着一盏灯听外边的雨声。他觉得天气也和他作对,偏让他第二天走不了。哪一阵雨下得小一点,他都以为是雨停了,可是仔细一听都觉失望。后来他走到门外向天上望了一下,睁着眼和闭上眼一样黑,看样子好像这场雨要下个一年半载的。就在这时候,院门外有人打门;问了一下,是他最不愿意看见的张永清。他给张永清开了门,永清进来问他要那三张分单,说是支委会要研究一下。他说:"那是调委会的事,支部为什么管得着?"永清说:"人家和咱们的团员闹气,难道党内不应该摸一摸底?"登高说:"好吧!你们能管到底更好!我实在跟人家没有话说了!"说罢便把三张分单拿出来让永清拿走了。

他送走了张永清,又把大门关上,回来吹了灯,躺在椅背上猜测支部会研究出什么结果来,又想到明天走不了该怎么办,支部说分单是假的该怎么办,是真的又该怎么办,留不住马家刀把上那块地怎么办……想下去没有完。他正想得起劲,又听得有人打门。他摸着走到门边问了一声,是党的小组长。小组长告他说:"你不用开门了!金生叫通知你:明天要是还下雨,早上开支部会;要是不下雨,晚上开支部会。"说了就走开了。登高在里边喊叫说:"等一等!要是明天不下雨,我就得请个假哩!"小组长远远地说:"谁也不准请假!县委有重要报告!"说着就走远了。登高想:"这一下又让他们拴住了!"屋子里已经吹了灯,眼睛已经一点用处也没有了。他慢慢摸到他坐的那把椅子上往下一坐,少气无力自言自语说:"实在麻烦!"

二十三 还得参加支部会

四号夜里,登高只顾估计第二天的情况,一夜又没有得睡好觉。天亮了雨还没有停,登高一起来,马有余便来请他。参加马家分家的会议、躲开支部会议,也是登高想出来的办法之一。他以为支部既然要研究分单,这真假问题至少总还可以纠缠几天,而支部会议不过一个上午就过去了。头天夜里他埋怨天气和他作对,这天早晨却又觉着下雨对他有帮助——因为下雨,把支部会议放在白天开,在时间上才能和马家的分家会议冲突。马有余一来,他很高兴,慌慌张张擦了一把脸便跟着马有余往外走。小聚只怕把自己留在家里,便随后赶上问他说:"要是早饭以后天晴了,要不要赶上骡子走?"登高说:"回头再决定!"再让骡子歇一天,开完支部会再赶上骡子走,也是登高想出来的办法之一,所以仍不肯放小聚走。

登高到马家一小会,有翼也把菊英叫来了。糊涂涂马多寿、铁算盘马有余、牙行李林虎和范登高,四个人摆好了架子坐稳。范登高用那种逗小孩的口气问菊英说:"研究了分单没有?"菊英说:"研究过了!""真的呀假的?""真的!""嗯?"这一下范登高没有料到,也猜不透菊英的意思。菊英见他怀疑,就又答应了一遍说:"真的!""你还有什么意见?""没有了!我觉着还公道!"牙行李林虎说:"好孩子!你是个讲理的!舅舅和你爹都这么大年纪了,还能哄你?哪根指头也是自己的肉,当老人的自然用不着偏谁为谁。地和房子你既然没有意见,咱们今天就分一分家具什物那些零碎吧!你还有什么意见?"菊英问:"牲口怎么分呢?"糊涂涂说:"一共两个驴,一份半个。你要是要大的,别的东西少得一点;要是要小的,别的东西多得一点;完全由你选!"菊英说:"我要入社,半个驴也能入吗?"糊涂涂说:"要入社可以给你折成钱,把钱入到社里让他们再买!好吗?"菊英答应了。

家具什物他们也做了准备——糊涂涂和铁算盘头天晚上忙了半夜,开出分配清单——马有余拿出单子来,先念了一遍总的,然后念各人名下的,因为念得很快,叫听的人赶不上记忆。自然他们也打了好多埋伏——例如有些箱、柜、桌、椅本来是祖上的遗物,他们却说成了常有理和惹不起的嫁妆;小一点的、不太引人注意的东西,根本没有写上去。念完了,他们问菊英有什么意见。菊英只想早一点离开他们过个干净日子,无心和他们较量那些零碎,便放了个大量说:"只要有几件家具过得开日子就算了,多一点少一点有什么关系?庄稼人是靠劳动吃饭的!谁也不能靠祖上那点东西过一辈子!给我那么多我就要那么多!没有意见!"李林虎说:"好嘛!你看这有多么痛快呀!"马有余便把菊英应得的那张单子

281

给了菊英。

登高一想："奇怪！原来准备要摆几天长蛇阵，怎么会在不够一点钟的工夫里解决了呢？"头一天太不顺利，这一早晨太顺利，他以为都是和他作对。

为什么这天早晨菊英那样痛快呢？原来这天绝早，金生便叫玉梅向她那个临时小组传达头天夜里支委们研究的结果。支委们的意见是不论分单真假，只看是否合理——是合理的，真的也赞成，假的也赞成；要不合理，真的也反对，假的也反对。支委们都以为这些分单是在菊英的事故以前写的，所以还比较公道，要是重新来一次，不见得比这个强。至于没有刀把上那块地，已经想出别的办法来，不必再让菊英争取了。玉梅跑到旗杆院后院奶奶家里去找菊英，恰巧碰上有翼也来找菊英，就把支委的意见向他们传达了一下，然后又去找登高，可是那时候登高已经被马有余请去，所以菊英知道，登高不知道。

分家的事情结束了，马家留范登高吃过早饭，李林虎便帮着马有余给菊英清点家具。范登高见没有自己的事了，便辞了糊涂涂走出来，不过一出大门便碰上一些党员们相跟着往旗杆院去，顺路也叫他相跟着走，他再没有什么逃跑的理由，也只好不声不响跟了去。

支部大会仍在旗杆院前院北房里开。一开始，金生先谈了谈开会的意义。金生说："这次会议是个小整党会议，可能在一两天以内开不完！大家要耐心一点！"这几句话在登高听起来就是个警报。他历来就怕提"整党"，更怕一连整好几天。金生接着说："县里原来决定在今年冬天农闲的时候才整，可是有些不正确的思想已阻碍着现在的工作做不下去，所以昨天晚上才和县委会刘副书记决定先整一整最为妨碍工作的思想，等到冬天再进行全面整顿。现在先请刘副书记给大家讲一讲！"接着便是老刘同志讲话。老刘同志仍然从"资本主义道路和社会主义道路"讲起。

提起这两条道路,登高就以为是"金箍咒"——因为一听着管保头疼。他既然抱了这个成见,所以老刘同志讲了些什么他根本没有听进去——他以为不论讲什么,也不过都是些叫人头疼的药罢了。可是老刘同志的"金箍咒"似乎比别人的厉害,有些字眼硬塞进他的耳朵里去——老刘同志的讲话里有这样的话:"……例如范登高、袁天成就是这种思想、行动的代表!"范登高虽说没有听见老刘同志前边讲的是哪种思想、行动,可是总能猜着指的不是什么好思想、好行动。既然点着了他范登高的名字,以下的话他就不得不注意,只听得老刘同志接着说:"领导大家走社会主义道路的是共产党!不愿意走这条道路还算个什么党员?愿不愿带头走这条道路?以前走了没有?是怎样走的?以后准备怎样走?每一个党员都得表明一下态度!特别是在思想上、行动上犯有严重错误的人应该首先表明!这是能不能做个共产党员的界线!一点也含糊不得!希望同志们都认真检查一下自己!"老刘同志讲完了话,金生宣布说:"大家休息一下,以后就个别发言。今天就是晴了也湿得不能下地,准备开一整天会;明天要是下雨就再开一天,要不下雨白天下地晚上开。"范登高搔了搔头暗自说:"天呀!金箍儿越收越紧了!"

休息过之后,范登高已准备了一下。县委既然点了他的名,他只得先发言了。不过他这人遇上和自己利益有矛盾的事,总想先抓别人一点错。他说:"话也不用转着弯说了!看来今天这会似乎是为了我才布置的!"这显然是对支委、支书和县委的不满。老刘同志才听了他这两句,就插话说:"我插句话:今天的会,主要的就是要范登高、袁天成两位同志带头来检查自己的严重的资本主义思想!其次才是让其他同志表明态度!我在讲话时候已经讲得很明白了!并没有转弯!不要误会!登高同志谈吧!"范登高只想倒打一耙,所以准备的是另一套话,并没有准备真正检讨错误,现在听老刘同志明白指定要他检查思想,他便惊惶失措,一时找不到话讲。隔了一阵,他找到些理由,便说:"当初在开辟工作时候……"有个老党员站起来说:"你拉短一点行不行!在开辟工作时候,我

283

知道你有功劳，不过现在不是夸功的时候，是要你检查你的资本主义思想！"范登高已经没有那么神气了，便带着一点乞求的口气说："可是你也得叫我说话呀！"主席金生说："好！大家不要打岔！让他说下去！"范登高得了保证便接着说："在当初，党要我当干部我就当干部，要我和地主算账我就和地主算账。那时候算出地主的土地来没有人敢要，党要我带头接受我就带头接受。后来大家说我分的地多了，党要我退我就退。土改过了，党要我努力生产我就努力生产。如今生产得了多了一点了，大家又说我是资本主义思想。我受的教育不多，自己不知道该怎么办，最好还是请党说话！党又要我怎么办呢？"当他这样气势汹汹往下说的时候，好多人早就都听不下去，所以一到他的话停住了，有十来个人不问他说完了没有就一齐站起来。金生看见站起来的人里边有社长张乐意，觉着就以老资格说也可以压得住范登高，便指着张乐意说："好！你就先讲！"乐意老汉说："我说登高！你对党有多么大的气？不要尽埋怨党！党没有对不起你的地方！要翻老历史我也替你翻翻老历史！开辟工作时候的老干部现在在场的也不少，不只是你一个人！斗刘老五的时候是全村的党员和群众一齐参加的！斗出土地来，不敢要的是少数！枪毙了刘老五分地的时候，你得的地大多数在上滩，并且硬说你受的剥削多应该多得，人家黄沙沟口那十来家人给刘家种了两辈子山坡地还只让人家要了点山坡地。那时候我跟你吵过多少次架，结果还是由了你。在结束土改整党的时候，要你退地你便装死卖活躺倒不干工作，结果还只退出黄沙沟口那几亩沙阪。土改结束以后你努力生产人家别人也不是光睡觉，不过你已经占了好地，生产的条件好，几年来弄了一头骡子，便把土地靠给黄大年和王满喜给你种，你赶上骡子去外边弄小买卖，一个骡子倒成两个，又雇个小聚给你赶骡子，你回家来当东家！你自己想想这叫什么主义？在旧社会里，你给刘老五赶骡子，我给刘老五种地，咱们都是人家的长工，谁也知道谁家有几斗粮！翻身时候，你和咱们全体党员比一比，是不是数你得利多？可是你再和全体党员比一比，是不是数你对党不满？

为什么对党不满呢？要让我看就是因为得利太多了！不占人的便宜就不能得利太多，占人的便宜就是资本主义思想！你给刘老五赶骡子，王小聚给你赶骡子，你还不是和刘老五学样子吗？党不让你学刘老五，自然你就要对党不满！我的同志！我的老弟！咱们已经有二十年的交情了！不论按同志关系，不论讲私人交情，我都不愿意看着你变成个第二个刘老五！要让你来当刘老五，哪如就让原来的刘老五独霸三里湾？请你前前后后想一想该走哪一条道路吧！"张乐意说完之后，接着又有几个人给范登高补充提了些意见。范登高还要发言，金生劝他好好反省一下到下午再谈，然后便让袁天成发言。

袁天成见大家都很认真，不便抵赖，便把错误推到他老婆能不够身上。他说在本年春天入社的时候，就情愿跟大家一样只留百分之二十的自留地，后来能不够给他出主意，要他以他那个参了军的弟弟为名，把土地留下一半。他说他平日不敢得罪能不够，所以才听了她的话。大家要他表明以后究竟要受党领导呀还是受老婆领导，袁天成说："自然是受党领导，不过有时候也还得和她商量商量！"大家说他那话和不说一样。

谈到这里，天就晌午了。金生宣布休会，叫大家吃了饭再来。

二十四　奇遇

登高回家去吃午饭时候，一句话也不想说，也没有叫灵芝给他端饭，自己默默地舀一碗饭躲到大门过道里去吃。他老婆悄悄问灵芝说："你爹又和谁生气？"灵芝这天上午也在旗杆院和李世杰研究总分配问题，也听到党支部会上大家给登高提意见，可是也不便向她妈说，只好答应了个"不清楚"。

登高只吃了一碗饭就放下碗站在台阶上吸纸烟。灵芝想试探一下登高的思想是否通了，就故意问他说："支部开会讨论什么？"登高只慢吞吞地说了两个字："念经！""什么经？""真经！"灵芝想："不行！这个病还没有治好!"

王小聚只关心登高是不是放他赶着骡子走,端着碗凑到登高跟前说:"天晴了!明天你去呀我去?"登高说:"谁也不用去了!我要卖骡子了!""为什么?""不养了!已经养出资本主义来了!"说完了也不等小聚再问什么,就吸着烟走出去。

登高老婆摸不着头脑乱猜测,灵芝故装不知和她瞎对答。她们胡扯了一会,李世杰便又把灵芝叫走了。

灵芝同李世杰又到旗杆院前院的东房来,北房的支部大会也开了。灵芝正在制着一份分配总表,本来无心听北房里人们的讲话,可是偏有一些话送到她耳朵里来。有一次,她听见她爹大声说:"不要用大帽子扣人!我没有反对过社会主义!当私有制度还存在的时候,你们就不能反对我个人生产;一旦到了社会主义时期,我可以把我的财产交出来!"灵芝一听就觉着这话的精神不对头,只是也挑不出毛病在哪里。她本来也想过找一个适当机会和她爹辩论一下两条道路的问题,现在看来她爹懂得的道理也不像她想的那样简单。她正想找个理论根据试着反驳一下,就听见张永清反驳着说:"一个共产党员暂且发展着资本主义生产,等群众给你把社会主义社会建设好了以后,你再把财产交出来!你想想这像话吗?这是党领导群众呀还是群众领导党?"金生补充了两句说:"就是群众,也是接受了党的领导来共同建设社会主义社会,并不是等到别人把社会主义社会建设好了以后再交出财产来。大家都发展资本主义,还等谁先来建设社会主义社会呢?"另外一个人说:"范登高!你不要胡扯淡!干脆一句话:你愿不愿马上走社会主义道路?""我没有说过我不愿意!""那么你马上愿不愿入社?""中央说过要以自愿为原则,你们不能强迫我!""自愿的原则是说明'要等待群众的觉悟'。你究竟是个党员呀还是个不觉悟的群众?要是你情愿去当个不觉悟的群众,党可以等待你,不过这个党员的招牌可不能再让你挂!"灵芝听到这里,再没有听到她爹接话，知道是被这些人整住，暗自佩服这些人的本领，心思慢慢又转回自己制造的表格上来。

造表这种工作和锄地、收割那些劳动性质不同——总得脑力集中——手里写着"总工数、总产量……名称、合价……"耳朵里听着"检讨、纠正……资本主义、社会主义……"，总觉得有点牵掣。灵芝一个下午出了好几次错，不过总还在支部没有散会之前，她和李世杰的工作就已经告一段落。

灵芝走出旗杆院的时候太阳还没有落。她忽然想到马有翼给团支委写的检讨书还没有交代，便到马家院来找有翼。灵芝才离开他们的互助组，也不过三四天没到马家院来，马家的大黄狗见了她便有点眼生，"呜"的一声就向她扑来，不过一到跟前马上又认出她是熟人，就不再叫了。灵芝见菊英正在院里往东房里搬她分到的家具，便低声问她说："有翼在吗？"菊英往东南小房一指说："在！"灵芝走到窗下敲了两下窗格，有翼便喊她进去。

灵芝一走进去，觉着黑咕隆咚连人都看不见，稍停了一下才看见有翼躺在靠南墙的一张床上。这间小屋子只有朝北开着的一个门和一个小窗户，还都是面对着东房的山墙——原来在有翼的床后还有两个向野外开的窗户，糊涂涂因为怕有人从外边打开窗格钻进来偷他，所以早就用木板钉了又用砖垒了。满屋子东西，黑得看不出都是什么——有翼的床头仿佛靠着个谷仓，仓前边有几口缸，缸上面有几口箱，箱上面有几只筐，其余的小东西便看不见了。灵芝问有翼说："大白天怎么躺在家里？"有翼说："倒霉了！""因为要你写检讨吗？""不！要比那倒霉得多！我舅舅……"常有理就在这时候揭开门帘进来了。常有理指了指有翼说："快去吧！你爹叫你哩！"有翼答应着站起来向灵芝说："你且等一下，我去去马上就来！"常有理说："有事哩！马上可来不了！快去吧！"灵芝看见常有理这样无理，有翼又那样百依百随，也只好向有翼说："我也走了！你以

287

后写好了直接给支委会送去吧!"说着就随在有翼后边走出东南小房,独自走出马家院。常有理朝着灵芝的脊背噘了噘嘴,差一点没有骂出来。

灵芝从一个碾道边走过去,见小反倒袁丁未驾着驴儿碾米,有翼他舅舅李林虎正和小反倒谈他的驴能值多少钱,赶骡子的王小聚也在一旁凑趣。灵芝回到家打了个转,王小聚便领着李林虎在院里看登高的骡子。这时候,登高也散会回来了。登高问李林虎说:"你看我那两个骡子能值多少钱?"李林虎说:"不论值多少你又不卖!"登高说:"卖!说真的,卖!"李林虎说:"我又没钱买!你真要卖的话,回头给你找个主儿!""好!你给咱留心着!"李林虎又客气了一会便出去了。

前边提过:小聚也是牙行出身。小聚响午听范登高说要卖骡子,虽说不相信他是真心,可是也想到万一他真要卖也不要让他逃过自己的手。他和范登高有个东家伙计的关系,不好出面来从中取利,所以才去拉李林虎来做个出面的人。他们商量好要趁登高散会回来的时候,用半开玩笑的口气探一探登高的心事然后再作计议,所以李林虎才在这时候来看登高的骡子。

李林虎走后,灵芝把登高叫回家里去问他说:"爹!你为什么要卖骡子?""人家都说咱养骡子是发展资本主义,还不赶快卖了它去走社会主义道路吗?""难道不卖骡子就不能走社会主义道路?""不卖骡子怎么走?""入社!""入了社谁给咱赶骡子?""连骡子入!""你说得倒大方!他们有的入个小毛驴,有的连小毛驴也没有,偏是我入社就得带两头骡子?要入骡子大家都入骡子!光要我入骡子我不干!""可是人家都没有骡子呀!""谁不叫他们有骡子?""人家都没有你……""没有我翻得高!没有我会发展资本主义!是不是?别人都这样整我,你也要这样整我!是不是?"灵芝停了一下说:"你叫我怎么说呢?你发展的是那个主义呀!"这时候,登高很想向灵芝发一顿脾气,可惜想了一阵找不出一条站得住脚的道理来。

灵芝接着劝他说:"爹!你自己都愿意入社了,为什么偏舍不得入骡子?况且社里又不是白要你的!社里给你公平作价,每年按百分之十给你出息,还不跟你卖了骡子把钱存在银行差不多吗？"登高又带气又带笑地说："你才到社里去帮了三天忙，就变成社里的代表了！这话真像社里人说的！"登高老婆见登高的眉头放开了一点，自己的牵挂也减轻了一点，便想法子给登高开心说："谁让你答应把她换给人家社里呢？换给人家自然就成了人家的人了！"灵芝说："我爹也答应入社了，社就跟咱们成了一势了。我一方面是替社说话，另一方面还是为我爹打算。牲口入社不吃亏这个道理，近几天来我们宣传小组赶紧给群众讲解还怕群众有误会，我爹是党员，在入社以前先卖骡子，那还怎么能叫群众不发生误会呢？要是准备入社的人跟着我爹卖起牲口来，恐怕全体党、团员，全体社员都会反对他！"登高说："我卖骡子又不是怕社里不给我报酬！"灵芝说："可是怎么向群众解释呢？况且既然不是怕吃亏，又真是为了什么呢？连我也不懂！"登高说："这会闹得连我也不懂了！我本来是想卖了骡子给自己留下一部分活动款，可是真要入了社还留那款叫活动什么呢？"登高老婆说："你们都不懂，我自然更不懂了！"灵芝问登高说："那么你不卖骡子了吧？"登高说："我这脑袋里这会乱得很！等我好好考虑一下再说！你且不要麻烦我好不好？"灵芝从他这些话里知道他还没有真打算入社，只是也有一点活动口气，便最后向他说："我只再问一句话！你们这次支部会开完了没有？"登高说："你又问那干吗？你怕烦不死我哩？"灵芝听他这么说，知道还没有开完，便笑了笑没有说什么。她想："只要那个会没有开完，自然就有人替我麻烦你！"

夜深了，灵芝回到自己房子里睡不着。有三件事扰乱着她：下午造的那份表还有毛病。爹的病还没有彻底治好。有翼才说了个"我舅舅"就被他妈妈管制起来了。她脑子里装满了这些东西：农业总收入、农业成本、土地应得、副业总收入、副业成本、公积金……摆零货摊、雇人赶骡子、等别人建设社会主义社会、卖骡子、"是党员呀还是不觉悟的群众"……仓、缸、箱、筐、"我舅舅"、常有理的嘴脸……这些东西，有时候还是有系统地连成一串，有时候就想到"仓、缸、箱、筐"应该记在

"农业成本"项下,或者想到"卖骡子"不能算"副业收入"……总而言之:越想越杂乱。最后她给自己下命令说:"尽温习这些能解决什么问题?快睡!明天早一点起来正经搞!"

睡是睡着了,可是睡得不太好,一觉醒来天还不明。这时候她的头脑很清醒,想到头天下午制的那个表,就跟放在桌面上看着一样。她觉着只要把两三个项目前后调动一下次序就完全可用了。她穿上衣服走出院里来,想去她爹房子里的外间桌上看一看表,可是伸手去揭帘子就又打了退步。这只表是她爹搞小生意买来的。她想要是她爹醒来了,一定要以为"我要不发展资本主义,你哪里会有个表看?"想到这里她又寻思说:"算了!不看你的!等到社会主义时候大家都会有一个!现在我到旗杆院民兵那里看去!"

灵芝快走到旗杆院门口,一条手电筒的光亮照到她脸上来,吓了她一跳。原来打谷场和旗杆院中间有个岗位。在这岗位上的民兵,一方面监视着村里通到场上的路,另一方面也算旗杆院的门岗。站岗的民兵叫住灵芝问明了原委,便放她过去。灵芝走进旗杆院,见东西两个房子的窗上都有灯光:"难道是李世杰早就来了吗?"她刚这么一想,就听见东房有人问"谁?"紧接着就听见枪栓响了一声,她就赶紧答应说:"我,我!"她走进去,见玉生站在账桌后边,手里握着枪。玉生见是她,就把枪放下了。她看见民兵的表放在账桌上,走过去看了看才四点二十分;表旁边放着个笔记本,上面压着个尺子。玉生问她:"你怎么这么早就起来了?"玉生在四点钟才把最后一班岗换出去,估计在这时候不会有人活动,所以一听到灵芝在院里走动就紧张了一下。灵芝说:"有一份表画错了,我来改一改。我没有表,不知道才四点多钟。"她又问玉生说:"你怎么到这边房子里来带岗?"玉生说:"我想捎带着琢磨个东西,翻得纸沙沙响,怕扰乱别人睡觉。"灵芝听他这么说,才注意到他的笔记本翻开的一页上画着几个齿轮和圆圈,尺子中间有一排窟窿,有个窟窿里还钉着一个针。她听说玉生和小俊离婚是因为一支有窟窿的尺子吵起来的,猜想着一定就是这个尺子了。她把尺子拿开去看下面的图,玉生说:"你可不要笑我!我们弄的这些东西,可不能比你们有文化的人那么细致!"灵芝看了看,觉着是粗一点,不过也都很有道理,便问他说:"发明什么机器吗?"玉生说:"见了人家的机器连懂也懂不得,还要发明什么机器?我不过是想把咱们那些水车改装一下!咱们不是就要开水渠吗?开了渠下滩就不用水车了,可以把水车都搬到上滩的渠上来。下滩的井是两丈深,上滩水渠上要安水车的地方才六尺深。水越浅水车越轻,轻了就用不着一个牲口。我想或者是用报上登的那个变轴的办法把水车加快,或者再想个办法能让一个水车挂双筒,那就能叫一个抵两三个用。"灵芝问他现在琢磨得怎么样,他便把他画的那些图一张一张翻着解释给灵芝看。灵芝见他画的那些齿轮的齿子有些过长,向他说:"这么长的齿子不行!"他说:"实际上不是那么长的。那是因为尺子上的窟窿只能钻那样密,所以画得长了。"灵芝听他讲完了,觉着他真是个了不起的聪明人,要不是有个"没文化"的缺点,简直可以做自己的爱人了。她又拿起那个尺子来看了看,觉着完全用手工做那么个东西实在够细致,可是要拿它当个画图的仪器用,却还粗得可怜。她想为了社里的建设,也该把自己在学校用的那些圆规、半圆量角器、三角板、米达尺借给玉生用一用,便向玉生说:"这个尺子画这些图不够用,我可以借给你几件东西用!"说了便回家去取她那些东西。

她把那些东西取来,一件一件教给玉生怎么用。玉生说:"谢谢你!这一来我可算得了宝贝了!"

这时候天色已经大明,民兵也撤了岗,玉生也回去睡觉去了,灵芝便坐到账桌后去修改她的表格。

二十五 三张画

九月十号是休息日。这天早晨,社里的青年们在旗杆院搭台子。这个台子搭起来很简单,只要把民校的桌子集中到前院北房的走廊前边,和走廊接连起来,上面铺几条席子,后面挂个布幕把北房门遮住,便是个台子。这个台子,差不多每十天就要搭一次——有时候只开个会,有时候也演戏——因为搭的次数多了,大家都很熟练,十分钟便搭成了。这次的台上,除了和往常摆设得一样以外,还添了老梁赶制的三幅大画。青苗、十成、黎明、玲玲他们那一伙人在休息日都是积极分子,才搭台就跑来了。他们看见正面挂着三张新画,大一点的孩子一看就认得是三里湾,指指点点先给小的讲解,讲解了一阵就跑到村里去宣传,逢人便说:"台上有三张画,都画的是三里湾,有一张有水,有一张有汽车!"集体宣传了还不算,又都分散回家去拉自己的爹爹、妈妈、爷爷、奶奶。

吃过早饭,大家陆续往旗杆院走——有的是本来就要来开会,有的是被小孩们拉来的。干部们都到幕后的北房里开预备会,其余的人在前边院里看画。

村里人,在以前谁也没有见三里湾上过画,现在见老梁把它画得比原来的三里湾美得多,几乎是每一个人都要称赞一遍。这三张画,左边靠西头的是第一张,就是在二号晚上的党团员大会上见的那一张。第二张挂在中间,画的是个初秋景色:浓绿色的庄稼长得正旺,有一条大水渠从上滩的中间斜通到村边,又通过黄沙沟口的一座桥梁沿着下滩的山根向南去。上滩北部——刀把上往南、三十亩往北——的渠上架着七个水车戽水;下滩的渠床比一般地面高一点,一边靠山,一边用堤岸堵着,渠里的水很饱满,从堤岸上留下的缺口处分了好几条支渠,把水分到下滩各处,更小的支渠只露一个头,以下都钻入盛旺的庄稼中看不见了。不论上滩下滩,庄稼缝里都稀稀落落露出几个拨水的人。第三张挂在右边,画的是个夏天景色:山上、黄沙沟里,都被茂密的森林盖着,离滩地不高的山腰里有通南彻北的一条公路从村后边穿过,路上走着汽车,路旁立着电线杆。村里村外也都是树林,树林的低处露出好多新房顶。地里的庄稼都整齐化了——下滩有一半地面是黄了的麦子,另一半又分成两个区，一个是秋粮区、一个是蔬菜区；上滩完全是秋粮苗儿。下滩的麦子地里有收割机正在收麦，上滩有锄草器正在锄草……一切情况很像现在的国营农场。这三张画上都标着字：第一张是"现在的三里湾"，第二张是"明年的三里湾"，第三张是"社会主义时期的三里湾"。

大家对第二张画似乎特别有兴趣：有的说："能有这么一股水，一辈子都不用怕旱了。"有的说："今年一开渠，明年就是这样子。"有的说："增产一倍一点问题也没有。"……妇女们指着经过村边的那一段渠说："这里能洗菜"，"下边这一段能洗衣裳"，"我家以后就不用担水了，一出门就是"……小孩们也互相订计划说："咱们到这里洗澡""捉蛤蟆""捉鱼"……

看菜园的老王兴进来了。这老人家，因为菜园里离不了人，他和另外一个人轮班休息，两次休息日才能休息一次，大家都说："老汉不容易碰上这个！让老汉好好看看！"说着便把他招呼到前排。老汉指着左边那第一张说："这一张我见过了。你们都没有我见得早！就在我那园里画的！"有人逗老汉说："菜园是你的吗？"老汉哈哈哈笑着说："很奇怪！我总觉着是我的！就跟我个孩子一样！"老汉看到第二张，就指着画问老梁说："老梁同志！你怎么把我园里的水车画丢了？"老梁说："这渠里有了水，还要水车干吗？"老汉又哈哈哈笑着说："这画的是开了水渠以后的事呀！我就没有注意到大水渠！"又有人逗他说："你只看见你的菜园子了！"老汉看到第三张上菜园子那地方种了麦子，把种菜的地方调到黄沙沟口偏东一点的地方，便又指着向老梁说："这个可不行！把菜园子搬到村边来，买菜的来了路不顺！"老梁说："你就没有看见通到河边的这条汽车路吗？"又向下边的画边沿上指着说："要是把这画再画得大一点，这一边就是大河，到那时候大河上已经修起可以走汽车的桥来了！""可是汽车怎么能通到东山上呢？""三里湾可以有汽车，难道东山上就不会有汽车吗？到那时候，种下的菜主要是为了自己吃，离村近一点，骑上个自行车一会就拿回来了。"又有人说："每家都到园里拿菜多么麻烦？还不如用个人

293

推上个排子车往各家送!"另一个人说:"算了算了!那些小事情,到了那时候自然不愁想不出更高的办法来!"王兴老汉说:"到那时候都用了机器,我们的技术还有没有用呢?"又有人逗他说:"老汉!你还能活多大!"老汉说:"我死了还有你们哩!你们不是也有些人正学习这种技术吗?"老梁说:"大的耕种方面用机器,小的细致工作还得用手工。自然到那种条件下工作要有新的技术,可是新的技术往往都是从旧技术基础上进步成的!人只要进步,自然就能赶上时代!"

北房里的预备会开完了,村里、社里的干部们及县委刘副书记和其他外来的干部们,都从布幕后转出来跳下走廊坐到台下,金生留在台上做主席。金生宣布了开会,先让张永清作了一次扩社、开渠的动员讲话。张永清讲起话来像演戏,大家听起来管保不瞌睡。他从两条道路讲起,说明了只有社会主义道路才是光明大道,接着又用老梁同志的三张画说明了怎样走到社会主义,最后讲到当前的任务是继续组织起来发展生产——也就是扩社、开渠。老梁的三张画一挂出来就已经把大家的兴趣提起来了,再加上他这一讲,大家响应的劲头就更大了一些。他在讲话中,常用问答的口气来鼓励大家的情绪——例如"有没有信心?""有!""干不干?""干!"正在这一问一答的时候,有人想看看平常表示不愿意入社、不愿意开渠的人们现在有什么表现,发现马有余一声不响地也坐在后边一个角落上,眼睛不对着张永清,却对着黄大年、王满喜两个人在答话时候举起的拳头。

张永清讲完以后,金生又站起来说话了。他说:"主张个人发财不顾别人死活的资本主义思想,妨害着咱们走社会主义道路,这道理已经讲过很多次了,只是根据这种道理来检查自己有没有资本主义思想,不止大家都还做得不太够,连我们党内也做得不够,有些个别同志的资本主义思想还很严重。像范登高和袁天成两位老同志,就还有严重的资本主义思想。我们支部大伙儿在这几天帮着他们检查了一下,决定让他们两位在今天的大会上向大家作个检讨。现在就让他们两位发言。"又个别向他们两个人说:"你们谁先讲?"范登高说:"我先讲。"接着便走上台去。

范登高在减租减息时候,讲起话来要比张永清还受人欢迎,可是近几年来,一上台大家就不感兴趣,因为他已经变得只会说一些口不照心教训别人的话。这一次金生说让他检讨,大家都不太相信他还会承认他不是万分正确的大干部。他的女儿灵芝也担心他不拿出真心话来,让大家失望。只见范登高说:"我这几年有个大错误,向你们大家谈谈!"他才开口,就有人互相低声说:"听!又摆开教训人的架子了!"范登高接着说:"我走了资本主义道路,只注意了自己的生产,没有带着大家走社会主义道路!现在我觉悟了!一个党员不应该带头发展资本主义!我马上来改正!从今以后,我一定要带着大家走社会主义道路!村里的社不是要扩大了吗?我马上带头报名入社!我已经把赶骡的小聚打发了!我情愿带头把我的两个骡子一齐入到社里!我这人说到哪里要做到哪里!现在先向你们大家表明一下!完了!"他声明"完了"以后,没有看清楚谁在下边鼓了两下掌,可是只响了两下子。他等了一下,见前边鼓掌的那个人也没有再继续,别的人也没有响应,只好悄悄地退到台下来。

金生听了登高的检讨,觉着很为难。范登高这几天在党的会议中间,因为有些老同志揭发着他的错误,他的检讨比今天在这里谈的要老实得多,可是今天当着群众的面,他又摆出领导人、老干部的神气来,惹得大家非常不满。在这种情况下,金生觉着在没有征求群众再给他提意见帮助他反省之前,党首先应该对他这次检讨表示一下态度,只是自己要代表党来讲这话,会弄得范登高更不能考虑别人的意见。因为范登高在经济上走的是资本主义道路,在政治上又是满脑子个人英雄主义思想,常以为金生时时都在跟他抢领导权,现在要听到金生的批评,一定要以为金生是组织群众打击他,再不会想到别人的意见能帮助他进步。金生因为考虑到这一点,所以当范登高下台之后,自己又站到主席地位上,很大一会没有讲出话来。

县委刘副书记了解金生和登高的这种关系,见金生为难,自己便站起来说:"主席!我讲几句话!"金生把他请上台,他说:"范登高同志认识了自己的错误,表示了改正的决心,这是值得大家欢迎的;可是在态度上不对头——还是站在群众的头上当老爷——这种态度是要不得的!自己早已落在大家的后面,还口口声声要'带头',还说'要带着大家走社会主义道路'。农民入了农业生产合作社就是走了社会主义道路。在三里湾,这条道路有好多人已经走了二年了你还没有走!你带什么头?不是什么'带头',应该说是'学步'!学步能不能学好,还要看自己的表现,还要靠群众监督!第一步先要求能赶上大家!赶上了以后,大家要是公认你还能带头的话,到那时候你自然还能带头!现在不行!现在得先放下那个虚伪的架子!党内给你的处分你为什么不愿意告诉大家呢?你不愿意放下架子我替你放下!范登高同志的思想、行动已经变得不像个党员了,这次认识了自己的错误之后,党给他的处分是留党察看。请党内党外的同志们大家监督着他,看他以后还能不能做个党员!不止对范登高,对其他党员也一样——不论党内党外,只要有人发现哪一个党员不像个党员了,都请帮忙告诉支部一声!"

县委讲完之后,金生征求大家给登高提意见。大家接二连三提出好多意见,不过大多数的意见都是支部会上谈过的,因为他在检讨的时候自己没有提,才累得大家重提了一遍。只有山地组组长牛旺子提出个新的意见。他说:"范登高把他那'两头骡子一齐入社'说得那么神气我有点不服——好像跟他救济我们的社一样!我们老社员们这二年栽了那么多的树、修了那么多的地,为了欢迎大家走社会主义道路,对新社员一点也不打算计较,偏是他入两个骡子就成了恩典了吗?谁都知道他的外号叫'翻得高'。我们种山地的人,在翻身时候也要都翻他那么高,谁还弄不到个骡子?社里接受牲口还是按一分利折价付息,算得了什么恩典?他愿入是他的本分,他不愿入仍可以让他留着去发展他那资本主义!我们花一分利到银行贷出款来还愁买不到两个骡子吗?听了他的检讨,我觉得他还没有真正认识了他自己!能不能老老实实当个好社员我还不太相信!"老刘同志在台下插话说:"这个意见提得好!登高同志,你看群众的思想水平比你怎么样?再要不老老实实求进步,你这个党员还当得下去吗?"

大家提过了意见,范登高在马糊不过的情况下,表示了以后愿意继续检查自己的思想。

天快晌午了,才轮到袁天成上台作检讨。袁天成的问题比较单纯——只是听上他那能不够老婆的话用他弟弟的名义多留了些自留地,照实说出来,表示以后愿意纠正,也就完了。大家都说他当不了老婆的家也是实话,不过甘心接受老婆的落后领导还应该由他自己负责。

上午的会就开到这里。金生表示希望大家分组讨论张永清的讲话,就宣布散会。

大家走出了旗杆院,只留下些负责文化娱乐的人准备下午的演出。

二十六　忌生人

十号下午,马有余把大会上的情况报告了糊涂涂,并且向他商量晚上的小组讨论会是不是可以不参加。他们商量的结果是让马有余参加进去看看情况,不要发言。

晚上,马有余到十点来钟散了会回来叫门,叫了很大一会没有人来开。在从前,开门这个差使是菊英的,现在菊英分出去了,不管了。常有理已经睡下了,不想再起来穿衣服;糊涂涂虽然心里有事睡不着,只是上了几岁年纪,半夜三更不想磕磕撞撞出来活动,况且使唤惯了孩子们,也有点懒,只是坐在炕沿上叫有翼。惹不起是时时刻刻使刁的女人,听见糊涂涂叫有翼,自然就觉得不干己事。有翼本来没有睡,不过这几天正和常有理怄气,故意不出来。

有翼为什么和常有理怄气呢?事情是这样:五号下午,灵芝去找他,他不是才说了个"我舅舅"就被常有理叫走了吗?原来是他姨姨能不够在那天上午去找他舅舅给他和小俊说媒,他舅舅和他妈都大包大揽答应

297

了。他才露出了一点不愿意的意思,就被他妈和他舅舅两个人分工——一个骂,一个劝——整了他一大晌,整得他连午饭也没有吃,下午躺在床上头疼得要命。当灵芝去找他的时候,他妈妈一看见是灵芝来了就觉得怕坏事,赶紧跑到他房里把他支使开。从那以后,他只要一动,他妈就跟着他,叫他不得接近灵芝和玉梅。

他要是出面反对,向村里宣布他不赞成这种包办婚姻,问题本来是很容易解决的,可是他不用那种办法——他觉着那样做了,一来他妈妈受不了,二来以后和舅舅、姨姨不好见面,不如只在家庭内部怄几天小气,怄得他妈妈自动取消了这个决定。不过他妈毫没有取消这个决定的意思。自他舅舅走后,他妈妈自己一个人担任"骂"与"劝"的两种角色,骂一阵,劝一阵,永远叫他不得安心。

糊涂涂对这事本来不太赞成——他知道小俊跟他那小姨子学得比惹不起还惹不起——只是因为不想得罪老婆和小姨子,所以不发言。

这场气已经怄了五天了,看样子还得怄下去。

糊涂涂叫了几声有翼,见有翼不答应也不出来,只好自己开了北房门走出来,不过有翼听见他一开门,也怕黑天半夜跌他一交,还是替他出来把大门开了。

糊涂涂把有余叫到北房里问情况,有余说:"不妙得很!满喜和大年都要报名入社,袁丁未也没有说不愿入,只是说等一等看,从咱们这个互助组看,真正不愿意的只剩咱一户了!"糊涂涂听说满喜和大年这两个劳动力没有希望了,也觉着不妙,不过也没有想出什么挽回的办法。停了一下,他又问起开渠的事,有余说:"更糟!谈到了刀把上那块地,大家都把我包围起来和我说好的,硬要我回来动员我妈!满喜还说:'只要你能跟老婶说通了,我情愿把井边那三亩地换给你们!你们刀把上三亩是六石九斗产量,我井边的三亩是九石产量,还能和你们的地连起来!你想还不合适吗?我就只有那一块好地,不过我不嫌吃亏——只要入了社，社里的好地都是我的！'"糊涂涂问："村的领导干部谁参加你们的会？"有余说："只有个团支书魏占奎！""他听了满喜的话说什么？""他说'那个问题以后再谈吧！'"糊涂涂说："满喜那'一阵风'，说话没有什么准头！他要真能把那三亩换给咱，那倒合适！在买水车的时候，他和大年两个人才出了一石米，将来入了社，水车他带不走，咱可以找补他们一石米把那两股买回来。那么一来，地也成咱的了，水车也成咱的了。可是谁能保证满喜那话能算数呢？"有余说："他这一次的话倒说得很坚决。有人和他开玩笑说：'要是再退社的时候，难道还能把你的地换回来吗？'他说：'要打算退的话我就不入！难道才打算走社会主义道路就先计划再返回来吗？'我觉着满喜这人得从两方面看：一方面说话调皮，另一方面有个愣劲，吃得亏！"糊涂涂听他这么一说，觉着很有道理。

糊涂涂说："地这么一换也不错，就是劳力成问题！"他想了一阵又说："这么着吧：以后不要让有翼当那个民校教员，让他在地里锻炼一年，就是个好劳力！"他又看了常有理一眼，见常有理已经睡着了，便低声向有余说："我看不要强让有翼娶小俊了！有翼既然跟玉梅有些意思，就让他把玉梅娶过来，不又是个劳动力吗？"有余想了想："不行！那是当惯了社员的，她怎么会安心给你在家里种地？弄不巧的话，不止不给你种地，还要连有翼勾引跑了哩！"糊涂涂说："对！我从前也想到过这一点，现在因为抓不住劳动力，又把我弄糊涂了！这样看来，还是让有翼娶小俊对！这几天我觉着小俊这孩子有点刁，现在看来，刁一点也有好处——可以把有翼拴住一点！"有余说："不过小俊是和金生闹过分家的，咱家的菊英又给人家摆了个样子，很难保证到咱家来不闹着分家！"糊涂涂说："这个没关系！你妈是她的姨姨！掌握得了她！我这几天因为没有想到这一点，就没有帮着你妈劝有翼，以后再不要耽搁了！你明天就先到供销社按照你姨姨和你妈讲好价的那些衣料布匹买起来。这么一来，一方面露个风声，把灵芝和玉梅那两个孩子的念头打断，另一方面让有翼知道我已经下了决心，他也就死心塌地了。"有余说："可是万一有翼真不愿意的话,买了的东西还怎么退呢?"糊涂涂想了想说:"不会!有翼这孩子,碰上一点不顺心的事,有时候也好闹一点小脾气,不过大人真要不听他的,过一两天他也就不说什么了!"

第二天糊涂涂果然打发有余到供销社买了几块粗细衣料和一些头卡、鞋面、手巾、袜子等零碎东西回来。有翼一见这些东西,就知道糊涂涂也已经批准了常有理的主张——因为花钱是要通过老头的。他想再要不积极活动,眼看生米做成熟饭就无可奈何了。他向糊涂涂说:"爹!你快叫我大哥把那些东西给人家退了吧!那事情我死也不能赞成!我妈不懂现在的新规矩,由她一个人骂也就算了!你为什么要同意她的主张呢?"糊涂涂说:"将就点吧有翼!你妈那性子你还不知道?什么事由不了她,常要气得她打滚。她和你姨姨已经把话展直了,收不回来,再要不由她,要是气得她病倒了,一家不得安生!况且小俊那孩子也不憨、不傻、眉不秃、眼不瞎,又是个亲上加亲,我看也过得去了!好孩子!爹起先也觉得不应该难为你,后来一想到你妈那脾气,还是觉着不要跟她扭吧,真要不听她的话,倘或有个三长两短,爹落个对不起她,你也落个对不起她!好孩子!还是将就点吧!凡事都要从各方面想想!"

有翼听了糊涂涂这番话,当时没有开口,仍旧回到自己那个小黑屋子里去。他觉得他要誓死反对,一定会闹得全家大乱;要是就这样由他们处理,就得丢开自己心上的人。他想:"我早就不信命运了,可是这不正是命运吗?"他想到这里就呜呜呜哭起来。常有理听见他哭,就跑来劝他说:"孩子!不该!这是喜事,为什么哭?"有翼说:"我哭我的命运!""这命运也不错呀!""命运!命运!哈哈哈哈……命运呀!哈哈哈哈……"常有理见有翼又哭又笑,以为是中了邪。

马家的人,不论谁有点头疼耳热,都以为是中了邪,何况大哭大笑呢?马家的规矩,凡是以为有人中了邪,先要给灶王爷和祖宗牌位烧个香,然后用三张黄表纸在病人身上晃三晃,送到大门外烧了,再把大门头上吊上一块红布条子，不等病人好了，不让生人到院里来。这一次，常有理也给有翼照样做了一遍。

从那天起，别人就不得到马家院去了。

二十七　决心

自从扩社的动员大会开过以后，愿意入社的人就开始报名，灵芝在场上没事的时候，也常到旗杆院帮忙登记新社员的土地、牲畜、农具等等入社的东西。七八天之后，除了像小反倒袁丁未那些拿不定主意的个别几户以外，要入的都报了名，不愿入的也就决定不报了。

到了十八号这天晚上，灵芝帮着社里的负责人在旗杆院前院东房统计新社员的土地、牲畜、农具等等，到了快要完了的时候，玉生走进来。社长张乐意问他说："玉生你找谁？"玉生说："我谁也不找！我看看你们完了没有？"灵芝知道他在带岗的时候爱在这个房子里研究什么东西，便向他说："今天又该你带岗呀！你来吧！我们马上就完！"说话间，东房里收拾了工作的摊子，玉生也从西房里拿过他的东西来。

灵芝跟着社里的负责人走出东房，玉生又叫她说："灵芝灵芝！我还得麻烦你帮我算个账！"他自从借了灵芝的圆规、量角器等等东西之后，常请灵芝帮他计算数目。灵芝在帮他计算的时候，发现他的脑筋十分灵活，往往是一点就明，因此也乐意帮他，几天来把数学上边的一些简单道理教会了他好多。这次他把灵芝叫回去，又拿出个图来。这个图像个天平，不过是杠杆的两头不一般长，上边又有轮盘，又有些绳子、滑车等等麻烦。他指着杠杆两边标的尺寸说："照这样尺寸，一个人能吊起多么重的东西？"灵芝看明白了他是想做个简单的像起重机样子的家伙，便问他说："你做这个吊什么？"玉生说："到开渠的时候吊土！"灵芝先把杠杆上那重点、力点、支点和三点距离的关系给他讲了一下，然后给他去算数目，他说："我懂得了！让我自己算吧！对不起！这几天麻烦得你太

301

多了！"灵芝说了个"没有什么"便走出来。

灵芝回到家，正碰上她爹妈坐在他们自己住的房子的外间里挽玉蜀黍——每个玉蜀黍穗上留一缕皮，再把每六个或八个挽到一块，准备挂起来让它干——她便也参加了工作。她对她爹这几天的表现很满意。她爹自从打发了赶骡子的小聚之后，因为不想贴草料，已经把骡子提前交到社里由社里喂、社里用，自己也在十号晚上就报名入了社，又把自己搞小买卖剩下的货底照本转给了供销社；自那以后，也不和小聚吵架了，也不摆零货摊子了，也不用东奔西跑借款了，也不用半夜三更算账了……总之：在灵芝认为不顺眼的事都消灭了。灵芝很想对他说："这不是就像个爹了吗？"可是也不好意思说出口，只是见了他常显出一种满意的微笑，表示对他很拥护。

社里的分配办法搞出头绪来了，新社员报名和给登高治病的事也都告一段落了，灵芝在松了一口气之后，这天晚上便又想起自己本身的事来：

自从马有余到供销社买东西把有翼已经和小俊订婚的风声传出来以后，灵芝听了就非常气愤。她也想到有翼可能不会马上答应，不过也没有听见他公开反对过。她自从那次跟有翼要检讨书被常有理打断以后，再没有见有翼出过门，听团里的同志们说，有翼的检讨一直没有交代，每逢开会去通知他的时候，都被常有理说他有病给顶回来——只说有病又不让人看，近七八天来又装神弄鬼把大门上吊着一块红布，干脆不让任何人到他们院子里去了。根据有翼的历史，她想就算不会马上答应，最后还是会被他那常有理妈妈压得他投降的。有一次她也想再闯到马家去给有翼打打气，免得他投降，可是一来自己工作忙，二来不想去看常有理那副嘴脸，三来觉着要扶持有翼这么一个自己站不起来的人，也很难有成功的把握。不论有翼自己是不是答应了，有翼和小俊订婚的事已经为人所公认。灵芝想："难道你是没骨头人吗？为什么不出面说句话呢？"可是从历史上好多事实证明有翼就是这么个人，她也只好叹一口气承认事实。她又想："在团支部的领导下，有这么个团员，因为怕得罪他的妈妈，不愿意给另一个团员作一次公道的证明人，支部已经命令他作一次检讨；可是这次检讨还没有作，就又为了怕得罪他的妈妈，干脆连团的生活也不参加了。那么，我这个团支委，对这位团员该发表一点什么意见呢？见鬼！我为什么要爱这么个人？"她又想到幸而自己有先见之明，没有和这个站不起来的人订下什么条约，因此也没有承担什么义务，不过"更满意的在哪里"，还是她很难解决的一个老问题。这时候，她发现她手里挽着的几棒玉蜀黍中间，有一棒上边长着两样颜色的种子——有黄的、有黑的。她想到这就像有翼——个子长得也差不多，可惜不够纯正。她停了工作，拿着这一棒玉蜀黍玩来玩去。登高老婆只当她累了，便说："灵芝！睡去吧！夜深了，咱们都该睡了！"说罢，自己先停了工，登高也响应老婆的号召站起来伸懒腰，灵芝便拿了那一棒花玉蜀黍回到自己房里去。

　　灵芝回到自己房子里点上灯，坐在桌子旁边仍然玩着那一棒花玉蜀黍想自己的事，随手把玉蜀黍的种子剥掉了好多。她撇开了有翼，在三里湾再也找不到可以考虑的人。她的脑子里轻轻地想到了玉生，不过一下子就又否定了——"这小伙子：真诚、踏实、不自私、聪明、能干、漂亮！只可惜没有文化！"她考虑过玉生，又远处近处考虑别的人，只是想着想着就又落回到玉生名下来，接着有好几次都是这样。她自从一号夜里帮玉生算场磙之后虽然只帮了玉生几次忙，每次又都超不过半个钟头，可是每一次都和拍了电影一样，连一个场面也忘不了。她想："这是不是已经爱上玉生了呢？"在感情上她不能否认。她觉着"这也太快了！为什么和有翼交往那么长时间，还不如这几个钟头呢？"想到这里，她又把有翼和玉生比较了一下。这一比，玉生把有翼彻底比垮了——她从两个人的思想行动上看，觉着玉生时时刻刻注意的是建设社会主义社会，有翼时时刻刻注意的是服从封建主义的妈妈。她想："就打一打玉生的主意吧！"才要打主意，又想到没有文化这一点，接着又由"文化"想到了有翼,最后又想到自己,发现自己对"文化"这一点的看法一向就不正确。她想:"一个有文化的人应该比没文化的人做出更多的事来,可是玉生创造了好多别人做不出来的成绩,有翼这个有文化的又做了点什么呢?不用提有翼,自己又做了些什么呢?况且自己又只上了几年初中,学来的那一点知识还只会练习着玩玩,才教了人家玉生个头儿,人家马上就应用到正事上去了:这究竟证明是谁行谁不行呢?人家要请自己当个文化老师,还不是用不了三年工夫就会把自己这一点点小玩艺儿都学光了吗?再不要小看人家!自己又有多少文化呢?就让自己是个大学毕业生,没有把文化用到正事上,也应该说还比人家玉生差得多!"这么一想,才丢掉了自己过去那点虚骄之气,着实考虑起丢开有翼转向玉生的问题来。她对有翼固然没有承担什么义务,不过历史上的关系总还有一些,在感情上也难免有一点负担。她把刚才剥落在桌上的玉蜀黍子儿抓了一把,用另一只手拈着,暗自定下个条件:黄的代表玉生,黑的代表有翼,闭上眼睛只拈一颗,拈住谁是谁。第一次拈了个黑的,她想再拈一次;第二次又拈了个黑的,她还想再拈一次;第三次才伸手去拈,她忽然停住说:"这不是无聊吗?这么大的事能开着玩笑决定吗?要真愿意选有翼的话,为什么前两次拈的都不愿算数呢?决定选玉生!不要学'小反倒'!"

　　主意已决,她便睡下。为了证明她自己的决定正确,她睡到被子里又把玉生和有翼的家庭也比了一下:玉生家里是能干的爹、慈祥的妈、共产党员的哥哥、任劳任怨的嫂嫂;有翼家里是糊涂涂爹、常有理妈、铁算盘哥哥、惹不起嫂嫂。玉生住的南窑四面八方都是材料、模型、工具,特别是垫过她一下子的板凳、碰过她头的小锯;有翼东南小房是黑咕隆咚的窗户、仓、缸、箱、筐。玉生家的院子里,常来往的人是党、团、行政、群众团体的干部、同事,常做的事是谈村社大计、开会、试验;有翼家的院子里,常来往的人是他的能不够姨姨、老牙行舅舅,做的事是关大门、圈黄狗、吊红布、抵抗进步、斗小心眼、虐待媳妇、禁闭孩子……她想:"够了够了!就凭这些附带条件,也应该选定玉生、丢开有翼!"

人碰上了满意的事,也往往睡不好。灵芝在这天夜里又没有睡到天明就醒了。她醒来没有起来,又把夜里想过的心事温习了一遍,觉得完全正确,然后就穿上衣服起来点上灯。她知道玉生这时候,仍是坐在旗杆院东房里的账桌后边画什么东西,她打算去找玉生谈判,又觉着事情发展得总有点太快。她起先想到"和一个人的交往还不到二十天,难道就能决定终身大事吗?"随后又自己回答说:"为什么不能呢?谁也没有规定过恋爱的最短时间;况且玉生是村里人,又和自己是一个支部的团员,老早就知根知底,也不是光凭这二十天来了解全部情况的。"想到这里,她便鼓足了勇气去找玉生。

她照例通过岗哨走进旗杆院,玉生自然是照例问话,照例拿起枪;她也照例回答,照例走进去。

她的估计大体上正确——玉生仍然坐在那个位置上,不过不是画图而是制造起土工具的模型,桌上摆的是些小刀、木锉、小锤、小凿、钢丝、麻绳、小钉、铁片……和快要制造成功的东西。因为摆的东西多了,玉生把表放在窗台上,灵芝看了看,又是个四点二十分。

玉生不明白灵芝的来意,还当她只是来看表,便指着桌上做的东西说:"你且不要走!请帮我研究一下这个:一切都没有问题,只是吊起土来以后,转动方向不灵便。"灵芝等他拆卸下来,研究了一会减少转盘的磨擦力,又修改了一次装上去,虽然比以前好一点,还是不太合乎要求。玉生忽然想起个办法来说:"干脆不要转盘,把竖杆上边安上个方框子,把杠杆用一段粗绳吊在框子上,在半个圆圈以内转动没有问题!一点磨擦力也没有!试也不要试了!成功了!"灵芝看了看窗台上的表,已经过了五点。她想:"再要不抓紧时间谈那个事,民兵就撤了岗回来了!"

灵芝帮着玉生收拾了桌上的摊子,坐在桌子横头的一把椅子上,看着胜利之后洋洋得意的玉生说:"我也问你一个问题:你觉着我这个人怎么样?"玉生想:"你怎么问了我这么个问题呢?团支委、初中毕业、合作社会计,聪明、能干、漂亮,还有挑剔的吗?不过你为什么要让我评议一番呢?你又不会爱上了我!"玉生只顾考虑这些,忘记了还没有回灵芝的话。灵芝说:"你怎么不说话呀?"玉生一时想不出适当的评语来,只笼统地说:"我觉着你各方面都很好!"灵芝见他的话说得虽然很笼统,可是从眼光里露出佩服自己的态度来,便又紧接着他的话说:"我再问你一个问题:你爱我不?""你是不是和我开玩笑?""不!一点也不是开玩笑!""我没有敢考虑到这个事!""为什么不敢?""因为你是中学毕业生!"灵芝想:"我要不是因为有这个包袱,也早就考虑到你名下了!"她这么一想,先有点暗笑,一不小心就笑出声来。她笑着说:"以前没有考虑过,现在请你考虑一下好不好!"玉生说:"我的老师!只要你不嫌我没有文化,我还有什么考虑的呢!"玉生伸出了双手,灵芝把自己双手递过去让他握住,两个人四只眼睛对着看,都觉着事情发展得有点突然。

二十八　有翼革命

天明撤了岗之后,玉生和灵芝先到后院找张信给他们做个证明人,约定到第二天(二十号、休息日)下午到区公所登记。在吃早饭时候,双方都向自己的家庭说明。村里人知道得早的,也都分头传播着他们订婚的消息。

这一天,社里正收着玉蜀黍,灵芝在场上一方面帮忙翻晒谷种,一方面登记收回来的玉蜀黍担数。这两件事都不是连续的工作,合在一块才是个只能抵五分工的轻劳动。灵芝就在这空隙中,想起了对付有翼的问题。她想到她爹和他们互助组的人这时候都正给黄大年收玉蜀黍,她爹和玉梅又都知道她和玉生订婚的事,很难免在地里谈起来,一到晌午,消息就会传到有翼耳朵里。她想要是自己不先计划个对付办法,万一有翼一时怀恨,说自己一些不三不四的话,到那时候,自己或者是任他侮辱,或者是找他讲理,都不是占上风的事。想到这里,接着便想对付的办法。她在县城里上学的时候，常见老师们或别的职员们订了婚就要请朋友们吃糖，她和有翼也吃过人家的。她想趁午饭以前，先到供销社买些糖，按朋友关系把自己和玉生订婚的事通知有翼。她知道不论用什么办法通知，有翼都不会满意，不过自己先主动通知了他，总比他先从别处得到消息气小一点。

快到吃午饭时候，她向在场外翻晒谷草的老社长张乐意说她有点小事要早离开一小会，让张乐意替她记一记在上午收工时候最后上场的一批玉蜀黍担数，就到供销社买了点糖往马家院去。

马家院的大门头上仍然吊着块红布，大黄狗躺在门道下喘气。在接近中午的太阳光下看人很清楚，大黄狗抬起头来只叫了一声，看见是灵芝，就仍旧躺下去。灵芝跨过黄狗，走过门道，转弯便往东南小房去。

有翼一见是灵芝，几乎不相信自己的眼睛。他低声说："他们怎么会把你放进来呢？"灵芝说："我自己进来的！""我有好多话要跟你说！我舅舅……""不要说那个了！我知道了！你舅舅给你和小俊保了个媒，已经过了礼物了！是不是说那个？""你听谁说的？""村里人没有不知道的！""可是我没有答应！""不过也没有听说你反对！""我没有一天不反对！""这个我还没有听人说过！""你自然不会听人说！因为我还没有出去过！""你为什么不出去？""他们不让我出去！""他们自然也不会让你不答应！"

"谁到我家里来了！我家忌着生人哩！真不讲究！"常有理在院里这么喊叫着，打断了有翼和灵芝的话。

灵芝说："了不得！老大娘来了！咱们赶快说正经的吧！我和玉生订婚了！我来请你吃糖！"说着从衣袋里取出一包糖来放在床上。有翼听了这话，好像挨了一颗炸弹，正不知道该说什么好，常有理便揭起门帘走进来。

常有理说："灵芝！你怎么不吭一声就进来了！我家里忌着生人哩！你就没有看见门上的红布？"灵芝想：这一回你倒来得正好！我要说的话已经说完了！她说："对不起，老大娘！我不懂红布是什么意思！""挂红布是不让生人进来！有翼病着哩！""要是那样我就该走了！再见吧有翼！

等你病好了我再来看你!"说了便转身走出去。有翼本想不顾常有理的干涉,冲出门去追赶灵芝;正待动身,又想到:"自己已经变成个吃糖的角色了,还追人家有什么用处?"想到这里,便无可奈何地趴到床上放声大哭。常有理不知底细,还以为是灵芝把鬼带进来了。

有翼一边哭,常有理一边摸不着头脑地瞎劝。过了一阵,有翼清醒了一点,停住哭,坐起来想自己的事。他想起灵芝刚才说过的一句话:"他们自然也不会让你不答应!"看这几天的样子,确实不会。他想:"怎么办呢?灵芝已经脱掉了,万一玉梅也趁这几天走了别的路子,难道真要我娶来个小俊每天装死卖活地折磨我吗?"他痛恨他爹妈没有得他的同意就在村里瞎声张,不由得狠狠看了他妈妈一眼。常有理见有翼的眼神不对劲,以为他发了疯,吓得吸了口冷气站起来说:"有翼你要干什么?"有翼也跟着站起来说:"我要出去!""不行!不行!"常有理伸手去拉有翼,有翼一个箭步躲开她。常有理见没有拉住,便抢到门边,双手把门挡住。有翼从箱上抱下个装着半筐碎烟叶的筐子来向常有理的身上推。这只筐子的直径和门的宽窄差不多,把常有理堵得不能接近有翼。有翼要是猛一推的话,管保能把常有理推得面朝天跌到门外,不过他还不是真疯了,他只是一步一步推得常有理不得不往外退。常有理退到院里,知道自己挡不住了,便喊糊涂涂说:"他爹你快来!有翼疯了!"糊涂涂听她这么一喊,赶紧跑到院里来。有翼怕被他们拖住走不脱,便抱着筐子转着身一圈一圈地抢,一边抢着一边往大门外走,把大黄狗吓得夹住尾巴远远地跑开。有翼抢着筐子跑到大门外,他爹妈也追到大门外。这时候正赶上村里人陆续从地里往家走,经过马家院门口的都远远站住研究情况,在家里的妇女、小孩们听见有热闹也抢着出来看,渐渐把马家院通向野地的巷道也塞住了。也有些人想拉开他们劝一劝,只是被有翼从筐子里抢得飞出来的碎烟叶子迷得睁不开眼。糊涂涂老汉瞅了个空子,双手夺住筐子的另一边;有翼趁势一丢手把筐子递给他,自己钻进人丛中去。

常有理向大家喊:"请你们拉住他!他疯了!"有几个人把有翼拉住。有翼说:"请你们不要操心!我一点也不疯!是我不赞成他们给我包办的婚姻,他们把我看守起来了!我向大家声明:他们强替我订的婚我不答应!劳驾你们哪一位碰上了小俊,告她说让她另去找她的对象!"拉他的那些人,见他说的都是明白话,都渐渐丢开了手,有翼便挤着往外走。常有理又挤到人丛中去赶有翼,口口声声说"不要放他走",别的人们劝她说:"老人家,你回去吧!那么大的孩子是关不住的了!"糊涂涂不像常有理觉着那么有理,仍然抱着个筐子呆站着想不出主意来。

调皮的袁小旦喊着说:"有翼革了命了!"

有翼要找玉梅,却不知道玉梅在什么地方,听家里人说这天他们的互助组给黄大年收玉蜀黍,便想往"三十亩"黄大年的玉蜀黍地里去撞一撞。他跑到村外向着上滩三十亩一带看去,见这十几天地里的变化很大——谷子早已收光,玉蜀黍也差不多收了一半,种麦子的地都犁耙得很干净,有的已经下了种,树叶子也飞散得七零八落,挡得住眼的东西已经不太多了。他没有顾上多注意别的,眼光顺着往黄大年地里去的一条路上分辨着一连串正往村里走的男女人们,想从中间找出玉梅来,一直望到黄大年的地里,发现他们组里的人都还正在地里赶着装筐子,中间似乎有女人。他也不管玉梅是不是在内,便从那些挑着担子的队伍旁边擦过去往地里走。这些人们随便都问着他"好了吗",他也随便回答着"好了",不停步地往前赶。他快走到黄大年的地头上,碰上他大哥和范登高、王满喜挑着担子走到路上来。他大哥一见他就觉着有点不妙,停住步喝他说:"快回去!你怎么出来了?"有翼说:"我没有病!尽是你们弄鬼!""疯话!快回去!""你自己走你的!不要想再捉弄我了!"大年夫妇和玉梅见他们闹起来,也停了装筐子工作站住看他们。大路上,后边来的挑着担子的人们,被他们挡得挤在一块,一直催他们"走,走,走"。有余怕有翼再说出真情实话来当着大家丢他的人,所以也不敢认真拦挡,只向大年他们喊了声"请你们把有翼招呼回来",自己便先挑着担

309

子逃走了。有余、登高、满喜先走了,小反倒这天赶着驴儿上了临河镇,根本没有来,地里只剩下黄大年夫妇和玉梅三个人。黄大年当真放下手里的工作来招呼有翼,有翼说:"你不要信我大哥的鬼话!我什么病也没有!"接着便走进地里去,帮着大年装着筐子,把他爹、他妈、他大哥、老牙行、能不够怎样把他圈在家里软化他的事有头有尾谈出来。大年他们听见他这番话里一句疯话也没有,便跟着他批评了糊涂涂他们的糊涂。东西收拾完了,大家要回去,有翼向大年夫妇说:"你们先走一步,我还要和玉梅谈几句话!"大年夫妇也猜透了他的心事,便先走了。

　　有翼瞪着眼盯了玉梅一阵子。玉梅见有翼的眼光有点发滞,觉着有点怕,便问他说:"你怎么样了?刚才不是还说你没有病吗?"有翼说:"我还是没有病!我只问你一句话!说得干脆一点!你愿不愿和我订婚?"玉梅说:"你这不是疯话吗?那么大的事,是你一言我一语就可以决定的吗?""可以决定!你要不愿意也趁早说话!不要蘑菇来蘑菇去也落个空!"玉梅听了他这句话,知道是灵芝和灵生订婚的消息已经传到他耳朵里,惹起了他的愤恨。不过玉梅过去因为承认有翼对灵芝比对自己亲近,所以不曾认真考虑过这个问题;现在灵芝既然有了下落,自己可以考虑了,只是就这么站着马上能考虑出个结果来也实在不容易。她见有翼还正生着灵芝的气,气头上很难讲道理,就又向他说:"这么着吧:问题算你提出来了,等我考虑一下定个时期答复你好不好?"有翼说:"不不不!那是推辞话!你跟我认识不止一两天了,要说完全没有想过这问题我不相信!不愿意就干脆说个不愿意,我好另打我的主意!说老实话,不要也来骗我!"玉梅想:"咦!这才是'黄狗吃了米,逮住黑狗剁尾'哩,别人愿不愿嫁你碍得着我什么事呀?况且你以前也不是真看得起我!要不是灵芝找了别的路子,你会马上考虑这个问题吗?"想罢了便回答他说:"我的先生!我也学你的话:'我跟你认识不止一两天了',你考虑过这个问题没有呢?也说老实的,不要骗我!"这一下打在有翼的弱点上。有翼自知理亏,不敢强辩。玉梅想趁他在这老实一点的时候,提出些条件来反追他一下，便又向他说："你猜对了：我不是'完全'没有考虑过，不过没有敢决定！""为什么？""因为对你有赞成的地方，也有不赞成的地方！""什么地方赞成，什么地方不赞成？""一方面你是我的文化先生，另一方面你还是你妈手里的把戏；我赞成和你在一块学文化，可是不赞成在你妈手下当媳妇——要让那位老人家把我管起来，我当然就变成'常没理'了。还有你那位惹不起的嫂嫂，菊英因为惹不起她才和她分开了，难道我就愿意找上门去每天和她吵架吗？更重要的是：我是社员，你家不入社，难道我愿意从社会主义道路上返到资本主义道路上去吗？因为有这么多我不能赞成的地方，所以我不能冒冒失失决定！"有翼听了玉梅这番话，一股冷气从头上冷到脚心。他哭丧着脸说："那么你就不如说成个'不愿意'算了！"玉梅说："不！愿意不愿意，还要看以后各方面事实的变化！"她想："你这位到外边学过艺的先生，宝葫芦里自然有宝，不过我还要看看你能不能用你的宝来变化一下我所不赞成的事实！"

她给有翼上了这么一课，又给他出了个题目让他去做文章，感觉到非常胜利，向周围看了一下，一个上滩只剩下了他们两个人了；看到了村边路上，有一位老太太向地里走来，正是常有理。她向有翼说："你快走吧！你妈又来找你来了！"有翼看了一下回头说："咱们相跟着走！""可是你妈……""我已经不怕她了！""你还是先走吧！我不愿意和她麻烦！"有翼听她这么说，也只得先走了。

有翼一边走一边想："不愿意受我妈管制，不愿意和惹不起吵架，不愿意从社里退出，除了分家还有什么办法呢？好！回去分家去！"接着便想如何提出分家的具体办法，想着想着就走到常有理跟前。常有理叽里咕噜骂着玉梅来拖有翼，有翼闪开她跑在她前边往家里走，常有理自然也追到家里来。

有翼没有回他自己住的房子里，直接往北房来找他爹。这时候，他爹和他大哥正在一块计划对付他的办法。他们估计到灵芝来的时候，已经把和玉生订婚的消息告诉了他，所以惹得他生了大气。他大哥把他去找玉梅的事端出来以后，他爹说："他真不愿意娶小俊，就让他找玉梅算了，不要再逼出什么意外事故来。"他们正商量着，有翼便来了，常有理接着也追回来了。常有理指着有翼的鼻子说："千说不改，万说不改！只记得你那些小妈……"糊涂涂拦住她说："你不嫌俗气！尽说这些干吗？"又转向有翼说："有翼！一切都由你，你不要闹好不好？"有翼说："爹！你只要答应我一件事，我管保再不闹。""你说吧！""把分单给了我，我自己过日子去！"糊涂涂想："这小子真是'茶馆里不要了的伙计——哪一壶不开你偏要提哪一壶'！我费尽一切心机来对付你，都为的是怕你要分家，你怎么就偏提出这个来？可是说什么好呢？刚刚说过一切都由你，才提了一件就马上驳回，能保住你不再闹吗？"他觉着要是马上驳回，惹得他马上再跑出去闹，还不如暂且用别的话支吾开，等他平平气再和他谈判，便向他说："分家也不是什么了不起的事，何必这么着急？""好！那么就把分单给我吧！我拿住了分单就不着急了！""你还是不要着急！分单要在手边的话，爹马上就会给你，可惜是登高那天拿走了就没有拿回来！你先去吃饭！吃了饭回房里去歇歇！咱们都睡他一觉起来再谈好不好？""好吧！"有翼说了这么一句便走出去。糊涂涂见有翼走出去，低声向常有理说："你再不要那么骂他好不好？越逼越远！"有余说："这会算过去了，一会他要认真和咱们谈分家，该怎么办呢？"糊涂涂说："不好办！这该怨你舅舅：他要不提那几张废了的假分单，咱们只给菊英写一张来就好说一些。如今已把那分单说成真的了，还有什么好说的呢？一会你不要等他睡醒就跑到他房里去劝他。你就说我很生气。你就说我嫌他没有良心，为了媳妇忘了爹娘。你就说他真要分出去，这一辈子我再不理他。"有余答应了，然后就说："咱们也吃饭吧！"

他们去吃饭，见锅还盖着，锅里还没有下勺子。常有理问惹不起说："有翼还没有来舀饭吗？"惹不起告她说没有，她便又跑往东南小房里去。

她一看有翼也不在房子里,便唧唧喳喳嚷着说:"有翼怎么不在家里?有翼!有翼!饭也不吃又往哪里去了呢?"糊涂涂一听便向有余说:"糟了!他会去找范登高要分单去!你快到登高家看看!"有余连饭也没有舀上,只好往登高家里跑。

有翼跑到登高家去要分单,登高说他给了张永清;有翼又找到永清家,永清领着他到旗杆院拿去。永清和有翼走到旗杆院前院北房里,取出钥匙开了套间门,进去又开了办公桌子抽斗上的锁,取出两张分单来,看了看,把有翼的一张给了有翼,把另一张又放回去。有翼问:"那一张呢?"永清说:"你拿你的好了!那一张是你大哥的!""怎么没有我二哥的?""别人拿着研究去,还没有拿回来!"说着便把抽斗又锁上。他们正要出门,有余便走进来。有余走的路线也和有翼一样——先到登高家,再到永清家,最后到这里。有余问有翼:"你到这里做什么?""取分单!""取上了没有?""取上了!"有余听说取上了,马上想不出别的办法来,只好跟着他们往外走。他们走到院里,碰上个送信的,把村里、社里的一些报纸、公文、信件都给了永清,另外拿着一封信问永清说:"这位马多寿住在哪一块?"永清拿住看着向有余说:"湖南来的!一定是你二弟的信!"又向送信的说:"多寿就是他爹!就交给他好了!"永清又返回套间里去看他接到的东西,有余拿了信便和有翼相跟着回了家。

有翼得住了宝,舀上饭回他自己房子里吃去;有余打了败仗,回北房向他爹妈报告结果。糊涂涂听完了有余的报告,先让常有理去劝有翼、讨分单,然后让有余给他拆读老二的来信。

常有理向有翼软说硬说要分单,有翼已经有了主意根本不理她。她要搜有翼的身,有翼跑到院里。她正得不了手,一圈一圈在院里赶着有翼跑,有余揭开北房的门帘喊她说:"妈!你快不要追他了!老二来了信!又出下大事了!"

313

二十九　天成革命

灵芝订婚和有翼革命两件事在午饭前后已经传遍了全村。听到了这两条消息不得不关心的是袁天成家。

天成老汉这天午上，正和他的十三岁孩子在场上打他的最泄气的三亩晚熟谷子。说起这三亩谷子来真惹他生气：担了个"两大份"的声名，自留地留得多了，抢种时候一个人忙不过来，种这三亩谷子的时候，地就有点干了，勉强种上，出来的苗儿还不到三分之一；下了第二场雨又种了一次，也没有把前一次的苗儿完全闯死，大的大、小的小，乱留了一地；到了秋天，大的早熟了，已经被麻雀吃完了，小的还青，直到别人收玉蜀黍的时候才割回来，估计产量要减少一半。他正在场上挽着驴缰绳一边碾着一边叹气，听见别的场上正打着豆子的人们传说着玉生和灵芝订婚的事，传说着有翼不愿和小俊订婚的事，更叫他气上加气。他恨能不够——恨她不该出主意留那么多自留地，恨她不参加劳动让自己一个人当老牛，恨她挑拨小俊和玉生离婚，恨她和常有理包办儿女婚姻最后弄得大家丢人。他一边恨着能不够，一边已经把谷子碾下来，没有人帮忙的问题又摆在他眼前。孩子卸着牲口，他眼望着天想人，想了一阵便向孩子说："你送了牲口到满喜家去一趟。你就说'满喜哥！我爹说你要是有工夫的话，请你帮他打一打场好不好？'不论他答应不答应，你都快一点回来——要不行我好另想别人。"

孩子去后，天成老汉一个人用杈子挑着泄气的带秆谷草，等候着孩子请人的消息。一会，幸而满喜扛着一柄桑杈跟着孩子来帮忙。

他们挑了草，攒起堆来正要扬的时候，能不够唧唧喳喳跑到场上来。能不够夺住袁天成手里的木锨说："放下！你先给我说说你为什么败坏我的名声？"袁天成说："我又犯了罪了吗？"

灵芝、玉生和有翼的两条新闻在场上传着的时候，同样也在街道上传着。能不够听说有翼把她和常有理给包下的婚姻推翻了,急得她像热锅上的蚂蚁,想去找常有理又怕挨有翼的碰,里一趟外一趟干跑没办法。她走到街道上,大小人见了她都要特别看她一眼,正谈得热闹的人一看见她就都把话收住,弄得她既不得不打听,又不便去打听,只好关住大门听门外传来一言半语的没头没尾评论——"……能不够这一下可摔得不轻……""……灵芝都看得起玉生,小俊看不起……""……小俊的眼圈子大……""……一头抹了,一头脱了——玉生也另有对象了,有翼也不要她了……""……就不该先受人家的礼物!看她怎么退……""……天成老汉在大会上说得对,事情都坏在能不够身上……"——能不够听到每一条评论,都想马上出来和评论的人对骂一场,不过她知道自己没理,跟谁骂也骂不赢,所以只好都想一想算拉倒,只有听到最后的一条觉着抓住了胜利的机会——天成是自己骂熟了的,骂他一顿就可以把所有的气都出了。本来这一条也不是最后的,只是再以后的她没有听,只听到这里便壮着胆子冲出了大门。至于这位评论家说袁天成在大会上怎样怎样,还指的是十号那一天袁天成在大会上作的检讨——这事在三里湾虽然早为人所共知,可是谁见了能不够也没有谈过,所以在能不够听起来还是新闻。

能不够跑到场上夺住袁天成手里的木锨,问他为什么败坏自己的名声,问得袁天成莫名其妙。要在平日,袁天成只好低下头不吭声,让她一个人骂得没有劲了自动走开,然后再继续做自己的活儿,不过这一次恰碰上天成老汉也闷着一肚子气,所以冷冷地反问了她一句:"我又犯了什么罪了吗?"能不够说:"你还要问我?你做的事你知道!快给我说!"天成老汉夺过木锨来推她说:"走开走开!我真要犯了罪,你先到法院去告我!不要来这里麻烦!我心里够烦的了!"能不够想:"咦!这老头儿今天怎么大模大样和我顶起嘴来了?这还了得?"她第二次又夺住木锨把子说:"嫌麻烦你就不要败坏别人的名声!我也找不着法院!我就非叫你说清楚不行!"袁天成把木锨让给她说:"给你!我早就不想做了!我这个老长工也当到头了!"满喜劝他们说:"算了算了!婶婶回去吧!闲话是闲了时候说的,现在先做活儿！"袁天成说："不行！满喜你也请回去歇歇吧！活儿我不做了！三颗粮食，收不收有什么关系？"能不够说："活该！谁不叫你多打些？把地种荒了也是我的事？收不收我不管！只要你饿不着我娘儿们，哪怕你把它一齐扔了哩！"袁天成说："你做错梦了！我的长工当到头了！这几天也有分家的，也有离婚的，咱们也去凑个热闹！我看你以后饿了肚找谁去！"说着连头也不回出了场望着旗杆院走去。能不够说："不论你想干什么，都得先把我娘儿们安插个地方！"说着也随后赶去。袁天成回头看了看说："就是给你找地方去的！你来了也好，省得一会派人叫你！"

袁天成敢和能不够这样说话，在三里湾还是新闻，在场上做活儿的人们，都停了工就地站着看他们，可是没有一个人跑去劝架，都想让能不够去受一次训。

满喜就在他们场上帮忙，觉着不去劝一下太不好看，只得假意随后赶去。

调皮的袁小旦又说："天成老汉也革了命了。"

袁天成走得快，能不够追得快，满喜在后边喊得快。满喜喊："快回来吧！不要闹了！老两口子吵个嘴算不了什么！……"不过腿上不加劲，故意装作赶不上。他看到袁天成进了旗杆院，准备等能不够也进去的时候背地里给她鼓两下掌，可惜能不够没有走到旗杆院门口，就坐到路旁边的一块石头上了。满喜想："你怎么不加油呢？"

能不够闹气有锻炼：你不要看她有时候好像已经不顾生死了，实际上她的头脑还很清楚，能考虑到当前的形势是否对自己有利。这次她一方面追着袁天成，一方面想到以下的几个条件：第一，自己的名声自己知道。第二，有翼的革命又给自己的脸上涂了一层石灰。第三，和老天成说话的理论根据，拿到旗杆院去站不住。她想到了这些条件，早已想退兵了，可是老天成不退，由不了她。她一路上回头偷看了满喜好几次，见满喜只嚷嚷不快跑，暗骂满喜不热心。她见老天成进了旗杆院，觉着大势已去，只剩下一线希望就是自己不要进去让满喜追进去把老天成劝回来，所以才坐到路旁的石头上。满喜这个调皮鬼似乎猜透了能不够的心事。他不再去追袁天成，却反拉住能不够的胳膊说："婶婶！拉倒吧！回去吧！叔叔是个老实人，不要再跟他闹了！"拉住了被告让原告去告状，和抱住一个人让另一个人放手打是一个样，能不够越觉着不妙了。她恨透了满喜，可是在眼前看来还只能依靠这位自己觉得不太可靠的人帮帮忙。她向满喜说了老实的了。她低声说："你不用拉我，先到旗杆院拉你叔叔去！"满喜笑着丢了手，往旗杆院去。

袁天成走进旗杆院前院，见北房闭着门，里边却有人说话。他推门进去，看见党、团支委，正、副社长全都在场。金生见他来势很猛，问他什么事，他说："我要和能不够离婚！请调解委员会给我写个证明信！"金生笑了笑说："好吧！待一会让永清叔给你们调解调解！你且回去吧！现在这里正开着个很重要的会议！等这里完了再说吧！""不能分出个人来吗？""不能。这次会议太重要了！"袁天成听金生这么说，也只好走出来。他返到院里，正碰上满喜走进去。

满喜说："叔叔！不要闹了！婶婶说她愿意拉倒！"袁天成说："不行！她愿意也不行了！这次总得弄个彻底！等这里的会开完了，马上就要谈我们的事！"说着就往外走。

满喜总算个好心肠的人。他平常不赞成能不够，只想让她吃点亏，这次能不够自动让步了，他就又诚心诚意帮着她了事。他跟在袁天成后边劝袁天成私下了一了拉倒，不要再到调解委员会去。他们一出旗杆院大门，能不够看见他们就放了心，没有等他们走到跟前自己便息了旗鼓低着头走回家去。满喜劝天成丢过手仍然去打场，天成说："不不不！你请回去吧！场不打了！这次要拉倒了，以后的日子还长着哩！"说着也往自己家里走。满喜见劝不下他，也跟着他到他家里去。

小俊自从她妈走出去之后，对外边传来的消息也放心不下，也学了她妈的办法关起大门来躲在门里听流言,直到她妈回来叫门她才把门开开。门开了,满喜和天成也正赶到。

满喜看见小俊的眼圈子有点红,顺便问了一声"二嫂你怎么……",不过话一出口就想到叫得不对,同时发现小俊的脸一下子就红到脖子根,才赶紧改口说:"对不起,我怎么又乱叫起来了!"小俊没有回话,低下头去。满喜不好意思再看她的神色,似乎看见滴下几点泪来。

能不够什么也没有说,走进去了。袁天成什么也没有说,也走进去了。满喜再没有说什么,也走进去了。小俊觉着奇怪:"爹不是打场去了吗?怎么空手回来了?妈向来是不参加打场的,怎么跟爹相跟着回来?要说他们吵过架吧,妈的脸上怎么没有一点杀气?满喜一脸正经的样子跟着他们,又是来干什么?"她正东猜西猜摸不着头脑,恰好碰上她十三岁的弟弟也揉着眼睛赶回来。她拉住弟弟问了半天,才大体问明了她爹妈在场上发生的事故——至于到旗杆院去的一段,连她弟弟也不清楚了。

问明了这段情况,她拉着弟弟哭起来。她妈出去以后,她躲在门里听到的评论,大体上和她妈听到的差不多,特别刺到她的痛处的,是"一头抹了、一头脱了"这句话。这是地方上一句俗语,说的人特别多,一小会就听到好几遍。她和玉生离婚以后,想起玉生的时候常有点留恋,只是说不出口来。她每逢出现了这种心情,就觉着她妈的指导不完全正确,自然有时候难免对她妈有点顶撞。她妈觉察到这一点,所以趁她舅舅来给菊英分家的时候就抓紧机会给她包揽有翼这股头。这件事合了她的心事。她想要是能捞到一个中学生,也算对玉生一种报复,不想事情没有弄成,自己要捞的这个中学生没有捞到手,反让玉生捞到个中学生,正好是"一头抹了、一头脱了"。要不声张出去还好,偏是过了礼物又让人家顶回来,弄得她更没法再出面见人。她听弟弟说爹生了大气要和妈离婚。她想真要那样的话,自己和妈妈就会变成一对再也没有人理的人物。她正一边哭着一边想这些事,忽然听得她爹又在里边嚷起来,便拉着弟弟赶紧跑回去。

原来正当小俊在门道下前前后后思想自己的道路时候,袁天成和能不够也正在满喜的监督下开始了谈判。满喜让双方提出今后的条件来作为讨价还价的根据,能不够便先提出今后不得再在外边败坏她的名声。她才提了这么一条,袁天成就恼火了。袁天成说:"你还要提你那好名声?是我败坏了你的名声?我的名声早被你败坏得提不得了,我找谁去?你要是什么洋理也不要抓,老老实实检讨你的错误,咱们就谈,再要胡扯,咱们就散!"能不够怕的就是这个"散"字。天成提到这个字,她就又老实了一点。她说:"这么着吧:你说我说得不对,你先说好不好?"天成说:"我就先说:听上你的鬼主意,留下那么多的地,通年只在社里做了五十个工,家里的地也种荒了,叫我受了累、减了产,还背上个'资本主义思想'的牌子。你说我冤不冤?你不参加劳动,也不让小俊参加劳动,把我一个人当成老牛,忙不过来的时候去央告别人帮忙。你也睁开你那瞎眼到地里、场里去看看!看人家别的妇女们谁像你们母女俩?妇女开会、学习你都不参加,也不让小俊参加,成天把小俊窝在你的炕沿上,教她一些人人唾骂的搅家婆小本事。人家玉生是多么好的一个小伙子,你偏挑得小俊跟人家离了婚!人家又和灵芝订婚了,你教的这个好徒弟结了个什么茧?"这一下又刺到小俊的痛处,说得她顾不得怕满喜笑话,就哭出声来。天成接着说:"你鼻子、嘴都不跟我通一通风,和你那常有理姐姐,用三十年前的老臭办法给孩子们包揽亲事,如今话也展直了,礼物也过了,风声也传出去了,可是人家有翼顶回来了,我看你把你的老脸钻到哪个老鼠窟窿去?"能不够说:"我的爹!你少说几句好不好?对着人家满喜尽说这些事干吗呀?"天成说:"你还嫌臊吗?'要得人不知,除非己不为'!满喜要比你我都知道得早!"满喜说:"算了算了!话说知了算拉倒!从前错了,以后往对处来!咱们大家休息休息,还是去收拾场里的谷子吧!"天成说:"不行!还不到底!"能不够说:"你不论说什么都由你一个人说,我一句也没有打你的岔,难道还不到底吗?我的爹!怎么样才能算到底呢?"天成说:"怎么样?听我的:明年按社章留自留地,把多余的地入到社里去;你和小俊两个人当下就跟我参加劳动,

319

先叫你们来个'劳动改造',以后学人家别的妇女们参加到社里做工去!要你们参加开会、参加学文化,慢慢都学得当个'人',再不许锻炼那一套吵架、骂人、搅家、怄气的鬼本领!你听明白了没有?一条一条都照我说的这样来,咱们才能算到底;哪一条不答应,都得趁早散伙!"能不够想:"咦!这老头儿真的是当过老干部的,说出来的话一点空儿也不露!我操典了他多半辈子,想不到今天他会反扑我这么一下!要是完全听他的,以前的威风扫地,以后就再不得为王;要是再跟他闹翻了吧,看样子他已经动了老火,下了决心,说不定真敢和我离婚、分家……"她正考虑着利、害、得、失,调解委员会就打发人来叫他们来了。

来叫他们的人说刚才的重要会议已经结束,调解委员们留在旗杆院准备给他们调解这场争执。满喜对来的人说:"你回去请委员们散了吧!就说他们自己已经调解了!"天成说:"请你等一等!"又向能不够说:"你说句清楚的!我说的那些你要是都答应,咱们就打发人家回去;要是还想打折扣的话,咱们趁早都往旗杆院去!"能不够想:"我真不该到场里去找你这一趟呀!"她说:"好吧!我都听你的就是了!""找你的保人!""自己家里个事怎么还要保人呀?""不搁上个外人,过不了一夜你就又忘了!"能不够看了看满喜说:"满喜你保住我吧!"给他们和解,满喜倒还热心;要让他当保人的话,他便有点踌躇——他知道能不够的话,不是说一句抵一句的。小俊说:"满喜!你行点好!说句话吧!"天成看了能不够一眼说:"看你那牌子怎么样?"又向满喜说:"满喜你只管答应她!不要怕!我不是真要谁保她不后犯,只要中间有个人能证明今天我跟她说过些什么就行了。有这样一个人作个证明,一日她不照我的话来,我跟她散伙就成了现成的事!你明白吗?"满喜说:"好!婶婶我保你!"

天成向叫他们的那个人说:"你回去请委员们散了吧!就说满喜给我们调解了!"

满喜说:"起响了(即睡午觉时间过去了),我还要给大年收玉蜀黍去。"

三十　变糊涂为光荣

灵芝和玉生订过婚，有翼和天成革了命的第二天（九月二十号）又是个休息日，上午又是在旗杆院前院搭起台开大会。

早饭以后，大家正陆续往旗杆院走的时候，干部们照例在北房里做开会的准备。

这天负责布置会场的是灵芝。灵芝参加这次布置工作的心情和以前不同——因为休息日是社里的制度，社外人只是自由参加，上次她还是社里用玉梅换来帮忙的工，这次她爹已经入了社，她又和玉生订了婚，娘家婆家都成了社里的人，她便感觉到她是主人，别人也觉得她不止是会计，而且是社里的秘书。

台后的布幕中间，并排挂着一张画和一张表——画还是老梁的三张画中的第二张，准备讲到开渠问题说明地点时候用；表是说明近十天来扩社成绩的，是灵芝制的，为了让远处也看得见，只写了几行大字，说明户口、土地、牲畜等和原来的比较数字。

先到的人们，一方面等着别人，一方面个别地念着："……原五十户、增七十一户、共一百二十一户……原七百二十亩、增一千二百一十五亩、共一千九百三十五亩……原五十八头、增……"

一会，人到得差不多了。有人问灵芝说："怎么还不开会？"灵芝告他们说因为魏占奎到县里去取个重要的东西还没有回来。灵芝问八音会的人都来了没有，有人告她说只缺个打鼓的。打鼓的就是外号叫"使不得"的王申老汉。灵芝又问王申的孩子接喜，接喜说："他身上有点不得劲，不会来了。"另外有知道情况的人说："有什么不得劲？还是思想上的毛病！"灵芝说："思想上没有什么吧？他已经报名入社了！"又有人说："就是因为那个才有了毛病！"灵芝把他们的话反映给在北房里开会的干部们，金生和张永清都忙着跑到台上来问，才问明了毛病出在张永清身上。

原来十号以后，参加在沟口那个小组里讨论扩社问题的干部是张永

321

清。有个晚上，王申老汉说他不愿意和大家搅在一块做活，张永清说："组织起来走社会主义道路是毛主席的号召。要是不响应这个号召，就是想走蒋介石路线。"到了报名时候，王申老汉还是报了，不过报过以后又向别人说："我报名是我的自愿，你们可不要以为我的思想是张永清给打通了的！全社的人要都是他的话，我死也不入！我就要看他怎么把我和蒋介石那个王八蛋拉在一起！"

问明情况之后，金生埋怨张永清说："你怎么又拿大炮崩起人来了？是光崩着了这位老人家呀，还是也崩着别人了？"没有等他回答，沟口那些人说："没有崩着别人，因为别人表明态度在前！"张永清说："这我完全没有想到！我得罪了人家还是我自己请他去！"说着就要下台。金生说："你不要去了！咱们还有要紧事要谈！我替你找个人去，等请来了你给老汉赔个情！"他向台下问："我爹来了没有？"宝全老汉从团在一块吸烟的几个老汉中间站起来说："来了！"金生便要求他替张永清去请王申老汉去，别人也都说他去了管保请得来。宝全老汉去了。

金生和永清正要返回去，有翼站起来说："现在还能不能报名入社呢？"金生说："当然可以！你们家也愿意入了吗？""不！光我入！我就要和家里分开了！"金生看见有余也在场，就问有余说："有余！怎么样？你们已经决定要分了吗？"有余无可奈何地看了有翼一眼说："唉！分就分吧！到了这种出事故的时候了！"金生说："你们分家的事我不太了解，不过我可以告你说社里的规矩：在每年春耕以前，不论谁想加入，社是不关门的！"

小反倒袁丁未站起来说："我也要报名！我的思想也打通了！"金生也说可以，满喜喊了一声"不要！"金生向满喜说："应该说欢迎，怎么说不要呢！"满喜说："他昨天把他的驴卖了！"永清说："那自然不行了！"金生说："本来到银行贷款买牲口也跟把你的牲口给你作价出息一样，只是你既然这样做，就证明你不信任社。要收一个不信任社的社员，对社说来是不起好作用的！迟一迟等你的思想真正打通了再说吧！"有人说:"迟迟也不行!想入社他再买回个驴来!"又有人说:"把驴价交出来也行!"小反倒说:"把驴价交出来也可以!一百万块钱原封未动一个也没有花!"范登高说:"一百万?闭住眼睛也卖它一百五十万!"小反倒说:"不不不!真是一百万!税款收据还在我身上!"满喜说:"你就白送人吧还怕没有人要?"登高问:"卖给谁了?"小反倒说:"买主我也认不得!有余他舅舅给找的主!"有人说:"老牙行又该过一过年了!"金生说:"这样吧:你的思想要是真通了,卖了一百万就交一百万也行!反正交多少就给你按多少出利!"小反倒两眼瞪着天不说话了。满喜又问他说:"想什么?五十万块钱只当放了花炮了!要入社,少得上五十万本钱的利息;要不入,再贴上五十万还买不回那么一个驴来?"别的人都乱说:"放花炮还能听听、看看","要卖给我我出一百六十万","小反倒不会再去反倒一下"……

大家正嚷嚷着,魏占奎回来了。张永清先问魏占奎:"领来了没有?"魏占奎说:"领来了!"金生又向小反倒说:"入社的事你考虑考虑再说吧!不忙!离春耕还远哩!"说了就和张永清、魏占奎相跟着往幕后边走。金生说:"就叫有余来吧!"张永清说:"可以!"金生回头把马有余也叫进去。

马上开不了会,大家等着无聊,青年人们便拿起八音会的锣鼓打起来。打鼓的老王申还没有来,吹喇叭的张永清只顾得和别的干部们商量事情,短这么两个主要把式,乐器便奏不好,好多人换来换去,差不多一样乱。

正吹打着,马有余从幕后出来了。他低着头,脚步很慢,跳下台来不找自己的座位,一直往大门外去。有人问:"你怎么走了?"他说:"我有事!回去一趟。"

女副社长秦小凤,手里拿着个红绸卷儿,指着北房问灵芝说:"他们都在里边吗?"灵芝点点头,她上了台进幕后去了。她拿的是刚刚做好的一面旗子,拿到北房里展开了让大家都看活儿做得整齐不整齐。不协调的锣鼓在外边冬冬当当乱响,大家说讨厌,张永清说:"这算好的!这鼓是接

323

喜打着的,他比他爹自然差得远,不过还不太使不得。"他正评论着接喜的手法,忽然听得鼓点儿变了样。他高兴得说:"王申来了!我先给人家赔情去!"说着便跑出去。金生说:"咱们一切都准备好了!出去开会去吧!"

开会了。第一项是金生的讲话。他先简单报告了一下扩社的情况,然后提出个国庆节前后的工作计划草案。他代表支部建议把九月三十号的休息日移到十月一号国庆节;建议在国庆节以前这十天内,一方面社内社外都抓紧时间把秋收、秋耕搞完,另一方面把开渠的准备工作做完;在国庆节以后、地冻之前,一方面社内社外抓紧时间开渠,另一方面在社内评定新社员入社的土地产量、作出新社员入社牲畜农具的价钱,定好明年的具体生产计划。接着他又把支部对这些工作想到的详细办法谈了一下。他说:"这是我们党支部提出的一些建议,希望大家补充、修正一下,作为我们这十天的工作计划。"

他讲完了,大家热烈地鼓掌拥护。不常来的老头们也都互相交头接耳举着大拇指头说:"有学问!""不简单!"……

第二项是选举开渠的负责人。金生提出个候选名单草案来让大家研究。他说:"我们开渠的筹委会建议把这条总渠分成五段动工。"接着便指着画面上的地段说:"龙脖上前后,包括刀把上在内算一段。三十亩到村边算一段。黄沙沟口左右算一段。下滩靠山根分成南北两段。为了说着方便,咱们就叫刀把上段、三十亩段、沟口段、山根一段、山根二段。刀把上段短一点,因为要挖得深。山根二段也短一点,因为要把渠床垫高。除此以外还有两处特别工程:一处是龙脖上的石头窟窿,一处是黄沙沟的桥梁。这两处要用匠工,所以不算在各段内。"接着就念出正副总指挥、总务、会计、五段和两处正副主任的名单,其中总指挥是张乐意、副总指挥是王玉生、总务是王满喜、会计是马有翼、石窟主任是王宝全、桥梁主任是王申。大家听了,觉着这些角色都配备得得当。有人提出金生自己也应参加指挥部,金生说到那时候还有社里评产量、订计划那一摊子，所以自己不能参加。念完名单接着就发票选举。

在投票之后开票之前，马有余领着马多寿来了。这老头从来不参加会议，他一来，会场人的眼光都向着他，查票的人也停了工作看着他走到台下来。有爱和他开玩笑的老头说："糊涂涂你不是走迷了吧？"金生向大家说："欢迎欢迎！把老人家招呼到前边来坐！"大家给他让开了路，又在前排给他让出个座来。

马多寿还没有坐下去先向金生说："我这个顽固老头儿的思想也打通了！我也要报名入社！"还没有等金生答话，全场的掌声就响成一片。和他开玩笑的那个老头站起来朝天看了看说："今天的太阳是不是打西边出来的？"另一个老头站起来说："不要开玩笑了！我们大家应该诚心诚意地欢迎人家！"大家又鼓了一番掌。这个老头接着又说："人家既然入了社，和咱们走一条路，我建议以后再不要叫人家'糊涂涂'！"大家喊："赞成！"金生说："这个建议很好！咱们应该认真接受！"马多寿想："也值得！总算把这顶糊涂帽子去了！"

监票人查完了票，宣布了选举结果——原来提出的人完全当选。大家自然又来了一番鼓掌。

金生说："最后一项是宣布一件喜事！有翼他二哥马有福，把他分到的十三亩地捐给咱们社里了！刀把上的三亩也在内！"全场的掌声又响起来。好多人觉着奇怪，互相问是怎么一回事。金生在台上接着说："事情的经过是这样：在菊英分家的时候，有人见马家刀把上那块地写在有福的分单上。社干部们商量了一下，给有福写了这么一封信。"说着取出一沓纸来，在中间挑出那信稿念："'有福同志：我们社里，要和全村散户合伙开水渠，渠要经过你们刀把上的三亩地，你们家里把这块地在十年前就分在你名下了。有人说这分单是假的，我们看来不假，现在附在信里寄给你看看！我们向你提出个要求，请你把这块地让出来。你愿意要地，村里给你换好地；你愿意得价，村里给你作价汇款；你愿意得租，村里就租用你的。这三种办法，请你选择一下，回我们一封信。为了咱村的生产建设，我们想你一定是会答应我们的！敬礼！三里湾农业生产合作社。一九五二年九月六日。'到了昨天下午，接到有福的回信。我也念一念：'正副社长并转全体社员、全村乡亲们：你们集体生产建设，走社会主义道路，我很高兴。我现在是县委会互助合作办公室主任，每天研究的尽是这些事，请你们多多告诉我一些模范先进经验。分单字迹是我表伯父写的，不会是假。我现在是革命干部，是机关工作者。这工作是我的终身事业，再也没有回三里湾种地去的机会。现在我把我分到的土地全部捐到咱村的社里，原分单也附还，请凭分单到县里领取土地证。至于分单上的房屋，一同送给我的哥弟们重新分配——因为他们的房子不多。我已经另给我父亲写信说明此事，请你们和他取得联系。你们接受之后，请来信告我。敬礼！马有福。九月十三日。'"念完这封信，大家又鼓了一次掌。金生又取起一张纸来说："这是派魏占奎到县里领来的土地证！"掌声又响起来。

原来头天上午有余接到的那封信，也是说这事；党团支委和正副社长开的紧急会议也是讨论这事。

在紧急会议时候，金生主张当下就去和马家联系，可是大家主张先领回土地证来再联系。大家是怕马家节外生枝，金生虽然觉着那样做有点不大正派，但不是什么大的原则问题，也没有再争论。

马多寿接到信后，也和有余商量了一个下午，结果他们打算等社里打发人来说的时候，再让有余他妈出面拒绝。到了这天开会之前，魏占奎拿回土地证来，干部才把有余叫进去，向他说明经过，并且说准备给他们送旗，叫他回去动员马多寿来参加会议。

马有余回去一说，马多寿觉着再没了办法。常有理说："不要他们的旗！送来了给他们撕了！"马多寿说："算了算了！那样一来，土地也没有了，光荣也没有了！"

马多寿又让有余算了算账：要是入社的话，自己的养老地连有余的一份地，一共二十九亩，平均按两石产量计算，土地分红可得二十二石四斗；他和有余算一个半劳力，做三百个工，可得四十五石，共可得六十七石四斗。要是不入社的话，一共也不过收上五十八石粮，比入社要少得九石四斗；要是因为入社的关系能叫有翼不坚持分家，收入的粮食就更要多了。马多寿说："要光荣就更光荣些！入社！"

马多寿决定了入社，就到会场上来。

让大家看过土地证，金生接着说："干部捐了土地，他的家属是很光荣的——现在老汉又要报名入社，更是光荣上加光荣了。我们一夜工夫赶着做了一杆光荣旗，现在咱们打着锣鼓到马家送一送好不好？"大家鼓掌赞成。王申老汉又拿起他的鼓槌，张永清从台上跳下来拿起喇叭，别人也都各自拿起自己吹打的乐器，吹打起来，秦小凤打着红绸旗走在前面，大家离了旗杆院往马家院来。马家的大黄狗被乐队的大声镇压得躲到北房的床下去。

马家也临时在供销社买了一些酒，炒了几盘菜，举行了接待的仪式。

在互相应酬的中间，张永清向多寿老婆说："老嫂子！从前我得罪了你，今天吹着喇叭来给你赔个情。你在县人民法院告我的状子，法院里又要我们的村调解委员会再调解一下，假如调解不了，他们再受理。我想过一两天再请你老嫂子谈谈！"多寿老婆说："拉倒！还有什么要谈的呢？"

三十一　还是分开好

二十一号晚上，秦小凤召开了一次村妇联的全体大会，动员妇女尽可能参加开渠工作，会后向金生去汇报。

这时候，孩子们都睡了，玉梅帮着她大嫂给大胜做棉衣，金生也才开过统计男劳力的会议回去。

金生问小凤动员的结果，小凤说："要是把看小孩和做饭的两个问题能解决了，可以动员到八十个人参加；解决不了，只能参加四十二个人。"

看小孩问题谈得有点眉目：有人提议在后院奶奶家和黄大年家成立两个临时托儿所，奶奶和大年老婆也都愿意，另外还动员了几个帮手，看来不成问题。做饭问题，有人提议成立临时食堂，让那些没有人替她们做饭的青年妇女连她们的丈夫，在开渠时候都到食堂买饭吃，不过开食堂就要准备房子、家具、米面、做饭的人，光妇女办不了。"金生说："这个我明天可以和村里商量一下，也许可以办成。还有没有别的问题？"小凤说："在这方面没有了。另外还有个奇怪问题，我马上答复不了。"

金生问她什么问题，她说："根本没有参加过会的多寿老婆、有余媳妇、天成老婆和小俊今天晚上都到了。小俊也报名参加开渠。多寿老婆要求咱们干部们给他们和一和家。你说该怎么答复呢？"金生问："她是不是还想让菊英回去？"小凤说："那个她倒没有提，可是有翼还要往外分哩！"金生说："他们家入了社了，有翼还要分吗？"小凤说："就是还要分！"金生媳妇看了看玉梅说："玉梅！这可是你弄下的麻烦吧？"玉梅说："我不给他们弄这点麻烦，他们以后可就把我麻烦住了！"金生对有翼从家里冲出来到地里找玉梅的事也知道一点风声，便问："你们说是什么时候的事？"金生媳妇说："今天！"金生向玉梅说："玉梅！你这就不对了！人家已经入社了，你为什么还要提那个条件？"玉梅说："入社是一回事，家里又是一回事！我斗不了常有理和惹不起！"金生说："以后再不要叫人家这些外号了！人是会变的，只要走对了路，就会越变越好！"玉梅说："可是在她们还没有变好以前，我怎么对付她们呢？他们家的规矩是一个人每年发五斤棉花不管穿衣服，我又不会织布，穿衣服先成问题。我吃的饭又多，吃稀的又不能劳动，饭又只能由他们决定，很难保不饿肚。我是个全劳力，犯得着把我生产的东西全交给他们，再去受他们的老封建管制吗？"金生说："你知道人家还要照那样老规矩办事吗？"玉梅说："可是谁能保他们马上会变呢？我还没有到他们家，难道能先去和他们搞这些条件吗？到了他们家他们要不变，不是还得和他们吵架吗？"金生说："他们要不变，正需要你们这些青年团员们争取、说服他们！难道你们只会吵架吗?"玉梅笑着说:"大哥最会考虑问题,这一次怎么糊涂了呢?""我什么地方糊涂了?""你想:菊英分出去了,有翼再分出来,剩下的就只有他爹妈和他大哥大嫂。他大哥和他爹妈是一股劲,他大嫂谁也惹不起,他们还拿那老封建规矩去管制谁去?只要分开家,那套老封建规矩自然就没处用,也不用争取、说服,也不用吵架,自然就没有了。那不比先让他们管制起来然后再争取、说服省事吗?"小凤说:"我觉得玉梅说得对。前十几天调解委员会主张让菊英分出去,不跟这道理一样吗?菊英自分出去以后,不是果然不受他们的气了吗?他们那些封建老规矩,在菊英身上不是没有用处了吗?"

金生说:"咱们还是从各方面想一想:他们家里现在的情况和菊英分家那几天有个大不相同的地方——那时候,他们不止不愿走社会主义道路,反而还想尽办法来阻碍别人走社会主义道路;现在他们报名入了社,总算是进了一大步。有翼在这时候还要坚持分家,不是对这种进步表示不信任吗?对马多寿不是个打击吗?"玉梅说:"又不是怕他退社才跟他分家,怎么能算不信任?分开了对他们没有一点害处,怎么能算打击?咱们社里人们不是谁劳动得多谁享受得多吗?要不分开,我到他们家里,把劳动的果实全给了他们,用一针一线也得请他们批准,那样劳动得还有什么趣味?分开了,各家都在社里劳动,自然都走的是社会主义道路;要不分开,给他们留下个封建老窝,让年轻人到了社里走社会主义道路,回到家里受封建管制,难道是合理的吗?"金生说:"照你那样说,这一年来,小俊在咱们家里闹着要分家,反而也成了合理的了——人家也说是犯不上伺候咱们一大家,也是嫌吃饭穿衣都不能随便。"玉梅说:"那怎么能比?咱家都是一样吃、一样穿,没有那些老封建规矩;小俊在咱家又不愿意劳动,又想吃好的穿好的,自然是她的不对了。就是那样,后来还不是你同意她和我二哥分出去了吗?我觉着弟兄们、妯娌们在一块过日子也跟互助组一样,应该是自愿的——有人不自愿了就该分开。"

金生对玉梅的回答很满意。像马家这种家庭,在他们没有入社以前,

329

金生本来是主张"拆"的,可是人家现在报名入社了,他还没有顾上详细考虑这问题,所以当秦小凤一提出来,他觉着是不分对,可是和玉梅辩论了一番之后,又觉着是分开对了。不过他还顾虑到一个问题,就是怕伤了老一代人的心。他向小凤说:"玉梅说得很有道理。这种大家庭是不能鼓励人的劳动积极性的。不过这样分家的事太多了,会不会让一般老人们伤心呢?孩子们一长到自己能生产了就都闹着分家,剩下不能劳动的老人谁负责呢?"没有等小凤答话,玉梅便说:"这个很不成问题!谁也舍不得把他的爹妈扔了!就像马家,只要分开了,有翼和我两个劳动力,完全养活他们老两口子都可以。只要他们老两口子愿意跟我们过,管保能比他们现在吃的好、穿的好!"金生媳妇没有参加他们的辩论,可是听了玉梅这几句话,便笑着插话说:"那不又和不分一样了吗?"玉梅说:"那可不一样:我们又不是怕他们穿衣吃饭,只是不愿意让他们管制!那样一来,他们便管制不着我们,我们让他们痛快一点还能争取他们进步。"金生媳妇说:"你的弯弯儿可真多!"金生和小凤也暗自佩服玉梅的脑筋。

金生向小凤说:"讨论了半天还是分开对!你明天就误上半天工夫给他们调解一下吧!马多寿老两口子愿意跟哪个孩子过日子,完全可以由他们自己选择。"

三十二 接线

第二天(二十二号)上午,范登高这个互助组在刀把上给满喜收玉蜀黍,马家因为有小凤给他们去调解家务,没有人来;只有黄大年夫妇、袁丁未、玉梅、范登高和满喜自己——一共六个人。

前边提过:刀把上靠龙脖上的第一块地是马家的,往南紧接着就是袁天成的地。这地方的地势比北边宽了一点,满喜的地在东边的岸边上,和天成的地并排着。这天上午,天成也领着小俊在地里割豆子。

大约十点来钟的时候,宝全老汉、玉生、县委老刘、副区长张信和测量组走的时候留下来的一位同志，五个人靠着山根，走过袁天成的地、马家的地，上了龙脖上，去测算石窟要打多么深。

小俊一看见玉生，又引起了自己的后悔，眼光跟着玉生的脚步走，一会就被眼泪挡住了。她偷擦了一把泪，仍然去割豆子，可是豆子好像也跟她作对，特别刺手。黄豆荚上的尖儿是越干、越饱满就越刺手。在头一天他们割的是南半截地的。南半截地势低，豆秆儿长得茂盛，可是成色不饱满，不觉太刺手；今天上午来的时候，因为露水还没有下去，也不大要紧；这时候剩下的这一部分，豆的成色很饱满，露水也晒下去了，手皮软的人，掌握不住手劲的人，就是有点不好办。小俊越不敢使劲握，镰刀在豆秆根节一震动，就越刺得痛，看了看手，已经有好几个小孔流出鲜血来。她看到玉生本来就有点忍不住要哭了，再加上手出了血，所以干脆放下镰刀抱着头哭起来。天成老汉问她为什么哭，她当然不说第一个原因，只说是豆荚刺了手。被豆荚把手刺破，在庄稼人看来是件平常事，手皮有锻炼的人们也很难免有那么一两下子，谁也不会为这事停工。天成老汉见她为这个就哭得那么痛，便数落她说："那也算什么稀罕事？你当什么东西都是容易吃到的？你只当靠你妈教你那些小本领能过日子？不想干了回去叫你妈来试试！她许比你的本领还大点！……"小俊不还口，只是哭得更响一点。

玉梅向满喜说："满喜哥你听！我二嫂又和她爹生气了！"满喜说："还是二嫂？""可不是！又乱叫起来了！""我也乱叫过。""快去给人家调解调解！你还是人家的保人哩！"满喜总算个好心肠的人，真给他们劝解去了。

满喜问明了一半原因说："劳动也不是一天就能练出功夫来的！不能从割豆子开头！咱们临时换一换手——我替你割一阵子，你去替我劈玉蜀黍！"天成觉着不便让满喜来替自己女儿做这刺手的工作，便说："不要了！这就快完了！让她慢慢自己来，割一根算一根！我又不逼她！"满喜说："还是换换吧！她马上干不了这个！"他们商量好了，天成便叫小俊到满喜的地里来。

小俊一到满喜地里，先分析着地里的人以便选择自己工作的地点：拿着镰刀割的是范登高和黄大年，割倒了放在地上还没有劈下来的一共只有三个铺（即三堆），每铺横面坐着一个人——袁丁未、大年老婆、玉梅；袁丁未是个中年人，在她说来算长辈，虽说这个长辈也常被青年人奚落，可是自己和人家不太熟惯；玉梅虽然跟自己熟惯，可是自己和玉生离了婚，和玉梅到一处没有说的，又想到万一玉梅要顺口叫声"二嫂"，自己更觉不好看；挑来选去，只好和黄大年老婆对面坐下，共同劈着一铺。大年老婆见她把一双玲珑可爱的眼睛哭得水淋淋的，觉着有点可怜，劝慰她不要着急，慢慢锻炼，又告她说怎样把玉蜀黍的轴根连秆握紧用另一只手把轴一推就下来了。

　　这时候，玉生站在龙脖上和下边的人拉着一根绳子正比量什么。玉生喊着"左一点""右一点"，小俊偷偷看了一眼，紧接着滚下了几点泪珠，还没有来得及擦，已被大年老婆看见。大年老婆猜透了她的心事，更觉她可怜。大年老婆想给她介绍个对象，一边劈着玉蜀黍，一边数算着村子里未订婚的青年男子，想来想去，想出一个人来。大年老婆等小俊刚才的心情平息下去，故意把口气放得平淡淡地向她说："小俊！再给你介绍个对象吧？"小俊这会的心情已经平静了好多，只叹了一口气说："婶婶呀！人家谁还会把咱当个人呢？"说了这么一句话，才平静下去的心情又觉有点跳动，跟着就又来了两眶子眼泪，不过这一次控制得好，没有流出来。大年老婆用嘴指了指西边地里说："你觉着满喜怎么样？"

　　小俊一想到玉生，觉着满喜差得多；可是撇开了玉生，又觉着满喜不错——做活那股泼辣劲，谁看见都不得不服；虽然好说怪话、办怪事，可是又有个好心肠。她和玉生离婚以后，不记得什么时候，满喜的影子也从她脑子里很快地溜过一次，那时候也想到满喜这些长处，不过因为那时候的思想不实际，希望着她妈能把她和有翼的事包办成功，再加上那时候她家还留着那么多自留地，满喜也没有入社，把她家的地和满喜的地一比，觉着满喜是穷光蛋，提不到话下，所以只那么一溜就过去了。

现在她爹要把多留的地入了社,满喜也入社了。她在玉生家住过一年,别的进步道理虽说没有接受多少,入了社的人穷富不在土地多少却知道得很清楚,所以又不觉得满喜是穷光蛋了。至于满喜这个人,从各方面比起来要比有翼强得多,这个道理她仍不能了解,总还以为有翼好,不过有翼已经公开声明不愿意和她订婚,她也就断了那股念头。她从这各方面一想,心眼儿有点活动。

大年老婆见她一大会没有答话,从神色上看到她没有反对的意思,便继续和她说:"你要是觉着可以的话,我就和满喜提一提!"小俊马上还答不出话来,停了一阵,她无精打采地说:"婶婶!还是不要提吧!提一下谁知道他要说出什么怪话来呢?"大年老婆说:"不怕!他在我跟前不会说出什么怪话来!"小俊说:"可是他要到别处去说呢?"要想叫满喜绝对不说怪话,大年老婆也不敢保险,所以马上也回答不出,只笑了一笑。就在这时候,她们两个人已经把一铺玉蜀黍劈完,大年和登高已经另外割倒了好几铺,两个人便各自转移到一个铺边去了。

过了一会,龙脖上那几个人做完了事往回走,袁丁未叫住了走在后边的张副区长,问他卖出的驴被老牙行李林虎屈了价,能不能去找后账。张信早恨李林虎他们几个流氓不该借着几头破牲口,成天在临河镇集上掉来换去骗农民的钱,但是他对袁丁未这个小反倒在入社之前抢着卖驴,也没有好感,便先批评他说:"没有像你这样的人供给那些流氓吃饭,也早把他们饿得改行了!"袁丁未说:"那一回已经做错了,现在还能不能从他手里把驴倒回来呢?"张信说:"只要你能证明他是转卖了的话,可以和他讲讲道理!牲口是叫卖给农民用的,不是叫他们当成人民币在市上流通着扰乱市价的!"

天成的黄豆割完了。天成向满喜道过谢,满喜便回到自己地里。满喜让小俊回去,天成还说再让小俊多给他做一会。满喜说:"回去吧!我们的也快完了!"

小俊走后,大年老婆把满喜叫到跟前说:"满喜!给你介绍个对象吧！""哪里的？""还是三里湾的！""谁？""小俊怎么样？""我又不是收破烂的！""你这孩子！人家就怕你说怪话！人家这两天不是也转变了吗？玉梅不是说过你是保人吗？""我保的是她妈！""连她妈么么个人你还敢保哩！青年人不是更会转变得快吗？"满喜也觉着刚才那怪话不该说——他想："不论算不算对象，人家既然觉悟了，知道以前不对了，为什么还要笑话人家呢？"他说："婶婶！我是跟你说着玩的！可不要让人家知道了！"大年老婆见他转了点弯，便劝他说："满喜！我看你可以考虑考虑！那闺女长得蛮好看，也很伶俐，只要思想转变好了，还是个好闺女！"满喜想了想笑着说："可是她妈骂过我，说叫我一辈子也找不下个对象，我怎么反能去找她呢？"玉梅隔着个铺，早就听见他们谈的是什么，听到这里也插话说："她说叫你一辈子找不下对象，你把对象找到她家里去，不是更叫她没有话说吗？"大年老婆也开着玩笑说："真要成了亲的话，你这个当女婿的不简单——还给丈母当过保人！"

最后玉梅说："满喜哥！婶婶给你们把线接通了！你们以后自己联系吧！"

三十三　回驴

这一年是个闰五月，所以阴阳历差的日子很远——阳历的九月三十号才是阴历的八月十二。临河镇每逢阴历二、五、八有集，这天因为离得中秋节近了，所以赶集的特别多。

三里湾这几天因为突击秋收、秋耕、准备开渠，赶集的人虽说不是太多，不过有事的总得去：王满喜当了开渠指挥部的总务，要去买些开渠用的东西；张信接到区公所的通知，要回区里汇报工作；袁丁未仍然挂念着他卖出去的驴，要到集上打听驴的下落（这已经是第三次了）；其余还有六七个人，也都各有各的事。一行十来个人，这天早上离了三里湾到临河镇来。集上人很多。他们一到，就都挤进人丛里，散开了。

满喜买的尽是些笨重东西——抬土的大筐、小车上的筐子、尖镐、大绳、大小铁钉……沉沉地挑了一担在人群里挤着往外走,迎头碰上了丁未。丁未说:"满喜!我找着我的驴了!"满喜问在哪里,丁未说:"还在牲口市场拴着哩!有个东山客正跟李林虎搞价!""你打算找他吗?""我也没有主意,不知道追得回来追不回来!""咱们去看看情况再说!"他替满喜拿了两只筐子,让满喜的负担减轻了一点,两个人就相跟着往牲口市场来。

牲口市场在集市的尽头接近河滩的地方,是个空场,钉了些木桩,拉着几根大绳,大绳上拴着些牛、驴、骡、马。进了场的人,眼睛溜着一行一行的牲口;卖主们都瞪着眼睛注意着走过自己牲口跟前的人们;牙行们大声夸赞着牲口的好处,一个个忙乱着扳着牲口嘴唇看口齿,摸着买卖各方的袖口搞价钱。场外的人围了好几层,很不容易找到个缺口。丁未把满喜引到离自己的驴不远的场外一个地方,挤了个缺口指给满喜自己的驴在什么地方。

这时候,给丁未的驴当卖主的是个十五六岁的孩子,李林虎正和他对着袖口捏码,小孩摇着头说:"不卖!不卖!"丁未悄悄和满喜说:"不行了!这牲口已经倒了户了!买我的驴的是个三十多岁的大个儿!"满喜也悄悄跟他说:"照我看来都是李林虎一个人搞鬼!要是别人买了再卖的话,那么多的牙行,怎么恰好就又找到他名下了?"这时候,李林虎又和东山客捏了一回码,回头又向小孩捏了一回说:"行了!你让人家牵走吧!"说着便把缰绳解下来给东山客。小孩抢过缰绳来说:"不卖不卖!卖了我回去没法交代!"李林虎又把手伸进小孩的袖口说:"再加上这个!总没有说的了吧?"小孩还说不卖,李林虎强把缰绳夺过来说:"人家出到了正经行情,当牙行的就得当你一点家!你爹不愿意叫他来找我!"小孩还说:"你给我卖了你替我交代去!"李林虎没有再理他,便问了东山客的姓名喊叫写税票。他喊:"驴一头、身高三尺四、毛色青灰、口齿六年、售价一百八十万、卖主常三孩、买主赵正有、经手人李林虎。"丁未和满喜听到一百八十万这个价钱都有点吃惊;另一个牙行听到一百八十万这个

335

数字,和李林虎开着玩笑说:"老李真有他妈的两下子!"眼看写完了税票,驴就要被人家牵走,丁未悄悄问满喜说:"我现在去拉住行不行?"满喜说:"恐怕拉不出来!牙行们在这种事情上是一气。他们人多,你占不了上风!""难道就算拉倒了吗?""我给他打个岔儿试试!"满喜说着故意躲在后一层人里大声说:"我看是捉了东山人的大头了,那驴不过值上一百四十万!"不料站在他前边的人也接着他的话说:"顶多也不过值一百五十万!"李林虎向他们看了看,满喜和丁未赶快往人背后一蹲,没有被他看见。那个叫赵正有的买主,对一百四十万、一百五十万这两个数目字听得特别清楚,又想到刚才另一个牙行说老李真有两下子,知道自己吃了亏,便把缰绳塞到李林虎的手里说:"我不要了!你们尽糊弄人!"李林虎把缰绳丢到地下说:"你亲自看的驴、亲自许的价,谁糊弄了你?"说着把税票取过来,把一联递给那个小孩,另一联递给他说:"拿钱吧!在这么大的会场上耍赖皮是不行的!""可是我带的钱不够,难道也非买不可吗?""钱不够为什么要答应买?""我只顾搞价忘了还有多少钱了!""让我搜搜你!"场外有几个人看不过,便大声嚷着说:"你抢了人家吧!""不要买,看他能把你怎么样?"李林虎虽然没有敢真去搜赵正有,可是对后来那句话提出了反驳。他说:"他自己许的价,等到把税票都写好了还能不要!我就到区上和他讲讲理!"满喜见自己的话起了作用,藏在人背后笑个不停。李林虎又向赵正有说:"好!算你没有带现款!我跟你取一趟去!""可是我家里也没有那么多!""家里没有你去借去!我等着你!"赵正有看见脱不了身,便说:"好吧!"他想挤在人群里跑了算了事。李林虎说:"现在有多少先过多少!"赵正有不想露出自己带的二百万块钱来,只从中间抽了几张,估计有七八万,拿出来一看,是十一万,就给了他。

赵正有牵着驴,李林虎紧贴着他的身跟着他往场外走。满喜向丁未说:"好好好!你赶紧跟上他们,等离得牲口市远了你就问那个东山客多少钱买的。只要他说出是一百八十万,你就拉上驴去找张副区长,管保能倒回来!"丁未在这件事上倒很聪明。他照着满喜的话,赶出了牲口市场，便问那个赵正有说："东山客！你这驴是买的吗？""买的！""多少钱？""一百八十万！"丁未便转向李林虎说："你是多少钱骗了我的驴，如今卖一百八十万？""是你亲自牵来卖给别人的，我怎么算骗你？""我不跟你在这里说，咱们到区上说说！"又向赵正有说："东山客！这驴还有麻烦！你要想买也得跟我到区上，区上要驴说成了他的，你才能买！"说着便把缰绳夺到自己手里。李林虎正要去夺，赵正有回头来拦住他说："你这驴来路不明，我不敢要了！你还把十一万块钱还我！"丁未趁这空子，便牵着驴走远了。李林虎说："你快丢开手，我先去把驴夺回来再说！要不让我去，我是把驴交给你了，你给我钱！""你卖了来路不明的驴让人家牵走了，还要怨我？我也跟你到区上说说理！"

三个人一前二后都来到区上。袁丁未来得早，已经找着了副区长张信说明来由。张信问李林虎，李林虎说："不论谁买谁卖，我只是个中间人。袁丁未的驴卖给姓王的了，这个姓赵的买驴，卖主姓常，都有税票为证。他们已经倒了几次手，我这个当牙行的怎么管得着他们的事？"张信说："姓袁的、姓王的、姓常的、姓赵的，一个驴在十天之内倒了四个主，比人民币流通得还快！这究竟是谁搞的鬼？姓常的在哪里？我打发人叫来和他谈谈！"李林虎说："我也不知道他往哪里去了！"张信说："一点也不老实！当面撒谎！你要不知道他在哪里，他的驴价还要不要了？"李林虎后悔自己说错了一句话，便连忙改口说："我是说现在不知道他往哪里去了，以后他是会来拿钱来的！让我给你找他去！"张信说："用不着你去！"说罢便叫来一个通讯员，要他去牲口市上叫那个姓常的常三孩来，并且告他说："你就说刚才卖的那个一百八十万的驴，人家不付价，闹到区上了，要他来作个证！"

常三孩来了，张信单独问他那个驴是什么时候买的、买谁的、多少钱、上过税没有。常三孩本来是个假卖主，自然经不起盘查，什么也说不出来。张信要他说实话，他说："我是县城里人，爸爸在家卖烧饼，李林虎雇我来当伙计。"张信问他："这伙计怎么当？做什么事？"常三孩说：

"他告我说只要做一件事——当卖主。他跟我对袖口又不捏码,只装个样儿。""那样你知道是多少钱吗?""他知道就行!用不着我知道,他告我说只要拉住缰绳说不卖,等到他用力拉的时候叫我丢了手,口里还说当不了我爹的家!"张信问明了这段情节,便向他说:"小孩子家为什么出来做这种骗人的事?这回还得你到法院去一趟,给李林虎作个证明!"说罢又把李林虎他们三个人叫来,让小孩当着他们的面说了一遍,然后让李林虎退了赵正有的十一万元,让袁丁未把驴牵回去再把驴价一百万元送到区上来转退给李林虎,并且把李林虎和常三孩这个骗局写成诉状,告到法院里去。

三十四　国庆前夕

这天夜里,干部们在旗杆院分成三个摊子,开会的开会,办公的办公,因为九月三十号是社里年度结账的日子,有好多事情都要在十月一号的大会上交代,又加上开渠工作,已经决定十月二号动工,也要在这大会上作出准备工作报告,所以他们这天夜里特别忙。

党支部委员和正副社长在北房外间(会议室)里审核由金生拟定的新社章草案和新社干部候选名单草案。范灵芝和李世杰在东房里结束本年度工账和各户分配尾数,订立下年度的新账。北房的里套间是留给玉生和马有翼来检查开渠准备工作用的,现在只来了马有翼一个人——这事本来该总指挥张乐意主持,因为他又是社长,要参加外间那个会,才委托了副总指挥王玉生。马有翼是开渠指挥部的会计,又被聘请为秘书,所以也来参加工作。玉生正和他们的总务王满喜在储藏室里清点开渠要用的工具、材料,所以还要等一阵才能来。

有翼在北房套间里,一边抄写着要在大会上张贴的各段分组名单,一边等候着玉生,忽然听到有些人在东房里交涉立户口的事(因为社员中有了分家的、出外的、结婚的……一些人事变动,自十月一号以后,记工、投资、土地分红、社员与社的其他经济往来,都要按新户口计算),他便想起自己的事。他是个新社员，对社里这年度的规定虽然也听说起过，却不像一般老社员那样关心。当他报名入社那时候，家还没有分清；这几天虽说分清了，自己又当了开渠指挥部的秘书兼会计，忙得没有想起立户口这事来，现在经别人提起，他才想起来了。他趁玉生还没有来，便先跑到东房里来办这件事。这时候，灵芝正忙着结束分配账，见他进去了，便仍按朋友关系和他打过招呼，不过手里没有停止工作；有翼虽说才当了两天秘书兼会计，对灵芝这种忙碌已经能够谅解了。直接管立户口的是李世杰。有翼等前边的一个新立户口的办完了手续，便和李世杰交涉自己立户口的事。李世杰问他怎么个立法，他说："我大哥、大嫂算一户，我和我爹、我妈、玉梅算一户。"这出乎李世杰和范灵芝的意料：他爹他妈向来和他大哥是一气，为什么又和他分在一块呢？他和玉梅还没有结婚，为什么先把户口调过来呢？灵芝只看了他一眼，仍然继续做自己的工作，李世杰顺口问："你和玉梅不是还没有结婚吗？""我们马上就要结婚——三号（中秋节）！"说了又看了灵芝一眼，好像向她说："你不要小看我！我比你结婚在前！"灵芝只微笑了一下，没有感到有什么惊奇。

  原来老多寿这几天的思想也有点改变：在菊英没有分出去、有福没有把地捐给社、有翼没有提出分家之前，他只想多积一些粮食，学范登高买两头骡子，先让有余赶着跑个小买卖，以后等外边的两个儿子也回来了，家产也发展得大了，又有财产又有人，全三里湾谁也不能比马家强；菊英分出去以后十几天的变动，给了他个很大的教训，让他清清楚楚地看到四个儿子就有三个再也不会听他的指挥，他便有些灰心。二十号给他送旗的人散了之后，他向他老婆说："我看这样就好！咱们费尽心机为的是孩子们，如今孩子们不止不领情，反而还要费尽他们的心机来反对咱们，咱们图的是什么呢？我看咱们也不如省个心事，过个清净日子算了！"他老婆说："可是咱们两个人该跟着哪个孩子过日子呢？"在报名入社那一会儿，他还把自己和老大算在一起，这时候他一考虑到自己以后的事，就又变了主意，不过他先问他老婆说："你愿意跟谁过？""老大倒是个好孩子,不过他那媳妇有时候我也惹不起!""媳妇倒还是小事!老大那人尖薄得很!跟上他,眼前咱们还能劳动他倒很愿意,赶到咱们再上些年纪,自己照顾不了自己的时候,恐怕要受老罪!你看跟有翼怎么样呢?"有翼倒是他老婆偏爱的一个小孩子,不过她一想到有翼要娶玉梅,就有点气恼。她说:"他要是勾得个玉梅来,咱可惹得起人家?""你要惹人家干什么?我看玉梅是个好姑娘——人也忠厚,做活儿的本领也比咱有翼在上,满过得了日子。依我说咱们老两口子最好是跟有翼过到一块儿,只是你挂着个'常有理'的招牌,恐怕人家不愿意要你!""你这老家伙又来挑我的眼儿!难道你那'糊涂涂'招牌比我的招牌强多少吗?""好好好!不要动气!我是跟你说着玩的!咱们还是谈正经的吧!你要知道:咱们两个人,都是不受青年们欢迎的人物,真要想跟人家在一块过日子,还得费好大劲儿才能说通。现在先要你拿一拿主意。你要愿意了,我再想办法。"他老婆一想:四个孩子有两个不在家,眼前这两个她都有顾虑。她说:"咱们有十六亩养老地,谁也不要跟,自己过日子怎么样?""不好!这个我可见得多了:凡是给孩子们分开家老人们自己过日子的,到了自己不中用的时候,差不多没有好结果——财产大的,孩子们为了谋财产,谁也恨不得让他们早死了自己早谋到手;没有财产的,在能劳动的时候不靠拢孩子,到了不中用的时候,累着了谁谁没有好气,还是不如早一点靠拢一家。"他老婆向来就佩服他在为自己打算这方面是个精细鬼,所以经他这么一说就同意了他的主张。他说:"你同意了,咱们就想个办法:咱们跟有翼直接说话不行——一来有翼怕玉梅不赞成他,他就不敢答应咱们;二来我去跟有翼说这话,就要得罪老大。不如转个弯儿请干部们来给咱们主持一下。你明天出面去找一下调解委员会的秦小凤,就说咱们人了社,不愿意和有翼分家了,让她来给咱们说和说和。她要来跟有翼一说,有翼必不愿意,咱们就借这机会让她参加一下咱们分家的事。谈到咱们两个人跟谁过日子的时候,我说我愿意跟老大,你说你愿意跟老四——你偏爱有翼是老大也知道的,不会引起什么麻烦——

最后我装作惹不起你,只好同意你的意见。这样一来,有翼和玉梅要是不愿意,自然有秦小凤会去说服他们,又可以不得罪老大。"他老婆同意了他这个办法,在二十一号夜里动员妇女的会上碰上了小凤,提出这个要求;小凤后来同着玉梅和金生研究了一下对付的办法,理由虽然和马多寿想得不同,可是研究的结果正合了马多寿的希望,所以没有费多大工夫就把问题解决了。马多寿老两口子就这样才和有翼分在一块。

李世杰给有翼立上名字,登记过土地、牲畜之后,又问他说:"那么你大哥怎么没有来报户口呢?是不是你爹跟你分在一块,他自己就不入社了呢?"有翼说:"他说他还入,不过因为我妈不愿意跟他分在一块,他心里有点不痛快,况且也不知道社里的规矩是今天立户口。你们可以打发人去通知他一下!"李世杰说:"暂且给他浮记上一个名字,记着工再说吧!"

这时候,玉生和满喜清点完了开渠用的东西到旗杆院来了。玉生听见有翼在东房说话,便喊他说:"有翼!快来干咱们的吧!"有翼走出东房来,满喜走进东房去。

满喜向李世杰说:"也给我立个户口!"李世杰说:"早就给你立下了!""我知道!我是请你把小俊写在我的户口上!""哪个小俊?""咱村还不就是那么一个小俊?""怎么一回事?""我和小俊快结婚了!""几时结?""八月十五!""怎么就没有听说?""也说过,不过是没有和你说!"

满喜和小俊的事进行得似乎很秘密,灵芝这几天忙得喘不过气来,没有听到,听满喜这么一说,也觉着是一条新闻。

北房外间的会议,正由金生解释他拟定的新社章草案。他谈到下年度的社,大小干部就得六十多个,大家觉着这数目有点惊人,有的说"比一个排还大",有的说"每两户就得出一个干部",有的说"恐怕有点铺张"。金生说:"我也觉着人数太多,不过有那么多的事,就得有那么多的人来管。根据从专署拿来的别的大社的组织章程,再根据咱村的实际情况:社大了,要组织个社务委员会来决定大计,要九个社务委员。为了防止私弊，还得组织个监察委员会，要五个监察委员。要一个正社长，三个副社长，全体社员要组成一个生产大队，就要有正副大队长。把全体社员按各户住的地方分成三个中队，每中队要有正副中队长。每中队下分三个小组，要有正副小组长。生产大队以外，咱们社里还有副业、有水利、有山林、有菜园、有牲口、有羊群，每部门都得有正副负责人。这些部门各有各的收入或开支，就都得有个会计。在社务方面，除了正副社长，还得有个秘书；社里开支的头绪多了，就又得有个管财务的负责人。财务部门得有个总会计、有个出纳、有个保管。要提高生产技术，也得有个技术负责人和几个技术员。要进行文化教育，也得有个文教的负责人和几个文化组长。六十多个人还没有算兼职，要没有兼职的话，六十多个也不够。我觉着这样也好：一个社员大小负一点特殊责任，一来容易对社务关心，二来也容易锻炼自己的做事能力。"社长张乐意问他说："究竟得六十几个呢？"他说："这个马上还不能确定，因为这些人有的应该由社员大会选出，有的应该由他的小单位选出，有的要由社务委员会聘请，不到选举完了、聘请完了，还不知道一共有多少兼职的。"他解释过人数多的理由，便又接着解释章程上别的情节；解释完了，便让大家讨论、修正。

讨论完了章程，便讨论候选人名单。这个名单很长，不必一一介绍，其中原位不动的，有社长张乐意、副社长秦小凤、王金生、耕畜主任老方（马东方）、山林主任牛旺子、会计李世杰——张乐意又兼大队长、李世杰称为总会计；原来是干部而调动了位置的是魏占奎当财务主任、王宝全当技术主任、王玉生当水利主任、王兴升为菜园主任、张永清当文教主任；新社员当主要干部的是范灵芝当社长的秘书兼管一部分总会计的事，王申当副业主任，王满喜当一个监察委员、马有翼当文教副主任；其他干部也有老社员也有新社员，各小组干部和应该聘请的干部没有列在名单之内。大家讨论了一阵，稍稍加了些修改，也就确定下来。

两个草案讨论完了，又谈了些第二天大会上应该准备的别的事情，就散了会。

会议室的会散了，金生和张乐意走进套间里。张乐意问："怎么样？后天开工没有问题吧？"玉生说："没有问题：除了木匠还得过几天才能来，石匠已经来了，各段的家伙也准备足了，各段分组名单已经和各段长商量好了，总账和各段的账已经立起来了，工地规则和算工办法草案是你们已经讨论过的了，只要明天在大会上通过了规则和办法，散会后各段各组碰一碰头选举一下小组长，把家伙分配一下，后天开工就成了现成事。"

这时候，有翼正在抄写没有抄写完的算工办法，玉生正拿着个编组以后又报名参加的几个劳力的名单分别往各个组里填补。金生和张乐意随便翻了翻已经准备好了的账簿、文告，就走出来又往东房里去。

东房里的账已结完，李世杰已经走了，留下灵芝一个人翻着账本把重要的数字往她写好的报告里填。金生和张乐意也问了一下情况，见没有问题，也就放了心，回去了。

灵芝填完了报告里的数字，这十来天最紧张的工作才算告了个段落，觉着身子有些累，便靠到椅背上来喘气。她闭上了眼，想让眼睛稍稍休息一下然后再回家去，可是闭了一会，不知道怎么样一下就想到有翼和满喜来立户口的事，又由这两对青年结婚想到自己结婚的事。八月十五这个节日，她一向很感兴趣。她在小的时候，每逢这个节日，总是爱在月光下吃自己最爱吃的东西，玩自己最满意的玩意儿；到了中学以后这几年，在这个节日里，又爱找自己最满意的朋友在月下谈天，谈到半夜也不肯散。现在她想："今年这个节日该怎样过呢？小孩子的玩法已经过去了，学校的好朋友已经四散了，人家别人有了对象能趁着这一天结婚，咱也找了个对象，不止没有顾上准备结婚的事，自从登记以后，两个人在一个旗杆院办公，都忙得连句话也顾不上说……"她正这么闲想着，忽然听见北房的门响，玉生和有翼从北房里走出来，她赶紧睁开眼，站起来走到门边叫住了玉生，让有翼一个人走了。

玉生搞完了他的工作，也觉着很轻松，走进东房里来见只有灵芝一个人，便觉着可以坐下来谈谈。他们把两把椅子并在一块儿坐下，灵芝便先问他说:"工作搞完了?""完了。你哩?""我也完了。""可算松一口气吧!""八月十五你打算怎么样过?""后天一开工就又忙起来了,哪里顾得上过节?""我也一样:一过了明天,就要评入社地产量、订生产计划,不过晚上忙完了工作,还是可以过一过节的!""请你到我家里玩去好吗?""那样也还好!让我报告你个消息:有翼和满喜都要在八月十五结婚哩!""我知道!玉梅在家里说过!""咱们是不是也可以趁一趁这个日子呢?""咱们一直忙得没有顾上准备,明天还要开会,后天就要开工,哪里还来得及?""有什么要准备的?依我说什么也不用准备,还跟平常过日子一样好了!""就连收拾房子的工夫也没有!"一说到收拾房子,灵芝便又想起他南窑里那长板凳、小锯和别的东西,便说:"不要收拾了!那些东西安排得都很有意思!""连件衣服也没有做!""有什么穿什么吧!一对老熟人,谁还没有见过谁?"说到这里两个人一齐笑了。他们又具体商量了一阵,玉生也同意了。

灵芝问:"咱们是不是也要另立户口呢?""我没有想过这个问题!""我也没有想过,还是因为别人来立户口才引起来的!""我不愿意另立户口——多么麻烦!谁给咱们做饭吃呢?""我也没有想过这问题!"她又想了想说:"这样子好不好?咱们都回去和家里商量一下,最好是不用另立户口,你做的工还记在你家,我做的工还记在我家,只是晚上住在一块;这办法要行不通的话,后天食堂就开门了,咱们就立上个户口,到食堂吃饭去!""穿衣服呢?""靠临河镇的裁缝铺!""那不成了个特殊户了吗?""特殊就特殊一点!这又不是走资本主义道路!"

他们的话就谈到这里。这时候,将要圆的月亮已经过了西屋脊,大门外来了脚步声,是值日带岗的民兵班长查岗回来了。他两个就在这时候离了旗杆院,趁着偏西的月光各自走回家去。